Lucy Maud Montgomery
ANNE OF GREEN GABLES

2

처녀시절

루시 모드 몽고메리/김유경 옮김

동서문화사

원제 : Anne of Avonlea(1909)
그림 : 계창훈
디자인 : 동서랑 미술팀

ANNE OF GREEN GABLES

2

처녀시절/차례

해티 고든 스미스 선생님에게
선생님의 배려와 격려에 감사하는 마음으로

미스 고든은 1888년부터 1892년까지 캐번디시 초등학교에 근무했다. 그 무렵 몽고메리도 그의 제자 가운데 한 사람이다.

아름답게 가꾸는 일

상쾌한 8월 오후, 프린스 에드워드 섬 한 시골집 현관 앞 붉은 돌층계에 늘씬하고 어여쁜 아가씨가 앉아 있었다. 나이는 '16살 반'.

진지한 잿빛 영롱한 눈에 머리칼은 친구들의 말을 빌면 '적갈색'이었다. 베르길리우스의 어려운 시 몇 행을 풀이해 보려는 굳은 결의가 얼굴에 나타나 있었다.

8월의 나른한 오후는 옛 명시를 읽기보다 몽상에 젖기에 어울렸다. 비탈진 밭은 푸른 안개에 둘러싸여 풍부한 수확을 약속하고 있었다. 산들바람은 속삭이듯 포플러 가지에 불었고 벚나무 과수원 한구석에는 어린 전나무가 자라는 어두운 숲을 배경으로 타오르듯 새빨간 양귀비꽃이 고개를 흔들고 있었다.

베르길리우스 시집이 어느덧 땅에 떨어졌지만, 앤은 그것도 모르고 깍지낀 두 손에 턱을 괸 채 솜털 같은 구름을 눈으로 쫓고 있었다. 구름은 때마침 해리슨 씨 집 바로 위에 눈덮인 산처럼 커다랗게 걸려 있었다. 앤의 마음은 아득히 머나먼 꿈의 나라로 날아가고 있었다.

그곳에서는 어느 한 학교 선생이 열심히 학생들을 가르치고 있는 중이었다. 미래의 정치가들이 장차 가야 할 길을 이끌어주며 젊은 두뇌와 마음을 자극하여 드높은 이상을 불어넣어 주려는 것이었다.

엄연한 현실로 눈을 돌리면—이건 가능한 한 생각하고 싶지 않은 일이지만—애번리 초등학교에는 앞으로 유명해질 인재가 들어올 가능성은 거의 없어보였다. 그렇지만 교사의 힘으로 뜻밖의 일이 이루어질지도 모른다는 장밋빛 이상이 앤의 나라에서 부푼 꿈으로 뭉게뭉게 피어오르고 있었다.

이어서 앤의 머릿속에 멋진 장면이 펼쳐졌다.

40년 뒤 어떤 유명한 인물—무엇으로 유명한가는 아직 정하지 않았지만, 앤은 대학 총장이나 캐나다 총리도 나쁘지 않다고 생각했다—이 앤의 주름진 손 위에 깊이 머리를 숙이고 이렇게 말한다.

"저에게 처음으로 희망의 불을 켜주신 분이 바로 선생님입니다. 이렇게 성공할 수 있었던 건 모두 애번리 초등학교에서 선생님의 가르침을 받은 덕분입니다."

이 즐거운 꿈은 뜻밖의 훼방꾼 때문에 깨지고 말았다.

멍청한 얼굴을 한 저지종 소 한 마리가 오솔길을 어슬렁어슬렁 걸어오더니 곧바로 해리슨 씨가 나타났다. 뜰로 뛰어들어온 해리슨 씨의 험악한 기세를 표현하는 데 그렇게 미적지근한 말이 어울릴지는 모르겠지만 어쨌든 그는 '나타났다'.

해리슨 씨는 대문을 여는 시간도 아깝다는 듯 울타리를 훌쩍 뛰어넘어와 깜짝 놀라는 앤 앞에 노여움으로 일그러진 무서운 표정으로 가로막아섰다. 앤은 우뚝 선 채 어리둥절하여 해리슨 씨를 멍하니 바라보았다. 해리슨 씨는 옆집에 새로 이사온 사람으로 한두 번 본 적은 있지만 아직 정식으로 인사를 나누지는 않았다.

4월초, 앤이 퀸즈아카데미에서 아직 돌아오기 전 커스버트네 옆집에 살던 로버트 벨 씨가 농장을 팔고 샬럿타운으로 옮겨갔다. 그 농장을 산 사람이 바로 J.A. 해리슨 씨였는데, 뉴브런즈윅에서 왔다는 것만 알 뿐 그 밖에는 아무것도 모르고 있었다.

이 해리슨 씨는 애번리에 온 지 채 한 달도 안 되어 별난 사람이라는 평판이 온 마을에 자자하게 퍼졌다. 린드 부인의 말을 빌면 한마디로 '괴짜'였다.

린드 부인은 자기가 생각하는 것을 거침없이 말해 버리는 성미였고, 해리슨 씨는 확실히 여느 사람과 다른 데가 있었다. 그리고 이 점은 '괴짜'의 특징에서 빠질 수 없는 것이다.

첫째, 해리슨 씨는 독신이며 여자 같이 어리석은 존재는 차라리 곁에 없는 편이 좋다고 큰소리를 뻥뻥 쳤다. 거기에 대해 자존심이 상한 애번리 여자들은 해리슨 씨가 어떤 생활을 하고 있고 어떤 것을 먹고 있는지에 대해 이상한 소문을 퍼뜨리는 것으로 보복했다. 소문을 내기 시작한 사람은 해리슨 씨의 집에서 일하고 있는 화이트 샌즈에서 온 존 헨리 카터라는 소년이었다.

해리슨 씨 집에는 일정한 식사 시간이 없어 해리슨 씨가 배고파지면 '간편하게 때우게' 되어 있는데, 존 헨리가 마침 그 자리에 있으면 얻어먹을 수 있지만, 안타깝게도 그 자리에 없으면 해리슨 씨가 다시 배가 고파질 때까지 꼬박 기다려야 한다는 것이었다.

존 헨리는 만일 일요일마다 집에 돌아가 배불리 먹고, 월요일 아침에 돌아올 때 어머니가 먹을 것이 가득 담긴 바구니를 안겨주지 않았다면, 틀림없이 굶어죽었을 거라고 처량하게 말했다.

접시는 비오는 일요일이 아니면 씻지 않았다. 그리고 씻게 되어도 빗물을 받아놓은 큰 통에 한꺼번에 넣어 닦은 뒤 마를 때까지 그대로 내버려두었다.

게다가 해리슨 씨는 몹시 '인색'했다. 앨런 목사의 월급을 위해 기부 좀 해 달라고 부탁했더니, 먼저 설교를 들어보고 몇 달러의 이익이 있는지 알게 되면 주겠다며, 자기는 덮어놓고 물건을 사지 않는 편이라는 말을 했다.

또한 린드 부인이 선교사단을 위한 기부를 부탁하러—핑곗김에 집안도 들여다볼겸—갔던 적이 있었다.

해리슨 씨는 자기가 아는 한 애번리의 수다스런 할머니들 가운데는 다른 어느 곳보다도 이교도가 많은 걸로 아는데 만일 그런 사람들을 그리스도교도로 개종시키는 일을 하겠다면 기꺼이 기부하겠다고 말했다.

도망치듯 돌아온 린드 부인은 로버트 벨 씨 부인이 무덤 속에 편히 잠들어 있으니 망정이지, 만일 그토록 자랑스럽게 여기던 그 집의 현재 모습을 보았더라면 통곡했을 거라고 머릴러에게 분통을 터트리며 말했다.

"부인은 하루 걸러 한번씩 부엌바닥을 닦았다구요. 그런데 지금은 어떤 줄 아세요? 치맛자락을 걷어 올리지 않으면 도저히 걸을 수가 없다니까요!"

그리고 더욱 결정적인 것은 해리슨 씨가 진저(생강)라는 앵무새를 기르고 있는 일이었다. 애번리에서는 지금까지 아무도 앵무새를 기른 사람이 없어 자연히 그것을 좋게 여기지 않았다. 더구나 그 앵무새란! 존 헨리 카터의 말을 그대로 빌리면 얼마나 심한 욕을 해대는지 천하에 그런 못된 새는 없을 거라고 했다.

다른 곳에 일자리가 있었다면 카터의 어머니는 당장 아들을 데려갔을 것이다. 어느 날 존 헨리는 새장 바로 앞에 앉아 있다가 앵무새에게 뒷덜미 살을 물어뜯긴 적도 있었다. 운수 사나운 존 헨리가 일요일 집에 돌아오면 카터의 어머니는 그 상처자국을 만나는 사람마다 보여주었다.

해리슨 씨가 화가 나서 말도 못하고 씩씩거리며 우뚝 서 있는 것을 본 순간 그러한 일들이 한꺼번에 앤의 머릿속을 스치고 지나갔다.

해리슨 씨는 아주 기분이 좋아 환히 웃을 때조차도 잘생겨 보이는 인물이 아니었다. 키가 작고 뚱뚱한데다 대머리였기 때문이다. 그런

사람이 둥근 얼굴은 노여움으로 보랏빛이 되고 안그래도 툭 튀어나온 파란 눈이 금방이라도 쏟아질 듯한 모습으로 서 있으니, 앤은 이토록 보기 흉한 사람은 처음이라고 생각했다.

해리슨 씨가 말문이 터졌는지 느닷없이 소리를 버럭버럭 지르기 시작했다.

"도저히 못참겠어! 하루도 더 못참아! 알아들어? 이번이 벌써 세 번째야, 세 번째! 참는 것도 한계가 있지. 지난번에 네 아주머니한테 다시는 이런 일이 일어나지 않도록 해달라고 말했는데 또 이 모양이니. 도대체 어떻게 할 작정인지 좀 들어봐야겠다."

앤은 위엄있는 태도로 차분히 물었다.

"문제가 무엇인지 설명해 주시겠어요?"

앤은 요즘 학교에 나갈 때를 대비해 의젓한 태도를 몸에 지니도록 하고 있는 중이었다.

그런데 화가 머리끝까지 나 있는 해리슨 씨한테는 전혀 효과가 없었다.

"무엇이 문제냐고? 기가 막혀서! 그래, 말해 주지. 바로 조금 전에 네 아주머니의 소가 또 우리 보리밭에 들어왔어. 이것으로 세 번째야. 알겠니? 지난 화요일에도 들어왔고 어제도 들어와 쑥대밭을 만들어 놓았지. 그때도 두 번 다시 이런 일이 없도록 해달라고 일부러 여기까지 와서 말했었는데 또 이 모양이야. 네 아주머니는 어디 계시지? 만나서 단단히 일러둬야겠다…… J. A. 해리슨이 좀 혼을 내주어야겠어!"

앤은 한마디 한마디에 더욱더 위엄을 깃들여 말했다.

"머릴러 커스버트는 지금 이스트 그래프턴에 병문안 가셨어요. 제 소가 댁의 보리밭에 들어갔다니 정말 죄송해요. 사과하겠습니다. 그리고…… 그건 머릴러의 소가 아니라 제 소예요. 3년 전 송아지였을 적에 매슈가 벨 씨한테서 사서 제게 준 거예요."

"죄송하다고? 죄송하다고만 하면 다냐? 그놈이 내 보리밭을 어떻게 해놓았는지 가서 봐. 성한 데가 없이 모조리 엉망으로 만들어 놓았다구."

"정말 죄송해요. 하지만 아저씨가 울타리를 제대로 고쳐 놓았더라면 돌리도 밭으로 들어가지 못했을 거예요. 댁의 보리밭과 우리 목장 사이의 울타리는 댁의 것이거든요. 며칠 전에 보니 허술한 데가 있더군요."

"우리집 울타리가 뭐 어떻단 말이냐?"

역습받은 해리슨 씨는 더욱더 화를 냈다.

"감옥의 울타리라 하더라도 그런 짐승은 견뎌내지 못할 걸. 그리고요 빨강머리 계집애야, 잘 들어둬. 그 소가 네것이라면 그렇게 한가하게 앉아 돼먹잖은 책이나 읽고 있지 말고 네 소가 남의 밭으로 들어가지 못하도록 감시하는 편이 좋을 거야."

해리슨 씨는 앤의 발 밑에 떨어져 있는 죄 없는 노란 표지의 베르길리우스 시집을 차가운 눈으로 노려보았다.

그 말을 들은 순간, 앤은 얼굴까지 새빨개졌다. 앤한테는 머리색이야말로 아직도 건드리고 싶지 않은 문제였던 것이다.

"머리칼이 하나도 없이 그저 귀 밑에만 몇 가닥 나 있는 것보다는 빨강머리가 몇 배는 더 나아요!"

이 화살은 과녁에 명중했다. 해리슨 씨는 늘 자기의 대머리가 마음에 걸렸던 것이다. 그는 또다시 격분한 나머지 아무 말도 못하고 앤을 쏘아볼 뿐이었다.

앤은 침착함을 되찾은 뒤 때를 놓칠세라 덧붙였다.

"화내는 마음은 이해해요, 해리슨 씨. 나는 얼마든지 상상할 수 있으니까 우리 밭에 남의 소가 들어와 망가뜨려 놓으면 얼마나 속이 상할지 충분히 알 수 있어요. 지금 하신 말을 원망하지는 않겠어요. 돌리가 두 번 다시 댁의 보리밭에 들어가지 않도록 하겠다고 내 명예를 걸고 약속하겠어요."

"그래, 제발 그렇게 해다오."

해리슨 씨는 좀 누그러지기는 했으나 그래도 화가 덜 풀린 듯 발을 쿵쿵 울리며 돌아갔다. 들리지 않을 때까지 투덜투덜 화를 내면서……

앤은 난처하게 됐다고 걱정하면서 뒤뜰로 돌아가 장난꾸러기 돌리를 우유 짜는 곳 울타리 안으로 몰아넣었다.

"여기라면 울타리를 부수지 않는 한 밖으로 나올 수 없겠지. 이제 좀 얌전해진 것 같구나. 그 밭의 보리를 배가 터지도록 먹고 속이 이상한 건 아닐까? 아, 지난주에 실러 씨가 사겠다고 했을 때 팔아버릴 걸. 하지만 다른 가축들을 경매할 때 같이 팔고 싶었거든.

해리슨 씨는 소문대로 별난 사람이야. 우린 절대로 '서로를 원하는 영혼'은 아니야."

앤은 '서로를 원하는 영혼'을 찾기 위해 늘 주의깊게 살피고 있었다.

집으로 들어가자 머릴러가 마차를 몰고 돌아왔으므로 앤은 서둘러 저녁을 준비했다.

두 사람은 식사를 하면서 이번 일에 대해 이야기했다.

"경매가 끝나야 한시름 놓을 텐데. 이렇게 많은 가축들을 돌봐줄 사람이라고는 그 믿을 수 없는 마틴 하나뿐이니 큰일이야. 고모의 장례식에 다녀오겠으니 하루만 휴가를 달라고 해놓고는 아직 돌아오지 않는구나. 대체 고모가 몇 사람이나 되는지 모르겠어. 우리집에 온지 1년밖에 안되는데 벌써 네 번째 고모 장례식이니 말이야.

추수가 빨리 끝나 배리 씨에게 밭을 빌려주게 되면 그나마 마음놓일 것 같구나. 마틴이 돌아올 때까지 돌리는 우유 짜는 곳 울타리 안에 가둬두기로 하자. 집 뒤의 목장에 풀어두면 좋겠지만 울타리가 시원치 않아 수리하기 전에는 안되겠어. 레이철 린드의 말대로 정말이지 힘든 세상이로구나.

메리 키스가 죽어가는데 두 아이를 어떻게 해야 좋을지 모르겠어. 콜롬비아에 있는 메리의 오빠에게 편지를 보냈다는데 아직 답장이 없는 모양이야."

"그 아이들은 몇 살이에요?"

"쌍둥인데, 6살이래."

앤이 바짝 다가와 물었다.

"어머나, 난 쌍둥이한테 특별한 관심이 있어요. 해먼드 아주머니 댁에 쌍둥이가 여럿 있었거든요. 그 아이들, 귀여워요?"

"글쎄, 잘 모르겠다…… 아무튼 너무 더러워서 말이야. 밖에서 데이비가 흙장난을 하고 있을 때 도러가 부르러 갔지. 그랬더니 데이비는 도러의 머리를 진흙 속에 처박아 넣었단다. 도러가 울자 데이비는 그렇게 울 필요가 없다는 것을 보여주기 위해 이번에는 자기가 흙 속에 머리를 처박고 뒹굴었지.

도러는 아주 착한데 데이비는 너무 장난이 심해서 메리도 어떻게 할 수가 없다고 하더구나. 버릇을 제대로 가르치지 못해서겠지만 그 아이들이 갓난아기일 적에 아버지가 세상을 떠나고 메리는 지금까지 계속 아팠으니 어쩔 수 없는 노릇이지."

"버릇없는 아이를 보면 늘 가엾다는 생각이 들어요. 머릴러가 맡아줄 때까지 나도 그랬으니까요. 그 아이들의 외숙부가 맡아 길러주면 좋겠는데요. 키스 부인은 머릴러와 어떻게 돼요?"

"메리 말이냐? 아주 남이지. 메리의 남편과 먼 친척이 될 뿐이야. 저기 린드 부인이 오는구나. 메리 일이 궁금해서 틀림없이 올 거라 생각했지."

"해리슨 씨와의 일은 말하지 마세요."

머릴러는 고개를 끄덕였지만 굳이 그럴 필요가 없었다.

린드 부인은 앉자마자 말했다.

"아까 카모디에서 돌아오다가 해리슨 씨가 보리밭에서 이 집 소를 쫓아내고 있는 것을 봤어요. 몹시 화난 것 같던데, 야단법석을 떨었겠죠?"

앤과 머릴러는 재미있다는 듯이 서로 쳐다보며 살짝 웃었다. 애번리에서 일어나는 일이라면 거의 린드 부인의 눈에서 벗어날 수 없었다. 바로 그날 아침에도 앤이 머릴러에게 말했었다.

"한밤중에 내 방에 들어가서 문을 잠그고 블라인드를 내린 채 재채기를 했다 해도 다음날 린드 아주머니는 '감기는 좀 어떠냐' 물으실 걸요."

머릴러가 린드 부인에게 말했다.

"그랬었나봐요. 나는 집에 없어서 몰랐는데, 앤을 야단치고 갔다는군요."

앤이 속상하다는 듯이 빨강머리를 흔들었다.

"그렇게 불쾌한 사람은 처음 봤어요."

린드 부인은 고개를 끄덕이며 심각한 표정을 지었다.

"맞아, 나는 로버트 벨이 뉴브런즈윅 사람에게 집을 팔 때부터 무슨 일이 일어날 줄 알았어. 이렇게 자꾸만 다른 고장 사람들이 몰려드니 애번리가 어떻게 되어갈지 한심해. 이러다가는 마음놓고 살 수도 없겠어."

깜짝 놀란 머릴러가 물었다.

"아니, 그럼, 다른 고장 사람들이 또 왔나요?"

"아직 못 들었어요? 도닐 집안이 피터 슬론의 낡은 집을 빌려들었잖아요. 피터가 제분소를 맡기려고 고용한 사람이지요. 동부에서 왔다는 말이 있지만 그 내력을 아는 사람은 딱히 아무도 없어요. 못난이 티머시 코튼네도 화이트 샌즈에서 이사온대요. 아마 틀림없이 이 마을에 폐만 끼칠 거예요. 티머시는 폐병이고—도둑질하지 않을 때는 말이죠—게다가 부인은 부인대로 굉장히 게을러 가로로 쓰러진 것을 세워 놓지도 않아요. 설거지조차도 앉아서 하는 걸요.

파이 부인은 남편의 조카인 고아 앤서니 파이를 맡아 기르게 됐어요. 그 애는 아마 학교에서 네게 배우게 될 거다, 앤. 틀림없이 고생 좀 하게 될 거야. 그리고 또 한 아이가 오기로 되어 있어요. 미국에서 온 폴 어빙이 할머니 집에서 살게 되었대.

머릴러는 그 애 아버지를 기억할 거예요…… 스티븐 어빙 말이에요. 그래프턴의 라벤더 루이스를 차버린 남자요."

"뭐, 차버린 건 아니에요. 좀 다투었을 뿐이죠. 책임은 양쪽 모두 있었다고 생각해요."

"어쨌든 스티븐은 그녀와 결혼하지 않았잖아요. 그 뒤 라벤더 루이스는 완전히 사람이 변했다더군요. 스스로 '메아리집'으로 이름을 지은 작은 돌집에서 혼자 살고 있대요. 스티븐은 미국으로 가서 삼촌과 사업을 시작했고 그곳 여자와 결혼했죠. 그 뒤로는 한 번도 집에 돌아오지 않았어요. 그의 어머니가 아들을 만나러 한두 번 갔을 뿐이죠. 스티븐은 2년 전 부인이 죽어 아들을 당분간 어머니에게 맡기게 되었다는군요. 지금 10살이라는데, 좋은 학생이 되어 줄지 모르겠어요. 양키는 도무지 믿을 수가 없거든요."

불행하게도 린드 부인은 애번리가 아닌 다른 고장에서 태어나 자란 사람을 멸시하는 눈으로 보고 있었다. 그중에 좋은 사람이 있을지도 모르지만 우선 조심하는 것이 좋다는 의견이었다.

그 가운데에서도 미국사람을 특히 싫어했다. 린드 부인의 남편이 전에 보스턴에서 일했을 때 고용주에게 속아넘어가 10달러를 못 받은 적이 있었는데, 그 책임이 미합중국에 있는 게 아님을 그녀에게 납득시키는 것은 천사나 아무리 힘있는 사람이라 하더라도 불가능한 일이었다.

머릴러는 쌀쌀맞게 말했다.

"다른 고장에서 새로운 학생이 왔다고 해서 애번리 초등학교가 어떻게 되지는 않겠죠. 그 애가 아버지를 닮았다면 별일 없을 거예요.

스티븐 어빙은 이 부근에서 가장 착한 아이였으니까요. 너무 거만하다고 헐뜯는 사람들도 있기는 했지만요. 어빙 댁 할머니가 손자를 맡아 기르게 돼서 무척 기뻐하겠군요. 영감님이 돌아가신 다음부터 몹시 쓸쓸하게 지냈으니까요."

"그야 착한 아이일지도 모르죠. 하지만 애번리 아이들과는 다를 거예요."

린드 부인은 완전히 결론내린 듯한 말투였다. 사람에 대해서나 지역과 사물에 대해서나, 린드 부인의 의견은 언제나 변함이 없었다.

"네가 마을개선회를 조직한다는 말을 들었는데, 어떤 일을 하는 모임이냐, 앤?"

"그저 지난번 토론회 때 젊은 사람들끼리 의논했을 뿐이에요."

앤은 얼굴을 붉혔다.

"모두들 좋은 일이라고 했어요. 앨런 목사님과 부인도요. 이미 다른 마을에서도 시작하고 있나봐요."

"그런 일을 시작하면 귀찮은 일에 휘말리게 될 뿐이니 그만두는 게 좋을 게다, 앤. 사람들은 개혁을 좋아하지 않으니까."

"어머나, 우리가 고치려는 것은 사람이 아니라 애번리 마을이에요. 더욱 아름답게 할 수 있는 일이 얼마든지 있거든요. 예를 들어 레비 볼터 씨를 설득시켜 저 위 밭에 있는 낡아빠진 집을 헐어버린다면 개선이 되겠죠?"

"정말 그렇구나. 그 쓰러져가는 집은 지난 몇 년 동안 늘 눈에 거슬렸으니까. 아무튼 너희 개선회원들이 레비 볼터 씨를 설득시켜 한푼의 이득도 없는 사회봉사를 하도록 만들기만 한다면 나도 내 눈으로 그 광경을 한번 보고 싶구나.

아니, 이건 네 용기를 꺾으려고 하는 말이 아니다, 앤. 네 생각에도 분명히 좋은 점이 있으니까. 하긴 저 돼먹잖은 미국 잡지에서 얻어들은 거겠지만. 어쨌든 너를 아껴 충고한다만, 너는 학교 일만 해도 눈코 뜰 새 없을 테니 개선회니 하는 데는 손대지 않는 편이 나을 게다. 하지만 네가 한번 마음먹으면 앞장서서 해내고야 만다는 것을 나는 잘 알지."

굳게 다문 앤의 입가를 보면 린드 부인의 말이 그리 틀린 것도 아닌 듯했다. 앤의 마음은 개선회를 결성하는 일에 온통 쏠려 있었다. 길버트 블라이스도 대찬성이었다. 길버트는 화이트 샌즈 초등학교에서 가르쳤지만 금요일 밤부터 월요일 아침까지는 애번리로 돌아왔다.

다른 젊은이들도 대부분 반대하지 않았다. 가끔 한자리에 모일 수만 있다면 그것으로 만족이었다. 그런 자리는 늘 즐거웠기 때문이다.

그러나 '개선'이 무엇인지 똑똑히 이해하는 사람은 앤과 길버트뿐이었다. 두 사람은 많은 이야기를 서로 나누고 계획하여, 실제로는 어떻게 될지 알 수 없지만 그들의 마음 속에 이상적인 애번리 마을을 품었다.

그리고 린드 부인은 또 다른 소식을 가지고 있었다.

"카모디 초등학교에서 프리실러 그랜트라는 여선생이 가르치게 되었다더구나. 너 그 아가씨와 퀸즈아카데미에 함께 다니지 않았니, 앤?"

"네, 그래요. 프리실러가 카모디에서 가르치게 되다니, 정말 멋져요!"

앤의 잿빛 눈이 저녁하늘에 밝게 빛나는 별처럼 반짝이자 린드 부인은 앤 셜리가 정말로 미인인지 아닌지 언제쯤 뚜렷이 알 수 있을까 새삼스레 생각해 보았다.

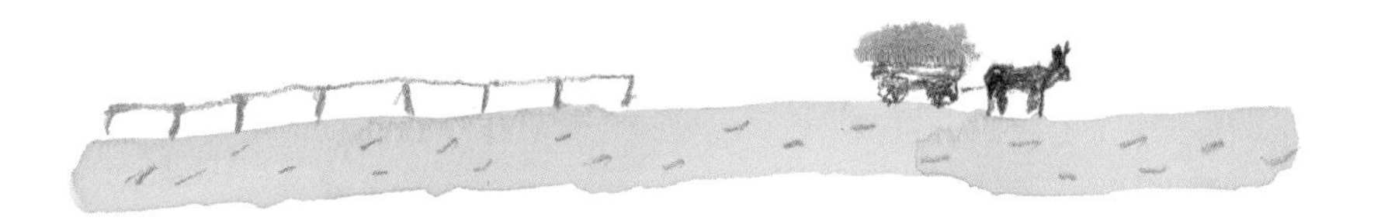

실수

다음날 오후, 앤은 다이애너와 함께 마차를 타고 카모디로 물건을 사러 갔다. 다이애너도 열렬한 개선회원이었으므로 두 사람은 카모디에 갈 때나 돌아올 때나 내내 그 이야기뿐이었다.

공회당을 지나갈 때 다이애너가 말했다.

"무엇보다도 먼저 해야 할 일은 저 공회당에 페인트를 칠하는 거야."

애번리 공회당은 숲의 움푹 파인 곳에 세워진 낡은 건물로 가문비나무에 둘러싸여 있었다.

"저대로 내버려두는 것은 우리의 수치야. 레비 볼터 씨의 집을 헐게 하는 일은 뒤로 미루고 이것부터 먼저 해야 해. 그 집을 헐게 하기는 힘들 거라고 우리 아버지가 말했어. 레비 볼터 씨 같은 욕심쟁이가 그런 일에 시간을 소비하지는 않을 거라던데."

앤은 속으로 잘됐으면 좋겠다고 바라면서 말했다.

"남자아이들에게 헐도록 시킬 거야. 판자를 쪼개서 장작으로 쓰도록 해주겠다고 약속하면 되지 않을까? 할 수 있는 데까지는 해봐야지. 하지만 처음부터 너무 욕심내면 안돼. 한번에 모든 일을 개선하기는 어려워. 무엇보다 먼저 여론을 일으키는 게 중요해."

여론을 일으킨다는 것이 무엇인지 다이애너로서는 똑똑히 알지 못했지만 어쨌든 멋있게 들렸으므로, 그런 훌륭한 목적을 가진 모임에 든 자신이 자랑스럽게 느껴졌다.

"어젯밤 나는 이런 생각을 했어, 앤. 저, 카모디와 뉴브리지, 그리고 화이트 샌즈에서 오는 세 길이 합쳐지는 곳 있잖니? 거기에 어린 가문비나무가 많이 서 있는데, 너도밤나무 두세 그루만 남기고 모두 뽑아버리면 어떨까?"

"멋진 생각이다! 그 너도밤나무 밑에 통나무 벤치를 놓는 거야. 봄이 오면 한가운데 꽃밭을 만들고 제라늄을 심자."

"그게 좋겠어. 하지만 하일램 슬론의 할머니댁 소가 길에 나와 어슬렁거리지 못하도록 하지 않으면 제라늄을 모조리 먹어버릴 거야."

다이애너는 함박웃음을 지었다.

"네가 말하는 여론을 일으킨다는 게 뭔지 알 것 같아, 앤. 그 볼터 씨의 낡은 집 말이야, 그런 헌집을 본 적이 있니? 더욱이 그 집은 길가에 있잖니. 창문이 없어진 낡은 집을 보면 나는 언제나 눈알이 없어진 죽은 사람이 떠올라."

앤은 아득한 옛날을 생각하는 것처럼 꿈꾸는 듯한 표정을 지었다.

"나는 사람이 살지 않는 낡은 집만큼 슬픈 건 없다고 생각해. 지나간 시간을 돌이켜보며 즐거웠던 시절이 돌아오지 못하는 것은 참 가슴이 아픈 것 같은 느낌이 들어.

머릴러가 그랬는데, 옛날에는 그 낡은 집에서 많은 사람들이 옹기종기 모여 살았대. 아름다운 뜰도 있었고 집 둘레에는 온통 장미꽃이 피어 아주 아름다웠대. 아이들의 말소리며 웃음소리가 온 집안에 넘쳐흘렀을 텐데 지금은 텅 비어 바람만이 덧없이 불어들고 있어. 그 집은 얼마나 쓸쓸하고 허무하겠니. 아마 달밤이 되면 하나둘씩 나타날 거야…… 옛날의 아이들과 장미 그리고 노래를 부르는 망령들이…… 그리고 잠시 동안 그 낡은 집은 다시 즐거운 시절로 되돌아간 꿈을 꾸게 되겠지."

다이애너는 고개를 저었다.

"난 그런 건 이제 상상하지 않기로 했어. 앤. 기억하겠지? 우리가 '도깨비숲'에서 유령이 나온다고 상상했을 때 어머니와 머릴러에게 몹시 꾸중들었던 일 말이야. 지금도 나는 밤에 그곳을 지나게 되면 썩 기분이 좋지 않아.

그런데 그 볼터 씨의 빈집을 또 그런 식으로 상상한다면 그곳 역시 무서워서 지나다닐 수 없을 거야. 그리고 그 집 아이들은 죽지 않았거든. 모두 자라서 잘 살고 있어. 한 사람은 푸줏간을 하고 있지. 게다가 꽃이며 노래에 영혼같은 건 없어."

앤은 조용히 한숨을 포옥 내쉬었다. 앤에게 다이애너는 깊이 사랑하는 가장 친한 친구였다. 그러나 앤은 공상의 세계로 들어갈 때에는 자기 혼자여야 한다는 것을 오래 전부터 알고 있었다. 공상의 세계로 들어가는 마법의 오솔길에는 가장 아끼는 사람조차도 함께 들어갈 수가 없어 안타까웠다.

두 사람이 카모디에 있는 동안 소나기가 내렸으나 곧 개었다. 좁은 길에 들어서니 나뭇가지엔 빗방울이 맺혀 반짝이고 나무가 우거진 골짜기에서는 젖은 풀고사리가 진한 향기를 풍기고 있었다.

마차를 몰며 그런 곳을 거쳐 집으로 돌아가는 건 말할 수 없이 기분좋은 일이었다. 그린게이블즈의 오솔길에 막 접어들었을 때 문득 앤의 눈에 띈 것이 있었다. 그때까지 아름다웠던 경치가 모두 엉망이 되어버렸다.

두 사람의 앞쪽 오른편에는 해리슨 씨네 밭이 있고, 늦보리가 비에 젖어 온통 푸르게 펼쳐져 있었다. 그 보리밭 한가운데에 소가 서 있었던 것이다! 소는 허리가 보이지 않을 만큼 보리에 파묻혀서 보리 이삭 너머로 당당하게 두 사람을 보며 태연하게 눈을 껌벅거리고 있었다.

앤은 말고삐를 놓고 입술을 깨물며 일어섰지만 먹는 것에 열중한 소는 아랑곳도 하지 않았다. 앤은 한마디도 하지 않고 재빨리 마차에서 내리더니 다이애너가 무슨 일인가 몰라 어리둥절해 하는 사이에 훌쩍 울타리를 뛰어넘어 잽싸게 달려갔다.

겨우 정신이 든 다이애너가 큰 소리로 외쳤다.

"앤, 돌아와! 그렇게 젖은 보리밭으로 들어가면 옷이 엉망이 되잖니. 안 된다니까. 어휴! 안 들리나봐. 혼자서는 소를 붙잡을 수 없어. 어서 가서 도와줘야겠어."

앤은 미친 듯이 보리를 헤치며 달리고 있었다. 다이애너도 마차에서 가볍게 뛰어내려 말을 울타리에 단단히 잡아매 놓고 깅엄 옷자락을 어깨까지 걷어올린 다음 울타리를 넘어 앤의 뒤를 바짝 따랐다.

다이애너가 앤보다 빨리 달렸다. 앤은 젖은 옷자락이 다리에 달라붙어 빨리 달릴 수 없었기 때문에 곧 다이애너에게 따라잡혔다. 두 사람이 지나간 자국을 해리슨 씨가 보았다면 그야말로 가슴이 찢어지는 듯했을 것이다.

"제발 기다려줘, 앤. 숨이 끊어질 것 같아. 너는 뼛속까지 젖어 버리겠다."

"해리슨 씨가…… 저 소를…… 보기 전에…… 얼른 붙잡아야 해. 붙잡을 수만…… 있다면…… 뼛속까지…… 젖어도…… 상관없어."

그러나 소는 한창 맛있게 새싹을 먹고 있는데 붙잡히겠냐는 듯 두 사람이 헐레벌떡 다가가자 홱 돌아서서 반대쪽으로 달아나버렸다.

"앞질러가서 길을 막아줘! 빨리, 다이애너, 무조건 달려가!"

다이애너와 앤은 힘껏 달렸다. 장난꾸러기 소는 무엇에 홀린 듯 이리저리 온밭을 헤매며 달아났다. 다이애너로서는 그렇게밖에 생각되지 않았다. 두 사람은 10분이나 쫓아다닌 끝에야 겨우 소를 앞질러 갈 수 있었다. 그리고는 길을 막은 다음 울타리 틈새로 나와 그린게이블즈 오솔길로 데리고 갔다.

이때의 앤의 심정은 천사같은 마음씨와는 거리가 멀었다. 게다가 오솔길에 멈춰선 마차를 보니 더욱더 기분이 나빠졌다. 카모디의 실러 부자(父子)가 마차에 앉아서 이를 드러내며 웃고 있었던 것이다.

"지난주에 사겠다고 했을 때 팔았더라면 좋았잖소, 앤."

실러 씨는 껄껄 소리내어 웃었다.

"필요하다면 지금이라도 팔겠어요. 당장 가져가세요."

얼굴은 새빨갛고 머리는 마구 헝클어진 소주인이 말했다.

"좋소. 지난번에 내가 말한 대로 20달러 주겠소. 이대로 카모디로 데려갈 수 있으니까요. 그러면 오늘 저녁 다른 뱃짐과 함께 시내로 보낼 수 있겠지. 브라이튼의 리드 씨가 저지종 소를 바라고 있다오."

5분 뒤 짐 실러와 소는 큰길을 가고 있었고 충동적으로 거래를 끝낸 앤은 20달러를 쥐고 그린게이블즈 오솔길로 마차를 달리고 있었다.

"머릴러가 뭐라고 하지 않을까?"

다이애너가 근심스러운 얼굴로 물었다.

"아니, 괜찮아. 돌리는 내 것이고, 경매에 내놓아도 20달러 넘게는 못 받을 거야. 하지만 해리슨 씨가 보리밭을 보면 또 돌리가 들어왔었다는 것을 알게 될 테지. 내 명예를 걸고 두 번 다시 그런 짓 못하도록 하겠다고 큰소리쳤는데!

이젠 지긋지긋해. 앞으로는 소 때문에 명예를 걸겠다는 말은 결코 하지 않겠어. 울타리까지 훌쩍 뛰어넘을 수 있고 부수기도 하는 소가 무슨 짓을 저지를지 어떻게 알겠니?"

머릴러는 린드 부인 집에 가고 없었는데, 돌아왔을 때에는 돌리를 팔아버린 일을 벌써 알고 있었다. 린드 부인이 자기 집 창문으로 소가 끌려가는 광경을 내다보고 있었기 때문에 부족한 부분은 어렴풋하게 자기머리로 생각한 것이다.

"그 소를 잘 팔았다고 생각해. 하지만 너는 일은 너무 서둘러 처리한 것 같구나, 앤. 그런데 그 소가 어떻게 울타리를 빠져나갔을까? 아마도 판자를 부숴 버렸겠지?"

"그러고보니 아직 그걸 확인 못해봤군요. 지금이라도 가봐야겠어요. 마틴이 아직 돌아오지 않는 걸 보니 또다른 고모가 돌아가신 것 아닐까요?

피터 슬론 씨가 한 노인 이야기가 생각나요. 요전날 밤 슬론 씨 부인이 신문을 읽다가 슬론 씨에게 물었대요. '또 노인이 죽었다고 나와 있는데, 대체 이 노인이 누구죠?'

그러자 슬론 씨가 '나도 모르겠는데, 아마 어지간히 병치레만 하는 놈들을 말하는 거겠지. 그런 놈들의 말이라면 죽는 일밖에 듣지 못했으니까' 하고 대답했대요. 마틴의 고모들도 그런 거겠죠?"

"마틴도 여느 프랑스 사람들과 전혀 다를 바 없어. 조금도 믿을 수가 없거든."

앤이 카모디에서 사온 물건을 머릴러가 펼쳐보고 있는데 헛간 쪽에서 날카로운 비명이 들리더니 곧이어 두 손을 꼭 마주잡은 앤이 부엌으로 뛰어들어왔다.

"앤 셜리, 이번에는 또 무슨 일이냐?"

"오, 머릴러, 어떻게 하죠? 정말 큰일났어요. 모두 내 잘못이에요. 아, 나는 어째서 이렇게 생각이 모자라는 일만 하는지 모르겠어요. 린드 아주머니가 나더러 언젠가는 끔찍스러운 짓을 저지를 거라고 했는데, 마침내 그대로 되어버렸어요."

"앤, 너는 너무 야단스러운 말투를 쓰는구나! 무슨 일인데 그러니?"

"내가 아까 팔아버린 것은 해리슨 씨의 소였어요...... 해리슨 씨가 벨 씨한테서 산 것을...... 실러 씨에게 팔아버린 거예요! 돌리는 울타리 안에 얌전히 있어요!"

"앤 셜리, 너 꿈이라도 꾸고 있는 게 아니냐?"

"꿈이라면 얼마나 좋겠어요. 이번만큼은 꿈이라도 소용없어요. 무서운 악몽이니까요. 해리슨 씨의 소는 지금쯤 샬럿타운에 가 있을 거예요. 아, 머릴러, 나는 이제 이런 어리석은 짓을 할 나이는 지났다고 생각했는데 이제까지의 일 가운데에서도 이번에야말로 가장 심한 소동을 일으키고 말았어요. 어떡하면 좋아요?"

"어떡하다니? 다른 방법이 없어. 해리슨 씨에게 가서 빌 수밖에 없다. 돈을 받지 않겠다고 하거든 우리 소를 대신 주겠다고 해라. 돌리는 해리슨 씨네 것 못지않게 아주 좋은 소니까."

앤은 신음했다.

"몹시 화내며 야단치겠죠?"

"그럴 테지. 성을 잘 내는 사람같던데. 그럼, 내가 가서 말해 주련?"

"아니에요, 괜찮아요. 나는 그렇게 비겁하지 않아요. 모두 내 잘못인데 머릴러가 그런 일을 당할 수는 없어요. 지금 당장 가겠어요. 매도 빨리 맞는 편이 나으니까요. 몹시 괴로운 기분을 맛볼 거예요."

가엾은 앤은 모자를 쓰고 20달러를 가지고 나가려다가 문득 문이 열려진 부엌 쪽을 보았다.

식탁 위에 그날 아침 앤이 구워놓은 호두케익이 놓여 있었다. 핑크빛 설탕을 입히고 호두로 듬뿍 꾸민, 특별히 맛있게 만든 케익이었다. 금요일 밤 애번리 젊은이들이 그린게이블즈에 모여 '개선회'를 결성하기로 되어 있었으므로 그때를 위해 준비한 것이다.

하지만 화를 낼 해리슨 씨를 생각하면 그들은 아무래도 좋았다. 이런 케익을 보고 마음이 누그러지지 않을 사람은 없을 것이다.

혼자 살림을 꾸려 나가는 남자라면 더욱 그럴 거라 생각하며 앤은 곧 그 케익을 상자에 담았다. 평화적인 협상을 위한 선물로 해리슨 씨에게 가지고 가려는 것이다.

"다행히 한마디할 수 있는 틈을 내게 준다면 말이야."

앤은 우울한 마음으로 오솔길 울타리를 넘어 8월 저녁놀을 받아 황금빛으로 물든 아름다운 보리밭 사이를 지름길로 걸어갔다.

"교수대로 끌려가는 사람의 기분을 이제야 알 수 있을 것 같아."

해리슨 씨네 집

해리슨 씨 집은 울창한 가문비나무숲을 등지고 선 추녀가 낮고 벽에 흰 칠을 한 옛날식 건물이었다.

해리슨 씨는 포도덩굴로 그늘진 베란다에서 편안한 셔츠 차림으로 한가로이 담배를 피우고 있다가, 오솔길을 걸어오는 사람이 누구인지 알자 벌떡 일어나 집안으로 뛰어들어가서 문을 쾅 닫았다. 깜짝 놀라 당황하기도 했지만 전날 지나치게 화낸 일이 멋쩍게 여겨졌기 때문이었다. 하지만, 앤으로서는 그나마 조금 남아 있던 용기마저 완전히 사라지고 말았다.

'지금도 저런데 내 이야기를 들으면 얼마나 화낼까.'

앤은 비참한 기분으로 문을 똑똑 두드렸다.

해리슨 씨는 부끄러운 듯이 어색한 미소를 지으며 문을 열었다. 얼마쯤 불안해 보이기는 했으나 그래도 친절하게 맞아주었다. 파이프는 치우고 깔끔한 웃옷을 걸치고 있었다.

먼지투성이 의자를 정중히 권하여 앤으로서도 기분좋은 환영을 받은 셈이었다. 그런데 새장 속에서 심술궂은 금빛 눈을 반짝이고 있던 수다쟁이 앵무새가 앤이 의자에 앉는 순간 소리치는 것이었다.

"별꼴 다 보겠네! 이 빨강머리 계집애야, 뭘 하러 왔어?"

이 말을 듣고 해리슨 씨와 앤은 누가 먼저라 할 것 없이 얼굴이 빨개졌는데 누구 얼굴이 더 새빨개졌는지 알 수 없을 정도였다.

해리슨 씨는 무서운 눈으로 진저를 노려보며 말했다.

"저 앵무새한테는 신경쓰지 마시오. 저놈은 늘 돼먹잖은 소리만 지껄이죠. 선원이었던 내 형님한테서 받은 놈이오. 뱃사람들이란 대부분 고상한 말과는 거리가 먼데 저 앵무새도 그걸 배운 모양이오."

"그렇겠죠."

가엾은 앤은 이 집에 온 용건을 생각하니 화낼 수도 없었다. 지금 해리슨 씨에게 싫은 소리 할 처지가 아닌 것만은 틀림없었다. 남의 소를 주인의 승낙도 없이 팔아버렸으니 그 사람의 앵무새가 기분에 거슬린다 한들 불평할 입장이 못되었다. 그래도 '빨강머리 계집애'라는 말에는 역시 속이 편치 않았다.

앤은 용기내어 말을 꺼냈다.

"저, 사과드리러 왔어요, 해리슨 씨. 저…… 저…… 소에 대해서 말인데요……"

해리슨 씨는 불안한 표정이 되었다.

"거 참! 그 소가 또 우리 보리밭에 들어갔소? 뭐 상관없소…… 들어간 정도야…… 별일도 아닌데…… 나도…… 나도 어제는 너무 심하게 화낸 것 같아서. 밭에 들어간 정도야 괜찮아요."

앤은 한숨을 푹 내쉬었다.

"그것뿐이라면 좋겠지만, 그보다 열 배나 나쁜 일이에요. 뭐라고 드릴……"

"아니, 그럼, 우리 밀밭에 들어갔단 말이오?"

"아니에요…… 저, 밀밭이 아니라 실은……"

"그럼, 양배추밭이로군! 내가 전시회에 출품하려고 가꾸어 놓은 양배추밭에 들어갔소?"

"양배추밭도 아니에요, 해리슨 씨. 모두 이야기하겠어요……그럴려고 찾아온 거니까요. 부디 제가 이야기를 끝낼 때까지 아무 말 말고 들어주세요. 안 그러면 무서워서 입도 뻥긋 못하게 될 테니까요. 어쨌든 이야기를 다 마칠 때까지 잠자코 내 얘기를 들어주세요……아마 다 듣고 나면 하고 싶은 말이 산처럼 많을 거예요."

앤은 단숨에 다 말해버렸다. 그리고 마지막 말만 기억에 남았다.

"그럼 아무 말 하지 않으리다."

해리슨 씨는 그 말대로 했지만, 가만히 있겠다고 약속한 적이 없는 진저는 '빨강머리 계집애'를 되풀이하여 마침내 앤도 흥분하고 말았다.

"어제 제 소를 울타리 안에 가둬 놓았었죠. 그런데 오늘 카모디에 갔다가 돌아오면서 보니 소 한 마리가 댁의 보리밭에 들어가 있잖겠어요. 다이애너와 나는 소를 쫓아내려고 얼마나 혼났는지 몰라요.

옷이 흠뻑 젖고 몸은 지치고 정말 화가 났죠. 그때 마침 실러 씨가 지나가기에 그 자리에서 소를 20달러에 팔아 버렸어요. 내가 나빴어요. 좀더 기다렸다가 머릴러와 의논하고 팔았어야 하는데 말이에요. 나는 깊이 생각해 보지 않고 일을 처리하는 버릇이 있어요—나를 알고 있는 사람들한테 물어보면 아실 거예요. 실러 씨는 소를 오후 기차에 태워 보내기 위해 금방 데려갔어요."

그때 또 진저가 아주 멸시하듯 외쳤다.

"빨강머리 계집애!"

해리슨 씨는 견디다 못해 일어나서 다른 새라면 겁먹어 꼼짝도 못할 만큼 무서운 얼굴로 노려보았지만 진저는 태연했다. 그는 진저의 새장을 옆방으로 갖다놓고 문을 쾅 닫아 버렸다. 진저는 소문대로 바락바락 소리를 지르며 욕설을 퍼부었으나 혼자 갇힌 것을 알자 잠잠해졌다.

해리슨 씨는 다시 자리에 앉으며 말했다.

"실례했소. 자, 이야기를 계속해요. 저 새를 준 내 형님이 버릇을 고치지 않아서 그렇소."

"나는 집으로 돌아가서 저녁을 먹은 다음 소를 가둬 두었던 곳에 가보았어요, 해리슨 씨."

앤이 몸을 내밀며 어릴 적 습관대로 두 손을 맞잡고 큰 잿빛 눈으로 용서를 구하듯이 쳐다보자 해리슨 씨는 거북한 표정을 지었다.

"그런데 내 소는 그 울타리 안에 얌전히 있잖겠어요. 내가 실러 씨에게 판 것은 아저씨네 소였어요."

이 뜻밖의 결말에 해리슨 씨는 아연실색하고 말았다.

"이럴 수가! 말도 안 돼!"

"그런데 나 자신뿐만 아니라 다른 사람까지 곤경에 빠뜨리는 건 조금도 말도 안 되는 일이 아니에요. 그 때문에 나는 유명해졌으니까요. 이젠 그런 시절이 지날 때도 되지 않았느냐고 여기시겠지만…… 내년 3월에 17살이 되거든요…… 아직 지나지 않았나봐요.

해리슨 씨, 용서해 달라고 말하면 너무 뻔뻔스럽겠죠. 소를 다시 찾아오기는 힘들겠지만, 그 돈은 여기 있어요. 아니면 제 소를 대신 가지셔도 좋아요. 아주 좋은 소예요. 뭐라고 사과해야 할지 모르겠어요."

그러자 해리슨 씨는 기분좋게 앤의 말을 가로막았다.

"아니오. 이제 그만 하시오. 대수로운 일이 아니니까. 실수란 흔히 있는 법이오. 나도 어찌나 성질이 급한지 생각이 났다 하면 앞뒤 가리지 않고 말해버린다니까. 그런 사람이려니 생각하는 수밖에 없지, 뭐. 만일 그 소가 우리 양배추밭에 들어갔다면 지금쯤…… 하지만 그러지 않았으니 괜찮소. 정말 다행이오. 차라리 댁의 소를 가질까요? 어차피 팔 마음이 있었던 것 같으니."

"정말 고마워요, 해리슨 씨. 정말 기뻐요. 틀림없이 몹시 화내시리라 생각했거든요."

"그래서 나에게 그 이야기를 하러 오는 것이 몹시 두려웠겠군. 어제 내가 그렇게 떠들어댔으니까. 안 그렇소? 하지만 너무 나쁘게 생각지 말아줘요. 그저 입이 좀 험악한 사람일 뿐이니까. 나는 마음먹은 것을 그대로 말하는 성미여서 남의 귀에 거슬리는 말도 그대로 입 밖에 내버린다오."

"린드 아주머니도 그래요."

앤이 잘못 말했다고 생각했을 때는 이미 늦어버렸다.

해리슨 씨는 불쾌한 듯 얼굴을 찌푸리며 말했다.

"누구? 린드 아주머니? 나를 그런 말많은 할멈과 같이 취급하면 곤란해요. 나는 닮지 않았소…… 조금도 닮지 않았어……… 그 상자 속에는 무엇이 들어 있소?"

앤은 수줍게 대답했다.

"케익이에요."

뜻밖에도 부드러운 해리슨 씨의 태도에 앤의 마음은 깃털처럼 가볍게 날아올랐다.

"드리려고 가져왔어요. 케익을 드실 일이 그리 없을 것 같아서요."

"그래요. 게다가 나는 케익을 아주 좋아하지요. 고맙소. 먹음직스럽게 보이는데 맛있으면 좋겠군."

"물론, 맛있어요. 전에는 맛없는 케익을 만든 일도 있기는 해요. 앨런 부인이 잘 알고 있죠. 하지만 이젠 자신있어요. 개선회 친구들을 위해 만든 것인데, 그들을 위해서는 나중에 또 새로 만들면 돼요."

"그럼 이왕 왔으니 같이 먹어보겠소? 차를 끓여 한 잔씩 마시고 싶은데요."

앤이 좀 망설이며 물었다.

"제가 차 준비를 할까요?"

해리슨 씨는 웃으며 말했다.

"내가 차를 끓일 줄 모르리라 여기는 듯한데 천만의 말씀. 어느 누구보다도 맛있는 차를 끓일 줄 알지요. 하지만 부탁해요. 다행히도 지난 일요일에 비가 와서 깨끗이 씻은 그릇이 얼마든지 있소."

앤은 가볍게 몸을 일으켜 차 준비를 시작했다. 몇 번이나 물로 씻은 주전자에 차를 넣고, 요리용 스토브를 깨끗이 닦고, 부엌에서 접시를 날라다 식탁에 차려놓았다. 부엌이 너무 더러워 놀랐지만 아무 말 하지 않았다. 해리슨 씨가 빵과 버터와 복숭아통조림이 있는 곳을 가르쳐주었다. 앤은 뜰에서 꽃을 꺾어다 식탁을 장식하고, 식탁보의 얼룩은 눈 딱 감고 보지 않기로 마음먹었다.

곧 차 준비가 다 되자 앤과 해리슨 씨는 식탁에 마주 앉았다. 앤은 해리슨 씨에게 차를 따라주며 학교와 친구들 이야기며 장래의 여러 가지 계획을 스스럼없이 말했다. 스스로도 어떻게 이럴 수가 있을까 여겨질 만큼 정답게 이야기했다.

해리슨 씨는 가엾다는 듯이 진저가 쓸쓸해할 거라며 데려왔다. 앤은 누구든, 용서하고 싶은 기분이었으므로 진저에게 호도케익을 주려 했다. 그러나 진저는 몹시 섭섭했는지 화해하는 뜻에서 주는 것을 먹으려 하지 않고 시무룩하니 깃털을 세운 채 나무 위에 웅크리고 있어서 마치 초록빛과 황금빛이 뒤섞인 공처럼 보였다.

"어째서 진저라는 이름을 붙이셨죠?"

앤은 어울리는 이름 짓기를 좋아했으므로 이처럼 화려한 깃털을 지닌 새에게 진저라는 이름이 맞지 않는다고 생각했다.

"선원인 형님이 지었소. 아마 이놈의 성질 때문이었을 거요. 그래도 나는 이 새를 퍽 좋아한다오. 앤이 놀랄 만큼 말이오. 물론 결점이 많소. 이 새 때문에 난처한 적이 몇 번이나 있었소. 어떤 사람은 이 새가 버릇이 없다고 싫어해요.

나는 고쳐주려고 애썼소. 다른 사람도 해보았지만 아무래도 뜻대로 되지 않아요. 또 어떤 사람은 덮어놓고 앵무새 기르는 것을 반대하지만 그게 말이나 되오?

어찌되었든 나는 이 녀석이 좋아요. 진저는 나의 둘도 없는 친구요. 무슨 일이 있어도 이 새를 내놓지 않겠소…… 결코."

마지막 말을 해리슨 씨는 폭탄이라도 집어던지듯 내뱉었는데, 마치 앤이 슬그머니 진저를 버리라고 해리슨 씨를 설득하기라도 한 듯한 말투였다.

그러나 앤은 이 별난 데가 있는 성급하고 몸집이 작은 사나이에게 호감을 느꼈으며, 차를 다 마셨을 무렵에는 서로 좋은 친구가 되어 있었다. 개선회 이야기를 듣고 해리슨 씨는 찬성하는 뜻을 밝혔다.

"그거 아주 좋은 일이오. 꼭 하도록 하시오. 이 마을에는 개선해야 할 여지가 많이 있소. 게다가 사람도 말이오."

"어머나, 나는 그렇게 생각지 않아요."

앤은 은근히 화가 나서 얼굴이 새빨개졌다. 스스로에게나 또는 특별히 친한 사이끼리는 애번리 마을이며 그 주민의 하찮은 결점을 인정하지만, 해리슨 씨 같이 다른 고장에서 온 사람으로부터 비난받는 것은 참을 수 없었다.

"애번리는 아름다운 고장이고 주민들도 참 좋은 사람들이라고 생각해요."

해리슨 씨는 마주앉은 앤의 새빨갛게 달아오른 뺨과 성난 눈을 보며 말했다.

"정말 성미가 급한 것 같군요. 그런 머리 색깔의 소유자는 대개 그런 성질인 것 같소. 물론 애번리는 좋은 고장이죠. 그렇지 않다면 나는 여기서 살고 싶지 않을 거요. 하지만 댁도 마을에 얼마쯤 결점이 있음을 인정하겠죠?"

"그래서 더욱 좋아해요. 고장이든 사람이든 완벽하다면 좋아하지 않아요. 완전한 사람이란 참으로 재미없을 거예요. 밀턴 화이트 아주머니가 말씀하셨는데, 그런 사람을 만나본 적은 없지만 결점이 없다는 사람에 대해서는 귀에 딱지가 앉을 정도로 많이 들었대요. 그 사

람은 그 아주머니 남편의 전부인이었대요. 전부인이 온전한 인격자였던 남편의 아내가 되는 일은 무척 괴롭겠죠?"

해리슨 씨는 갑자기 이해할 수 없을 만큼 험악한 기세로 말했다.

"그보다도 완벽한 아내를 가진 남편이 몇 배나 더 괴로울 거요."

차를 마시고 나자 해리슨 씨는 아직 몇 주일 동안 쓸 그릇이 남아 있다고 사양했지만 앤은 설거지를 자청했다. 바닥도 쓸고 싶었지만 빗자루가 보이지 않았다. 만일 한 자루도 없다면 무안해 할까봐 어디 있는지 차마 물어볼 수도 없었다.

앤이 돌아가려 하자 해리슨 씨가 아쉬워하며 말했다.

"가끔 놀러와 말동무가 되어주지 않겠소? 멀지도 않고, 이웃끼리는 서로 친하게 지내야 하니까요. 나는 그 개선회에 흥미도 꽤 있소. 재미있을 것 같고. 맨 먼저 누구부터 시작하죠?"

"우리는 사람을 개선하려는 게 아니에요. 환경에만 손댈 거예요."

앤은 단호한 태도로 말했다. 해리슨 씨가 이 계획을 놀리는 게 아닌가 여겨졌기 때문이었다.

해리슨 씨는 돌아가는 앤의 뒷모습을 창문으로 쓸쓸히 내다보았다. 저녁놀이 지는 밭 사이를 사뿐히 걸어가는 얌전한 처녀다운 모습이었다.

해리슨 씨는 소리내어 중얼거렸다.

"나는 무뚝뚝하고 고집스럽고 외로운 사람이야. 하지만 저 아가씨를 만나면 어쩐지 다시 젊어지는 기분이야. 가끔 이런 기분에 젖어보는 것도 제법 괜찮을 것 같군."

이때 또다시 진저가 놀리듯이 쉰 목소리로 외쳤다.

"빨강머리 계집애야!"

해리슨 씨는 앵무새에게 주먹을 휘둘러보였다.

"요 못된 놈 같으니! 선원인 형님이 너를 데려왔을 때 차라리 목을 비틀어버릴 걸. 언제까지 나를 난처하게 만들 작정이냐?"

앤은 기운차게 집으로 달려가 흥분하여 머릴러에게 다 말했다. 머릴러는 아무리 기다려도 앤이 오지 않아 찾으러 나가려던 참이었다.

이야기를 끝내자 앤은 즐거워하며 덧붙였다.

"결국 세상이란 그리 나쁜 곳만은 아닌 것 같아요. 린드 아주머니는 요전번 세상이 한심하다고 탄식하면서 뭔가 좋은 일이 있으려나 잔뜩 기대하고 있으면 반드시 실망하게 되고 생각한 대로 되는 법이 없다고 했죠. 아마 그럴지도 모르지만, 다르게 볼 수도 있지 않을까요? 나쁜 일이 반드시 생각만큼 그렇지 않은 경우도 있으니까요. 나는 오늘 저녁 해리슨 씨 집에 갈 때는 틀림없이 불쾌한 일이 벌어질 줄 알았는데 뜻밖에도 아주 친절한 분이어서 유쾌한 시간을 보냈어요. 서로의 결점을 너그러이 보아 넘기면 우리는 좋은 이웃이 되리라 생각해요. 모든 일이 잘 되어 나갈 거예요. 앞으로 나는 소를 팔 때 누구네 소인지 확인하기 전에는 절대로 팔지 않을 거예요. 그런데 앵무새만은 도저히 좋아할 수가 없어요."

마음과 마음들

어느 날 저녁, 흰 자작나무 오솔길과 큰길이 이어진 곳의 가문비나무가 살랑거리는 그늘의 울타리 옆에, 제인 앤드루스, 길버트 블라이스, 앤 셜리가 서 있었다.

앤이 그날 오후에 놀러온 제인을 중간까지 바래다주다가, 울타리에서 우연히 길버트를 만났다. 세 사람은 자신들의 운명이 결정되는 내일에 대해 이야기를 나누고 있었다.

내일은 9월 1일 학교가 시작되는 날이다.

제인은 뉴브리지로, 길버트는 화이트 샌즈로 가게 되어 있었다.

앤은 한숨지으며 말했다.

"두 사람 다 나보다는 낫겠어. 너희들은 처음 만나는 아이들을 가르치지만 나는 함께 공부하던 하급생을 가르쳐야 하니까. 모르는 선생이면 몰라도 나에 대해선 잘 알고 있으니까.

처음부터 무서운 얼굴을 하지 않으면 아이들이 만만하게 본다고 린드 아주머니가 말했어. 하지만 선생님이 무서운 얼굴을 하는 것은 좋지 않은 것 같아. 아, 생각할수록 책임이 너무 무거워."

"걱정하지 마. 잘 해나갈 수 있을 거야."

제인은 태연했다. 좋은 선생님이 되어야겠다는 포부 같은 건 없이 그저 꼬박꼬박 월급을 받고, 이사회의 마음에 들어, 장학관 명부에 우수교사로 오를 수만 있다면 더 이상 바랄 것이 없었다.

"중요한 것은 규율을 지키게 하는 일이니까 선생님은 얼마쯤 무서운 얼굴을 보여야 해. 아이들이 말을 듣지 않으면 나는 벌을 줄 거야."

"어떤 식으로?"

"물론 회초리로 때려야지."

앤은 깜짝 놀라 소리쳤다.

"어머나, 제인! 설마 진짜 그러지는 않겠지. 그런 짓을 어떻게!"

제인은 딱 잘라 말했다.

"아니, 필요한 때에는 그렇게 할 작정이야. 할 수 있어."

앤도 제인 못지않게 단호하게 말했다.

"나는 아이들에게 절대로 매질은 하지 않겠어. 좋은 일로 여기지 않으니까. 스테이시 선생님은 한 번도 매질한 적이 없지만 우리는 말을 잘 들었잖니. 그런데 필립스 선생님은 늘 매질했지만 모두들 말을 듣지 않았어.

회초리를 들어야만 해나갈 수 있다면 차라리 학교를 그만두겠어. 말을 잘 듣게 하기 위한 더 좋은 방법이 틀림없이 있을 거야. 학생들에게 사랑받도록 노력하면 학생들도 나를 따르게 될 거야."

현실주의자인 제인이 물었다.

"하지만 만일 그렇게 되지 않으면?"

"어쨌든 매질은 하지 않겠어. 그렇게 한다고 도움이 되는 것은 아니니까. 제인, 부탁이야. 학생들이 아무리 말을 듣지 않더라도 회초리는 들지마."

제인이 물었다.

"길버트, 너는 어떻게 생각해? 때로는 매질도 해야 한다고 생각지 않아?"

이번에는 앤이 너무 흥분한 나머지 얼굴까지 빨개져서 물었다.

"아이들을…… 어떤 아이든 때린다는 것은 잔인하고 야만스러운 일이라고 생각지 않니?"

"글쎄—"

길버트는 자신이 믿고 있는 신념과 앤의 이상에 조금이라도 다가가고 싶은 마음 사이에서 대답이 궁해졌다.

"양쪽 모두 일리가 있다고 생각해. 나도 아이들에게 매질하는 것을 좋게 여기지는 않아. 앤의 말대로 좀더 좋은 방법이 있을 거야. 때리는 것은 마지막 수단으로 삼아야 해.

제인의 말대로 때리지 않고는 말을 듣지 않는 경우, 즉 때리는 편이 아이를 위해 좋을 경우도 있을 거야. 요컨대 매질은 마지막 수단으로 써야 한다는 게 내 의견이야."

길버트는 두 사람을 모두 만족시키려다가 오히려 양쪽 다 마음을 상하게 만들고 말았다.

제인은 고개를 저으며 말했다.

"나는 학생이 말을 듣지 않으면 호되게 때리겠어. 잘못이라는 걸 알게 하기 위해서는 그것이 가장 손쉽고 편한 방법이니까."

앤은 실망한 듯이 길버트를 힐끗 쳐다보았다.

"나는 결코 매질은 하지 않겠어. 그것은 옳은 일이 아니고 필요한 일도 아니야."

"예를 들어 남자아이에게 무슨 일을 시켰는데 그 아이가 건방지게 말대답하면 어떻게 하겠니?"

"수업이 끝난 뒤 조용하지만 엄하게 타이르겠어. 이쪽에서 찾아내려 하면 누구나 저마다 장점을 지니고 있는 법이야. 그것을 찾아내어 길러주는 것이 교사의 의무잖아. 퀸즈아카데미의 교실관리학 교수님이 그렇게 말했었지.

과연 매질을 한다고 그 아이의 장점을 끌어낼 수 있을까? 아이들에게 읽기와 쓰기와 산술을 가르치는 것보다 올바른 사람이 되게 하는 것이 훨씬 중요하다고 레니 교수님도 말했잖아."

"하지만 교육위원회가 시험하는 것은 읽기와 쓰기와 산술뿐이잖니. 아이들이 표준점수를 얻지 못하면 좋은 교사라고 평가해 주지 않아."

앤은 딱 잘라 말했다.

"나는 우수교사 명단에 오르는 것보다 학생들로부터 사랑받고, 학교를 졸업한 다음에도 정말 좋은 선생님으로 기억해주기를 바라겠어."

길버트가 물었다.

"학생이 나쁜 짓을 했을 때에도 절대로 벌주지 않을 거니?"

"아니, 그럴 때는 싫어도 벌을 줘야겠지. 하지만 쉬는 시간을 주지 않는다든가, 수업시간 내내 세워둔다든가, 시를 베껴쓰게 하면 될 거야."

제인이 장난기 가득하게 말했다.

"여자아이에게 벌줄 때 남자아이와 나란히 앉게 하는 그런 벌은 주지 않겠지?"

길버트와 앤은 서로 얼굴을 마주보며 멋쩍은 듯이 웃었다. 전에 앤은 길버트와 나란히 앉는 벌을 받은 일이 있었는데, 그 결과는 참으로 괴로웠었다.

헤어지면서 제인은 철학자 같은 투로 말했다.

"어쨌든 어느 것이 가장 좋은 방법인지 두고보면 알게 될 거야."

앤은 그린게이블즈로 돌아왔다. 나뭇잎이 살랑거리고 풀고사리 향기가 감도는 어두컴컴한 자작나무 오솔길을 지나 '제비꽃 골짜기'를 건너 전나무숲 밑에서 빛과 그림자가 키스를 하는 '윌로미어'를 지나 '연인의 오솔길'로 나왔다. 이것은 모두 옛날 앤과 다이애너가 이름붙인 장소였다.

앤은 별이 총총히 빛나는 여름저녁 들판과 숲의 아름다움에 한껏 젖어 천천히 걸어가면서 내일부터 짊어질 새로운 의무에 대해 진지하게 생각했다.

그린게이블즈 뒤뜰에 들어섰을 때 열려진 부엌 창문으로 린드 부인의 또렷한 목소리가 크게 들려왔다.

앤은 얼굴을 찌푸렸다.

'린드 아주머니는 내일 일에 대해 내게 주의를 주려고 왔을 거야. 안으로 들어가지 말아야지. 아주머니의 충고는 후춧가루 같거든. 조금만 해주면 굉장히 좋은데 너무 많이 하니까 정신이 얼얼해서 견딜 수가 없어. 그동안 해리슨 씨네에 가서 놀다 와야지.'

그 소 사건 뒤, 앤은 저녁때가 되면 곧잘 해리슨씨 집으로 놀러갔다. 앤은 그와 좋은 친구 사이가 되어 있었다. 하긴 이따금 해리슨 씨가 지나치게 솔직한 말을 해서 견디기 어려울 때도 있었다.

진저는 여전히 경계심을 늦추지 않으며 앤이 올 때마다 밉살스럽게 외치곤 했다.

"빨강머리 계집애야!"

해리슨 씨는 그 버릇을 고쳐 주려고 앤이 이쪽으로 오는 것이 보이기만 하면 벌떡 일어나 진저에게 달려가 듣기좋은 말을 큰 소리로 외쳤다.

"오, 반가워라! 저 귀여운 아가씨가 또 오는군!"

하지만 진저는 해리슨 씨의 속셈을 눈치채고 노골적으로 비웃었다.

해리슨 씨는 앤이 없는 곳에서는 굉장히 칭찬했지만 정작 앤 앞에서는 조금도 그런 내색을 하지 않았다.

앤이 베란다 층계를 올라가자 해리슨 씨가 말했다.

"아, 내일 쓸 회초리를 꺾으러 숲에 갔다 오는 길이군요."

"어머나, 아니에요."

앤은 주먹을 쥐고 분개했다. 앤은 무슨 말이든지 곧이곧대로 받아들이기 때문에 놀려주기가 아주 쉬웠다.

“절대로 회초리를 쓰지 않을 거예요, 해리슨 씨. 물론 칠판을 가리키는 막대기는 없으면 안 되지만, 그것은 무엇을 가리킬 때에만 쓰죠.”
“그럼, 가죽채찍을 쓰겠군요. 그래, 그게 더 나을 거야. 회초리는 맞을 때만 아픈데 가죽끈은 오래도록 얼얼하니까.”
“나는 그런 것을 결코 쓰지 않아요. 절대로 학생들에게 매질하지 않을 거예요.”
해리슨 씨는 몹시 놀라며 물었다.
“아니, 그게 무슨 말이오? 그러면 아이들을 어떻게 다루지요?”
“나는 사랑으로 다루겠어요, 해리슨 씨.”
“그건 안 돼요, 전혀 불가능한 이야기요, 앤. ‘귀여운 자식은 회초리로 키우라’고 하지 않소? 내가 학교에 다닐 때는 선생님이 날마다 나를 때렸지. 내가 장난치지 않을 때에도 머릿속에서 나쁜 짓을 꾸미고 있을 거라고 잔소리하며 말이오.”
“지금은 아저씨가 학교 다닐 때와 방법이 달라졌어요.”
“그러나 사람의 성질은 달라지지 않았소. 이 점을 명심해야 해요. 회초리를 쓰지 않으면 결코 이 애번리 꼬마녀석들을 다룰 수 없다는 것을 말이오. 그건 당치도 않은 이야기요.”
“하지만 우선 내 방법을 시험해 보겠어요.”
앤은 의지가 매우 강하고 스스로 한번 마음먹은 것은 끈기있게 나아가는 성격이었다.
“꽤 고집스럽군요. 어쨌든 차차 알게 될 거요. 화가 나면—댁 같은 머리색을 한 사람은 화를 잘 내죠—자신의 훌륭한 이상을 까맣게 잊고 아이들을 마구 때릴 거요. 어쨌든 아직은 제대로 가르칠 나이가 아니오. 어린 티를 벗어나지 못했소.”
그날 밤 앤은 비관하며 잠자리에 들었다. 밤새도록 깊은 잠을 이루지 못해 다음날 아침 식사 때 얼굴이 몹시 핼쑥하여 보기에도 애처로웠다.

머릴러는 깜짝 놀라 혓바닥을 델 정도로 뜨거운 생강차를 억지로 마시게 했다. 앤은 생강차가 어떤 효과를 내는지 잘 몰랐지만 시키는 대로 참고 마셨다. 이것을 마심으로써 나이와 경험을 얻을 수 있다면 한 사발이라도 기꺼이 마셨으리라.

"머릴러, 만일 실패하면 어떻게 해요?"

머릴러가 지혜롭게 깨우쳐주었다.

"단 하루만에 완벽하게 성공하긴 어렵다. 그리고 아침해가 떠오르는 밝은 날이 앞으로도 얼마든지 있잖니. 너도 참 딱하다, 앤. 그 아이들에게 무엇이든지 한꺼번에 가르치고, 결점도 대번에 고치려 하다가, 안 되면 실패했다고 생각하겠지."

새로 온 선생님

그날 아침 앤이 학교에 도착했을 때—'자작나무길'의 아름다움이 보이지 않고 아무 소리도 들리지 않았던 것은 그날 아침이 처음이었다—주위는 찬물을 끼얹은 듯 조용했다.

앤이 오면 모두 제자리에 얌전히 앉아 있으라고 전임 선생님이 아이들에게 일렀으므로, 앤이 교실에 들어서니 '반짝반짝 빛나는 아침의 얼굴'과 뭔가 묻고 싶어하는 듯한 호기심 어린 눈망울이 가지런히 줄지어 맞아주었다.

앤은 모자를 걸고 학생들 앞에 서면서 마음속으로 이 떨리고 어색한 기분이 겉으로 드러나지 않게 해달라고 빌고 또 빌었다.

앤은 어젯밤 12시까지 일어나 앉아 학기 첫날에 학생들에게 들려줄 연설문을 만들었다. 쓰고는 지우고 다시 쓰고 또 지우면서 고생고생하여 완성한 뒤 완전히 외워버렸다.

연설문은 아주 훌륭하게 만들어졌으며, 서로 도와가면서 열심히 지식을 구해 나가자는 높은 이상이 담겨 있었다.

다만 한 가지 난처한 점은, 그 애써 만든 연설문이 지금 한마디도 떠오르지 않는다는 일이었다.

앤은 1년이나 지난 듯 느껴진 다음에—사실은 10초쯤이었는데—기어들어가는 목소리로 말했다.

"성경책을 꺼내요."

앤은 아이들이 떠들며 책상뚜껑을 열었다 닫았다 시끄러운 소리를 내는 틈에, 기진맥진하여 의자에 쓰러지듯 앉았다. 아이들이 성경 구절을 읽고 있는 동안 앤은 겨우 마음을 가라앉혔다.

앤은 어른의 나라로 한 걸음 한 걸음 향하고 있는 어린 나그네들의 얼굴을 바라보았다.

대부분은 물론 낯익은 얼굴들이었다. 앤의 동급생은 지난해 졸업했고 졸업하지 않은 아이들은 모두 앤과 함께 상급학교에 진학했다. 남은 학생은 하급생반과 애번리에 새로 온 열 명의 아이들이었다.

앤은 그 능력을 거의 다 알고 있는 하급생이었던 아이들보다 이 열 명의 신입생에게 흥미를 느꼈다. 역시 다른 아이들과 마찬가지로 평범할지 모르지만 어쩌면 그 가운데 한 명쯤 천재가 있을지도 모른다고 생각하니 기뻐서 가슴이 콩닥콩닥 뛰었다.

구석에 혼자 앉아 있는 아이는 앤서니 파이였다. 검고 무뚝뚝한 작은 얼굴이었는데, 적의에 가득찬 검은 눈으로 앤을 바라보고 있었다. 그것을 보고 앤은 이 소년의 애정을 차지하여 파이네 사람들을 깜짝 놀라게 만들어야겠다고 그 자리에서 마음먹었다.

반대편에는 낯선 소년이 아티 슬론과 나란히 앉아 있었다. 명랑해 보이는 아이로 주근깨 투성이 얼굴에 주먹코와 큰 물빛 눈 그리고 하얀 속눈썹을 갖고 있었다. 아마 도널네 아들이리라.

이 아이와 매우 닮은 것으로 보아 통로 건너편에 메리 벨과 나란히 앉은 아이는 그의 누이동생임이 틀림없었다.

앤은 아이들을 이런 차림으로 학교에 보내는 어머니는 어떤 사람일까 생각했다. 너덜너덜한 무명 레이스로 가장자리를 두른 빛바랜 분홍 비단옷에 더러운 양가죽 덧신과 비단 양말을 신고 있었으며, 모랫빛 머리를 곱슬곱슬하게 지져 꼭대기에 머리보다 더 큰 화려한 핑크빛 나비 리본으로 묶고 있었다. 그 아이의 표정으로 보아 아이 자신은 매우 만족하고 있는 듯했다.

어깨 위에 매끈매끈 물결처럼 굽이치고 있는 연한 갈색 머리와 얼굴이 창백한 아이, 앤은 애니터 벨이라 생각했다. 지금까지 뉴브리지 학교 구역에 살고 있었는데 부모가 집을 50야드 북쪽으로 옮겨가 애번리 구역으로 들어오게 된 것이다.

얼굴빛이 어둡고 한자리에 셋이 앉아 있는 소녀들은 코튼 집안 아이들이었다. 다갈색 긴 머리에 갈색 눈을 한 작은 미인 프릴리 로저슨은 성경책 너머로 잭 길리스에게 요염한 눈길을 던지고 있었다. 프릴리의 아버지는 얼마 전 재혼하여 프릴리를 글래프턴의 할머니 집에서 다시 데려왔다.

뒷자리에는 키가 크고 못생긴 소녀가 어쩔 줄 몰라하며 앉아 있었는데, 나중에 알고 보니 바버러 쇼라는 이름으로 애번리의 고모 집에 살고 있었다. 바버러는 통로를 지나가다가 자주 자기 발이나 남의 발에 걸려 넘어지고는 했다. 그렇지 않았을 때는 좀처럼 없는 일이라 애번리 학생들이 학교 입구의 벽에 크게 써서 축하한다는 것도 앤은 알게 되었다.

앤의 눈이 맨 앞줄에 앉아 이쪽을 바라보는 소년의 눈과 마주쳤을 때, 이 아이가 자기가 찾고 있던 천재로구나 하는 생각이 들었다. 앤은 뭐라 말할 수 없는 설렘을 느꼈다. 앤은 이 아이가 폴 어빙이라 확신했다.

린드 부인의 말대로 이 소년은 애번리의 아이들과 사뭇 다른 데가 있었다. 애번리뿐만 아니라 다른 어느 고장의 아이들과도 달랐다. 앤을 또렷이 지켜보는 파란 눈에서 이상하리만큼 무언가가 엿보이고 있었다. 어딘지 모르게 앤과 닮은 영혼이 깃들어 있다는 것이 느껴졌다.

앤은 폴이 10살임을 알고 있었지만 8살쯤으로밖에 보이지 않았다. 어린아이로서는 좀처럼 보기드문, 섬세하고 고상한 이목구비를 갖추고 있었다. 아름답고 작은 그 얼굴을 밤색 곱슬머리가 후광처럼 감싸고 있었다.

입은 크지만 보기 싫게 튀어나오지 않았고, 앙증맞았으며, 가볍게 다문 앵두 같은 붉은 입술이 아름다운 선을 그리다가 양쪽 끝에서 야무지게 붙어 있어 바로 그 옆에 보조개가 있어도 어울릴 것 같았다. 진지하고도 깊은 명상에 잠긴 듯한 표정으로 미루어 육체보다 정신적인 면이 훨씬 어른스러운 것 같았다.

하지만 앤이 조용한 미소를 던지자 폴은 곧 미소로 답했기 때문에 그런 표정은 사라져버렸다. 그 미소는 소년 마음의 램프에 갑자기 불이 켜지고 타올라 머리에서 발끝까지 온몸을 환하게 비춰주는 것 같았다. 무엇보다도 기쁜 것은 의식적인 노력이나 동기에서가 아니라 흔히 볼 수 없는 아름답고도 부드러운 숨은 개성이 저절로 우러나와 넘치고 있다는 점이었다. 그러한 순간적인 미소를 주고받았을 뿐 앤과 폴은 아직 한마디도 주고받지 않았는데 영원한 친구가 된 듯했다.

그날은 꿈같이 지나가고, 앤은 그 뒤에도 그날 하루를 어떻게 보냈는지 도저히 기억할 수가 없었다. 가르치고 있는 것이 자기가 아니라 어떤 다른 사람 같은 느낌이었다. 학생들이 책을 읽는 소리를 듣거나 계산을 하고 글씨를 써 보이는 것도 모두 기계적으로 했다. 아이들의 태도는 아주 훌륭했으나 앤과 폴, 두 사람은 그밖에도 다른 점이 있었다.

몰리 앤드루스가 잘 길들인 두 마리의 귀뚜라미를 통로에서 달리게 하는 것을 보았다. 앤은 몰리를 교단에 한 시간 동안 세워 두었다가 귀뚜라미를 빼앗았다. 몰리에게는 귀뚜라미를 빼앗는 것이 훨씬 더 효과가 있었다. 그것을 상자에 넣어 집으로 돌아가다가 앤은 '제비꽃 골짜기'에서 놓아주었는데, 몰리는 앤이 집으로 가져가 기르려 한 것이라고 끝까지 우겼다.

또 한 아이는 앤서니 파이였는데, 물통에 남아 있던 석판용 물을 아우렐리아 클레이의 목덜미에 부었다. 앤은 쉬는 시간에 앤서니를 교실에 남게 하여 신사란 어떻게 해야 하는지를 가르쳐주고, 신사는 결코 숙녀의 목덜미에 물을 부어서는 안 된다고 타일렀다. 나의 학생들은 모두 신사가 되어 주었으면 좋겠다고 앤은 상냥하게 말했다. 그러나 불행히도 앤서니는 조금도 감동하지 않았다. 그저 전과 다름없이 심술궂은 얼굴로 아무 말 없이 서 있다가, 훈계가 끝나자 무시하듯 휘파람을 휙 불며 나가버렸다.

앤은 한숨이 나왔지만 파이네 가족 가운데 누군가의 애정을 얻는 일은 로마의 역사와 마찬가지로 하루 아침에 이루어지는 것이 아니라고 스스로를 달랬다. 사실 파이네 사람들 가운데 진정한 애정을 지니고 있는 사람이 있을지조차 의심스러웠지만 앤은 앤서니의 무뚝뚝한 얼굴 뒤에 무엇을 숨기고 있는지 알아내면 뜻밖에 착한 아이일지도 모른다는 희망을 가졌다.

수업이 끝나고 아이들이 집으로 돌아가자 앤은 기진맥진하여 의자에 앉았다. 머리가 지끈거리고 자신감이 싹 사라졌다. 그리 나쁜 일도 일어나지 않았기에 자신감까지 잃을 까닭이 없었다. 그러나 앤은 몹시 피곤했고 도저히 가르치는 일을 좋아하게 될 듯싶지 않은 기분마저 들었다. 그런데 그 원하지도 않는 일을 날마다 날마다—아마도 40년 동안이나 계속해야 한다니 얼마나 무서운 일인가?

앤은 그 자리에 엎드려 울어버릴까, 아니면 집에 돌아가 마음 놓고 자기 방에서 울까 망설이고 있었다. 미처 결정짓지 못하고 있는데 문밖에서 구두 소리와 옷이 스치는 소리가 들리더니 한 부인이 나타났다. 그녀의 옷차림을 보니 앤은 며칠 전 해리슨 씨가 샬럿타운의 가게에서 요란하게 차려 입은 여자를 보았는데 꼭 패션모델과 도깨비를 뒤섞은 것 같았다고 한 말이 생각났다.

이 부인이 입은 파란 비단 여름옷은 온통 부풀려 놓은데다 주름장식을 잔뜩 붙여 화려하기 이를 데 없었다. 커다란 흰 시폰 모자에는 좀 길고 너덜너덜한 타조 깃털이 세 개 꽂혀 있었다. 커다란 검은 점이 잔뜩 박힌 핑크빛 시폰 베일이 모자 끝에서 어깨까지 치맛자락처럼 늘어져 머리 뒤에서 깃발처럼 펄럭이고 있었다. 그 작은 여자의 몸에 어떻게 그렇게 많이 달 수 있을까 싶을 정도로 보석을 주렁주렁 달고 게다가 강한 향수 냄새까지 풍기고 있었다.

이 아름다운 귀부인이 입을 열었다.

"나는 도니일 부인이에요, H.B. 도니일이지요. 오늘 클러리스 앨미러가 점심을 먹으러 돌아왔을 때 잠깐 들은 말이 있어서 왔어요. 이렇게 불쾌한 적은 처음이에요."

"아, 죄송합니다."

앤은 당황하여 말하면서 오늘 도닐네 아이들에게 어떤 일이 있었나 생각해 보았지만 아무것도 짚이는 데가 없었다.

"클러리스 앨미러가 말했는데, 선생님은 우리 성을 도닐이라고 불렀다지요? 셜리 선생님, 우리 성은 도니일이라고 니일을 강하게 발음해야 해요. 앞으로는 주의해서 불러 주시기 바랍니다."

"잘 알았습니다."

앤은 터져나오는 웃음을 간신히 참으며 말했다.

"나도 경험이 있어서 제 이름이 잘못 씌어지면 얼마나 불쾌한지 알고 있어요. 하물며 잘못 불려진다면 더욱 그렇겠죠."

"정말 그래요. 그리고 역시 클러리스 앨미러로부터 들었는데, 내 아들을 제이컵이라고 불렀다죠?"

"아드님이 그렇게 말했거든요."

"그럴 줄 알았어요."

도니일 부인의 말투는 이렇게 타락한 세상에서 어떻게 아이들에게 존경받기를 바라겠냐는 듯 나무라는 것 같았다.

"그 애는 너무 서민적인 걸 좋아해서 탈이라니까요, 셜리 선생님. 아이가 태어났을 때 나는 세인트 클레어라는 이름을 지어주고 싶었어요. 아주 귀족적인 느낌이 들죠? 하지만 아이들 아버지가 자기 삼촌의 이름을 따서 제이컵으로 하겠다고 했어요. 나는 하는 수 없이 승낙했죠. 제이컵은 혼자 사는 돈 많은 노인이었거든요.

그런데 어떻게 됐는지 알아요, 셜리 선생님? 아무 죄 없는 우리 아이가 5살 때 제이컵 삼촌은 결혼했고 지금은 아들이 셋이나 있답니다. 이런 망측한 일이 어디 있겠어요. 결혼식 초대장이 왔을 때—뻔뻔스럽게도 우리집에까지 초대장을 보냈더군요—나는 말했지요. '제이컵이라는 이름은 이제 지긋지긋해.'라고요.

그날부터 아들을 세인트 클레어로 부르기로 했어요. 그 애 아버지는 지금도 완고하게 제이컵이라 부르고 있고 아이도 왠지 그 천한 이름을 좋아한답니다. 하지만 그 애 이름은 세인트 클레어이고 앞으로도 세인트 클레어임에 틀림없어요. 부디 셜리 선생님도 그렇게 불러주시기 바랍니다.

클러리스 앨미러한테는 하찮은 실수로 그렇게 된 것이니 말하면 이해해주실 거라고 해두었지요. 도니일…… 니일을 강하게 발음해 주세요. 그리고 세인트 클레어예요. 결코 제이컵이 아니에요. 아시겠죠? 그럼 이만."

도니일 부인이 옷자락을 펄럭이며 나가버리자 앤은 교실문을 잠그고 집으로 돌아갔다. 언덕 밑 자작나무 오솔길에 폴 어빙이 서 있었다.

폴은 애번리 아이들이 라이스 릴리라고 부르는 아름다운 야생난초를 앤에게 쑥 내밀었다.

"선생님, 라이트 씨네 목장에서 이 꽃을 발견했어요."

폴은 수줍은 듯 말했다.

"선생님께 드리려고 가져왔어요. 분명 선생님이 이런 꽃을 좋아하시리라 생각했어요. 그리고……"

폴 어빙은 크고 아름다운 눈을 들며 덧붙였다.

"나는 선생님이 좋아요."

"어머나, 정말 고맙구나."

앤은 향기로운 꽃다발을 받아들었다. 폴의 말은 마법의 주문처럼 앤의 마음에서 낙담과 피곤을 가져가버리고 희망이 샘물처럼 가슴에 퐁퐁 솟아오르게 했다. 가벼운 발걸음으로 자작나무 오솔길을 걸어가는 앤을 축복하듯 달콤한 난초 향기가 감돌았다.

집에 돌아가자 몹시 기다리고 있었던 머릴러가 물었다.

"오늘은 어떻든?"

"한달 뒤 물어봐 주세요. 그때라면 대답할 수 있겠지만 지금은 나도 잘 모르겠어요. 방금 하루가 끝났을 뿐인걸요. 누가 내 머리 속에 손을 넣어 마구 휘저어 놓은 것처럼 뭐가 뭔지 잘 알 수가 없어요.

하지만 오늘 단 한 가지 해낼 수 있었던 것은 클리피 라이트에게 A라는 글자를 가르친 일이에요. 이제까지 클리피는 그것도 모르고 있었거든요. 이제부터 긴 여행을 떠나 셰익스피어며 《실락원》(밀턴의 걸작)에 이를지도 모를 한 어린아이를 출발점에 세워 놓을 수 있었으니 굉장한 일이 아니겠어요?"

조금 뒤 찾아온 린드 부인은 더욱 기운나는 소식을 가져다주었다. 마음씨 좋은 부인은 문에 서서 학교에서 돌아오는 아이들을 기다리고 있다가 새로 온 선생님을 어떻게 생각하느냐고 물어보았다고 한다.

"어느 아이나 모두 너를 아주 좋아한다고 말했어, 앤. 앤서니 파이만 빼고. 그 애만은 머뭇거리지 않고 이렇게 말하더구나. '조금도 좋지 않아요. 여자선생님이란 모두 틀렸어요'라고 말이야. 정말 파이 집안의 아이답지 않니? 너무 언짢게 생각하지 마라."

앤이 조용히 미소 지으며 말했다.

"조금도 언짢지 않아요. 이제 곧 앤서니 파이가 나를 좋아하도록 만들겠어요. 참을성을 가지고 친절히 대해주면 틀림없이 좋아하게 될 거예요."

하지만 린드 부인은 신중하게 말했다.

"글쎄, 어떨는지. 어쨌든 상대는 파이 집안 아이니까. 그 사람들은 언제나 이쪽이 생각하는 것과는 반대로 나가거든. 마치 악몽처럼 말이야.

그 도널 부인 말인데, 나는 결코 도니일이라고 부르지 않겠다. 도널이 맞는데다 지금까지도 그렇게 불려왔으니까. 그 여자는 머리가 좀 이상해. 퀸이라는 이름의 고양이를 한 마리 기르고 있는데, 식사 때 가족들과 함께 식탁에 앉혀놓고 사기접시에 음식을 담아준다더구나. 내가 그 여자라면 천벌이 무서워 그렇게 못할 게다.

토머스의 말로는 도널 씨는 사리판단이 올바르고 부지런한 사람이라던데 아내를 고를 때에는 그리 분별이 없었던 모양이지."

사람도 가지가지

9월 프린스 에드워드 섬 언덕엔 상쾌한 바람이 바다에서 모래언덕을 넘어 시원하게 불어오고 있었다.

길다란 황톳길은, 구불구불 들판과 숲속을 지나 울창한 가문비나무숲을 에워싸면서, 커다란 날개 같은 풀고사리가 빼곡하게 자라고 있는 어린 단풍나무숲을 따라, 움푹 파인 땅으로 비탈져 내려간다.

움푹 파인 땅을 졸졸 흐르는 시냇물은 숲을 빠져나와 반짝 빛나더니 이내 다시 숲속으로 숨어 버렸다.

노란 메역취와 수수한 하늘색 과꽃이 숲을 막 지나온 큰길의 양쪽을 가지런히 장식했다. 그것은 다시 햇살을 가득 받으며 하늘하늘 흔들렸다. 공기는 여름 언덕의 주인인 수많은 귀뚜라미 노랫소리에 흘러가고 있었다.

이 큰길을 한 마리의 살집 좋은 밤색 말이 뚜벅뚜벅 걸어가고 있었다. 마차에는 두 아가씨가 타고 있었으며, 돈으로는 살 수 없는 소박한 기쁨과 생생한 젊음이 온몸에 넘쳐 흐르고 있었다.

앤은 행복한 나머지 감탄을 하며 말했다.

“오, 에덴의 낙원이 아직 조금은 남아 있는 것 같은 멋진 날이라고 생각하지 않니, 다이애너? 온 세상이 마법으로 가득해. 저것 봐, 수확중인 골짜기의 밭이랑이 보랏빛 안개를 부어 놓은 것 같잖아, 다이애너.

이 전나무의 마른잎 향기를 좀 맡아봐! 이븐 라이트 씨가 울타리를 자르고 있는 저 양지바른 저지대에서 풍겨 나오잖아. 이런 날에 살고 있는 사람은 행복할지어다. 전나무의 마른잎 향기를 맡는 건 천국이리니. 이 말의 3분의 2는 워즈워스(영국 시인), 3분의 1은 앤 셜리가 만든 거야.

천국에는 전나무 마른잎이 없을지도 몰라. 숲속을 거닐며 전나무 마른잎 냄새를 맡지 못한다면 천국도 완전하다고 할 수 없겠지. 어쩌면 마른잎은 없고 향내만 감돌고 있을지도 몰라, 천국이니까. 그래, 틀림없어. 저 멋진 향기는 전나무 영혼임이 분명해. 그러니까 천국에는 물론 영혼만 있는 거지."

현실적인 다이애너가 말했다.

"나무에 영혼 같은 것은 없어. 하지만 전나무 마른잎 향기는 정말 좋구나. 나는 쿠션을 만들어 전나무잎을 채워넣고 싶어. 너도 하나 만들지 않겠니, 앤."

"그렇게 할게…… 낮잠 잘 때 베기로 하자. 아마 틀림없이 나무의 요정이나 숲의 요정이 된 꿈을 꿀 수 있을 거야. 하지만 지금은 애번리 초등학교 선생 앤 셜리로서 이토록 아름다운 날에 큰길을 따라 이렇게 마차를 달리고 있는 것으로 충분히 만족해."

"멋진 날임에는 틀림없지만 우리 앞에 가로놓인 일은 멋진 것이 못돼, 앤."

다이애너는 한숨을 쉬었다.

"너는 대체 어째서 이곳을 맡겠다고 나섰니? 애번리의 괴짜라는 괴짜는 거의 모두 이 길가에 살고 있잖아. 마치 우리를 용돈이나 얻으러 온 것처럼 볼 걸. 가장 나쁜 길이야."

"그래서 이 길을 택한 거잖니. 물론 부탁하면 길버트와 프레드가 이 길을 맡아 주었겠지. 하지만 나는 애번리의 마을개선회에 책임감을 느끼고 있어. 맨 먼저 말을 꺼낸 사람이 나니까. 그래서 가장 싫은 일을 해야 한다고 생각했어. 네게는 안됐지만 말이야. 그 별난 사람들의 집에 들어가 너는 아무 말 하지 않아도 좋아. 그것은 내가 하겠어.

린드 아주머니라면 내가 그런 일에 소질있다고 말하겠지. 린드 아주머니는 우리 계획에 찬성할까말까 망설이고 있거든. 앨런 목사님 내외분이 찬성하는 것을 생각하면 좋은 일 같기도 하고, 마을개선회라는 것이 미합중국에서 시작되었음을 생각하면 반대하고 싶기도 하겠지. 이 두 가지 생각 사이에서 헤매고 있으니까 우리가 성공하면 비로소 인정할 거야.

프리실러가 이 다음 개선회 모임을 위해 홍보가 될 만한 글을 써오겠다고 했어. 틀림없이 잘 써 올 거야. 이모님이 뛰어난 작가니까 그 피가 그 애에게도 흐르고 있겠지. 지금도 나는 프리실러의 이모님이 샬럿 E. 모건 부인이라는 사실을 알게 되었을 때의 그 짜릿한 기분을 잊을 수가 없어. 《에지우드 시절》이며 《장미원》을 쓴 사람의 조카와 친구라니 얼마나 멋지니."

"모건 부인은 어디에 살고 있니?"

"토론토에 살고 있어. 프리실러가 말했는데, 내년 여름 프린스 에드워드 섬에 오신대. 되도록 우리와 만나게 해주겠다고 했어. 너무 기뻐서 믿어지지가 않아. 이런 즐거운 일은 침대 속에 누워서 상상하는 게 최고야."

애번리 마을개선회는 정식으로 활동을 시작했다. 길버트 블라이스가 회장, 프레드 라이트가 부회장, 앤 셜리가 서기, 다이애너 배리가 회계였다. 그들은 곧 '개선회원'이라 불리었고, 2주일에 한 번씩 회원의 집에 모이게 되었다.

그러나 일년의 후반기로 접어들면서 대수로운 개선을 할 수 있을 것 같지 않아, 그들은 내년 여름에 실천할 계획을 위해 여러 가지 의견을 모아 토론하고, 논문을 쓰고 읽기도 하며, 앤이 말하는 이른바 여론을 일으키는 데도 힘을 기울였다.

물론 일부에서는 반대하는 사람도 있었고, 특히 개선회원의 가슴을 아프게 한 것은 여기저기서 그들을 조롱하는 일이었다.

일라이셔 라이트 씨가 이 모임에 어울리는 이름은 '마을개선회'보다 '구혼클럽'이라고 말했다는 소문이 들려왔고, 하이램 슬론 부인은 개선회원들이 길바닥을 모조리 파헤쳐 제라늄을 심겠다고 하는 것을 들었다고 잘라 말했다.

레비 볼터 씨는 개선회원들이 틀림없이 모두에게 각자의 집을 헐고 개선회에서 결정한 계획대로 새로 지으라고 말할 테니 조심하라고 온 마을을 돌아다니며 떠들어댔다.

제임스 스펜서 씨는 개선회원들에게 제발 교회 언덕을 삽으로 파헤쳐주기 바란다는 전갈을 보내왔고, 이븐 라이트 씨는 앤에게 제발 조슈어 슬론의 할아버지가 수염을 깎도록 개선회원들이 설득해 달라고 말했다.

로런스 벨 씨는 꼭 그렇게 해야 한다면 헛간에 흰 칠을 하는 것쯤은 하겠지만 외양간에 레이스 커튼을 치는 일만은 거절하겠다고 했다.

스펜서 소령은 카모디의 치즈 공장에 우유를 나르는 개선회원 클리프턴 슬론에게, 내년 여름에는 자기 집 우유통을 놓아두는 곳에 모두 페인트 칠을 하고 수놓인 덮개를 씌워야 한다는 말이 사실이냐고 물었다.

그럼에도 불구하고—인간이란 알 수 없는 존재여서—오히려 개선회는 용감하게 이번 가을에는 무언가를 성취하려는 투지에 차 있었다.

두 번째 모임으로 배리 씨네 집 응접실에 모였을 때 올리버 슬론이 공회당 지붕을 다시 바꾸고 페인트 칠을 하기 위한 기부금을 거두면 어떻겠느냐고 제안했다. 줄리어 벨이 이 제안에 찬성했지만 너무 여자답지 않은 행동을 한 것 같아 금방 불안해했다. 길버트가 이 동의를 채택하여 만장일치로 결정되었다. 앤은 진지한 태도로 이것을 꼼꼼히 회의록에 기록했다.

다음에 할 것은 위원회를 조직하는 일이었다. 줄리어 벨에게 뒤질세라 거티 파이가 대담하게도 이 위원회 회장으로 제인 앤드루스를 추천한다고 제안했다. 이 동의도 통과되어 제인은 그 보답으로 길버트, 앤, 다이애너, 프레드와 더불어 파이를 위원으로 지명했다.

위원들은 비밀회의를 열어 분담구역을 결정했다. 앤과 다이애너는 뉴브리지 가도, 길버트와 프레드는 화이트 샌즈 가도, 제인과 거티는 카모디 가도를 맡기로 했다.

길버트는 앤과 함께 '도깨비숲'을 지나 집으로 돌아오며 말했다.

"그 이유는 파이 집안이 모두 그 가도에 살고 있는데, 자기네 친척이 권유하지 않으면 아무도 한푼도 내놓으려 하지 않기 때문이야."

그렇게 해서 다음 토요일 앤과 다이애너는 당장 기부금을 모금하러 나섰다. 일단 가도 끝까지 가서 거기서부터 모금을 하면서 돌아오기로 했다. 제일 먼저 들른 곳은 '앤드루스네 딸들' 집이었다.

다이애너가 말했다.

"만일 캐서린 혼자 있으면 몇 푼 얻을 수 있을 테지만 일라이저가 있으면 어림없을 거야."

일라이저는 있었다. 더욱이 기다리고 있었다는 듯이 여느 때보다 더욱 기분 좋지 않은 얼굴로 앉아 있었다. 일라이저를 보면 그야말로 인생은 눈물의 골짜기며, 소리내어 웃기는 커녕 미소짓는 일조차도 정력의 낭비라고 비난하는 듯한 인상을 받았다.

앤드루스네 딸들은 50년이 넘도록 독신으로 지내왔으며, 아마도 이 세상 나그네길을 노처녀로 마치는 것이 아닌가 여겨졌다. 캐서린은 희망을 깨끗이 저버린 게 아니라는 소문이 있었지만, 일라이저는 타고난 비관론자로 희망 따위는 전혀 가지고 있지 않았다.

두 사람은 마크 앤드루스네 너도밤나무숲 양지바른 구석에 나무들로 에워싸인 조그만 갈색 집에 살고 있었다. 일라이저는 여름에는 더워서 살 수가 없다고 짜증부렸지만, 캐서린은 겨울에는 따뜻해서 좋다고 늘 말했다.

일라이저는 조각천을 이어서 뭔가 만들고 있었는데, 필요해서가 아니라 소용도 없는 레이스 뜨기를 하고 있는 캐서린에게 맞서기 위해서였다.

처녀들이 용건을 말하기 시작하자 일라이저는 얼굴을 찌푸렸고 캐서린은 미소지으며 듣고 있었다. 캐서린은 일라이저와 눈이 마주칠 때마다 나쁜 짓이라도 한 것처럼 미소를 거두었지만 다음 순간 또다시 웃는 얼굴로 돌아갔다.

"만일 나에게 낭비해도 괜찮은 돈이 있다면 불을 붙여 놓고 타오르는 것을 즐길지언정 공회당을 위해서는 한푼도 내놓지 않겠어."

일라이저는 마땅찮은 표정을 지었다.

"마을을 위해서 유익하기는 커녕…… 젊은이들이 자기 집에 가서 잠이나 자면 좋을 시간에 시시덕거리기 위해 모이는 장소가 아니겠어?"

캐서린이 항의했다.

"어머나, 일라이저. 젊은 사람들에게는 뭔가 오락이 있어야 해."

"나는 그럴 필요를 느끼지 않아. 우리가 젊었을 때는 공회당이니 뭐니 하며 돌아다니지 않았잖니. 캐서린 앤드루스, 세상은 점점 나빠지고만 있어."

그러나 캐서린이 지지 않고 말했다.

"난 점점 너 좋아지고 있다고 생각해."

일라이저는 몹시 경멸하는 목소리로 말했다.

"네가 생각을 해? 네가 어떻게 생각하든 상관없어, 캐서린. 사실은 사실이니까."

"하지만 나는 언제나 긍정적으로 보는 것이 좋다고 생각해, 일라이저."

"밝은 면 따위는 없어."

앤은 잠자코 있을 수 없어서 외쳤다.

"어머나, 있어요. 밝은 면은 얼마든지 있어요, 미스 앤드루스. 이 세상은 너무나 아름답잖아요."

일라이저는 언짢은 표정을 지었다.

"내 나이만큼 살게 되면 그런 말은 하지 않을 거야, 앤. 그리고 이 세상을 개선해 보겠다고 그렇게 흥분해서 돌아다니지도 않을 거고. 어머니는 안녕하셔, 다이애너? 요즘 몹시 쇠약해 보이시더군. 그리고 앤, 머릴러는 언제부터 정말 장님이 된다고 해?"

앤은 자신없는 목소리로 말했다.

"열심히 몸조리하면 지금보다 더 나빠지지는 않을 거라고 의사선생님이 말했어요."

일라이저는 안됐다는 듯이 고개를 저었다.

"의사는 안심하게 해주기 위해 흔히 그런 말을 하지. 내가 머릴러라면 그리 희망을 갖지 않겠어. 최악의 경우를 각오해두는 게 좋을 테니까."

앤은 거의 우는 듯한 목소리로 말했다.

"하지만 최선의 경우를 생각하는 게 더 낫지 않을까요? 최악의 사태가 일어나지 않을 수도 있고, 또 좋은 결과가 일어날 수도 있으니까요."

"내 경험으로는 그런 일이 결코 없었어. 더욱이 앤은 16살에 지나지 않지만 나는 57살이거든. 벌써 돌아가? 어쨌든 이 새로운 모임 덕분에 애번리가 더 이상 나빠지지 않도록 막을 수만 있다면 좋겠지만,

그리 크게 기대할 수는 없을 것 같군."

앤과 다이애너는 밖으로 나오자 숨이 탁 트여 살아난 듯한 기분으로 말을 전속력으로 몰았다. 너도밤나무숲 밑에서 길모퉁이를 돌았을 때 어떤 뚱뚱한 사람이 앤드루스 씨네 목장을 급히 달려오며 두 사람에게 열심히 손을 흔드는 것이 보였다.

캐서린이었다. 숨이 차서 말도 할 수 없는 듯했으나 앤의 손에 25센트짜리 은화 두 닢을 쥐어 주었다……

"이것은 공회당 페인트 칠을 위한 내 기부금이야. 1달러 주고 싶지만 더 이상 내 달걀 판 돈에서 빼내면 일라이저에게 들키고 말아. 여러분들이 개선회를 만들기 참 잘했다고 생각해. 틀림없이 좋은 일을 많이 할 수 있을 거야.

알다시피 나는 낙천가야. 일라이저와 함께 살려면 그렇게 되지 않을 수 없지. 일라이저가 알아차리기 전에 빨리 돌아가봐야겠어. 내가 닭모이를 주러 나온 줄 알고 있거든. 일라이저가 그런 말을 했다고 실망해선 안 돼. 세상은 확실히 좋아졌어. 이것은 틀림없는 사실이야."

다음은 대니얼 블레어네였다. 두 사람은 마차바퀴 자국이 깊이 파인 길을 덜컹덜컹 흔들리며 들어갔다.

다이애너가 말했다.

"자, 여기서는 부인이 집에 있느냐 없느냐에 달렸어. 만일 집에 있으면 한푼도 받을 수 없어. 댄 블레어는 머리를 깎는 것조차도 부인의 허락을 받아야 한다고 사람들이 말했어. 아무리 좋게 봐준다 해도 지독한 깍쟁이인가봐. 선심을 쓰기보다는 먼저 공정해야 한다고 말한대. 린드 부인의 말로는 모든 일을 공정하게 하느라 너무 바빠서 한 번도 베푼 적이 없다는구나."

그날 밤 앤은 블레어 씨 집에서 있었던 일을 머릴러에게 말했다.

"말을 매놓고 부엌문을 똑똑 두드렸어요. 아무도 나오지 않았지만 문이 열려 있고 누군가가 식료품실에서 큰소리로 투덜대는 목소리가 들려왔죠. 희미해서 무슨 말을 하는지 알 수는 없었어요. 다이애너는 '틀림없이 욕설을 퍼붓고 있어. 저 목소리를 들으면 알 수 있지' 이렇게 말했어요.

설마 블레어 씨는 아니리라고 생각했어요. 늘 조용하고 얌전한 사람이었으니까요. 하지만 몹시 화나는 일이 있었나봐요. 문에 나왔을 때 보니 가엾게도 홍당무처럼 새빨개진 얼굴로 땀을 뚝뚝 흘리며 부인의 큰 앞치마를 두르고 있지 않겠어요.

'이것을 풀 수가 없소. 너무 꼭 매어 어쩔 수가 없으니 이대로 실례하겠소'라고 그가 말했어요. 우리는 괜찮다며 안으로 들어가 앉았고 블레어 씨도 앉았지요. 앞치마를 걷어올려 등 뒤로 둘둘 말아 올리며 말이에요. 그가 너무 멋쩍어하며 어쩔 줄 몰라해서 우리는 참 난처했어요.

그래도 다이애너가 먼저 우리가 방해한 것은 아닌지 모르겠다고 하자 블레어 씨는 애써 웃는 얼굴을 지으며 말했어요. 그분은 언제나 예의바른 사람이잖아요.

'아니, 조금도 상관없소. 그저 조금 바빴을 뿐이오. 케익을 구울 준비를 하고 있었거든요. 아내가 오늘 몬트리올에 사는 누이동생이 온다는 전보를 받고 역으로 마중나가며 나더러 케익을 구워 놓으라고 했죠. 재료의 분량을 적어 놓고 여러 가지 일러주고 갔는데 벌써 그 절반은 잊어버리고 말았소. 분량을 쓴 종이에 '향료는 취향에 따라' 애매하게 씌어 있는데 어떻게 하면 좋겠소? 내 취향이 다른 사람과 다르면 어떻게 하죠? 작은 카스텔라를 만들려는데 찻숟갈 하나의 바닐라면 충분할까요?'

이 말을 들으니 더욱 안됐다는 마음이 들었어요. 뭐가 뭔지 전혀 모르니 말이에요. 공처가에 대한 이야기는 들었는데, 바로 이런 게 아닐까 여겨졌어요. 나는 공회당에 기부금을 내면 그 대신 내가 케익 원료를 배합해 주겠다는 말이 입까지 나왔지만, 곤경에 빠진 사람에게 몹쓸 거래를 제시한다는 것은 이웃끼리 할 일이 아닌 듯싶어 아무런 조건도 붙이지 않고 케익 재료를 만들어 주겠다고 했어요. 블레어 씨는 날뛰다시피 기뻐했어요. 결혼하기 전에도 늘 자기 빵을 만들었지만 케익은 전혀 만들 줄 모른다며 말이에요. 그래도 부인을 실망시키고 싶지는 않은가 봐요.

나에게 다른 앞치마를 갖다주고 다이애너는 달걀거품을 내고 내가 모든 재료를 배합했어요. 블레어 씨는 이리저리 뛰어다니며 재료를 모아다 주었는데, 앞치마가 뒤에서 펄럭거리는 것도 모르고 있어서 다이애너는 웃음을 참느라고 혼났대요.

블레어 씨는 케익을 굽는 것은 늘 하는 일이기 때문에 문제없다고 했어요. 그리고 우리의 명부를 보고 설명을 듣더니 4달러를 기부했죠. 우리는 상을 받은 셈이에요. 하지만 한푼도 받지 못했다 하더라도 블레어 씨를 도와준 건 그리스도교도다운 행동이라고 생각해요."

다음에 들른 곳은 시어도 화이트네였다.

앤과 다이애너는 그 집에 아직 한 번도 가본 일이 없었으며, 손님 대접을 그리 잘하지 못한다는 부인은 얼굴만 아는 정도였다.

뒷문으로 들어갈까 현관으로 들어갈까 의논하고 있는데, 신문지를 한아름 안은 시어도 부인이 현관에 나타났다. 부인은 신문지를 신중하게 포치 바닥과 층계에 깔고 거기서부터 현관 앞 통로를 따라 어리둥절하여 서 있는 두 사람의 발 앞까지 왔다.

부인은 걱정스러운 듯이 말했다.

"그 풀에 발을 잘 문지른 다음 이 신문지 위를 걸어서 들어와요. 집안 청소를 지금 막 끝냈는데 또 흙이 묻어 들어오면 난처하니까요. 어제 내린 비로 땅이 몹시 질거든요."

신문지 위를 걸어가며 앤이 입을 가린 채 속삭였다.

"웃으면 안 돼. 부탁인데 다이애너, 무슨 말을 들어도 나를 보지 마. 심각한 얼굴을 하고 있을 수 없을 테니까."

신문지는 홀을 지나 티끌 하나 없이 잘 정돈된 응접실까지 이어졌다. 앤과 다이애너는 가장 가까운 의자에 얼른 앉아 용건을 말했다.

화이트 부인은 두 번만 이야기를 가로막았을 뿐 잠자코 듣고 있었다. 한 번은 날아들어온 파리를 쫓기 위해, 또 한 번은 앤의 옷에서 카펫 위로 떨어진 작은 풀을 줍기 위해서였다.

앤은 민망해서 견딜 수 없었지만, 그래도 화이트 부인은 그 자리에서 2달러를 기부해 주었다.

다이애너는 밖으로 나오며 말했다.

"돈을 받기 위해 우리가 다시 오면 난처하기 때문이었을 거야."

화이트 부인은 두 사람이 미처 마차를 타기도 전에 신문지를 걷어치우고, 뜰을 나가며 보니 열심히 현관을 청소하고 있었다.

다이애너는 완전히 빠져나오자 참았던 웃음을 결국 터뜨렸다.

"시어도 화이트 부인만큼 깨끗한 것을 좋아하는 사람은 없다더니 정말이구나."

앤이 심각하게 말했다.

"아이가 없어서 다행이야. 만일 있었다면 정말 가여웠을 거야."

스펜서네에서는 이저벨러 스펜서 부인이 애번리 마을 사람들의 험담을 죄다 늘어놓아 두 사람의 기분을 비참하게 만들었다.

토머스 볼터 씨는 아무것도 기부하지 않겠다고 단칼에 거절했다. 20년 전 공회당을 지을 때 자기가 권하는 대지에 세우지 않았기 때문이라고 했다.

에스터 벨 부인은 건강의 표본과 같은 사람이었지만, 30분 남짓한 동안이나 여기가 아프니 저기가 쑤신다느니 푸념했다. 내년까지는 도저히 살 수 없을 것이며 틀림없이 무덤 속에 있을 테니 지금 주어야겠다고 하면서 슬픈 표정으로 50센트를 기부했다.

그 어느 집보다도 가장 심한 대우를 받은 것은 사이먼 프레처네였다. 두 사람이 뜰로 마차를 타고 들어서자 현관 창문으로 두 얼굴이

이쪽을 내다보고 있었다. 그러나 두 사람이 문을 두드리며 아무리 끈기있게 기다려도 아무도 나오지 않았다.

두 사람은 몹시 성이 나서 그 집을 나왔다. 앤조차도 용기가 꺾인다고 말했다.

그 다음부터는 일이 술술 잘 풀렸다. 몇몇 슬론집안에서는 기분좋게 선뜻 기부금을 내주었다. 이따금 거절당하기도 했으나 마지막까지 일이 잘 되어 나갔다.

마지막으로 방문할 집은 호수의 다리 쪽에 있는 로버트 딕슨네였다.

두 사람은 여기서 차 대접을 받았다. 이제 집에 거의 다 왔지만, 딕슨 부인은 매우 화를 잘 내는 사람이라는 말을 들었으므로 기분상하게 하면 큰일이라고 여겨 기꺼이 응했다.

그들이 아직 그 집에 있는데 때마침 제임스 화이트의 할머니가 오셨다.

"지금 로런조네에 갔다오는 길인데, 그 사람은 지금 애번리에서 가장 기분 좋을 거야. 아들이 태어났거든. 그것도 딸을 일곱이나 계속 낳은 끝이었으니 기뻐하는 것도 무리가 아니지."

앤은 귀를 곤두세우고 듣더니 마차에 올라타며 다이애너에게 말했다.

"지금 곧 로런조 화이트 씨네로 가자."

"하지만 그 집은 화이트 샌즈 가도에 있고 여기서 너무 멀리 떨어져 있잖아. 그 집에는 길버트와 프레드가 갈 거야."

다이애너가 불평하자 앤이 단호하게 말했다.

"그들은 다음 주 토요일이나 되어야 갈 테고, 그러면 너무 늦어. 기쁨이 사라지기 전에 가봐야 해. 로런조 화이트는 아주 인색한 사람이지만, 지금이라면 무슨 일에든 기부할 거야. 좀처럼 얻기 힘든 기회를 놓쳐서야 되겠니, 다이애너."

그 결과는 앤이 예상한 대로였다.

화이트 씨는 뜰에서 부활제의 태양처럼 환하게 웃으며 두 사람을 맞이했고, 앤이 기부금을 부탁하자 열광적으로 찬성해 주었다.

"좋소, 좋고말고요. 가장 많은 기부금에 1달러를 더한 액수로 해주시오."

"그렇다면 5달러예요—대니얼 블레어 씨가 4달러 내셨니까요."

앤은 어떨까 좀 염려하고 있었지만 로런조는 눈도 깜박하지 않았다.

"5달러라고요—자, 여기 있소. 그런데 안으로 좀 들어가지 않겠소? 꼭 보여줄 것이 있소—아직 몇 사람밖에 보지 못했는데, 아가씨들 의견을 듣고 싶소."

몹시 흥분한 로런조의 뒤를 따라 집안으로 들어가며 다이애너가 걱정스럽게 물었다.

"만일 갓난아기가 예쁘지 않으면 뭐라고 하지?"

앤은 태연했다.

"괜찮아, 다이애너, 뭔가 칭찬해 줄 만한 점이 있을 거야. 갓난아기란 모두 그렇거든."

갓난아기는 아주 귀여웠다.

아가씨들이 포동포동한 갓난아기를 진심으로 좋아하는 것을 보고 화이트 씨는 5달러를 기부한 보람이 있다고 생각했다.

화이트 씨가 기부라는 이름으로 돈을 낸 것은 이번이 처음이자 마지막이었다.

앤은 몹시 피곤했다. 그러나 마을을 위해 다시 한번 분발해 그날 밤 목장을 지나 해리슨 씨네로 갔다.

해리슨 씨는 여느 때와 마찬가지로 베란다에서 진저를 옆에 두고 담배를 뻐끔뻐끔 피우고 있었다. 엄밀히 말하면 해리슨 씨는 카모디 가도의 담당구역에 들어가지만, 제인과 거티는 별나다는 소문만들었을 뿐 해리슨 씨와 한 번도 만나본 적이 없으므로 앤에게 부탁했다.

해리슨 씨는 처음부터 한푼도 기부할 수 없다고 거절했으며, 앤이 아무리 부탁해도 소용없었다.

앤은 한탄하듯 말했다.

"하지만 해리슨 씨, 우리 모임에 찬성했잖아요?"

"맞소, 그랬었죠. 하지만 찬성하기는 해도 내 지갑과는 관계없소, 앤."

그날 밤 앤은 잠들기 전 자기 방의 거울 앞에 앉아 중얼거렸다.

"오늘 같은 경험을 앞으로 두세 번 더하게 된다면, 나도 틀림없이 일라이저 앤드루스 같은 비관론자가 되어버리고 말 거야."

쌍둥이의 운명

따뜻한 10월의 저녁, 앤은 의자에 기대앉아 가벼운 한숨을 내쉬었다.

탁자 위에는 교과서며 연습장들이 잔뜩 쌓여 있었는데, 앤 앞에 놓인 뭔가 가득 적힌 종이는 학교 공부와 관련 있어 보이지 않았다.

길버트가 열린 부엌문에 닿은 순간 앤의 한숨 소리를 듣고 물었다.

"왜 그러지?"

앤은 얼굴을 붉히며 그 종이를 재빨리 학교의 작문 원고지 속에 끼워 넣었다.

"별일 아니야. 해밀턴 교수가 말한 대로 생각나는 것을 적어보려 했는데 마음대로 잘 안 돼. 흰 종이에 검은 잉크로 적기만 하면 딱딱하고 재미없는 글이 돼버려.

공상이란 그림자 같은 것인가봐. 아무래도 붙잡을 수 없으니 말이야. 제 마음대로 춤추고 다녀. 하지만 계속하면 언젠가는 그 비결을 알게 되겠지. 나는 그리 한가로운 시간이 없잖니. 학교의 연습문제며 작문 같은 것을 고쳐 주고 나면 내 것을 쓸 기력이 없어져 버려."

"너는 학교에서 굉장한 성과를 올리고 있잖아, 앤. 아이들이 모두 너를 좋아하고 있어."

길버트는 돌층계 위에 앉았다.

"어머나, 모두는 아니야. 앤서니 파이는 나를 좋아하지 않고 앞으로도 좋아하지 않을 거야. 그보다 더욱 나쁜 점은 나를 존경하지 않는다는 일이야. 다만 나를 멸시할 뿐이지. 길버트, 너니까 솔직히 말하는데 그 눈빛을 보면 비참한 기분이 들어.

그렇다고 그 애가 나쁜 아이라는 것은 아니야. 그저 장난을 좋아할 따름이지. 그것도 아주 심하다고 할 수는 없어. 더 심하게 장난치는 아이도 있으니까. 그리고 내 말을 듣지 않는 일도 그리 없거든. 하지만 말을 들을 때도 하는 수 없이 듣지.

나를 무시하는 듯한 태도로 나오니 문제야. 이런 일은 이러니저러니 해봤자 소용이 없으니까 마지못해 시키는 대로 한다, 그렇지 않으면…… 뭐 이런 태도야. 그런 건 다른 아이들에게까지 나쁜 영향을 주거든. 어떻게든 앤서니의 마음을 돌려보려고 여러모로 애써봤지만 헛일이었어. 도저히 불가능한 일이 아닐까 하는 생각마저 든다니까.

파이 집안 아이치고는 아주 영리하고 귀여워. 그 아이만 마음을 돌려준다면 나는 지금보다 더더욱 그 애를 좋아할 수 있어."

"아마 집에서 쓸데없는 말을 들었기 때문인지도 모르지."

"그렇다고 할 수는 없어. 앤서니는 독립심 강한 아이라서 스스로 생각하고 판단해. 지금까지 남자 선생님한테만 배워서 여자 선생님은 시시하대. 아무튼 끈기있게 친절히 대하면 어떻게 되겠지.

기다려보겠어. 나는 어려움을 꿋꿋이 이겨내는 게 좋고, 가르치는 일이 아주 재미있어. 폴 어빙은 다른 아이에게서 느끼는 실망을 모두 메워주고 있어. 그토록 귀여운 아이는 없을 거야, 길버트. 게다가 천재거든. 언젠가는 온 세계에 그 애의 이름이 알려질 날이 올 거야."

앤의 목소리는 확신에 가득차 있었다.

"나도 가르치는 것을 좋아해. 한편으로는 좋은 공부가 되지. 그래,

앤. 내가 화이트 샌즈의 아이들을 가르치기 시작한 지 겨우 몇 주일밖에 안 되었지만 학교에서 배운 여러 해 동안의 공부보다 더 많은 것을 배웠어.

우리는 모두 꽤 잘해나가고 있는 것 같아. 뉴브리지 사람들은 제인을 좋아하는 듯하고 화이트 샌즈에서는 내게 그런대로 만족하고 있는 것 같아. 하기야 앤드루스 스펜서 씨는 그렇지도 않지만 말이야.

엊저녁 집으로 돌아오다가 피터 블뤼엣 부인을 만났어. '알려주는 게 의무인 것 같아 말하겠는데, 스펜서 씨는 네가 가르치는 방식을 좋아하지 않는다'고 말했다더군."

앤은 깊이 생각에 잠겨 말했다.

"길버트, 이런 거 알고 있니? 누군가가 알려줄 의무가 있다고 생각하기 때문에 말한다고 할 때는 반드시 불쾌한 소식을 가져온다는 것을 말이야. 어째서 좋은 소문을 들었을 때에는 알려줄 의무가 있다고 생각지 않을까.

어제는 H.B. 도니일 부인이 다시 학교에 와서 내가 아이들에게 옛날이야기를 읽어주는 것을 허먼 앤드루스 부인이 좋게 생각지 않고, 로저슨 씨는 프릴리의 수학실력 진보가 시원치 않다고 말해서 알려주는 것이 의무인 듯하여 왔다고 말했지.

프릴리는 수업시간에 석판 너머로 남자아이들을 곁눈질하지 말고 좀더 공부에 열중하면 성적이 올라갈 거야. 계산할 때 잭 길리스가 프릴리의 몫까지 해주는 것을 알고 있지만 현장을 잡을 수가 없어."

"도니일 부인의 장래가 촉망되는 아들을 새 이름으로 부르는 덴 익숙해졌니?"

앤은 샐쭉 웃었다.

"응, 하지만 무척 힘들었어. 처음에는 내가 세인트 클레어라고 불러도 모르는 척하지 뭐니. 두세 번 부르니 그제야 알아들었나봐. 그것도 다른 남자아이들이 쿡쿡 찌르자 겨우 얼굴을 돌렸지.

그런데 아주 싫어하는 표정으로, 내가 존이나 찰리라는 이름을 부르는 줄 알았지 자기 이름을 부르는 줄 몰랐다는 듯한 얼굴을 했어. 하는 수 없이 며칠 전 수업이 끝난 뒤에 불러, 너의 어머니가 세인트 클레어라고 불러 달라고 부탁해서 그렇게 하고 있다고 그 이유를 설명해 겨우 알아들었지. 어리지만 이해력이 빠른 아이였어.

그 애가 하는 말이 참 재미있어. 선생님이라면 세인트 클레어라고 불러도 좋지만 다른 녀석들이 그 이름을 부르면 누구든 혼내주겠다나. 물론 나는 그런 거친 말을 쓰면 안 된다고 타일러 주었지. 그래서 나만 세인트 클레어라고 부르고 다른 아이들은 제이컵이라고 부르면서 지내고 있어. 그 아이는 내게 훌륭한 목수가 되겠다고 했는데 도니얼 부인은 대학교수를 시키겠다고 했지."

대학이라는 말이 나오자 길버트는 화제를 새로운 방향으로 옮겼다. 잠시 동안 두 사람은 자기들의 계획과 포부를 젊은이답게 진지하고 열정적으로 희망에 차서 이야기했다. 눈앞의 장래가 미지의 세계인만큼 젊은이들로서는 어떤 꿈이든 이룰 수 있는 것처럼 여겨졌다.

길버트는 의사가 되기로 결심하고 있었다.

"존경 받을 만한 일이라고 생각해. 의사란 평생 동안 계속 싸워야 하거든. 누군가 인간은 투쟁의 동물이라고 정의 내린 사람이 있었지?

나는 질병과 고통과 무지에 도전하겠어. 이 세 가지는 서로 깊게 연관되어 있어. 앤, 이 세상에서 나에게 주어진 몫을 힘이 닿는 데까지 훌륭하게 해내고 싶어. 이 세상이 시작된 뒤로 훌륭한 사람들이 쌓아올린 인간의 지식에 조금이라도 더 보태고 싶어. 나보다 앞선 시대에 살던 사람들이 나를 위해 많은 일을 해놓고 갔으니 나도 내 뒤에 오는 사람들을 위해 뭔가를 하고 싶어. 그것이야말로 인류에 대한 책임을 다하는 거라고 생각해."

앤은 꿈꾸듯 말했다.

"나는 인생을 더 아름다운 것으로 만드는 데 힘이 되고 싶어. 인간

Chang.Kye

의 지식을 더욱 깊게 하는 일과는 얼마쯤 다를 거야. 그것이 가장 고귀한 이상이라는 것은 알고 있지만 말이야.
하지만 내가 이 세상에 살고 있음으로써 다른 사람들이 조금이라도 더 즐겁게 살 수 있도록 해주고 싶어. 어떤 작은 기쁨이든 행복감이든 내가 이 세상에 태어나지 않았다면 맛볼 수 없는 그런 것을 이 세상에 선물로 주고 싶어."
길버트는 감동어린 목소리로 말했다.
"너는 이미 날마다 그 바람을 실현하고 있다고 생각해."
그 말대로 앤은 태어나면서부터 세상에 빛을 던져주는 존재였다.
누구에게나 앤은 반드시 미소와 사랑의 말을 햇살처럼 던져주었다. 그 빛을 받은 사람은 그 순간만이라도 인생을 희망에 가득차고 아름다우며 선의가 넘치는 것으로 생각할 수 있었다.
이윽고 길버트는 작별을 아쉬워하며 일어섰다.
"이제부터 맥퍼슨네에 가봐야겠어. 무디 스퍼존이 퀸즈아카데미에서 주말휴가로 돌아왔는데, 보이드 교수가 내게 빌려주는 책을 가져왔을 거야."
"나도 머릴러를 위해 저녁을 준비해야겠어. 키스 댁에 앓는 사람이 있어 저녁때 병문안 갔는데 이제 곧 돌아올 거야."
머릴러가 돌아왔을 때에는 저녁준비가 완벽히 되어 있었다. 난로에는 불이 활활 타오르고, 식탁은 루비처럼 새빨간 단풍잎을 꽂은 꽃병으로 장식되었으며, 햄과 토스트의 향긋한 냄새가 식욕을 돋구었다.
그러나 머릴러는 깊은 한숨을 쉬며 쓰러지듯 의자에 앉았다.
앤은 걱정스러워하며 물었다.
"눈이 아파요? 두통이 나요?"
"괜찮아. 좀 피곤하고 걱정거리가 있을 뿐이야. 메리의 아이들이 큰일이구나. 메리가 더 나빠졌거든. 오래 못가겠어. 그렇게 되면 그 쌍둥이들을 어떡하지?"

"그 아이들의 외삼촌으로부터 무슨 소식이 없었나요?"

"미국에서 편지가 왔어. 벌목장에서 일하면서 먹고 자고 있대. 도대체 무슨 의미일까? 어쨌든 그 때문에 내년 봄까지는 도저히 아이들을 데려갈 수가 없다더구나. 그러나 봄에는 아내를 맞이하므로 아이들을 맡을 수 있으니 겨울 동안 누군가 이웃사람에게 맡겨 달래.

이스트 글래프턴에 메리가 특별히 가까이 지내는 사람은 아무도 없다며 결국 메리는 우리가 맡아주기를 바라는 것 같아. 입 밖에 내어 말하지는 않지만 얼굴을 보면 알 수 있지."

앤은 너무 기뻐서 두 손을 마주잡았다.

"어머나, 그럼, 맡는 거죠, 머릴러?"

머릴러는 좀 쌀쌀맞게 말했다.

"아직 결정지은 것은 아니야. 나는 너처럼 앞뒤 생각하지 않고 무턱대고 일을 저지르지는 않아. 팔촌이란 꽤 먼 친척인데다 6살짜리 아이를 둘이나 돌보는 건 쉬운 일이 아니거든. 게다가 쌍둥이잖니."

머릴러는 쌍둥이란 여느 아이들보다 두 배나 기르기 힘든 것으로 여기고 있었다.

"쌍둥이는 참 재미있어요……두 쌍이나 세 쌍이라면 또 모르지만 한 쌍쯤이라면 문제없어요. 게다가 내가 학교에 나가고 없는 동안 머릴러가 심심하지 않게 될 거예요."

"심심하지 않게 된다고…… 속썩이고 애먹일 게다. 네가 우리 집에 왔을 때의 나이쯤이라면 그리 걱정할 것도 없을 텐데. 도러는 착하고 얌전한 아이지만 데이비는 굉장한 말썽꾸러기야."

어린이를 좋아하는 앤은 키스네 쌍둥이를 맡아 돌봐주고 싶어서 견딜 수 없었다. 게다가 자신이 아무도 돌봐주지 않는 고아시절을 보낸 일이 아직도 기억에 생생하게 남아 있었다.

앤은 머릴러가 자기의 의무로 받아들이는 일은 어디까지나 충실히 해낸다는 것을 알고 있었으므로, 그러한 입장에서 교묘하게 논리적으로 이야기했다.

"데이비가 말썽꾸러기라면 더욱 좋은 버릇을 기르도록 해주어야 하잖겠어요, 머릴러? 우리가 맡아주지 않으면 어떤 사람이 맡아서 어떤 영향을 끼칠지 알 수 없잖아요. 예를 들어 키스 씨네 옆집에 사는 스플럿 씨가 맡았다면 어떻게 되겠어요? 린드 아주머니가 말했는데 헨리 스플럿같이 좋지 않은 사람은 없대요. 그 집 아이들이 하는 말은 한마디도 믿을 수가 없대요. 쌍둥이들이 그런 것을 본받으면 큰 일이잖아요?

또는 위긴스 씨 댁에 가면 어떻게 되겠어요? 린드 아주머니가 말했는데, 위긴스 씨는 돈이 될 만한 것이면 무엇이든 팔아버리고 아이들을 탈지유로 기른대요. 아무리 팔촌에 지나지 않는다 하더라도 아이들을 굶어죽게 하고 싶지는 않겠죠, 머릴러? 아이들을 맡는 것은 우리의 의무라고 생각해요."

머릴러는 우울한 목소리로 말했다.

"그렇겠구나. 메리에게 내가 맡겠다고 말해야겠다. 그리 너무 좋아할 것 없다, 앤. 네게 일거리가 많이 생길 뿐이야. 나는 눈이 이래서 바느질을 전혀 할 수가 없어. 아이들의 옷 만드는 것부터 해진 것을 기우는 일까지 모두 네가 해주어야 할 텐데, 너는 바느질이라면 질색이잖니?"

앤은 침착하게 말했다.

"네, 질색이에요. 하지만 머릴러가 의무감에서 아이들을 맡는다면 나 또한 의무감에서 아이들의 옷을 기워줄 수 있어요. 때로는 누군가를 위해 좋아하지 않는 일을 해야 할 경우도 있어요, 어느 정도까지는 말이에요."

악동들

린드 부인은 창가에 앉아 침대덮개를 짜고 있었다. 몇 년 전 어느 봄날 저녁, 매슈 커스버트가 '맡기로 한 고아' 앤을 마차에 태우고 언덕을 달려 내려올 때도, 부인은 지금처럼 이 창가에 앉아 있었다.

그때는 봄이었지만, 지금은 가을도 다 지나 숲속 나뭇잎들이 하나 둘씩 떨어지고 목장의 풀은 시들어 누렇게 되어 있었다. 태양은 애번리 서쪽의 거무스름한 숲 뒤에서 화려한 보랏빛과 황금빛에 둘러싸여 저물어 가고 있었다.

이때 마차 한 대가 온순한 밤색 말에 이끌려 언덕을 내려오고 있었다. 린드 부인은 유심히 밖을 내다보며 부엌의 긴 의자에 누운 남편에게 말했다.

"머릴러가 장례식을 마치고 돌아오는군요."

토머스 린드는 요즘 긴 의자에 드러눕는 일이 전보다 많아졌다. 그러나 린드 부인은 자기 집 밖에서 일어나는 일이라면 시시콜콜 아무것도 모르는 게 없었지만 하나 밖에 없는 남편에게 일어나는 변화는 알아차리지 못하고 있었다.

"저런, 쌍둥이도 함께 와요. 데이비가 말꼬리를 잡으러 흙받이 위로 몸을 내미는 것을 머릴러가 얼른 앉히고 있어요. 도러는 얌전히 앉아 있네요. 저 애는 언제 보아도 빳빳해서 풀을 먹여 막 다림질한 모습이에요. 가엾게도 머릴러는 이번 겨울에 성가스러운 일을 잔뜩 떠안은 셈이에요. 머릴러의 입장으로는 맡지 않을 수도 없죠.

앤은 기뻐서 어쩔 줄 몰라 한답니다. 그 애는 아이들을 다루는 솜씨가 보통이 아니에요. 매슈가 불쌍한 앤을 데려왔을 때 머릴러가 아이를 키운다고 해서 모두들 웃던 일이 바로 엊그제 같군요. 그런데 이번에는 쌍둥이를 맡게 되었어요. 사람 일이란 죽을 때까지 두고 봐야지 알 수가 없어요."

살찐 말은 린드네 저지대의 다리를 건너 커스버트네 집 오솔길로 꺾어 들어갔다.

머릴러는 좀 엄한 표정을 짓고 있었다. 이스트 글래프턴에서 여기까지 10마일이나 되는데다 데이비 키스는 뭔가에 홀린 듯 잠시도 가만히 앉아 있지 않았던 것이다. 머릴러는 데이비를 얌전히 앉혀 놓을 수 없어 혹시나 마차 뒤로 떨어져 목이라도 부러지면 어쩌나, 앞으로 굴러 말발굽에 짓밟히면 어쩌나 마음 죄지 않을 수 없었다.

견디다못해 머릴러는 집에 가면 엉덩이를 때리겠다고 협박했다. 그러자 데이비는 머릴러가 말고삐를 쥐고 있는데도 아랑곳없이 그 무릎으로 기어올라 포동포동한 팔로 머릴러의 목을 꼭 끌어안았다.

"아줌마, 거짓말이지?"

데이비는 주름진 머릴러의 뺨에 애정이 담긴 입맞춤을 했다.

"아줌마는 아이가 가만히 있지 않는다고 때릴 사람이 아니야. 아줌마도 나만했을 때에는 차분히 있지 못했을 거야."

"아니다. 얌전히 있으라고 하면 언제나 그대로 했어."

머릴러는 엄한 목소리로 말했지만 마음속으로는 데이비의 천진난만한 얼굴에 사르르 눈 녹듯이 누그러지는 것을 느꼈다.

"그건 아줌마가 여자아이였기 때문이야."

데이비는 다시 한번 머릴러를 꼬옥 끌어안은 다음 제자리로 엉금엉금 돌아갔다.

"아줌마도 옛날에는 여자아이였지. 하지만 그걸 생각하면 우스워. 도러는 얌전히 앉아 있을 수 있어. 하지만 재미없을 거야. 여자아이가 된다는 것은 정말 따분한 일이야. 얘, 도러, 내가 신나게 해줄게."

데이비가 말하는 그 방법은 도러의 머리카락을 홱 잡아당기는 것이었다. 도러는 비명을 지르며 훌쩍이기 시작했다.

"어째서 그렇게 못된 짓을 하니. 너의 가엾은 엄마가 바로 오늘 무덤에 들어가셨는데 말이야."

당황한 머릴러는 어떻게 하면 좋을지 알 수가 없었다.

그러자 데이비가 소중한 비밀을 가르쳐준다며 속삭였다.

"하지만 엄마는 죽는 것을 기뻐했어. 엄마가 나한테 그렇게 말했거든. 죽는 게 앓는 것보다 낫다고 말이야. 엄마가 죽기 전날 밤 아줌마가 나와 도러를 겨울 동안 맡아 줄 테니 착한 아이가 되어야 한다고 했어.

물론, 나는 착해지고 싶어. 그런데 얌전히 앉아 있지 않고 이리저리 뛰어다니면 착한 아이가 될 수 없나? 그리고 엄마는 도러에게 친절히 대해주고 언제나 도러 편이 되어주라고 했으니 꼭 그렇게 할 테야."

"도러의 머리카락을 잡아당기는 것이 잘하는 거니?"

"응, 다른 아이들은 그렇게 못하도록 할 거야."

데이비는 주먹을 쥐고 무서운 표정을 지었다.

"하기만 해봐. 그냥 두지 않을 테니까. 나는 아프게 하지 않거든. 도러가 우는 것은 여자아이기 때문이야. 남자아이여서 정말 다행이야. 하지만 쌍둥이는 재미없어. 지미 스플럿의 누이동생이 말을 듣지 않으면 지미는 '나는 너보다 나이가 많아. 그러니까 내가 물론 더 잘 알지' 하면서 누이동생을 꼼짝 못하게 하는데 나는 도리에게 그런 말을 할 수가 없거든. 그래서 도러는 내 말을 안 들어. 아줌마, 잠깐 동안만 내가 말을 몰게 해줘. 나는 남자니까."

집의 뒤뜰에 닿고 나서야 머릴러는 마음을 놓았다. 싸늘한 가을 밤 바람에 마른잎들이 춤추고 있었다.

문 앞에 마중나와 있던 앤은 쌍둥이를 마차에서 내려 주었다. 도러는 앤이 키스하자 얌전히 있었지만 데이비는 앤의 환영에 대해 힘껏 매달리며 말했다.

"나는 미스터 데이비 키스야."

저녁 식사 때 도러는 어린 숙녀답게 행동했지만 데이비의 예절은 형편없었다.

머릴러가 주의를 주자 데이비는 말했다.

"배가 너무 고파서 참을 수가 없어. 도러는 나의 절반도 배고프지 않을 거야. 나는 여기 오는 동안 내내 운동했잖아?

저 케익은 건포도가 잔뜩 들어 있어서 새콤달콤 꽤 맛있어. 우리는 오래 전부터 케익을 못 먹었어. 엄마는 아파서 못 만들고, 스플럿 아줌마는 우리에게 빵을 구워주는 일만으로도 힘들다고 했고 위긴스 아줌마네 과자는 건포도가 하나도 안 들어 있었어. 에이, 하나 더 먹었으면 좋겠다."

머릴러가 안 된다고 말하려는데 앤이 또 하나 크게 잘라주며 '고맙습니다' 말해야 한다고 일러주었다. 데이비는 그저 싱긋 웃어보였을 뿐 한입 덥석 베어먹었다.

데이비는 한 조각을 허겁지겁 먹고 나서 말했다.

"하나만 더 주면 '고맙습니다' 말할게."

머릴러는 어렸을 적 앤이 많이 들었던 투로 말했다.

"안 돼. 너는 벌써 많이 먹었어."

데이비는 머릴러가 이런 식으로 말하면 더 이상 떼를 쓰지 못하고 그만이라는 것을 아직 몰랐다.

데이비는 앤에게 한쪽을 찡긋 눈짓하며 몸을 앞으로 쑥 내밀더니 도러가 얌전하게 한입 먹었을 뿐인 케익을 빼앗아 입을 크게 벌려 몽땅 넣어 버렸다.

놀란 도러의 입술이 떨리고, 머릴러는 말도 나오지 않는 듯 어안이 벙벙했다.

앤은 선생다운 태도로 외쳤다.

"어머나, 데이비. 신사는 그런 짓 하는 게 아니야."

데이비는 우걱우걱 다 먹고 난 다음 말했다.

"나도 잘 알고 있어. 하지만 신사가 아닌 걸, 뭐."

"그럼, 신사가 되고 싶지 않니?"

충격을 받은 앤이 물었다.

"그야 되고 싶지. 하지만 어른으로 자라야 신사가 될 수 있잖아."

지금이 바로 좋은 교훈을 심어주기에 알맞은 기회라 생각되어 앤은 재빨리 말했다.

"아니야, 지금도 될 수 있어. 아이 때부터 신사가 될 수 있지. 결코 신사는 여자의 물건을 뺏지 않아. '고맙습니다' 라는 인사를 잊거나 여자아이의 머리카락을 함부로 잡아당기지도 않아."

"신사란 재미없구나. 나는 어른으로 자란 다음에 신사가 될 테야."

머릴러는 하는 수 없이 도러에게 케익을 또 한 조각 잘라 주었다. 데이비를 더이상 당해낼 수 없을 듯한 기분이 들었다. 장례식이 있었던 데다 마차를 오랜 시간 타고 왔으므로 머릴러에게는 그날이 무척 고된 하루였다. 지금 머릴러는 일라이저 앤드루스 못지 않을 만큼 앞날을 비관적으로 내다보고 있었다.

쌍둥이는 둘 다 피부가 하얗다는 것만 빼면 그다지 닮지는 않았다. 도러는 윤기 흐르는 긴 머리카락을 늘 단정하게 빗고 있었고, 데이비는 곱슬곱슬한 짧은 금발이 둥근 머리를 덮고 있었다. 도러의 갈색 눈은 상냥하고 차분했으나, 데이비의 장난기로 가득찬 눈은 끊임없이 움직였다. 도러의 코는 오똑한데 데이비는 큼지막한 주먹코였다.

도러의 입은 얌전하게 꾹 다물어져 있었으나 데이비의 입가에는 늘 웃음이 감돌아 입꼬리가 올라가 있었다. 게다가 한쪽 볼에만 보조개가 폭 파여 미소를 지으면 귀엽고도 익살스럽게 짝짝이가 되었다. 데이비의 조그만 얼굴에는 명랑하고도 호기심어린 표정이 넘쳐흐르고 있었다.

"아이들을 얼른 재우는 것이 좋겠다."

머릴러는 그것이 두 아이에게서 벗어나는 길이라는 듯 말했다.

"도러는 나와 함께 자면 되고 데이비는 서쪽 방에 재우도록 해라. 혼자 자도 무섭지 않겠지, 데이비?"

데이비는 기분좋게 말했다.

"무섭지 않아. 하지만 나는 아직 잠자지 않을 테야."

순간 머릴러는 화가 치미는 것을 겨우 참으며 말했다.

"안 돼, 자야 해."

그 목소리에는 데이비조차 따르지 않을 수 없는 울림이 엄포를 놓듯 담겨 있었다. 데이비는 순순히 앤을 따라 2층으로 올라갔다.

데이비는 앤에게 비밀을 털어놓듯이 귓가에 속삭였다.

"나는 어른이 되면 제일 먼저 밤새도록 자지 않는 걸 해볼 테야. 그게 어떤 건지 몹시 알고 싶거든."

머릴러는 몇 년이 지난 뒤에도 쌍둥이가 그린게이블즈에 오고 난 뒤 1주일 동안의 일들을 돌이켜보면 몸서리쳐졌다. 그 1주일이 특별히 심했던 것은 아니지만 익숙지 못해서였으리라.

데이비는 눈만 뜨면 뭔가 장난치거나 사고 칠 궁리를 하고 있었다. 첫 번째 사건은 온 지 이틀째인, 9월처럼 맑게 갠 따뜻한 일요일 아침에 일어났다. 교회에 가기 전에 머릴러가 도러의 마리를 빗겨주는 동안 앤은 데이비에게 옷을 입혀주고 있었다. 처음에 데이비는 좀처럼 얼굴을 씻으려 하지 않았다.

"아줌마가 어제 씻어주었잖아. 그리고 위긴스 아줌마가 장례식 날

딱딱한 비누로 힘껏 문질러 주었어. 1주일 동안은 씻지 않아도 괜찮아. 깨끗이 하는 게 뭐가 좋아. 어차피 꼬질꼬질 더러워질 텐데. 그게 훨씬 더 기분 좋은 걸."

"폴 어빙은 날마다 자기가 세수한단다."

앤이 빈틈없이 말했다.

데이비는 그린게이블즈에서 살게 된 지 얼마 되지 않았는데 벌써 앤을 좋아하게 되었고, 도착한 다음날부터 앤이 하나부터 열까지 몹시 칭찬한 폴 어빙에게 적의를 품게 되었다. 폴 어빙이 날마다 세수한다면 데이비 키스가 목숨을 잃는 한이 있다 한들 어찌 세수를 하지 않을 수 있겠는가. 같은 이유에서 별로 좋아하지는 않지만 자질구레한 몸단장도 순순히 시키는 대로 했다.

몸단장을 깨끗이 하고 나니 데이비는 아주 멋진 남자아이였다. 앤은 어머니 같은 자랑스러움을 느끼며 데이비를 교회의 커스버트네 자리에 앉혔다.

처음 데이비의 태도는 훌륭했다. 작은 남자아이들 가운데에서 누가 폴 어빙인지 찾아내느라고 여념이 없었기 때문이다. 두 곡의 찬송가와 성경낭독이 끝날 때까지는 아무 일 없었다. 소동이 벌어진 것은 앨런 목사님이 기도를 드릴 때였다.

데이비 앞에는 러레터 화이트가 머리를 조금 수그리고 앉아 있었다. 두 가닥으로 땋아 늘어뜨린 금발 사이로 레이스 장식에 싸인 하얀 목이 유혹하듯이 드러나보였다. 러레터는 8살 난 토실토실 차분한 아이로, 태어난 지 여섯 달 만에 어머니 품에 안겨 처음 교회에 나온 뒤로 조금도 나무랄 데 없이 예절을 지켜온 소녀였다.

데이비가 주머니에 손을 넣어 끄집어낸 것은 털이 부스스하게 돋은 송충이였다. 머릴러가 문득 알아차리고 그 손을 붙잡았을 때에는 이미 늦어 버렸다. 데이비가 러레터의 옷 속에 송충이를 획 넣어 버린 것이다.

앨런 목사님이 기도드리고 있는데 꺅꺅 날카로운 비명이 몇 번인가 터졌다. 앨런 목사님은 깜짝 놀라 기도를 멈추고 눈을 휘둥그레 떴다. 사람들은 모두 머리를 들었다. 러레터 화이트는 미친 듯이 옷 뒤를 잡고 자기 자리에서 펄쩍펄쩍 뛰었다.

"어머나, 엄마, 엄마! 잡아줘요. 빨리, 빨리…… 저 나쁜 아이가 내 등에 벌레를 넣었어요…… 엄마! 밑으로 내려갔어요! 아악! 아아악!"

화이트 부인은 일어서서 몸부림치며 소리를 지르는 러레터를 데리고 무서운 얼굴로 쏘아보며 밖으로 나갔다. 이윽고 러레터의 비명이 멀어지고 앨런 목사님은 예배를 계속 진행했다. 그러나 사람들은 오늘의 예배가 엉망이 되었음을 느꼈다.

정신이 사나워진 머릴러는 태어나서 처음으로 성경 말씀이 귀에 들어오지 않았으며 앤도 부끄러워 얼굴을 붉히고 고개를 떨군 채 조용히 앉아 있었다.

머릴러는 서둘러 집으로 돌아가자 데이비에게 침대에서 하루 종일 꼼짝 말라고 명령했다. 점심도 우유와 빵뿐이었다.

앤이 그것을 들고 들어가 힘없이 옆에 앉았다. 데이비는 뉘우치는 낯빛도 없이 맛있게 먹었지만 앤의 슬픈 눈이 마음에 걸렸다.

"폴 어빙이라면 교회에서 여자아이의 목에 송충이를 집어넣지 않겠지?"

데이비가 눈치를 보면서 말하자 앤은 고개를 끄덕이며 안타까운 듯이 대답했다.

"그렇고말고."

"그렇다면 나도 그런 짓 하지 말 걸. 하지만 엄청 큰 송충이였어. 교회 층계에서 주웠지. 그런 것을 써 먹지 못하면 아깝잖아. 게다가 그 애가 마구 소리지를 때 재미있지 않았어?"

화요일 오후 그린게이블즈에서 교회후원회 모임이 있었다. 머릴러를 돕기 위해 앤은 학교에서 급히 돌아왔다.

도러는 빳빳하게 풀을 먹인 하얀 옷에 까만 장식띠를 두르고 후원회 회원들 틈에 끼어 얌전히 응접실에 앉아 있었다. 누가 말을 걸면 침착하게 대답하고 말을 걸지 않으면 조용히 앉아 있는 모범적인 어린이다운 행동을 보이고 있었다. 그러나 데이비는 뒤뜰에서 흙투성이가 되어 행복한 듯이 흙장난을 하며 나뒹굴고 있었다.

머릴러는 고개를 절레절레 흔들며 말했다.

"내가 내버려두었다. 저렇게 하도록 두면 더 심한 장난은 하지 않겠지. 그저 더러워질 뿐이야. 저 애는 놀게 내버려두고 우리끼리 저녁을 먼저 먹자. 도러는 우리와 함께 있어도 좋지만 데이비는 도저히 손님들과 같은 탁자에 앉힐 용기가 나지 않아."

앤이 손님들을 식당으로 안내하려고 응접실에 갔더니 도러의 모습이 보이지 않았다. 재스퍼 부인이 데이비가 현관으로 와서 도러를 데리고 나갔다고 일러주었다. 머릴러와 의논한 끝에 아이들은 나중에 먹이기로 했다.

식사가 반쯤 끝났을 때 식당으로 힘없이 들어오는 아이가 있었다. 머릴러와 앤은 서로 절망하는 눈으로 바라보았고 손님들은 깜짝 놀라 눈을 크게 떴다. 이 아이가 도러란 말인가—옷과 머리에서 물이 뚝뚝 떨어져 새로 깔아놓은 동전무늬 카펫을 더럽히며 엉엉 울고 서 있는 이상한 아이가 정말 도러일까?

앤은 꺼림칙한 마음으로 재스퍼 부인을 흘끗 쳐다보며 외쳤다.

"도러, 웬일이니 무슨 일이야?"

재스퍼 부인의 가족은 예의를 깍듯이 지키는 것으로 유명했다.

"데이비가 나더러 돼지우리 울짱 위를 걸어가라고 했어. 싫다고 했더니 나를 겁쟁이 고양이라고 손가락질하면서 놀렸어. 그래서 울짱 위를 걸어가다가 돼지우리 속에 떨어져 옷이 모두 더러워졌어. 놀란 돼지들이 나를 짓밟고 뛰어갔거든. 옷이 지저분하게 되었는데 데이비가 깔깔거리며 펌프 밑에 서 있으면 깨끗이 빨아주겠다고 해서 그렇게 했더니 물을 머리에서부터 마구 끼얹었어. 옷은 조금도 깨끗해지지 않았고 장식띠도 구두도 모두 엉망진창이 되고 말았어."

그리하여 앤이 손님접대를 하고 머릴러는 2층으로 올라가 도러에게 옷을 갈아입혔다. 데이비는 붙잡혀 저녁도 얻어먹지 못한 채 침대에 갇히고 말았다.

어둑어둑 땅거미질 무렵 앤은 데이비의 방에 가서 차근차근 타일렀다. 그것이 가장 좋은 방법이라고 앤은 믿었고 사실 좋은 효과를 나타냈다. 앤은 데이비가 그런 심한 장난을 해서 견딜 수 없이 가슴 아프다고 말했다.

"지금은 잘못했다고 여기지만, 무슨 짓을 저지르고 난 뒤가 아니면 그 순간에는 나빴다는 생각이 들지 않아. 도러가 옷이 더러워진다며 함께 흙장난을 해주지 않잖아. 화가 나서 견딜 수가 없었어. 폴 어빙이라면 떨어질 게 뻔한데도 누이동생더러 돼지우리 울짱 위를 걸으라고 하지 않겠지?"

"그럼, 생각조차 하지 않을 거야. 폴은 진짜 신사니까."

데이비는 눈을 꼭 잠고 잠시 동안 이 점에 대하여 곰곰이 생각하는 듯했다. 이윽고 데이비는 몸을 일으켜 앤의 목을 끌어안고 발그레진 얼굴을 앤의 어깨에 파묻으며 말했다.

"누나, 나는 폴처럼 착한 아이가 아니지만 아주 조금만이라도 나를 좋아해줄 수 없겠어?"

앤은 진심으로 말했다.

"물론 좋아하고말고."

귀여운 악동인 데이비에게 앤은 애정이 쏠리지 않을 수 없었다.

"하지만 네가 지금 같은 장난을 하지 않는다면 더욱 사랑하게 될 거야."

데이비는 목소리를 낮추어 말했다.

"나는—오늘 또 한 가지 나쁜 짓을 했어. 지금은 잘못했다고 여기

지만 누나에게 말하는 게 무서워. 너무 야단치면 싫어. 그리고 아줌마에게 이르지 마."

"그건 안 돼, 데이비. 아마 말해야 될 거야. 무슨 짓을 했건 두 번 다시 하지 않겠다고 약속하면 비밀을 지켜줄게."

"응, 앞으로는 결코 하지 않을 거야. 올해는 이제 그런 놈을 잡을 수도 없거든. 내가 지하실 층계에서 잽싸게 잡았어."

"데이비, 무슨 짓을 했니?"

"아줌마 침대에 두꺼비를 넣었어. 지금 가서 꺼내와도 되지만, 누나, 그대로 두는 게 재미있지 않을까?"

"어머나, 데이비!"

앤은 매달려 있는 데이비를 뿌리치고 벌떡 일어나 머릴러의 방으로 달려갔다. 침대가 조금 흐트러져 있었다. 가슴을 두근거리면서 담요를 확 들춰보니 과연 베개 밑에서 두꺼비가 이쪽을 올려다보며 눈을 껌벅이고 있었다.

"이런 징그러운 것을 어떻게 집어내지?"

앤은 소름이 쫙 끼쳤다. 난로의 재를 긁어내는 부삽이 좋겠다고 여겨 부엌으로 살금살금 내려가 바쁘게 일하고 있는 머릴러가 알아차리지 못하도록 살짝 가지고 올라왔다. 그러자 이번에는 두꺼비를 밖으로 내보내느라고 애를 먹었다. 두꺼비는 세 번이나 부삽에서 펄쩍펄쩍 뛰어내렸고 한 번은 아주 놓쳐 버렸다고 생각하기도 했다. 가까스로 다시 찾아내 벚나무 과수원으로 쫓아 버리고 나서야 앤은 안도의 숨을 쉬었다.

"만일 머릴러가 알았다면 다시는 침대에서 잘 수 없었을 거야. 어린 양 죄인이 미리 참회를 해주어서 정말 다행이었어. 어머나, 다이애너가 창문에서 신호를 보내고 있네. 아, 반가워라. 기분전환이 필요해. 학교에서는 앤서니 파이, 집에서는 데이비 키스, 내 신경도 더 이상은 견딜 수 없어."

페인트 빨주노초파남보

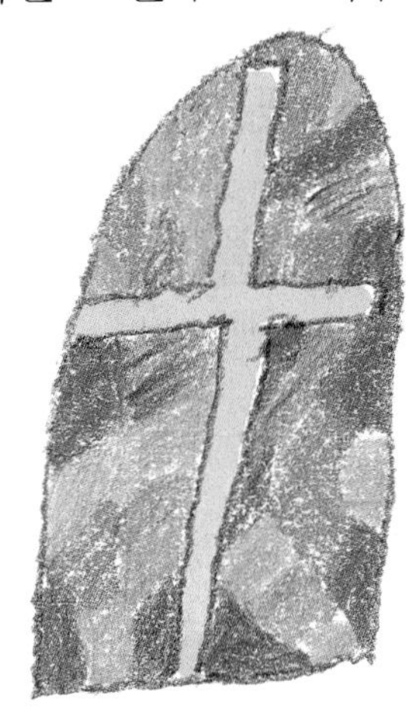

“그 말 많은 레이철 린드 할멈이 오늘 또 와서 교회 성구실(聖具室)에 깔 카펫을 사기 위한 돈을 기부하라며 나를 몰아세우고 갔소.”

해리슨 씨는 화나서 참을 수 없는 듯 벌게진 얼굴로 말했다.

“나는 그런 여자가 딱 질색이오. 설교니 성경 구절이니 실생활에서 지켜야 할 것들을 잔뜩 머리에 다져 넣고 와서 벽돌을 집어던지듯 마구 내뱉는다니까.”

앤은 11월 해질녘의 잔잔한 바람을 즐기며 베란다 끝에 고요히 앉아 있었다. 바람은 막 갈아엎은 밭을 지나 뜰 아래 비탈에 휘어진 전나무를 연주하듯이 살랑살랑 흔들며 지나갔다. 앤은 꿈꾸는 듯한 얼굴로 해리슨 씨를 바라보았다.

“문제는 아저씨와 린드 아주머니가 서로 이해하지 못하기 때문이에요. 사람을 좋아하지 않게 되는 원인은 모두 거기에 있어요. 나도 처음에는 린드 아주머니를 싫어했지만 어떤 사람인지 알게 된 뒤로는 좋아졌어요.”

“열심히 애써 가며 린드 부인을 좋아하게 되어 따를 때도 있겠지만, 나는 억지로 먹다 보면 좋아지게 될 거라며 바나나를 꾸역꾸역 먹는 짓은 하지 않을 거요."

성난 해리슨 씨는 한마디 한마디 씹어뱉듯이 말했다.

"상대를 이해하라고? 참견 잘하기로 소문난 여자라는 걸 이미 알고 있소. 본인한테도 대놓고 얘기했지."

"어머나, 아주머니의 기분이 몹시 상했겠군요. 어떻게 그런 말을 할 수 있으세요? 나도 몇 년 전 아주머니에게 심한 말을 한 적이 있지만 그때는 울컥 화가 치밀었기 때문이었죠. 그런 말을 하다니, 난 도저히 그럴 수가 없어요."

"있는 그대로의 사실이고, 누구한테건 진실을 말하자는 주의요."

"하지만 사실을 모두 말한 건 아니에요. 불쾌한 면만 꼬집어 말한 거죠. 제 머리카락이 빨갛다는 말은 여러 번 했지만 제 코가 예쁘다는 말은 한 번도 안했잖아요."

해리슨 씨는 껄껄 웃었다.

"말하지 않아도 잘 알고 있을 텐데요."

"제 머리카락이 빨갛다는 것도 잘 알고 있어요. 전보다 훨씬 짙어졌어요. 그러니까 그런 말은 굳이 제게 할 필요가 없어요."

"알았소. 그토록 마음 상한다면 다시는 말하지 않도록 조심하겠소. 나를 너그러이 봐줘야 해요, 앤. 솔직하게 말하는 게 버릇이 되어버렸으니까 신경쓰지 말아요."

"하지만 아무리 습관이라도 마음이 상하지 않을 수 없어요. 만일 어떤 사람이 바늘이나 핀으로 다른 사람들을 쿡쿡 찌르고 다니면서 '너그러이 봐주세요, 언짢아하지 마세요, 이것은 내 버릇이니까요.' 하고 말한다면 미친 사람이라고 생각하겠죠.

린드 아주머니는 확실히 남의 일에 참견하기를 좋아하지만 늘 따뜻한 마음으로 가난한 사람을 도와 주세요. 아마 그런 말은 안하셨겠죠? 티머시 코튼 씨가 아주머니의 우유를 가공하는 방에서 버터를 한 단지 몰래 훔쳐 가지고 가서 부인에게는 린드 아주머니로부터 사왔다고 했을 때에도 아무 말 하지 않았어요. 코튼 아주머니가 그 뒤 린드 아주머니를 만났을 때 그 버터는 무청맛이 난다고 투덜댔지만 아주머니는 그저 미안하다고 말했을 뿐이에요."

해리슨 씨는 마지못해 양보했다.

"그야 그 사람에게도 좋은 점이 조금 있겠죠. 대부분의 사람이 다 그렇소. 나만 해도 좋은 점이 있소. 아마 앤은 잘 모를 테지만 말이오. 아무튼 그 카펫을 위해서는 한푼도 기부할 생각이 없소. 이 마을에서는 늘 사람들로부터 돈을 걷어낼 생각만 하는 듯하오. 그 공회당을 다시 칠한다는 일은 잘 진행되고 있소?"

"잘 되어가고 있어요. 지난주 금요일 밤에 개선회 모임이 있었는데, 돈이 많이 모여 공회당을 다시 칠하고 지붕까지도 새로 이을 수 있겠어요. 사람들이 듬뿍듬뿍 기부해 주었거든요."

앤은 마음씨 착한 아가씨였지만 이때만은 '듬뿍듬뿍'이라는 말에 힘주지 않을 수 없었다.

"색깔은 무엇으로 할 작정이오?"

"싱그러운 초록색으로 결정했어요. 지붕은 맨드라미처럼 진한 자주색이고요. 오늘 로저 파이 씨가 거리에 나가 페인트를 사다주기로 되어 있어요."

"일은 누가 맡았소?"

"카모디의 조슈어 파이 씨예요. 아마 지붕 이는 일은 거의 끝났을 거예요. 그 사람에게 맡기지 않을 수 없었어요. 파이 씨 집안 사람들이 조슈어가 하지 않으면 한 푼도 안 내겠다고 말했거든요. 파이 씨 집안에서 기부한 돈이 자그마치 12달러나 되니 그 요구를 받아들이지 않을 수 없었죠.

그 사람에게 일을 맡기지 않는 게 좋다고 못마땅해하는 사람도 더러 있었어요. 그 사람들은 무슨 일이든 자기들이 마음대로 휘두르고 싶어하는 게 흠이라고 린드 아주머니가 말했죠."

"문제는 조슈어가 일을 잘하느냐 어떠냐요. 일만 잘하면 그 이름이 파이든 푸딩이든 상관없잖소."

"기술은 좋다는 평판이에요. 몹시 별나다는 소문이 있지만요. 거의 말을 하지 않는대요."

해리슨 씨가 웃지도 않고 언짢은 투로 말했다.

"확실히 별나군요. 어쨌든 이곳 사람들은 그렇게 말할 수 있을 거요. 나도 애번리로 오기 전에는 그리 말 많은 편이 아니었는데 여기서는 자기방어를 위해 자연히 지껄이지 않을 수 없게 되었소. 그렇지 않으면 린드 부인이 나를 벙어리로 알고 수화를 가르치기 위한 모금운동을 벌일지도 모르니까요.

아니, 벌써 가요, 앤? 아직 좀더 있어도 괜찮을 텐데요."

"그럴 수가 없어요. 오늘 밤 도러의 옷을 꿰매주어야 해요. 게다가 데이비가 또 무슨 장난을 쳐서 머릴러를 애먹이고 있을지도 몰라요.

오늘 아침 일어나자마자 걔가 무슨 소릴 했는지 아세요? '밤은 어디로 가는지 가르쳐줘, 누나' 하기에 '밤은 지구 반대편으로 간단다' 말해 주었는데, 식사가 끝난 뒤 '그렇지 않아, 우물 속으로 들어갔어' 하고 우기더군요. 더군다나 밤이 있는 곳으로 가겠다며 우물가에서 몸을 내미는 것을 머릴러가 네 번이나 붙잡았대요."

"그 애는 정말 말썽꾸러기요. 어제는 우리집에 와서 헛간에 있는 동안 진저의 깃털을 여섯 개나 뽑았지요. 가엾게도 진저는 그때부터 지금까지 풀이 죽어 있소. 그 애들을 맡게 되어 참으로 성가스럽겠소."

"기쁨을 얻기 위해서는 얼마쯤의 고생이 반드시 따르기 마련이죠."

앤은 마음속으로 다음에 데이비가 어떤 장난을 치더라도 용서해주어야겠다고 다짐했다. 진저에게 복수를 해주었기 때문이다.

그날 밤 로저 파이는 공회당에 칠할 페인트를 사가지고 왔으며, 다음날 무뚝뚝하고 말 없는 조슈어 파이는 일을 하기 시작했다.

아무도 방해하는 사람이 없었다. 공회당은 '아랫길'에 있었고, 늦가을에는 언제나 길이 질어 카모디로 가는 사람들은 빙 돌아가도 '윗길'로 다녔기 때문이다.

공회당은 울창한 전나무숲에 에워싸여 있어 바로 그 옆에까지 가지 않으면 보이지 않았다. 조슈어 파이는 마음껏 고독을 즐기며 조용히 페인트 칠을 했다.

금요일 오후 조슈어 파이는 페인트 칠을 다 마치고 카모디로 돌아갔다.

얼마 뒤 레이철 린드 부인이 새로 단장된 공회당이 너무 보고 싶어 진창을 무릅쓰고 '아랫길'로 마차를 몰고왔다. 가문비나무의 길모퉁이를 돌자 공회당이 보였다.

흘끗 공회당을 보고 난 린드 부인의 모습이란! 부인은 말고삐를 내던지고 두 손을 쳐들며 외쳤다.

"저게 뭐야!"

린드 부인은 자신의 두 눈을 믿을 수 없다는 듯이 손등으로 비비면서 다시 뚫어지게 보더니 미친 사람처럼 웃기 시작했다.

"무슨 착오가 생긴 거야, 틀림없어. 파이네 사람들이 분명 무슨 일을 저지를 줄 알았어."

린드 부인은 돌아가는 길에 몇몇 사람과 마주쳤는데, 그때마다 마차를 세우고 공회당 이야기를 했다.

마을 소식은 들불처럼 삽시간에 퍼졌다. 집에서 교과서를 열심히 들여다보고 있던 길버트는 저녁때 아버지의 고용인으로부터 그 소식을 듣고 프레드 라이트와 함께 그린게이블즈로 헐레벌떡 달려왔다.

그린게이블즈 뒤뜰 문가에는 다이애너와 제인 그리고 앤이 절망한 얼굴로 잎이 떨어진 버드나무 밑에 서 있었다.

길버트가 외쳤다.

"설마 아니겠지, 앤?"

"아니, 사실이야."

앤은 비극의 여신과도 같은 모습이었다.

"린드 아주머니가 카모디에서 돌아오는 길에 들러서 알려주셨어. 정말 큰일났어! 개선하려 했는데 더 나빠졌으니 말이야."

바로 그때 나타난 올리버 슬론이 물었다.

"뭐가 큰일났다는 거지?"

그는 머릴러가 부탁했던 모자넣는 종이상자를 시내에서 사가지고 오는 참이었다.

제인은 분해서 견딜 수 없다는 듯이 투덜거렸다.

"아직 못 들었니? 조슈어 파이 씨가 공회당에 초록색이 아니라 파랑 페인트 칠을 했대. 짐마차나 손수레에 칠하는 색을 말이야. 린드 아주머니가 그랬는데, 건물에 칠하는 색으로 그토록 이상한 빛깔은 없고 특히 지붕이 야하고 짙은 빨강이어서 무어라 말할 수 없이 망측해 보이더래. 이 말을 들었을 때 나는 기절할 뻔했어. 우리가 그토록 애써서 이뤄놓은 일이라고 생각하니 가슴이 찢어질 것 같아."

다이애너가 탄식했다.

"대체 어째서 이런 일이 일어났을까?"

이 불행한 사건의 책임은 당연히 파이네로 돌아갔다. 개선회원들은 모든 해리스네 페인트를 쓰기로 했는데, 페인트 통에는 색깔에 따라 저마다 번호가 씌어 있었다. 사가는 사람은 카드의 색깔을 보고 거기에 씌어진 번호로 주문하게 되어 있던 것이다.

로저 파이 씨가 시내로 나가는 길에 페인트를 사다주겠다고 했다. 그래서 아들 존 앤드루를 시켜 개선회원들에게 심부름을 보냈다. 회원들은 그들이 바라는 초록색이 147번이었으므로 그것을 사다달라고 부탁했다. 존 앤드루는 그대로 전했다고 했지만 로저 파이 씨는 분명히 아들이 157번이라고 말했다고 끝까지 주장했다.

그날 밤 개선회원들은 저마다 몹시 낙심한 표정으로 의기소침한 분위기였다. 그린게이블즈에도 너무 침울한 공기가 감돌아 데이비조

차 얌전하지 않을 수 없었다. 앤은 머릴러가 아무리 다독여도 울음을 멈추지 않았다.

"아무리 17살이 되었다 해도 울지 않을 수 없어요, 머릴러. 이토록 부끄러운 일은 달리 또 없을 테니까요. 이 사건은 우리 개선회의 죽음을 고하는 종소리와 같아요. 우리 개선회원들이 두고두고 웃음거리가 될 것을 생각하면 죽고 싶어요."

그러나 현실생활에서도 꿈에서와 마찬가지로 반대결과를 가져오는 경우가 흔히 있다. 정작 애번리 사람들은 웃지 않았다. 화가 나서 웃음도 나오지 않았던 것이다. 공회당 칠을 하는 돈을 자기들이 냈는데 이런 어처구니없는 착오가 생겼으니 모두가 부당한 일을 당했다고 여겼다.

모든 노여움의 화살은 파이 집안으로 몰렸다. 실패의 원인은 무엇보다 로저 파이와 존 앤드루에게 있었고, 조슈어 파이 역시, 통을 열어 페인트 색깔을 보았을 때 잘못을 알아차리지 못했다면 어지간한 멍청이라고 사람들은 흉보았다.

이런 비난을 받자 조슈어는 조슈어대로 애번리 사람들의 색깔에 대한 취향이 어떻든 자기가 아랑곳할 필요가 있느냐, 자기는 공회당에 페인트 칠을 하기 위해 고용되었지 색깔에 대해 이러니저러니 말할 필요가 없었으니 한 일에 대해 대가를 받아야겠다고 우겼다.

개선회원들은 치안판사 피터 슬론과 의논했지만 눈물을 머금고 조슈어에게 임금을 주었다.

피터는 개선회원들에게 말했다.

"치를 수밖에 없소. 이 잘못의 책임을 조슈어에게 돌릴 수는 없소. 무슨 색깔이어야 한다는 말은 한마디도 못 들었고 그저 칠하라는 말만 들었다고 주장하고 있으니까요. 어쨌든 그 공회당은 정말 보기 흉하게 변해버렸소."

운 나쁜 개선회원들은 애번리 사람들이 지금까지 우스꽝스러웠던 어떤 일보다 더 비웃을 거라고 생각했다.

그러나 뜻밖에도 사람들의 동정은 개선회원들에게로 쏠리며 다행히 사태가 좋아졌다. 사람들은 이 작은 집단이 목적 달성을 위해 그토록 열심히 애썼는데도 몹쓸 일을 당한 것을 가엾게 여겼다.

린드 부인은 개선회원들에게 일을 그대로 계속 밀고 나가라, 이 세상에는 일을 포기하지 않고 끝까지 훌륭하게 해내는 사람들도 있음을 파이 집안에 보여 주어야 한다고 격려했다.

메이저 스펜서는 자기네 밭 앞 큰길가에 있는 나무 그루터기를 모조리 뽑아 버리고 자기 돈으로 잔디씨를 뿌리겠다는 뜻을 보내왔으며, 어느 날 하일램 슬론의 할머니가 학교를 찾아와 앤에게 할 얘기가 있는 듯 입구에서 손짓을 했다. 슬론 할머니는 개선회원들이 봄이 되어 네거리에 제라늄 꽃밭을 만들게 된다면, 자기집 소가 짓밟지 않도록 조심할 테니 아무 걱정하지 말라고 말했다.

해리슨 씨조차도 뒤에서는 껄껄거리고 웃었지만—해리슨 씨가 웃는 일이 있다는 건 아무도 상상하지 못했겠지만—겉으로는 몹시 동정해 주었다.

"너무 신경쓸 것 없소, 앤. 페인트란 날이 갈수록 색깔이 칙칙해지는 법인데, 그 색깔은 처음부터 보기 좋지 않았으니 오히려 차츰 고와질지도 몰라요. 지붕은 새로 말끔히 이었으니 됐잖소. 이제부터는 비가 새지 않는 공회당에 앉을 수 있고, 그것만으로도 큰 성과라고 할 수 있소."

앤은 비통한 표정으로 말했다.

"하지만 애번리의 파랑 공회당이라는 말이 나오기만 하면 앞으로 두고두고 이 부근 마을 사람들의 웃음거리가 될 거예요."

유감스럽지만 그 말대로 되었다.

꾸러기 데이비

11월 오후, 앤은 학교에서 흰 자작나무 오솔길을 지나 집으로 돌아오며 인생은 정말 멋진 것이라고 새삼스럽게 느꼈다. 그날은 정말 좋은 하루였다.

앤의 작은 왕국에서는 모든 일이 순조롭게 되어나갔다.

세인트 클레어 도니일은 한 번도 남자아이들과 자기 이름 때문에 소동을 부리지 않았고, 프릴리 로저슨은 이가 아파 얼굴이 몹시 부어 옆에 앉은 남자아이들을 한 번도 곁눈질하지 않았다. 바버러 쇼는 딱 한번 실수했을 뿐이었다—국자의 물을 엎질렀던 것이다. 그리고 앤서니 파이는 학교에 나오지 않았다.

"올 11월은 참으로 행복한 달이야!"

앤은 소리내어 말했다. 어릴 때부터 자기 자신에게 말을 거는 버릇이 아직 남아 있었다.

"대개 11월은 늘 싫었는데. 한해가 얼마 안 남아 갑자기 늙어버렸다고 느끼고 울고불고하며 어쩔줄 몰라 했던 달인데, 올해는 정말 우아하게 나이를 먹는 것 같아. 머리가 희어지고 주름이 많이 잡혀도 매력적이라는 것을 알고 있는 고상한 노부인처럼 말이야.

날마다 즐거운 날이 이어지고 저녁놀이 아름다워. 지난 2주일 동안 더할 나위 없이 평화스러웠지. 데이비조차 얌전했을 정도니까. 그 아이는 훨씬 좋아진 것 같아.

오늘은 숲이 참 조용해. 나뭇가지를 스치는 바람소리 말고는 아무 소리도 들려오지 않아. 바람소리가 마치 저 먼 바닷가에서 물결치는 파도소리처럼 들려오네. 아, 나는 숲이 좋아! 아름다운 나무들이여! 나는 너희들 한 그루 한 그루를 진심으로 사랑하는 친구란다."

앤은 걸음을 멈춰 앙증맞은 어린 자작나무를 두 팔로 안고 크림빛에 가까운 하얀 줄기에 입을 맞추었다. 오솔길 모퉁이를 돌아오던 다이애너가 앤을 보고 방끗방끗 웃었다.

"앤, 너는 어른인 척하지만 혼자 있을 때는 여전히 소녀로구나."

앤은 들뜬 표정을 지었다.

"그럼, 누구도 단번에 천진난만함을 벗어날 수는 없어. 14년이나 아이로 있다가 어른이 된 지 겨우 3년밖에 안 됐으니까. 아마 숲속에서는 언제까지나 아이가 될 것 같아.

이렇게 학교에서 집으로 걸어올 때가 내가 꿈꿀 수 있는 유일한 시간이야. 잠들기 전 30분 동안 말고는 가르치고, 공부하고, 머릴러를 도와 쌍둥이를 돌보느라 너무 바빠 잠시도 공상에 젖을 시간이 없어.

하지만 밤마다 잠자리에 들면 잠시 동안은 아주 멋진 모험을 하곤 해. 나 자신을 어떤 화려하게 성공한 인물로 상상하는 거야. 유명한 가수라든가 적십자 간호사라든가 여왕이 되어보지.

어젯밤에는 여왕이 되었어. 자기가 여왕이라고 상상하는 건 멋진 일이야. 여왕은 불편한 일이란 하나도 없이 다만 유쾌한 일만 겪어. 그리고 그것을 하고 싶지 않으면 언제든지 그만둘 수 있어. 사실일 경우에는 그럴 수 없겠지만 말이야.

숲에서는 전혀 다른 방향으로 상상할 수 있어. 늙은 소나무 줄기에 사는 나무의 요정, 메마른 낙엽 밑에 사는 갈색의 작은 요정. 내가 입맞춘 흰 자작나무는 내 자매야. 다만 그것은 나무고 나는 사람일 뿐이지. 그건 큰 차이가 아니야. 어디 가니, 다이애너?"

"딕슨 씨 댁에 가는 길이야. 앨버트에게 새 옷을 재단하는 일을 도와주겠다고 약속했거든. 이따가 너도 와. 그리고 나와 함께 돌아가면 되지 않겠니?"

앤은 시치미를 뚝 떼고 말했다.

"그래, 가도록 해볼게—프레드 라이트가 거리에 나가고 없을 테니까."

다이애너는 얼굴이 빨개져 새침하게 고개를 돌리고 걷기 시작했으나 그리 화난 것 같지는 않았다.

앤은 그날 밤 정말로 딕슨네에 갈 작정이었는데 가지 못했다. 그린게이블즈에 닿으니 그런 것은 싹 잊어버릴 만한 사태가 벌어져 있었다. 몹시 흥분한 머릴러는 뒤뜰에서 서성이며 앤을 기다리고 있었다.

"앤, 어쩌면 좋으니? 도러가 보이지 않아."

"도러가 보이지 않는다고요!"

앤은 데이비를 보았다. 데이비는 대문에 데룽데룽 매달려 몸을 흔들며 재미있는 듯 눈을 반짝이고 있었다.

"데이비, 도러가 어디 있는지 모르니?"

"응, 몰라. 점심먹은 뒤부터 죽 못 봤어. 하늘에 맹세해."

데이비가 자신만만하게 말했다.

"나는 1시부터 내내 집을 비웠었지. 토머스 린드가 갑자기 아파서 레이철이 급히 오라고 했거든. 내가 나갈 때 도러는 부엌에서 인형을 가지고 놀았고 데이비는 헛간 뒤에서 흙장난을 하고 있었지. 30분쯤 전에 돌아와 보니 도러가 보이지 않는 거야. 데이비는 내가 나간 다음부터 한 번도 도러를 못 보았다는구나."

데이비는 힘주어 딱 잘라 말했다.

"정말 못 봤어."

"이 부근 어딘가에 있을 거예요. 혼자 멀리 갈 리 없어요. 그 애는 무척 겁이 많으니까요. 아마 어느 방에서 잠자고 있을지도 몰라요."

머릴러는 고개를 저었다.

"온 집안을 구석구석 다 찾아보았지만 없어. 집 밖 어느 건물 안에 있는지도 모르지."

두 사람은 미친 듯이 집 안이며 뜰이며 바깥 건물 안을 샅샅이 찾아보았다. 앤은 도러의 이름을 부르며 과수원과 '도깨비숲'을 찾아헤맸다. 머릴러는 촛불을 들고 지하실을 뒤졌다. 데이비가 번갈아 두 사람 뒤를 따라다니며 도러가 있을 만한 곳을 여기저기 생각나는 대로 가르쳐주었다.

있을 만한 곳은 두루두루 다 찾아 본 두 사람은 다시 뒤뜰에 갔다.

머릴러는 신음했다.

"이런 이상한 일이 다 있담."

앤이 힘없이 중얼거렸다.

"대체 어디 있을까?"

데이비가 싱글싱글 웃으며 말했다.

"아마 우물 속에 빠졌을지도 몰라."

앤과 머릴러는 겁먹은 얼굴로 동시에 서로 마주보았다. 다른 곳을 이리저리 찾아보면서도 그렇지 않을까 설마 했지만 두 사람은 차마 입 밖에 낼 용기가 나지 않았다.

머릴러가 갈라진 목소리로 말했다.

"그, 그럴지도 모르겠구나."

앤은 정신이 아찔해지며 현기증이 날 것 같았지만 얼른 우물가로 달려가 속을 들여다보았다. 안쪽 시렁에 양동이가 얹혀 있고 저 밑에서 움직이지 않는 물이 희미하게 반짝이는 것이 보였다. 커스버트네 우물은 애빈리에서 가장 깊었다. 만일 도러가…… 앤은 도저히 더 이상 끔찍한 일을 생각할 수 없었다. 몸을 바들바들 떨며 앤은 우물가에서 뒤로 물러났다.

머릴러가 손을 꼭 쥐며 말했다.

"해리슨 씨 댁에 뛰어가서 좀 와 달라고 해라."

"해리슨 씨도 존 헨리도 모두 없어요. 아까 시내에 나갔거든요. 배리 씨를 불러올게요."

배리 씨는 한 묶음의 긴긴 밧줄을 가져왔다. 밧줄 끝에는 끝이 뾰족한 갈고리가 달려 있었다. 배리 씨가 우물을 치는 동안 머릴러와 앤은 두려움에 온몸이 얼어붙는 듯 오들오들 떨며 그 옆에 서 있었다. 데이비는 대문 위에 올라앉아 어른들의 모습을 장난기 어린 눈으로 바라보고 있었다.

마침내 배리 씨는 가슴을 쓸어내리며 고개를 저었다.

"여긴 아니오. 어디로 갔을까? 별일도 다 있군. 얘, 데이비, 정말 네 동생이 어디 갔는지 모르니?"

데이비는 억울하다는 듯 말했다.

"모른다고 했잖아요. 유괴범이 도러를 데려갔나봐요."

"끔찍한 소리 하지 마라."

머릴러는 우물 속에 없음을 알자 마음이 놓여 엄하게 데이비를 꾸짖었다. 그녀는 앤에게 말했다.

"앤, 그 애가 해리슨 씨 댁에 가지 않았을까? 네가 언젠가 데리고 갔다 온 다음부터 앵무새 이야기만 했잖니."

"도러가 혼자 먼 곳까지 갈 것 같지 않지만 한번 가보겠어요."

그때 아무도 데이비의 얼굴을 보지 않았다. 만일 보았더라면 데이비의 표정이 달라지는 것을 뚜렷이 알아차렸을 것이다. 데이비는 살그머니 대문에서 내려와 통통한 다리로 쏜살같이 헛간 쪽으로 달려갔다.

앤은 그리 희망을 품지 않고 혹시나 하는 마음에 밭을 넘어 해리슨 씨 집으로 갔다. 집에는 자물쇠가 잠겨 있고 창에 덧문이 내려졌으며 사람 그림자도 없었다. 앤은 베란다에 서서 큰 소리로 도러의 이름을 불렀다.

앤의 뒤쪽 부엌에서 진저가 새된 소리를 지르며 요란스럽게 아우성쳤다. 그 진저의 외침에 섞여 해리슨 씨가 도구실로 쓰는 뒤뜰의 작은 건물에서 가냘픈 울음소리가 흘러나오는 것을 앤은 들었다. 급히 달려가 문고리를 열고 들어가니 엎어놓은 못상자 위에 도러가 힘없이 앉아 있었다. 앤은 도러를 안아 올렸다. 도러의 얼굴은 눈물로 얼룩져 있었다.

"어머나, 도러, 얼마나 걱정했는지 아니! 어째서 여기 있는 거지?"

도러는 흐느껴 울며 말했다.

"데이비와 진저를 보러 왔었어. 하지만 진저는 볼 수가 없었고, 데이비가 문을 쾅 걷어차면서 화내는 소리만 들렸어. 그러니까 데이비가 나를 이리로 데려와 문을 꼭 닫아버렸어. 아무래도 나갈 수가 없었어. 너무 무서워서 엉엉 울었어. 배고프고 너무너무 추워. 아무도 와주지 않는 줄 알았어, 언니."

"데이비가?"

앤은 말문이 막혔다. 앤은 무거운 마음으로 도러를 안고 집으로 돌아갔다. 도러를 무사히 찾았지만 데이비가 한 짓을 생각하니 마음이 아파서 무사히 도러를 찾은 기쁨도 어디론가 멀리 달아나고 말았다. 도러를 가둬 놓은 것은 장난으로 봐줄 수도 있지만 데이비는 그 뒤에 거짓말을 했다. 아주 냉혹한 거짓말을 했다.

이 사실은 싫어도 인정해야 했고 앤은 이것을 그대로 눈감아줄 수가 없었다. 너무 낙담한 나머지 그 자리에 주저앉아 울고 싶은 심정이었다. 앤은 데이비를 깊이 사랑하게 되었다……얼마나 사랑하는지 이제까지 모르고 있었지만, 그런데 데이비가 시치미떼며 거짓말을 했다고 생각하니 견딜 수 없는 슬픔이 복받쳐 올랐다.

머릴러는 앤의 이야기를 조용히 듣고 있었는데 그 태도는 폭풍전

야와 같았다. 배리 씨는 웃으며 당장 데이비에게 벌을 주라고 말했다. 앤은 울고 있는 도러를 달래며 몸을 녹여 주고 저녁을 먹인 다음 토닥토닥 잠자리에 들게 했다. 부엌으로 돌아가니 머릴러가 엄한 얼굴로 온통 거미줄 투성이가 되어 잘 따라오려 하지 않는 데이비를 억지로 잡아 끌다시피하여 데리고 들어오고 있었다. 데이비는 헛간의 가장 어두운 구석에 숨어 있다가 들켰던 것이다.

머릴러는 방 한복판 카펫 위에 데이비를 세워 놓고 자기는 동쪽 창가에 앉았다. 앤은 맥없이 서쪽 창가에 앉았으므로 어린 죄인은 두 사람 가운데에 서 있었다. 데이비는 머릴러에게 등을 돌리고 있었다. 아주 유순하고 겁먹은 듯한 구부린 등이었다. 앤 쪽을 보는 얼굴은 좀 부끄러워하는 빛이 있었지만 그 눈에는 우리는 친구가 아니냐는 듯한 표정이 깃들였고, 나쁜 짓을 했으니 벌받을 각오가 되어 있으며 나중에는 앤도 함께 웃어줄 거라고 기대하고 있는 듯했다.

단순한 장난에 지나지 않는 경우라면 앤의 눈에 미소가 감돌 수도 있었겠지만 지금은 어떤 다른 기색—어딘지 무섭고 차가운 기색이 보였다.

"어쩌면 그런 끔찍한 장난을 칠 수가 있었니, 데이비."

앤이 슬프게 말했으므로 데이비는 불안한 듯 우물거렸다.

"그저 장난이었을 뿐이야. 여기는 늘 너무 심심해. 누나랑 어른들을 깜짝 놀라게 해주면 모두 좋아할 것 같았거든. 난 정말 재미있었어."

얼마쯤 불안과 후회를 느끼기는 했지만 데이비는 아까의 일을 생각하고 또 싱긋 웃었다.

앤은 더욱 더 가슴 아파하며 말했다.

"하지만 너는 허위사실을 말했잖아."

데이비는 어깨를 으쓱거리며 모르겠다는 표정이었다.

"허위가 뭐지? 대포를 쏘는 것 말이야?"

"그래, 일어나지도 않은 일을 말하는 것, 거짓말 말이야."

chang.Kye

"응, 했어. 그렇게 하지 않으면 누나랑 다른 사람들이 깜짝 놀라지 않을 테니 거짓말하지 않을 수 없었어."

앤은 매를 들어야 하는 것인지 두려운 생각을 하며 엎드려 있던 반동이 이제야 나타나는 걸 느꼈다. 게다가 데이비가 전혀 반성할 기색이 없는 것이 견딜 수가 없었다. 커다란 눈물이 두 방울 앤의 눈에서 뚝뚝 떨어졌다.

"아, 데이비, 어쩌면 그럴 수 있니. 도저히 이해할 수가 없구나."

앤의 목소리는 떨리고 있었다.

"그게 얼마나 나쁜 짓인지 모르겠니?"

데이비는 흠칫 놀랐다. 누나가 울고 있다—자기가 누나를 울렸다. 데이비의 따뜻한 작은 가슴에 진심에서 우러나오는 후회가 파도처럼 밀려왔다.

데이비는 앤에게로 달려가 무릎에 몸을 던지고 앤의 목을 끌어안으며 울음을 터뜨렸다.

"나는 대포 쏘는 것이 나쁜 짓인 줄 정말 몰랐어. 어째서 나쁜 짓인지 알 수가 없어. 스플럿 씨네 아이들은 모두 날마다 대포를 쏘아대거든. 폴 어빙이라면 대포를 쏘지 않겠지. 나도 폴 어빙처럼 착한 아이가 되어보려고 열심히 애썼지만, 이제 누나는 나를 결코 좋아하지 않겠지? 누군가 나쁘다는 것을 내게 가르쳐주었으면 좋았을걸. 누나를 울게 해서 미안해. 이제부터는 절대로 대포를 쏘지 않을게."

데이비는 앤의 어깨에 매달려 엉엉 울었다. 사정을 알게 된 앤은 기쁨을 느끼고 데이비를 꼭 껴안으며 그 곱슬거리는 머리 너머로 머릴러를 보았다.

"데이비는 거짓말하는 것이 나쁜 짓인 줄 몰랐어요, 머릴러. 앞으로는 무슨 일이 있어도 거짓말하지 않겠다고 약속한다면 이번만은 너그러이 용서해주어야 할 것 같아요."

데이비는 흐느끼며 열심히 말했다.

"다시는 하지 않을게. 대포쏘는 것이 나쁜 짓이라는 걸 알았으니까. 만일 내가 다시 대포를 쏘면 그때는……."

데이비는 알맞은 벌을 이것저것 찾아보더니 덧붙였다.

"산 채로 껍질을 벗겨도 좋아."

앤은 학교 선생님답게 타일렀다.

"대포라는 말은 쓰면 안 돼, 데이비. 거짓말이라고 해라."

"어째서?"

바닥에 편안히 앉은 데이비는 눈물에 젖은 얼굴로 고개를 갸우뚱 기울이고는 물었다.

"대포도 거짓말이라는 말과 똑같은 것 아니야? 가르쳐 줘, 멋진 말이라고 생각하는데……"

"그건 유행어야. 아이가 유행어를 쓰는 것은 좋지 않아."

데이비는 한숨을 쉬었다.

"해서는 안 되는 일이 너무 많아. 이렇게 많은 줄 몰랐어. 대포—아참, 아니지. 거짓말해서는 안 된다니 재미없어. 하면 얼마나 재밌는데. 하지만 나쁘다니까 절대로 하지 않겠어. 오늘은 어떤 벌을 받아야 하는지 알려줘."

앤은 애원하듯 머릴러를 보았다. 마음이 약해진 머릴러는 말했다.

"이 아이에게 너무 심한 벌을 주고 싶지는 않아. 아무도 이 아이에게 거짓말하는 것이 나쁘다고 일러준 사람이 없었고 그 스플릿네 아이들은 좋은 동무가 아니었으니까. 가엾은 메리는 너무 아파서 제대로 버릇을 가르쳐 주지 못했을 거야. 6살 난 아이가 자기 스스로 옳고 그름은 가려내기는 힘들었을 테지. 올바른 일이 무엇인지 전혀 모른다고 생각하고 처음부터 다시 시작해야겠구나.

하지만 도리를 가둬둔 데 대해서는 벌을 줘야겠어. 나는 저녁을 안 주고 잠자리에 들게 하는 것밖에 생각나지 않는데 그건 너무 여러 번 해본 일이야. 달리 무슨 좋은 방법이 없겠니, 앤? 네 그 상상력을 활용하면 좋은 것이 떠오를지도 몰라."

"하지만 벌준다는 것은 끔찍한 일이거든요. 내가 상상하고 싶은 것은 유쾌한 일뿐이에요."

앤은 데이비를 꼬옥 끌어안았다.

"이 세상에는 남아 돌아갈 만큼 불쾌한 일들이 많으니까 더이상 상상할 필요가 없죠."

결국 데이비는 늘 그랬듯이 저녁을 굶은 채 침대에 들어가 그 다음날 정오까지 그대로 있기로 했다.

데이비는 혼자 뭔가 깊이 생각한 게 있었는지, 앤이 잠시 뒤 자기 방으로 올라가니 나직이 부르는 소리가 들려왔다.

가 보니 데이비는 침대 위에 앉아 무릎에 두 팔꿈치를 세워 손 위로 얼굴을 얹고 있었다.

데이비는 진지하게 말했다.

"누나, 어떤 사람이든 대—거짓말해서는 안 돼? 가르쳐 줘."

"안 되고말고."

"어른도 안 돼?"

"음, 안 되지."

데이비는 딱 잘라 말했다.

"그렇다면 아줌마는 나쁜 사람이야. 분명 거짓말했으니까. 그리고 아줌마는 나보다 훨씬 더 나빠. 나는 그것이 나쁜 짓인 줄 몰랐지만 아줌마는 알고 있었으니까."

앤은 분개했다.

"데이비, 아주머니는 지금까지 거짓말한 적이 한 번도 없어."

데이비는 아주 불만이라는 듯이 볼멘소리로 말했다.

"아니야, 거짓말했어. 지난 화요일에 만일 내가 기도드리지 않으면 무서운 일이 일어난다고 했었어. 나는 어떤 일이 일어나는지 보고 싶어서 1주일씩이나 기도를 드리지 않았는데 아무 일도 안 일어났잖아."

앤은 웃음이 풋 터져나올 뻔했지만 웃어서는 안 된다고 여겨 꾹 참으며 머릴러의 명예회복에 힘썼다.

"어머나, 데이비, 오늘이야말로 너에게 무서운 일이 일어났잖니?"

앤은 엄숙한 얼굴을 지어보였다.

데이비는 믿을 수 없다며 당당한 태도였다. 그리고 아주 깔보듯 말했다.

"누나는 저녁을 쫄쫄 굶고 자야 하는 것을 말하는 거지? 하지만 그런 일은 하나도 무섭지 않아. 물론 나도 원하지는 않지만 여기에 온 다음부터 너무 여러 번 그런 벌을 받아서 익숙해졌어. 그리고 저녁을 안 준다고 해서 하나도 좋을 게 없을 거야. 아침식사 때 여느 때보다 두 배나 더 많이 먹으니까."

"네가 침대에 갇혀 있어야 하는 일이 아니라 오늘 네가 거짓말했다는 사실을 말하는 거야. 알겠니, 데이비?"

앤은 침대 쪽으로 몸을 내밀며 죄인에게 손가락질을 하며 비난하듯 흔들어 보였다.

"남자아이가 거짓말하는 것처럼 나쁜 짓은 없어. 가장 무서운 일이라고 할 수 있을 정도야. 그러니까 머릴러 아주머니는 사실을 이야기했다고 할 수 있잖겠니, 데이비?"

"나는 그 무서운 일이 어떤 재미있는 것인 줄 알았어."

데이비는 시시하다며 뾰로통한 얼굴로 말했다.

"네가 어떻게 생각했든 아주머니 탓은 아니야. 나쁜 장난이 늘 신나기만 한 건 아니란다. 화가 나고 지독히 재미없는 일이 대부분이지."

데이비는 자기 무릎을 끌어안으며 말했다.

"하지만 아줌마와 누나가 허둥지둥 우물을 들여다볼 때는 아주 재미있었어."

앤은 겨우 웃음을 참고 아래층으로 내려가 거실의 긴 의자에 쓰러지듯 앉아 옆구리가 아프도록 웃었다.

머릴러는 조금 얼굴을 찌푸리며 말했다.

"무엇이 그토록 우스운지 말 좀 해보렴. 오늘은 그리 웃을 일도 없는 것 같다만."

"내 말을 들으면 머릴러도 웃을 거예요."

앤이 장담했고, 그 말대로 머릴러도 배꼽을 잡으며 웃었다. 이것을 보아도 알 수 있듯이 앤을 맡아 기르게 된 다음부터 머릴러는 감정을 꽤 자유롭게 표현하고 있었다.

그러나 웃고 난 다음 머릴러는 깊이 한숨을 내쉬었다.

"데이비에게 그런 말을 하는 게 아니었구나. 하지만 목사님이 언젠가 아이들에게 그런 말로 타이르는 것을 들었지.

그날 밤 그 애가 나를 몹시 화나게 만들었었단다. 네가 카모디의 음악회에 갔던 날 밤 그 애를 잠재우려 했을 때였어. 그 아이는 자기가 하느님의 눈에 띌 만큼 자라지 않는다면 기도를 드려도 소용없다고 하기에 그렇게 말했었지.

앤, 나는 저 애를 어떻게 다루었으면 좋을지 모르겠다. 저런 아이는 본적이 없어. 정말 지긋지긋해."

"그런 말 하지 마세요, 머릴러. 내가 처음 여기 왔을 때도 그만큼 나쁜 아이였잖아요."

"앤, 너는 나쁜 아이가 아니었어—결코 그렇지 않았지. 이제야 나는 그것을 절실히 깨달았단다. 정말로 나쁜 아이가 어떤 것인지 알았으니까. 너는 늘 난처한 일만 저질렀지만 그 마음은 언제나 좋은 일을 위해서였지. 그런데 데이비는 정말 나쁜 짓을 좋아하기 때문에 하는 거야."

"어머나, 데이비를 정말 그런 아이로 생각하면 안 돼요. 그저 장난을 좋아할 뿐이에요. 게다가 여기는 데이비에게 너무도 외로운 곳이에요. 함께 뛰어놀 만한 남자아이도 없잖아요.

데이비에게는 뭔가 마음을 쏟을 만한 친구가 필요해요. 도러는 너무 얌전해서 남자아이의 상대가 되기는 어려워요. 차라리 두 아이를 학교에 보내면 어떨까요?"

하지만 머릴러는 딱 잘라 말했다.

"그건 안 된다. 우리 아버지는 늘 어떤 아이든 7살이 되기 전에 학교 보내는 것은 나쁘다고 말했고 앨런 목사님도 같은 말을 했지. 쌍둥이에게 집에서 조금씩 가르치는 것은 좋지만 7살이 되기 전에 학교 보내는 것은 허락할 수 없어."

앤은 힘차게 이어 말했다.

"그렇다면 데이비를 집에서 잘 가르쳐야겠어요. 비록 결점이 조금 있지만 데이비는 아주 귀여운 아이에요. 사랑스럽다는 생각이 들지 않을 수 없어요. 이런 말을 해서는 안 되겠지만 나는 도러보다 데이비가 더 좋아요. 도러가 저렇게 착한데도 말이에요."

머릴러는 미소 지으며 앤에게 자기 마음을 털어놓았다.

"그래, 사실은 나도 그렇단다. 이런 말을 하면 공평하지 않지만 말이다. 도러는 조금도 성가스럽게 굴지 않아. 저렇게 착한 아이는 처음 보는걸. 집에 있는지 없는지 알 수 없을 정도야."

"정말 도러는 너무 착해요. 그 아이에게는 누가 이래라저래라 말할 필요가 없는 것 같아요. 도러는 선천적으로 훌륭한 아이에요. 그러니까 우리가 필요하지 않을 거예요. 하지만 머릴러."

앤은 깨우친 진리를 털어놓았다.

"우리는 자기를 필요로 하는 사람을 가장 좋아하는 게 아닐까요. 데이비에게는 우리가 꼭 필요할 거예요."

머릴러도 동의했다.

"그 아이에게는 확실히 뭔가 도움이 될 수 있을 것 같아. 레이철 린드라면 그 애에게 필요한 건 아마 회초리로 따끔하게 맞는 거라고 말할 게다."

아이들 편지

앤은 퀸즈아카데미 시절의 친구에게 편지를 썼다.

가르친다는 것은 정말 재미있는 일이야. 제인은 따분하다고 하지만 나는 그렇게 생각지 않아. 즐거운 일이 거의 날마다 일어나고 아이들 이야기도 아주 흥미로워. 제인은 학생들이 우스운 말을 하면 벌을 준다고 하는데, 그러니까 학교의 일이 지루하게 느껴지겠지.

오늘 오후, 지미 앤드루스가 '주근깨'라는 글자를 쓰려 했지만 아무래도 잘 되지 않아 끝내 나에게 말했어.

"나는 글자는 쓸 수 없지만 어떤 것인지는 알아요."

내가 어떤 것이냐고 묻자 앤드루스는 배시시 웃으며 대답했어.

"세인트 클레어 도니일의 얼굴입니다, 선생님."

정말로 세인트 클레어의 얼굴은 주근깨 투성이거든. 하지만 나는 열심히 다른 아이들에게 그 일을 이러쿵저러쿵 말하지 못하도록 했지.……나도 알다시피 주근깨가 있었으니까 그 기분을 잊지 않았던 거야.

하지만 세인트 클레어는 그런 것에 그리 마음 쓰지 않는다고 생각해.

학교에서 돌아가는 길에 세인트 클레어가 지미를 때린 건 지미가 세인트 클레어라고 불렀기 때문이야. 그 아이들이 싸운 일은 어떤 아이가 몰래 가르쳐 주어서 모르는 척했지.

어제 나는 로티 라이트에게 덧셈을 가르치며 물었어.

"만일 네 한쪽 손에 사탕이 세 개 있고 또 다른 쪽 손에 두 개 있다면 모두 몇 개가 되겠니?"

그러자 로티가 함박웃음을 지으며 대답했지.

"입에 가득 찰 만큼요."

그리고 과학시간에 어째서 두꺼비를 죽여서는 안 되느냐고 물었더니 벤지 슬론이 진지한 얼굴로 말했어.

"다음날 비가 오기 때문입니다."

웃고 싶은 걸 참는 건 힘든 일이야, 스텔러. 나는 웃음이 나오는 일은 모두 집에 돌아갈 때까지 마음에 고이 간직해 둬. 머릴러는 이렇다할 까닭도 없이 동쪽 내 방에서 요란스럽게 웃는 소리가 들려오면 걱정이 된대. 전에 글래프턴에 미친 남자가 있었는데 그 사람이 정신이 나가기 시작할 때 바로 그랬었대나.

너는 토머스 A. 베케트*1가 뱀의 부류에 끼어 있다는 이야기를 아니? 로즈 벨이 그렇게 말했지. 그리고 윌리엄 틴덜*2이 신약성서를 썼대. 클로드 화이트는 '빙하(氷河)'란 창틀을 끼우는 사람이라는구나!*3

수업시간에 재미있으면서도 또한 어려운 일은 아이들이 사물에 대해 어떤 사고방식을 가지고 있는지를 발표시키는 거야.

지난주 어느 폭풍우 몰아치던 날, 점심시간에 아이들을 불러앉혀 놓고 나도 그 애들의 친구가 되어 서로 이야기를 주고받았어.

---

*1 12세기 영국의 유명한 성직자.

*2 신약성서를 영어로 번역했음.

*3 glacier(빙하)를 glass(유리)와 혼동하여 glass를 끼우는 사람이라고 한 것임.

가장 바라는 게 무엇이냐고 물었더니 인형이니 말이니 스케이트니 하는 평범한 것도 있었지만 아주 독창적인 대답도 있었어.

헤스터 볼터는 날마다 일요일처럼 좋은 옷을 입고 자기 방에서 식사하고 싶어했고, 해너 벨은 애쓰지 않아도 착한 아이가 될 수 있었으면 좋겠다고 했어.

그리고 마조리 화이트는 10살인데 미망인이 되고 싶다고 했어. 왜냐고 물었더니 진지한 표정으로, 만일 결혼하지 않으면 사람들이 시집도 못 간다고 놀릴 테고, 시집가면 남편이 으스대는 꼴을 봐야 하는데, 미망인이 되면 그 어느 쪽도 아니기 때문이라는 거야.

누구보다도 특이한 것은 샐리 벨의 소원이었는데, 허니문(신혼여행)을 갖고 싶다는 거였어. 자세히 물어보니 허니문이 최신식 자전거로 착각하고 있었지. 몬트리올에 있는 사촌이 결혼하여 허니문을 갔는데 그 사촌이 늘 최신식 자전거를 타고 다니기 때문이라나.

또 어느 날 나는 아이들에게 가장 심한 장난을 말해 보라고 했더니 큰 아이들은 입을 꾹 다물고 말하지 않았지만 3학년 학생들은 저마다 손들며 종알종알 말해 주었지.

일라이저 벨은 아주머니가 양털을 뭉쳐놓은 것에 불을 붙였대. 태워 버리려 했느냐고 물었더니, 다만 어떻게 타오르는지 보고 싶어 한쪽 끝에다 불을 붙였는데 눈 깜짝할 사이에 몽땅 타버렸다는 거야.

에머슨 길리스는 교회에 헌금할 10센트로 사탕을 사먹었고, 애니터 벨의 가장 큰 죄는 무덤에 돋아난 월귤을 따먹은 일이었어.

그리고 윌리 화이트는 일요일의 나들이옷을 입고 지붕에서 한참동안 미끄럼탄 일로 여름 내내 기운 바지를 입고 주일학교에 나가야만 했대. 윌리는 벌받으면 오히려 나쁜 짓을 했다고 생각할 필요가 없다고 했지.

아이들이 쓴 작문 가운데 재미있는 것이 있어서 몇 편 적어 보내줄 거야. 지난주 4학년 학생들에게 무엇이든지 마음 내키는 것을 편지형식으로 써서 내라고 했었지. 전에 가본 적 있는 곳이나 또는 어떤 재미있었던 일이나 인물에 대해 써도 좋다고 힌트를 주었어. 정말로 편지처럼 편지지에 써서 봉투에 넣어 겉봉에 내 이름과 주소를 써야 하고 조금이라도 다른 사람의 도움을 받아서는 안 된다고 굳게 다짐을 받았단다.

지난 금요일 아침, 내 책상 위에는 편지가 산더미처럼 쌓였어.

그날 밤 나는 가르친다는 일에는 괴로움도 많지만 즐거움도 있음을 새삼스럽게 깨달았어. 그 편지들을 읽으며 나는 여느 때의 노고에 대한 대가를 충분히 받고도 남음이 있다고 느꼈지.

다음의 편지는 에드워드 클레이가 쓴 것으로, 주소며 철자며 문법 모두 그 아이가 쓴 그대로야.

캐나다 P.E. 섬, 그린가블의 셰리 선생님에게

'작은 새'

선생님, 나는 '작은 새'에 대해 쓰겠습니다. 작은 새는 아주 유익합니다. 우리집 고양이는 작은 새를 잡는 선수입니다. 이름이 윌리엄인데 아버지는 톰이라고 불러요. 온몸에 줄무늬가 있고, 지난 겨울 한쪽 귀가 얼어서 떨어져 버렸어요. 그렇지 않다면 아주 잘생긴 고양이일 겁니다.

삼촌도 고양이를 기르기로 했어요. 이 고양이는 어느 날 삼촌네 집에 와서 도무지 돌아가려 하지 않았는데 삼촌은 이렇게 건망증이 심한 고양이는 처음이래요. 삼촌은 이 고양이가 흔들의자에서 잠을 자도 아무 말 하지 않습니다. 아이들보다 이 고양이를 더욱 아낀다고 숙모님은 말합니다.

그것은 좋지 않습니다. 우리는 고양이에게 친절히 대해주고 신선한 우유를 주어야 하지민, 자기 아이들보다 더 소중히 여기는 것은 좋지 않습니다. 이것밖에 생각나지 않기 때문에 지금은 이만 그치겠습니다.

에드워드 블레이크 클레이 드림

세인트 클레어 도니얼의 편지는 여느 때와 마찬가지로 짧고 요령이 있어. 쓸데없는 말은 한마디도 쓰지 않았지.

다음과 같은 주제를 고르고 '추가'로 덧붙인 것은 그리 악의가 있어서가 아니라 재치나 상상력이 모자란 탓이라고 생각해.

셜리 선생님

선생님은 뭔가 재미있는 일을 쓰라고 했습니다. 나는 애번리 공회당에 대해 쓰겠습니다. 문이 두 개로 안쪽과 바깥쪽에 달려 있습니다. 창문이 여섯 개며 굴뚝이 하나입니다. 앞과 뒤에 벽이 있고 양옆에도 있습니다. 빛깔은 푸른데, 그 때문에 이상하게 보입니다. 카모디 가도의 아랫길에 세워져 있습니다. 이것은 애번리에서 세 번째로 중요한 건물입니다. 다른 두 개는 교회와 대장간입니다. 토론회며 강연이 여기서 열립니다. 음악 연주회도 합니다. 이만.

제이컵 도니얼

추가—공회당 빛깔은 굉장히 짙은 푸른색입니다.

애니터 벨의 편지는 너무 긴 데 놀랐어. 글쓰는 것을 그리 좋아하지 않았고 늘 세인트 클레어처럼 간단히 썼기 때문이야.

애니터는 얌전하고 예절이 바르다는 점에서는 모범생이야. 이것이 그 애의 편지야.

가장 사랑하는 선생님

내가 선생님을 얼마나 사랑하는지 말씀드리기 위해 편지를 씁니다. 온 마음과 영혼을 바쳐 선생님에게 이 사랑을 영원히 바치고 싶습니다. 이것이야말로 내 최고의 명예이며 그 때문에 학교에서 착한 아이가 되어 열심히 공부하려 애쓰고 있습니다.

선생님은 아주 아름답습니다. 나의 선생님, 당신의 목소리는 음악과 같고 눈은 이슬을 머금은 팬지꽃 같습니다. 당신은 키가 큰 의젓한 여왕님 같습니다. 머릿결은 물결치는 황금빛입니다. 앤서니 파이는 빨강머리라고 하지만 앤서니의 말을 귀담아들을 필요는 없습니다.

선생님을 알게 된 지 아직 두세 달밖에 안됐지만 선생님을 모르던 시절이 있었다는 것을 믿을 수 없습니다. 선생님은 내 삶에 뛰어들어 축복해주었고 성스럽게 해주었습니다. 나는 선생님을 알게 된 올해를 내 생애 최고의 해로 오래오래 기억할 것입니다. 그리고 우리집이 뉴브리지에서 애번리로 이사온 해이기도 합니다.

선생님을 만남으로써 내 인생은 아주 풍부해졌으며, 선생님은 많은 악과 재앙으로부터 나를 지켜주고 있습니다. 이것은 모두 선생님 덕분입니다. 한없이 상냥하신 나의 선생님!

요전날 선생님이 검은 옷을 입고 머리에 꽃을 꽂고 있었을 때의 모습을 잊을 수 없습니다. 비록 우리 모두 나이들어 백발이 된다 해도 그때의 선생님 모습은 영원히 내 눈에 남아 있을 겁니다. 나에게는 선생님이 언제까지나 젊고 아름다워 보일 겁니다, 사랑하는 선생님.

나는 하루 종일—아침에도 낮에도 저녁에도—선생님을 생각합니다. 선생님이 웃을 때에도 한숨 쉴 때에도…… 아니, 무서운 눈길을 보내실 때도…… 선생님을 깊이 사랑합니다.

나는 선생님의 화난 얼굴을 한 번도 본 적이 없지만 앤서니 파이는 선생님이 늘 성난 얼굴이라고 합니다. 앤서니가 나쁘니까 선생님이 앤서니에게 못마땅한 얼굴을 하는 건 마땅하다고 생각합니다.

나는 선생님이 어떤 옷을 입어도 좋아합니다…… 새 옷을 입을 때마다 전보다 더욱 아름다워 보입니다.

사랑하는 선생님, 안녕히 주무세요. 태양은 지고 별이 반짝이고 있습니다. 선생님의 눈동자처럼 반짝이는 참으로 아름다운 별들입니다. 나는 선생님의 손과 얼굴에 입을 맞춥니다. 사랑하는 사람이여, 하느님이 선생님을 지켜주시고 모든 고난으로부터 보호해 주시기를.

선생님을 너무나 사랑하는 학생
애니터 벨 드림

이 편지를 읽고 나는 좀 놀랐지. 애니터가 이런 글을 쓸 수 있을 리가 없거든. 애니터에게 글을 지으라는 것은 하늘을 날라는 것과 같았기 때문이야.

다음날 나는 학교에 가서 쉬는 시간에 애니터를 데리고 시냇가를 산책하며 그 편지에 대해 사실대로 말해 달라고 했더니 울면서 모든 것을 털어놓았어. 지금까지 한 번도 편지를 써 본 적이 없어 어떻게 써야 할지, 무엇을 써야 할지 몰랐는데, 어머니의 화장대 맨 윗서랍에 어머니의 옛날 연인으로부터 온 편지 한 뭉치가 들어 있었대.

애니터는 흐느껴 울며 말했어.

"그건 아버지의 편지가 아니었어요. 목사 공부를 하고 있던 어떤 사람이 그런 아름다운 편지를 써보냈던 거예요. 하지만 어머니는 결국 그 사람과 결혼하지 않았어요. 그 사람의 사고방식이며 말하는 것을 어머니는 도무지 이해할 수 없었대요. 나는 그 편지가 멋있게 여겨져 흉내를 냈어요. '부인'이라고 쓴 곳을 '선생님'으로 고치고 내가 생각한 것도 조금은 집어넣으며 말을 바꾸기도 했어요. '기분'이라고 쓴 것을 '옷'으로 바꿔 썼는데, '기분'이 어떤 뜻인지 잘 몰랐지만 틀림없이 입는 것을 말했으리라 생각했기 때문이에요. 설마 선생님이 내가 쓴 편지가 아니라는 것을 아실 줄은 몰랐어요. 어떻게 선생님은 그 편지가 모두 내가 쓴 것이 아닌 줄 알았지요? 선생님은 정말 머리가 좋은 분이에요."

나는 애니터에게 남의 편지를 베껴 자기가 쓴 것처럼 하는 일은 아주 나쁜 짓이라고 가르쳐 주었지만, 애니터가 후회하는 것은 아무래도 들켰기 때문인 것 같았어.

애니터는 훌쩍거리며 말했지.

"하지만 나는 선생님을 정말 좋아하거든요. 그 편지를 처음 쓴 사람은 목사님이지만, 그건 모두 사실이에요. 나는 선생님을 진심으로 좋아해요."

나는 이렇게 말하는 애니터를 더이상 꾸짖을 수가 없었어.

다음은 바버러 쇼의 편지야. 원문에 찍힌 잉크 얼룩을 보여줄 수 없어서 유감이야.

선생님께

선생님은 남의 집을 방문했을 때의 일을 써도 좋다고 했습니다. 나는 꼭 한번 다른 집에서 잔 적이 있었습니다. 지난 겨울 메리 고모 댁에 갔었습니다.

메리 고모는 아주 꼼꼼하고 집안일을 잘하는 분입니다. 첫날밤 다함께 식탁에 앉아 저녁을 먹을 때 나는 그만 물병을 건드려 깨뜨리고 말았습니다. 메리 고모는 그 항아리는 자기가 시집올 때 있던 것으로 지금껏 멀쩡히 잘 써왔는데, 안타까워하며 말했습니다.

식탁에서 일어설 때 실수로 고모의 옷자락을 밟아 스커트 주름이 다 뜯어져버렸습니다. 다음날 아침에는 세면기에 물그릇을 부딪쳐 둘 다 금이 가 버렸고, 아침식사 때에는 찻잔을 엎어 식탁보를 흠뻑 적시고 말았습니다. 그리고 점심 식사 뒤 설거지를 하는 고모를 도와드리다가 접시를 떨어뜨려 와장창 깨뜨려 버렸습니다.

그날 밤 나는 계단에서 굴러 떨어져 발목을 삐어 1주일 동안 침대에 누워 있어야만 했습니다.

메리 고모가 조지프 고모부에게 말하는 목소리가 들려왔습니다.

"살았어요, 그렇지 않으면 저 아이가 온 집안의 물건을 모두 부서뜨리고 말 거예요."

발목이 다 나았을 때에는 벌써 집에 돌아갈 때가 되어 있었답니다.

그 뒤로 나는 남의 집에 가는 것을 그리 좋아하지 않습니다. 학교에 가는 것이 훨씬 더 좋습니다. 특히 애번리에 와서는 더욱 그렇습니다. 안녕.

바버러 쇼 드림

다음은 윌리 화이트의 편지야.

존경하는 선생님께

나는 매우 용감한 고모 이야기를 쓰겠습니다. 그 고모는 온타리오에 살고 있습니다. 어느 날 헛간으로 가다가 뒤뜰에 개가 한 마리 있는 것을 보았습니다. 개가 그런 곳에 있으면 곤란하다고 여긴 고모는 몽둥이로 그 개를 때려 헛간에 가두었습니다.

얼마 뒤 한 남자가 서커스 단에서 도망친 가상의(imaginary) 사자를 찾으러 왔습니다.(질문 : 윌리가 말하는 건 구경거리(menagerie) 사자를 가리키는 걸까?) 바로 그 개가 사자였습니다. 그것을 나의 용감한 고모가 몽둥이로 헛간에 몰아넣었던 거지요. 사자에게 잡아먹히지 않은 것은 정말 기적입니다. 그건 고모가 참으로 용감하기 때문입니다.

하지만 에머슨 길리스는 고모가 그 사자를 개로 생각했으니 사실은 개하고 다를 바 없으므로 조금도 용맹무쌍하지 않다고 합니다. 에머슨에게는 용감한 고모가 없고 삼촌뿐이기 때문에 질투하는 것이 분명합니다.

가장 잘된 편지를 마지막으로 보여주겠어. 내가 폴을 천재로 생각한다고 말하면 스텔러는 비웃을지도 모르지만, 이 편지를 보고 나면 이 아이가 여느 아이와 다르다는 것을 알게 되겠지. 폴은 바닷가에서 할머니와 살고 있는데 함께 놀 만한 동무가 한 사람도 없어.

우리의 교실관리학 교수님이 학생들 가운데 '특별히 귀여워하는 아이'를 두면 안 된다고 한 말 기억나지? 나는 폴 어빙을 다른 아이보다 좋아하지 않을 수 없어. 하지만 그리 나쁘다고 여겨지지 않아. 누구나 폴을 좋아하고 린드 아주머니도 설마 자기가 미국 사람을 이처럼 좋아하게 될 줄은 몰랐다고 했어.

학교에서도 남자아이들이 모두 폴을 좋아해. 꿈이나 공상에 잠겨 있어도 조금도 남자답지 않거나 약해 보이지 않아. 아주 씩씩하고 어떤 게임에서도 지지 않지.

며칠 전에도 세인트 클레어 도니일과 결투를 했어. 영국 국기가 미국 성조기보다 훨씬 훌륭하다고 했기 때문이야. 결국 무승부로 끝나고 앞으로는 서로의 나라를 사랑하고 존중하기로 결말을 지었어. 세인트 클레어의 말로는 때리는 힘은 자기가 세지만 때린 횟수는 폴 쪽이 훨씬 더 많대.

다음이 폴의 편지야.

선생님께

선생님은 우리에게 어떤 재미있는 사람에 대한 이야기를 써도 좋다고 하셨습니다. 내가 알고 있는 사람 가운데 '바위사람들'이 가장 재미있다고 생각합니다.

이 사람들에 대한 이야기는 할머니와 아버지 말고는 아무에게도 해준 적이 없지만 선생님은 알아주실 테니 말하겠습니다. 이해하지 못하는 사람들에게는 아무리 말해도 소용없습니다.

'바위사람들'은 바닷가에 살고 있습니다. 겨울이 될 때까지 나는 거의 날마다 저녁때면 그곳을 찾아갑니다. 이제 봄이 오지 않으면 만날 수 없지만 그 사람들은 모두 그곳에 그대로 있을 것입니다. 그들은 결코 변하지 않으니까요. 바로 이 점이 멋있습니다.

노러와는 맨 먼저 친해졌으므로 가장 좋아합니다. 노러는 앤드루스 만에 살며 검은 머리와 까만 눈을 가지고 있습니다. 인어나 물의 요정에 대해 무엇이든지 알고 있습니다. 아주 흥미진진한 얘기를 많이 해줍니다.

그리고 쌍둥이 선원이 있습니다. 두 사람은 한곳에 머물지 않고 늘 배를 타고 다니는데 이따금 육지에 올라와 나에게 신비한 이야기를 해줍니다. 두 사람은 모두 유쾌한 선원이며 온 세계를 두루두루 보았기 때문에 많은 것을 알고 있습니다. 이 세상 일만이 아닙니다.

이 쌍둥이 동생에게 무슨 일이 일어났는지 아세요? 어느 날 바다로 배를 저어 나갔을 때 달의 오솔길로 들어갔던 겁니다. 달의 오솔길이란 보름달이 바다에서 솟아오를 때 물 위에 자국을 내는 그 길을 말합니다.

동생 선원은 달의 오솔길을 따라 배를 저어가 마침내 달나라에 이르렀습니다. 달에는 작은 황금문이 있어 그것을 열고 안으로 배를 저어 들어갔습니다. 동생은 달나라에서 멋진 모험을 했는데 그 이야기를 쓰려면 너무 길어지므로 그만두겠습니다.

그리고 바위굴 속에는 '황금부인'이 살고 있습니다. 어느 날, 나

Chang. Kye

는 바닷가에서 큰 바위굴을 발견했습니다. 안으로 조금 들어가니 정말 황금부인이 있었습니다. 발밑까지 늘어진 금발에 하늘하늘 나부끼며 눈부시게 반짝이는 황금빛 옷을 입고 있었습니다. 그리고 황금 하프를 하루 종일 켜고 있지요. 그 하프 소리를 듣고 싶을 때는 언제나 바닷가로 가서 조용히 귀기울이면 희미하게 들려옵니다. 하지만 사람들은 바위 사이를 지나가는 바람소리로 여긴답니다.

황금부인 이야기는 한 번도 노러에게 한 적 없습니다. 기분 상할지도 모르니까요. 내가 쌍둥이 선원들과 너무 오랫동안 이야기하는 것조차도 노러는 좋아하지 않습니다.

내가 쌍둥이 선원들과 즐겨 만나는 것은 '줄바위'가 있는 곳입니다. 동생은 무척 온순하지만 형은 때때로 무서운 얼굴을 합니다. 아무래도 형은 이상하게 여겨집니다. 마음만 먹으면 해적이 될지도 모르겠습니다. 어딘지 비밀스러운 데가 많아 속셈을 알 수 없거든요.

언젠가 한 번은 울컥해서 심한 말을 하기에 나는 두 번 다시 너를 만나러 바닷가로 오지 않을 것이다, 그런 사람하고는 가까이하지 않겠다고 할머니와 약속했다고 말했죠.

형 선원은 이 말에 좀 떨었나 봅니다. 용서해준다면 서쪽 하늘 붉은 저녁놀이 있는 곳으로 데려다주겠다고 하더군요.

다음날 저녁때 내가 '줄바위'에 앉아 있노라니 형 선원이 바다 쪽에서 마법의 작은 배를 타고 와 훌쩍 나도 탔습니다. 그 작은 배는 조가비 속처럼 온통 진주와 무지개색으로 되어 있었으며 달빛 같은 노란 돛을 달고 있었습니다. 우리는 똑바로 저녁놀을 향해 저어갔습니다.

선생님, 상상해보세요. 나는 저녁놀 속으로 들어간 것입니다. 어떤 곳이었다고 여겨지세요? 저녁놀나라는 꽃밭처럼 구름이 가득

어우러져 두둥실두둥실 피어 올랐습니다.

우리는 큰 황금빛으로 빛나는 항구에 이르러 뭍으로 올라갔습니다. 그곳은 넓은 목장으로 장미꽃만한 미나리아재비가 온통 피어 있었습니다.

나는 오래도록 그곳에 있었던 듯합니다. 1년 가까이 있었던 기분이었는데, 형 선원은 겨우 2, 3분에 지나지 않았다고 합니다. 저녁놀나라에서는 이곳보다 훨씬 시간이 천천히 가기 때문입니다.

선생님을 사랑하는 폴 어빙 드림

덧붙이는 말—물론 이 편지에 씌어진 것은 사실이 아닙니다, 선생님.

요나의 날

이 불길한 액일*1은 전날밤 치통에서 시작되었다. 앤은 이가 몹시 아파 이리 뒤척 저리 뒤척 잠 못 이루고 하룻밤을 꼬박 지새웠다.

잔뜩 흐리고 추운 겨울 아침에 부스스 일어난 앤에게는 인생이 뼈저리게 허무하고 무의미한 것으로 여겨졌다.

앤은 불쾌한 기분으로 학교에 갔다. 볼이 부어오르고 얼굴이 온통 쿡쿡 쑤셨다.

교실은 쌀쌀하고 난롯불이 잘 타지 않아 검은 연기로 자욱했다. 아이들은 추워서 오들오들 떨며 난롯가에 삼삼오오 모여 있었다.

앤은 여느 때와 달리 날카로운 목소리로 모두들 제자리로 돌아가라고 했다. 앤서니 파이는 무시하는 듯한 태도로 천천히 자기 자리로 돌아가 옆자리 아이에게 뭐라고 수군거리며 앤을 흘끗 쳐다보고 비웃었다.

앤은 이날 아침만큼 시끄럽고 쓱싹쓱싹 연필 소리가 귀에 거슬리는 날은 없으리라고 느꼈다. 게다가 바버러 쇼가 계산한 것을 보이기

*1 《구약성서》〈요나서〉의 주인공 요나는 늘 일의 실패와 불행을 불러일으키는 불길한 사람이라 하여 요나의 날은 액일을 뜻한다.

위해 앤의 책상으로 오다가 석탄 상자에 걸려 넘어져서 와당탕 석탄이 온 교실에 구르고 바버러의 석판은 산산조각났다. 바버러 쇼가 가까스로 일어났을 때 얼굴이 석탄가루로 새까맣게 더럽혀진 것을 보고 남자아이들이 왁자지껄 웃었다.

2학년 읽기를 가르치고 있던 앤은 그쪽을 향하여 얼음장 같은 목소리로 말했다.

"정말이지 바버러, 언제나 걸려서 넘어지지 않고는 걸을 수 없다면, 차라리 네 자리에 가만히 있었으면 좋겠어. 다 큰 아이가 그토록 덤벙거리기만 하다니, 부끄러운 줄 알아야지."

가엾은 바버러는 비틀거리며 엉거주춤 자기 자리로 돌아갔다. 석탄가루가 눈물에 얼룩져 참으로 눈뜨고 볼 수 없는 모습이었다. 가장 좋아하고 인정 많은 선생님으로부터 지금까지 한 번도 이런 꾸중을 들은 적이 없던 바버러는 정말 비참한 기분이었다.

앤은 좀 양심의 가책을 느꼈으나 그 때문에 더욱더 신경이 곤두섰다. 2학년 아이들은 그 시간에 이어 숨막힐듯 괴로웠던 산수공부를 아직도 잊지 않고 있다. 앤이 엄한 태도로 계산을 시키고 있는데 지각한 세인트 클레어가 헐떡이며 뛰어들어왔다.

앤은 사나운 눈초리로 쌀쌀맞게 주의를 주었다.

"세인트 클레어, 30분이나 늦었어. 어떻게 된 거지?"

"저, 선생님, 오늘 손님이 오시기로 되어 있는데다 클러리스 앨미러가 아파서 어머니를 도와 푸딩을 만들었기 때문입니다."

세인트 클레어는 더할 나위 없이 공손하게 대답했지만 눈치없는 남자아이들이 와 웃었다.

"자리에 앉아. 벌로 산수책 84쪽을 펴고 여섯 문제 풀어."

세인트 클레어는 그 말투에 놀라는 듯했으나 순순히 자기 자리에 앉아 석판을 꺼냈다. 그리고 통로 건너편의 조 슬론에게 작은 꾸러미를 건네주었다. 그것을 보고 앤은 그 꾸러미에 대하여 터무니없는 판단을 내렸다.

하이어럼 슬론 할머니는 요즘 조금이라도 수입을 늘리기 위해 '호도케익'을 만들어 팔고 있었다. 이 케익은 어린 남자아이들에게 말할 수 없이 큰 매력을 주어 지난 몇 주일 동안 앤은 적잖이 애를 먹었다. 남자아이들은 학교에 오는 길에 용돈이 있으면 하이어럼 할머니로부터 그 케익을 사가지고 학교에 와서 수업 시간에 먹거나 친구들에게 나눠주기도 했다.

앤은 또 케익을 학교에 가져오면 모조리 빼앗겠다고 선언했다. 그런데도 세인트 클레어는 앤이 보는 앞에서 태연히 하이어럼 할머니가 쓰는 하얀색과 파란색 줄무늬 포장지로 싼 꾸러미를 건네주고 있잖은가!

앤은 조용히 명령했다.

"조, 그 꾸러미를 이리 가져와."

조는 당황하며 시키는 대로 했다. 조는 뚱뚱한 아이로, 언제나 겁먹으면 얼굴이 새빨개져서 들켜 버리고 만다. 이때의 조만큼 부끄러워하는 모습을 누구도 본 적이 없었다. 잘못했다고 얼굴에 뻔히 쓰여 있는 아이는 시무룩하게 풀이 죽어 있었다.

앤이 쏘아보며 명령했다.

"그것을 불 속에 집어넣어."

조는 어찌하면 좋을지 모르겠다는 표정이었다.

"저—저—저—서, 서, 선생님."

"여러 말 하지 말고 어서 시키는 대로 해, 조."

"하, 하지만 서, 서, 선생님, 이, 이것은——"

조는 필사적이었다.

"조, 너는 내가 시키는 대로 하겠니, 안하겠니?"

조보다 아무리 대담하고 침착한 소년이라 해도 앤의 말투와 험악한 눈초리를 보면 겁먹지 않을 수 없었을 것이다. 지금 눈앞에 서 있는 사람은 지금까지 아이들이 본 적이 없는 전혀 다른 앤이었다.

조는 괴로운 표정으로 세인트 클레어를 흘끗 보고는 난롯가로 갔다. 난로의 크고 네모난 문을 열었다. 그리고 미처 세인트 클레어가 펄쩍 뛰며 고함지르기도 전에 그 꾸러미를 던져넣고 뒤로 물러섰다.

다음 순간 애번리 학교 학생들은 무슨 일이 일어났는지 전혀 알지 못하는 가운데 공포의 도가니에 빠져버렸다. 지진? 아니면 화산폭발? 꾸러미가 너무나 아무것도 아닌 것처럼 보여서 앤이 경솔하게도 슬론의 할머니가 만든 호두케익이 들어 있을 거라고 착각했지만 실은 여러 화약과 불꽃이 들어 있었다. 워런 슬론이 그날 밤 생일을 축하하기 위해 쓰려고 세인트 클레어 도니일의 아버지에게 그 전날 시내에서 사다 달라고 부탁했던 것이다.

화약은 천둥 같은 소리를 내며 폭발했고, 불꽃은 난로에서 튀어나와 쌕쌕, 탁탁 소리를 내며 온 교실 안을 날아다녔다. 앤은 새파래진 얼굴로 그만 털썩 주저앉아 버렸고, 여자아이들은 모두 비명을 지르며 책상 위로 뛰어올라갔다.

조 슬론은 화석처럼 이 소동의 한가운데에 서 있었다. 세인트 클레어는 대굴대굴 구르다시피 웃으며 왔다갔다 했다. 프릴리 로저슨은 기절했고 애니터 벨은 히스테리 발작을 일으켰다.

오랜 시간이 지난 뒤—정말은 2, 3분에 지나지 않았다—마지막 불꽃이 가라앉았다. 앤은 제정신으로 돌아오자 황급히 일어나 문과 창문을 열어 온 교실 안에 자욱한 가스와 연기를 내보냈다. 그리고 여자아이들과 함께 기절한 프릴리를 들것에 옮겼다. 바버러 쇼는 뭔가 도움을 주려는 생각에서 반쯤 얼어붙은 양동이의 물을 가져와, 누가 말릴 새도 없이 프릴리의 얼굴과 어깨에 죽 끼얹었다.

겨우 잠잠해진 것은 한 시간이나 지난 뒤였다. 그 조용함은 마치 사물과 같아 손으로 만져볼 수 있는 듯한 느낌마저 들었다. 그런 소동이 일어났음에도 선생님의 기분이 조금도 나아지지 않았음을 모두들 느꼈고 앤서니 파이 말고는 누구 하나 떠드는 사람도 없었다.

계산하다가 그만 연필 소리를 낸 네드 클레이는 앤과 눈이 마주치자 구멍이라도 있으면 기어들어 가고 싶은 심정이었다. 지리 시간은 무서운 속도로 대륙을 달렸기 때문에 모두 눈이 팽팽 돌 지경이었다. 문법 시간은 해석을 하기 위해 목숨을 걸어야만 할 정도였다. 체스터 슬론은 '후각'이라는 글자를 잘못 썼다가 너무 부끄러워서 이 세상에서는 물론 저세상에 가서도 이 오명을 씻을 수 없을 거라는 생각이 들었다.

앤은 자기가 아이들 앞에서 어리석고 못난 모습을 드러내고 있음을 알았으며 그날 밤 집집마다 저녁 식탁에서 오늘의 사건을 비웃으리라는 것도 알고 있었다. 하지만 그것도 오히려 분노의 불에 기름을 끼얹는 결과밖에 되지 않았다. 좀더 이성적으로 냉정을 차릴 수 있는 때라면 이런 경우 가볍게 웃어넘길 수도 있겠지만 지금은 도저히 그럴 수 없었다. 그래서 흥! 그까짓 소문은 무시하기로 했다.

점심 식사를 끝내고 학교로 돌아와 보니 아이들은 여느 때처럼 자리에 앉아 조용히 공부하고 있었다. 그러나 앤서니 파이만은 그렇지 않았다. 교과서 너머로 앤을 엿보고 있는 앤서니의 검은 눈은 호기심과 경멸로 반짝였다. 앤은 분필을 꺼내려고 책상 서랍을 열었다. 그 순간 그 속에서 생쥐가 한 마리 튀어나와 책상 위로 깡충 뛰어올라갔다가 바닥으로 뛰어내렸다.

앤은 마치 뱀이라도 튀어나온 듯이 비명을 지르며 물러섰다. 앤서니 파이가 그것을 보고 큰 소리로 웃었다.

하지만 금세 교실이 조용해졌다. 어딘가 어색하고 불편한 침묵이었다. 애니터 벨은 다시 한번 히스테리를 일으킬까 말까 망설이다가 그만두기로 했다. 저렇게 파랗게 질린 얼굴로 화가 난 선생님 앞에서 히스테리를 일으켜 봤자 아무 소용이 없을 것 같았다.

"누가 내 책상 속에 쥐를 넣었지?"

앤의 목소리는 나직했으며 그 목소리를 들은 폴 어빙은 등골이 오싹해졌다. 앤과 눈이 마주치자 조 슬론은 대답할 책임이 자기에게 있다는 듯이 흥분하여 열심히 변명했다.

"나, 나, 나는 아, 아닙니다. 서, 선생님, 나, 나는 아닙니다."

앤은 가엾은 조는 거들떠보지도 않고 앤서니 파이를 보았다. 앤서니 파이는 조금도 당황하지 않고 태연하게 앤을 마주보았다.

"앤서니, 너지?"

앤서니는 뻔뻔스럽게 대답했다.

"맞아요."

앤은 책상 위에서 칠판을 가리킬 때 쓰는 지휘봉을 집어 들었다. 무겁고 길다란 지휘봉이었다.

"이리 나와, 앤서니."

벌이라고 해도 앤서니 파이가 지금까지 한 번도 받은 적이 없을 정도로 심한 벌이라고는 할 수 없었다. 아무리 화가 났다 하더라도 앤은 아이들에게 심한 벌을 줄 수 없었다. 그래도 지휘봉은 날카롭게 살을 파고들었기 때문에 앤서니도 마침내 고집을 꺾고 뒷걸음질치기 시작했으며 눈에 눈물이 그렁그렁 괴었다.

앤은 자책으로 말미암아 지휘봉을 내려놓고 앤서니에게 제자리로 돌아가라고 말했다. 책상 앞에 앉은 앤은 부끄러움과 후회스러운 마음을 가눌 수 없었다. 노여움이 사라진 지금에 와서는 엉엉 울고 싶을 따름이었다. 그토록 자신만만하게 장담했었는데 이런 결과가 되다니…… 마침내 자기 학생에게 매질을 하다니.

제인이 얼마나 의기양양해 할까! 해리슨 씨는 회심의 미소를 짓겠지! 무엇보다도 가장 안타까운 것은 앤서니 파이의 사랑을 얻을 수 있는 마지막 기회를 잃어버린 일이었다. 앞으로 앤서니는 결코 마음을 열지 않을 것이다.

앤은 그날 저녁 집에 돌아갈 때까지 누군가가 말한 초인적인 노력으로 눈물을 꾹 참았다. 집에 도착하자마자 자기 방에 틀어박혀 부끄러움과 후회와 실망을 모두 흘러 보내려는 듯이 베개에 얼굴을 묻고 엉엉 울었다.

너무 오랫동안 울고 있었기 때문에 머릴러는 걱정스러워 방으로 들어와 도대체 무슨 일이 있었는지 물었다.

앤은 흐느껴 울며 말했다.

"아무것도 아니에요. 내 문제예요. 오늘은 정말 비참하고 지옥같은 날이었어요. 스스로 생각해도 부끄러워서 견딜 수가 없어요. 너무 화가 나서 앤서니 파이를 회초리로 때렸어요."

머릴러는 케익 자르듯 딱 잘라 말했다.

"그거 참 잘했구나. 좀더 일찍 그랬어야 했어."

"그렇지 않아요, 머릴러. 다시 아이들을 마주볼 용기가 없어졌어요. 정말 부끄러운 짓을 하고 말았어요. 내가 얼마나 화를 내고 증오에 사로잡혀 마녀처럼 굴었는지 머릴러는 모를 거예요.

특히, 폴 어빙의 눈을 잊을 수가 없어요. 너무도 놀라고 실망하는 표정이었죠. 아, 머릴러, 나는 앤서니가 나를 좋아하도록 만들어보려고 얼마나 열심히 참고 노력했는지 몰라요. 그런데 모두 헛일이 되고 말았어요."

머릴러는 오랫동안 일해 거칠고 뼈마디가 굵어진 손으로 격렬하게 흔들리고 있는 앤의 헝클어진 머리를 애처로운 듯이 쓰다듬어 주었다. 이윽고 앤의 흐느낌이 얼마쯤 가라앉자 머릴러는 다정하게 말했다.

"너는 모든 일에 지나치게 마음을 쓰더라. 실수란 누구에게나 있는 법이다. 하지만 사람들은 그것을 잊어버리고 말지. 그리고 운수 사나운 날도 누구에게나 있는 법이란다. 앤서니 파이 같은 아이가 너를 싫어한다고 해서 그처럼 신경쓸 필요 있겠니? 널 싫어하는 사람은 그 애 하나뿐이잖아."

"그래도 마음 쓰지 않을 수 없어요. 나는 모든 사람에게 사랑받고 싶거든요. 그래서 누구 하나라도 나를 싫어한다면 마음이 아파요. 앤서니는 이제 나를 결코 좋아하지 않을 거예요. 아, 나는 오늘 정말 바보 같은 짓을 했어요. 모두 이야기할 테니 들어보세요."

머릴러는 처음부터 끝까지 귀기울여 들어주었다. 이따금 자기도 모르게 미소 지었으나 앤은 알아차리지 못했다.

차분히 다 듣고 나자 머릴러가 힘차게 말했다.

"자, 마음 쓸 것 없다. 오늘은 이미 끝나버렸고 내일은 또 아직 아무 일도 일어나지 않은 새날이 찾아올 테니까. 너 어렸을 적에 자주 그렇게 말했잖니? 어서 아래층으로 내려가 저녁 식사를 하자. 맛있는 차와 오늘 내가 만든 건포도과자를 먹으면 아마 기운이 좀 날 거다."

앤은 우울하게 말했다.

"아무리 건포도과자라 해도 아픈 마음을 달래주지는 못할 거예요."

그러나 머릴러는 앤이 툭하면 인용구를 끌어와 쓰는 것으로 미루어 기분이 나아졌다고 생각했다.

즐거운 저녁 식사였다. 쌍둥이는 명랑한 얼굴로 앉아 있었고 머릴러가 만든 비할 데 없이 맛있는 건포도과자—데이비는 네 개나 먹었다—는 앤의 기운을 돋궈주었다.

그날 밤 푹 자고 다음날 아침 일어나자 앤은 자기 자신도, 세상도 완전히 달라져 있음을 깨달았다. 밤 사이 소복이 쌓인 아름다운 눈이 아침 햇살 속에서 반짝이며 과거의 실패나 부끄러운 행위 같은 것을 가려주는 자비로운 망토처럼 보였다.

"태양이 떠오를 때마다 모든 것이 새로이 시작되고 아침마다 세상은 새로워진다."

앤은 옷을 갈아입으며 새처럼 지저귀듯 노래를 불렀다.

눈 때문에 앤은 학교 가는 길을 돌아서 가기 위해 그린게이블즈의 오솔길로 접어들었다. 그랬더니 이 무슨 우연의 장난이란 말인가! 앤서니 파이가 눈을 헤치며 이쪽으로 오고 있었다.

마치 두 사람의 입장이 뒤바뀐 듯 앤 쪽이 어쩐지 미안한 느낌이 들었다. 그런데 말문이 막힐 만큼 놀랍게도 앤서니가 이제까지 한 번도 보인 적 없는 태도로 모자를 벗고 인사했을 뿐 아니라 말까지 걸어왔다.

"길이 나빠요. 그 책을 들어다 드릴까요, 선생님?"

앤은 얼떨결에 책을 주며 꿈이 아닌가 의심하며 고개를 갸우뚱했다.

앤서니는 말없이 학교까지 걸어갔으며 앤은 책을 받을 때 앤서니에게 미소 지었다—지금까지 앤서니에게 보였던 '친절해 보이는' 형식적인 미소가 아니라 갑자기 친한 친구가 된 듯 우러나는 미소였다.

앤서니도 샐쭉 미소지었다—아니, 사실대로 말하면 히죽 웃었다. 히죽이 웃는 것은 여느때라면 실례라고 여겼겠지만, 앤은 순간 자기가 아직 앤서니의 사랑을 얻지는 못했다 하더라도 어쨌든 앤서니로부터 존경받고 있음을 느꼈다.

다음 토요일에 찾아온 린드 부인이 이러한 앤의 관찰이 옳았음을 증명해 주었다.

"앤, 너는 마침내 앤서니 파이를 이겼어. 앤서니는 네가 여자지만 선생님으로서 나쁘지 않다고 말했다더구나. 그리고 너의 매질하는 법이 남자 못지 않다고 했대."

"하지만 나는 매질로 앤서니에게 이길 생각은 없었어요."

앤은 슬퍼했다. 왠지 자신의 이상(理想)에 배반당한 듯한 기분이었다.

"그럴 리가 없어요. 끝까지 사랑으로 대해야 한다는 내 생각이 틀렸을 리가 없다구요."

린드 부인은 확신에 차서 말했다.

"그야 물론이지. 다만 파이 집안 사람들만은 일반적인 규칙에 맞지 않을 뿐이야."

그 이야기를 듣고 해리슨 씨는 말했다.

"그렇게 될 줄 알았어."

그리고 제인은 인정사정없이, 그것 보라는 말을 되풀이하며 앤의 비위를 긁었다.

즐거운 소풍

'언덕의 과수원'으로 가다가 앤은 '도깨비숲' 아래쪽 시냇물에 놓인 이끼 낀 통나무다리에서 다이애너와 만났다.

두 사람은 '요정의 샘'가에 앉았다. 어린 풀고사리가 여린 잎을 펼치기 시작한 모습은, 마치 머리를 꼬불꼬불 만 초록색 장난꾸러기 요정이 이제 막 낮잠에서 깨어나 일어나려고 하는 것 같았다.

앤이 말했다.

"나는 이번주 토요일 내 생일준비를 도와 달라고 부탁하러 너의 집에 가던 참이야, 다이애너."

"네 생일이라고? 네 생일은 3월이잖니?"

앤은 웃었다.

"그건 내가 고른 생일이 아니야. 만일 부모님이 내게 의논해 주었다면 3월에는 태어나지 않았을 거야. 선택할 수만 있었다면 나는 꽃이 한창인 봄을 택했겠지. 산사나무며 제비꽃과 함께 이 세상에 나타난다면 정말 멋질 테니까. 피는 섞이지 않았지만 그런 꽃들이 아마 자매같이 느껴질 거야. 하지만 그토록 좋아하는 봄에 태어나지 못했으니까 하다못해 생일이라도 축하하고 싶어.

프리실러가 토요일에 오기로 되어 있고 제인도 돌아오잖니? 우리 넷이 숲으로 가서 봄과 친구가 되어 멋진 하루를 보내자. 아직 봄과 깊이 사귀어보지 못했잖아?

숲에서라면 다른 데서 볼 수 없는 봄을 만날 수 있을 거야. 사람이 가보지 못한 곳을 자세히 들여다보고 싶어. 지나가는 사람은 있어도 눈여겨보는 사람이 없는 숨겨진 아름다운 장소가 얼마든지 있을 거야. 훈훈한 바람과 파란 하늘 그리고 뜨거운 태양과 친구가 되어 가슴에 봄을 듬뿍 안고 돌아오자."

"네 말을 들으니 정말 멋있을 것 같구나."

그러나 다이애너는 앤의 시적인 표현을 마음속으로는 믿지 못하고 있었다.

"하지만 눈이 녹아 아직도 질척질척한 곳이 있지 않을까?"

"그럼, 장화를 신고 가면 돼."

앤은 현실적인 일은 고작 그것밖에 생각할 수 없었다.

"토요일 아침에 일찍 와서 도시락 싸는 것을 도와줘. 아주 맛있고 봄에 어울리는 것으로 푸짐하게 준비할 생각이야. 조그만 젤리 타트*[1]와 손가락 비스킷, 분홍과 노랑 설탕을 입힌 과자와 버터컵 케익이랑 샌드위치도 물론 있어야겠지."

토요일은 이상적인 소풍날이었다. 하늘은 푸르고 태양이 찬란하게 비치는 따뜻한 날이었다. 산들바람이 목장과 과수원을 장난치듯이 불어왔고 양지바른 언덕과 들판에는 파란 풀이 돋고 여기저기 꽃이 피어 있었다.

해리슨 씨는 뒤쪽 밭을 써레로 갈면서 쉽사리 감동하지 않는 나이임에도 불구하고 봄의 숨결을 느끼고 있었는데, 언뜻 네 아가씨가 바구니를 들고 사뿐거리며 자기 밭 어귀를 지나가고 있는 것을 보았다.

---

*1 과일을 넣은 파이.

밭 둘레에는 자작나무와 전나무숲이 울창하게 이어져 있었다. 네 아가씨의 밝은 웃음과 즐거운 이야기가 해리슨 씨에게 들려왔다.

앤이 역시 앤답게 하는 소리가 들렸다.

"이런 날은 아무런 까닭도 없이 마구 행복해지는 것 같아. 오늘을 행복이 가득한 멋진 날로 만들자. 언제 떠올려 보아도 즐거워지는 그런 날로 말이야. 우리는 아름다운 추억을 만들러 가는 거야. 다른 걱정거리는 거들떠보지도 말아야 해."

"사라져라, 번거로운 근심거리여!"

"제인, 너는 어제 학교에서 뭔가 언짢은 일이 있었던 것을 생각하고 있지?"

제인은 깜짝 놀랐다.

"어떻게 아니?"

"그야 얼굴에 써 있는걸. 나도 그럴 때가 많아. 그런 건 머릿속에서 말끔히 씻어내버려. 월요일까지 내버려둬도 썩지 않을 테니까. 썩어 거름이 되어준다면 더욱 고마운 일이지.

어머나! 얘들아, 저것 좀 봐. 온통 제비꽃이 활짝 피어 있구나! 자, 추억의 그림첩에 간직해 둘 것이 생겼어. 내가 80살이 되어도—그때까지 살아 있다면—눈을 감으면 저 제비꽃이 지금 그대로 떠오르겠지. 저 보랏빛 꽃들이 오늘 우리가 받은 첫선물이야."

프리실러가 말했다.

"만일 키스가 눈에 보이는 것이라면 제비꽃 같은 것이 아닐까 생각해."

앤의 얼굴이 빛났다.

"프리실러, 네가 그 생각을 혼자 마음에 간직해 두지 않고 말로 표현해 주어서 정말 기뻐. 사람들이 자기가 느끼는 행복을 그대로 말한다면 이 세상은 더욱더 좋은 곳이 되겠지. 지금도 꽃처럼 아름답지만 더 멋진 세상이 될 거야."

제인이 세상 물정을 다 아는 듯이 말했다.

"사람에 따라서는 듣고 싶지 않은 말을 하는 사람도 있어."

"물론 그럴지도 모르지. 하지만 그건, 나쁜 생각을 하는 그 사람들 잘못이야. 어쨌든 우리는 오늘 부끄러워하지 않고 숨김없이 모두 말해도 괜찮아. 별처럼 빛나는 것밖에 생각지 않을 테니까. 뭔가 머리에 반짝 떠오르는 것이 있으면 곧바로 말하기야. 그게 바로 대화 아니겠니? 어머나, 이런 곳에 오솔길이 있는 것을 이제껏 모르고 있었구나. 우리 가보자."

오솔길은 꼬불꼬불하고 너무 좁아 네 사람은 한 줄로 걸어야 했다. 그래도 전나무잎들이 저마다 얼굴을 스쳐지났다. 전나무 밑에는 벨벳 같은 이끼가 폭신하게 깔려 있었다. 계속 앞으로 나아가자 나무는 키가 작아지고 수도 적어졌으며 여러 가지 식물이 땅에 붙어서 자라고 있었다.

다이애너가 외쳤다.

"어머나, 베고니아(코끼리 귀)가 잔뜩 피어 있구나! 어서 커다란 꽃다발을 만들자. 엄청 예쁠 거야."

프리실러가 못마땅해 물었다.

"어째서 이토록 기품있고 부드러운 깃털 같은 꽃에 그런 끔찍한 이름을 붙였을까?"

앤이 말했다.

"처음에 이름을 붙인 사람이 상상력이 전혀 없었거나 너무 많았기 때문일 거야. 어머나, 저것 좀 봐!"

나무로 둘러싸인 작은 빈터 한가운데에 얕은 못이 있었으며 거기서 오솔길이 끝나고 있었다. 여름이 오면 못의 물이 마르고 풀고사리가 다보록하게 돋아나는 곳이었다.

지금은 주름 하나 없는 천을 펼쳐 놓은 듯 연하게 빛나는 물이 괴어 있었으며 못은 접시처럼 둥글고 수정처럼 맑았다. 어린 흰 자작나무가 둘레를 에워싸고 있었으며 풀고사리가 물가에 빙 둘러 손을 뻗듯 돋아나 있었다.

제인은 연둣빛 잎들을 바라보며 감탄했다.

"어쩌면 이토록 아름다울까!"

앤은 바구니를 내려놓고 작은 두 손을 친구들에게 내밀며 외쳤다.

"숲의 요정처럼 이 둘레에서 춤춰보자."

그러나 춤은 성공적으로 되지 못했다. 땅이 몹시 질척거려 제인의 장화가 쑥 벗겨졌기 때문이다.

"장화를 신고 있을 때는 안타깝지만 숲의 요정이 될 수가 없나봐."

제인의 말대로 앤도 단념했다.

"그럼, 이곳을 떠나기 전에 예쁜 이름을 지어주자. 저마다 이름을 하나씩 지어 제비를 뽑아 결정하는 게 어때?"

다이애너가 재빨리 대답했다.

"흰 자작나무 못."

그러자 제인이 말했다.

"수정 호수."

두 사람 뒤에 서 있던 앤은 프리실러에게 그런 흔해 빠진 이름만 되풀이하지 말라고 눈짓으로 사정했다.

프리실러는 알았다는 듯이 살짝 윙크를 하고 말했다.

"반짝이는 거울."

생긋 웃으며 앤은 '요정의 거울'이라고 말했다.

흰 자작나무 껍질을 벗겨 제인이 학교선생답게 주머니에서 꺼낸 연필로 하나하나 이름을 적어 앤의 모자 속에 넣었다. 프리실러가 눈을 감고 하나를 집어들었다.

제인이 의기양양하게 읽었다.

"수정 호수야."

그래서 '수정 호수'로 결정되었다. 앤은 그런 흔해 빠진 이름으로 불리게 된 못이 가엾게 여겨졌으나 입 밖에 내어 말하지는 않았다.

네 사람은 못 건너 덤불을 헤치고 들어가서 사일러스 슬론 씨네 뒤쪽 목장으로 나왔다. 목장을 가로질러가자 숲으로 들어가는 오솔길이 새로이 나왔으므로 그곳도 탐험하기로 했다. 잇따라 놀랍도록 아름다운 것들이 눈에 띄어 그렇게 한 보람이 있었다.

처음에는 슬론 씨네 목장 기슭을 지나가다가 꽃이 만발한 벚나무가 아치처럼 가지를 뻗은 곳에 이르렀다. 모두들 모자를 벗고 매끄러운 크림처럼 부드러운 꽃으로 화환을 만들어 머리에 얹었다. 이윽고 오솔길이 직각으로 꺾이며 가문비나무숲과 이어졌다. 숲이 너무 울창하여 어두웠으므로 네 사람은 해질녘 노을 속을 걸어가는 기분이 들었다. 하늘도 보이지 않았고 한 줄기 햇빛도 비쳐들지 않았다.

앤이 낮은 목소리로 속삭였다.

"여기는 작은 도깨비들이 사는 곳이야. 작은 도깨비들은 장난꾸러기로 심술궂지만 우리에게 해를 끼칠 수는 없어. 따뜻한 봄에는 나쁜 짓을 해선 결코 안 되기 때문이야. 저 비틀어지고 굵은 전나무 뒤에서 한 마리가 우리 쪽을 엿보고 있었어. 지금 막 지나온 길가에 돋은 그 큰 점박이 독버섯 위에도 작은 도깨비들이 여러 마리 올라앉아 있는 것을 못 봤니? 착한 요정들은 언제나 양지바른 곳에 살고 있어."

제인이 말했다.

"정말 요정들이 있었으면 좋겠어. 세 가지 소원이 이루어지면 얼마나 좋을까? 단 한 가지라도 좋아. 너희들은 만일 소원이 이루어진다면 무엇을 바라겠니? 나는 돈 많고 아름답고 머리가 좋은 사람이 되고 싶어."

들뜬 다이애너가 깍지를 낀 채로 말했다.

"나는 키가 크고 날씬해지고 싶어."

그러자 프리실러가 말했다.

"나는 유명해지고 싶어."

앤은 자신의 붉은 머리카락이 순간 머리를 스치고 지나갔지만 그런 건 소원치고는 어울리지 않는다 생각하고 도리질하며 저멀리 쫓아내버렸다.

"난 언제나 봄이었으면 좋겠어. 1년 내내 봄, 모두의 마음도 봄, 우리들 인생도 봄."

프리실러가 함박웃음을 지으며 말했다.

"그렇다면 이 세상이 천국이기를 바라는 것과 마찬가지잖니."

"천국의 일부와 비슷할 따름이야. 천국에도 여름과 가을—그렇지, 그리고 겨울도 잠깐 있겠지. 나는 가끔 반짝이는 눈의 들판이나 새하얀 서리가 천국에도 있었으면 좋겠다고 생각해. 그렇게 생각지 않니, 제인?"

제인은 자신없다는 듯이 대답했다.

"글쎄—나는 잘 모르겠어."

그녀는 선량한 아가씨이자 성실한 교회 임원이었다. 기독교도로서 부끄럽지 않은 삶을 살려고 노력하고 있으며 가르침을 받은 것은 절대적으로 믿고 있었다. 그럼에도 불구하고 제인은 필요한 때 말고는 천국에 대해 생각해본 적이 없었다.

다이애너가 웃으며 말했다.

"언젠가 미니 메이가 천국에서는 날마다 가장 좋은 옷을 입고 있어도 좋으냐고 물은 적이 있었어."

앤이 물었다.

"그래서 너는 입고 있어도 좋다고 했겠지?"

"아니야. 천국에서는 옷에 대해 전혀 생각하지 않는다고 말했어."

앤은 눈을 동그랗게 뜨고 열심히 구슬리듯 말했다.

"어머나, 생각해도 좋지 않을까—조금은 말이야. 영원은 긴 시간이니까 더욱 중대한 일을 소홀히 하지 않고도 그런 것을 생각할 시간이 얼마든지 있을 것 같아. 아마 저마다 천사처럼 아름다운 옷을 입고 있을 거야. 평범한 옷이라기보다 화려한 드레스라고 해야겠지. 처음 2, 3세기 동안은 핑크빛 옷을 입고 싶어. 핑크빛에 싫증이 나려면 틀림없이 그만큼은 걸릴 거야. 나는 그 색을 그토록 좋아하는데 이 세상에서는 아무래도 입을 수가 없어."

가문비나무숲을 지나자 오솔길은 숲이 트인 곳으로 이어지며 양지바른 작은 빈터가 나왔다. 그곳을 흐르는 시냇물에 통나무 다리가 놓여 있었다. 다리를 건너자 햇빛이 찬란하게 빛나는 몽환적인 자작나무숲에 이르렀다. 공기는 맑디맑은 황금색 와인처럼 투명하고 나뭇잎은 싱싱한 초록빛이었으며 하늘거리는 햇빛은 땅 위에 갖가지 무늬를 만들고 있었다.

그곳을 가로질러가자 또다시 야생 벚나무가 있었고 날씬한 전나무의 작은 골짜기가 있었다. 다음은 가파른 언덕이어서 모두들 숨을 헐떡이며 올라갔다. 꼭대기로 올라가 활짝 트인 곳에 이르렀을 때 깜짝 놀랄 만한 경치가 그들을 기다리고 있었다.

눈앞에는 카모디 길의 위쪽까지 농장의 뒷밭이 드넓게 펼쳐져 있었다. 그 조금 앞에 자작나무며 전나무로 삼면이 에워싸이고 남쪽 한 면만이 탁트인 좁은 땅이 있었는데 그 안에는 조그만 정원이 있었다. 아니, 정원의 흔적이라는 편이 나을지도 모른다. 주위를 둘러쌌던 돌담은 무너지고 이끼와 잡초들이 우거져 있었다.

그 동쪽에는 눈이 수북이 쌓인 듯 새하얀 꽃이 몽글몽글 피어 있는 벚나무가 줄지어 있었다. 옛날에 오솔길이었던 흔적이 아직 그대로 남아 있고 정원 한가운데에는 장미덩굴이 두 줄로 심어져 있었다. 그 밖에는 온통 노란색과 하얀색 수선화가 푸른 풀 위에 고개를 빼꼼히 내밀고 비좁다는 듯이 가볍게 바람에 나부끼고 있었다.

"어머나, 어쩌면 이토록 어여쁠까!"

세 아가씨가 외쳤으며 앤은 감격하여 아무 말도 못하고 그저 바라볼 뿐이었다.

프리실러는 놀라워하며 말했다.

"어떻게 이런 외딴 곳에 정원이 있을까."

다이애너가 말했다.

"아마 헤스터 그레이의 정원이었을 거야. 전에 어머니가 이야기하는 것을 얼핏 들은 적이 있는데, 아직 와보지는 못했었어. 설마 이렇게 남아 있을 줄은 꿈에도 몰랐어. 앤, 너도 들은 적 있지?"

"아니. 하지만 그 이름은 알고 있는 듯한 느낌이야."

"아마 묘지에서 봤을 거야. 헤스터의 무덤은 포플러 나무 아래 한 구석에 있으니까. 그 열려진 문이 조각된 작은 갈색 비석을 알고 있겠지? '헤스터 그레이의 무덤, 향년 22살.' 조던 그레이는 헤스터 바로 옆에 묻혔는데, 비석이 없어. 머릴러가 이야기해주지 않았다니 이상하구나, 앤. 30년이나 지난 일이니 아마 모두들 잊어버렸겠지."

앤이 말했다.

"그럴지도 모르지. 무슨 이야기인지 좀 자세히 해줘. 자, 이 수선화 속에 앉아 다이애너의 사랑 이야기를 들어보자. 어쩌면 이토록 많이 피어 있을까. 이곳에서 무슨 일이 벌어지든 피고지고 열심히 퍼져 나갔나봐. 마치 이 정원에는 달빛과 햇빛을 함께 엮어 만든 카펫을 깔아 놓은 것 같아. 이건 엄청난 발견이야. 1마일도 안 되는 가까운 곳에 6년이나 살면서 한 번도 와 본적이 없다니. 자, 다이애너, 어서 들려줘."

다이애너는 말하기 시작했다.

"오랜 옛날 이 농장은 데이비드 그레이 할아버지 것이었어. 할아버지는 이곳에 살지 않았지. 지금 사일러스 슬론이 사는 집에 살고 있었어. 조던이라는 아들이 하나 있었는데 어느 해 겨울 보스턴으로 일하러 갔었어. 그곳에서 헤스터라는 아가씨와 사랑하게 되었지.

헤스터는 어떤 가게에서 일하고 있었는데 그것이 몹시 싫었던 것 같아. 시골에서 자랐으니까 다시 내려가서 살고 싶었었나봐. 조던이 결혼을 청하자, 들판과 나무를 볼 수 있는 조용한 곳에서 살게 해준다면 결혼하겠다고 말했어.

조던은 헤스터를 애번리로 데려왔어. 린드 부인은 조던이 미국여자와 결혼하다니 참으로 위험한 짓을 저질렀다고 말했는데, 확실히 헤스터는 몸이 아주 약한 데다 집안일도 할 줄 몰랐지. 하지만 우리 어머니는 헤스터는 예쁘고 마음씨도 고와 조던은 헤스터가 걸어가는 길까지도 숭배할 정도로 사랑했다고 했어.

그레이 씨는 아들에게 이 농장을 주었고 조던은 이 조용한 곳에 조그만 집을 짓고 헤스터와 4년 동안 살았어. 헤스터는 나다니기를 좋아하지 않아 우리 어머니와 린드 부인 말고는 찾아오는 사람도 거의 없었대. 이 정원은 조던이 헤스터를 위해 만들어준 것으로, 헤스터는 굉장히 좋아하며 언제나 여기서 지냈지.

헤스터는 집안일은 못했지만 꽃가꾸기는 썩 잘했어. 그러다가 헤스터는 추운 겨울 폐병에 걸리고 말았지. 이곳에 오기 전부터 이미 걸려 있었는지도 모른다고 어머니는 말했어. 헤스터는 자리에 누울 정도는 아니었지만 나날이 쇠약해졌어. 조던은 헤스터의 간호를 아무에게도 맡기지 않고 자기가 모두 떠맡아 했어.

우리 어머니는 조던이 여느 여자처럼 지극 정성으로 자상하게 간호했대. 날마다 조던이 헤스터에게 숄을 씌워 정원으로 데리고 나오면 헤스터는 벤치에 하루종일 누워 하늘 보기를 무척 좋아했다지. 사람들 말로는, 헤스터는 늘 낮과 밤에 조던을 자기 옆에 무릎 꿇게 하고 마침내 최후의 시간이 오면 정원에서 죽을 수 있게 해달라고 남편과 함께 기도했대.

헤스터의 기도는 끝내 이루어졌어. 조던은 헤스터를 벤치에 눕히고 피어 있는 장미꽃으로 헤스터의 몸을 덮어 주었어. 헤스터는 조던에게 말없이 미소를 보내고 눈을 감았어."

다이애너는 조용히 이야기를 끝냈다.

"그것이 헤스터의 최후였어."

"아, 어쩌면 그토록 아름다운 이야기일까!"

앤은 눈물을 닦으며 한숨을 쉬었다.

프리실러가 물었다.

"조던은 어떻게 됐니?"

"헤스터가 죽은 뒤 농장을 팔고 보스턴으로 돌아갔어. 제이버즈 슬론 씨가 농장을 샀고 조그만 집은 큰길쪽으로 옮겨갔지. 10년 뒤 조던도 죽었는데, 고향의 헤스터 옆에 나란히 묻혔대."

제인이 물었다.

"헤스터는 어째서 모든 것을 버리고 떠나 이런 외딴 곳에서 살고 싶어했을까?"

"아, 그건 알 수 있을 것 같아."

앤은 생각에 잠기는 듯한 표정을 지었다.

"나 자신은 들이나 숲을 아주 좋아하고 더군다나 사람도 좋아해서 언제까지나 이런 외로운 곳에 있으려면 무척 힘들겠지만, 헤스터의 기분은 어렴풋이 알 수 있어.

헤스터는 대도시의 소음 속에서 그토록 수많은 사람이 오가는 가운데 자기를 생각해주는 사람이 한 사람도 없었어. 그게 견딜 수 없이 싫었던 거야. 다만 그런 모든 것으로부터 떠나 조용하고 푸른 숲이 우거진, 고즈넉한 곳에서 쉬고 싶었을 테지. 그리고 소원대로 이루어진 거야. 그렇게 원하는 일이 이루어지는 일은 좀처럼 없을 거야. 죽기 전 4년 동안 그야말로 행복한 시간을 보냈으니까.

헤스터는 사람들에게 동정받기보다 오히려 사람들이 부러워할 만한 사랑을 했어. 이 세상에서 그 누구보다 가장 사랑하는 사람이 미소로 지켜보는 가운데 눈을 감았고 장미꽃에 묻혀 잠들었으니—아, 얼마나 아름다운 일이니!"

다이애너는 덧붙여 말했다.

"저기에 벚나무를 심은 것도 헤스터야. 헤스터는 우리 어머니에게 이렇게 말했대. 자기는 저 탐스럽게 매달린 열매가 떨어질 때까지는 살 수 없겠지만 자기가 죽은 뒤에도 버젓이 살아 세상을 아름답게 하는 데 도움이 되기 바란다고."

앤이 눈을 반짝이며 말했다.

"이곳에 오기를 참 잘했어. 오늘은 내 멋대로 생일로 정한 날이잖니? 이 정원과 지금 들은 이야기는 내 생일 축하선물로 충분해. 네 어머니는 헤스터 그레이가 어떤 사람이었는지 이야기해 주었니, 다이애너?"

"아니—그저 아름다운 여자였다는 말뿐이었어."

"오히려 그게 더 좋아. 사실에 방해받지 않고 그 모습을 상상할 수 있으니까. 헤스터는 아주 몸집이 작고, 검고 부드러운 곱슬머리에, 눈은 크고 정다우면서도 수줍은 듯한 갈색일거야. 게다가 창백한 얼굴에 슬픈 표정을 담은 가녀린 사람이었을 것 같아."

그들은 헤스터의 정원에 바구니를 놓아두고 오후 내내 주위의 숲과 들판을 거닐며 조용히 잠자고 있던 숨겨진 오솔길을 많이 찾아냈다. 배가 고파지자 가장 아름다운 곳—졸졸 흐르는 시냇물 소리가 경쾌하게 들리는 가파르게 비탈진 둑 위, 길다란 깃털 같은 풀 속에 흰 자작나무가 서 있는 곳에서 도시락을 펼쳤다.

네 사람은 나무 밑에 앉아 앤이 준비해온 맛있는 음식을 배불리 먹었다. 신선한 공기를 마시며 운동한 덕분에 식욕이 왕성해져 샌드위치도 크게 환영받았다.

앤은 손님을 위해 컵과 레모네이드를 가져왔지만 정작 자기는 자작나무 껍질로 만든 찻잔으로 차가운 시냇물을 마셨다. 찻잔이 뚝뚝 새고 봄에 흔히 그렇듯 시냇물은 비릿하고도 향긋한 흙냄새가 물씬 났으나 앤은 이런 때에는 새콤달콤한 레모네이드보다 이런 물이 훨씬 어울린다고 생각했다.

갑자기 앤이 손가락으로 무언가 가리키며 외쳤다.

"저것 좀 봐. 저 시가 보이니?"

"어디?"

제인과 다이애너는 자작나무에 고대문자가 씌어 있기라도 한 듯 눈을 크게 떴다.

"저기—시냇물 속의—저 초록색 이끼가 돋은 통나무 말이야. 그 위를 물이 온화한 물결을 일으키며 마치 빗으로 빗어내리듯 졸졸 흐르고 있잖니. 그리고 시냇물 아래까지 한줄기 햇빛이 비스듬히 비쳐 들고 있어. 아, 저토록 아름다운 시는 본 적이 없어."

제인이 말했다.

"나 같으면 차라리 그림이라고 하겠어. 시라면 글로 쓴 행(行)이나 절(節)을 말하는 거니까."

앤은 풍성한 벚꽃화환을 쓴 머리를 세게 옆으로 흔들었다.

"행이나 절은 시의 겉치레 의상에 지나지 않아. 마치 너의 치마주름이나 장식주름이 네가 아닌 것과 마찬가지로 행이나 절 자체가 시는 아니야. 진짜 시는 그런 것 속에 담겨 있는 영혼을 말하지—그리고 저기 있는 아름다운 시 한 편은 글로 표현되지 않은 순수한 영혼이야. 그런 영혼은 그리 흔히 볼 수 없어—시의 영혼도 마찬가지야."

프리실러는 꿈꾸듯 말했다.

"영혼이란—인간의 영혼이란 어떤 것일까."

앤은 한 그루의 자작나무에 쏟아지고 있는 따뜻한 햇살을 가리키며 말했다.

"나는 저런 것이라고 생각해. 저기에 모습을 부여한 것 말이야. 나는 영혼이 빛으로 되어 있다고 생각하고 싶어. 장밋빛 인생처럼 뜨거운 열정이 격렬하면서도 무언가 감싸듯이 파고드는 영혼—바다를 비춰주는 달빛처럼 부드럽게 빛나는 영혼—그리고 새벽녘 안개처럼 아련하고 투명한 영혼도 있지."

프리실러가 말했다.

"영혼은 마치 꽃과 같다고 씌어 있는 것을 어느 책에서인가 읽었어."
"그렇다면 너의 영혼은 황금빛 수선화야. 다이애너는 붉디붉은 장미꽃이고, 제인은 다정한 핑크빛 사과꽃이야."
프리실러가 마침표를 찍듯이 말했다.
"그러는 네 영혼은 마음속에 보랏빛 줄무늬가 있는 하얀 제비꽃이야, 앤."
제인은 다이애너에게 나직이 속삭였다.
"저 애들이 무슨 이야기를 하고 있는 건지 모르겠어. 너는 알겠니?"
다이애너도 알 리가 없었다.
그들은 조용한 황금빛 저녁놀을 받으며 집으로 돌아갔다. 그들이 안고 있는 바구니에는 헤스터의 정원에서 꺾어온 수선화가 가득 담겨 있었는데, 앤은 다음날 그 수선화를 헤스터의 무덤에 몇 송이 갖다 바쳤다. 음유시인인 울새가 전나무에서 지저귀고 늪에서는 개구리가 폴짝폴짝 뛰면서 노래를 부르고 있었다. 언덕으로 에워싸인 골짜기에는 모두 토파즈의 노란색과 에메랄드의 초록색 빛이 넘치고 있었다.
다이애너가 출발할 때에는 그리 기대하지 않았었다는 듯이 말했다.
"오늘은 멋진 하루였어."
프리실러도 말했다.
"정말 행복하고 즐거운 날이었어."
제인도 끼어들었다.
"실은 나도 숲을 굉장히 좋아해."
앤만은 아무 말 없이 저 먼 서쪽 하늘을 바라보며 헤스터 그레이를 생각하고 있었다.

하느님의 도움

어느 금요일 저녁, 앤은 우체국에서 돌아오다가 우연히 린드 부인을 만났다. 린드 부인은 늘 그렇듯이 교회와 나라의 걱정을 모조리 한몸에 짊어지고 괴로워하고 있었다.

"지금 막 티머시 코튼네에 가서 2, 3일 동안 내 일을 도와주도록 앨리스 루이즈를 우리집에 보내줄 수 없는지 물어보고 오는 길이야. 지난주에도 와서 나를 도와줬거든. 그 애는 느림보지만 그나마 없는 것보다는 나으니까.

그런데 몸이 아파 도저히 올 수 없다는구나. 티머시도 앉아서 기침을 콜록이며 죽는 소리를 했지. 지난 10년 동안 내내 죽는다 죽는다 입버릇처럼 말했는데 앞으로 10년은 더 거뜬할 게다. 저런 사람들은 어지간해서는 잘 죽지도 않는 법이지. 무슨 일이든 제대로 하는 일이 없다니까.

빠저린 고통을 앓다가 깨끗하게 작별을 고하는 것도 못하니. 정말 게으른 집안이야. 앞으로 어떻게 될는지 나도 모르겠지만 아마 하느님은 아시겠지."

린드 부인은 마치 하느님조차 거기까지는 모를 거라는 투로 말하며 한숨지었다.

"머릴러가 화요일에 또 눈을 진찰받은 것 같던데 의사가 뭐라고 하더냐?"

앤은 쾌활하게 말했다.

"의사선생님이 매우 기뻐하셨대요. 많이 회복돼서 이 정도면 장님이 될 우려가 거의 없다고 했어요. 하지만 지나치게 책을 읽거나 자잘한 수예 같은 것은 무리래요. 바자회 준비는 어떻게 됐어요?"

교회 부인후원회에서는 바자회를 열어 사람들에게 저녁 식사를 대접할 준비로 바빴으며 린드 부인이 대표가 되어 앞장서서 활약하고 있었다.

"아주 잘 되어가고 있어. 그러고 보니 생각나는구나. 목사님 부인이 옛날식 부엌처럼 꾸민 간이음식점을 열고 볶은 콩, 도넛, 파이 같은 것을 저녁으로 내놓으면 어떠냐고 했거든. 그래서 지금 이 근처에서 옛날식 도구를 모으는 참이야.

사이먼 플레처 씨네는 어머니가 짠 깔개를 빌려주고 레비 볼터 부인은 낡은 의자를 몇 개 내놓기로 했지. 그리고 메리 쇼 아주머니는 유리문 달린 찬장을 빌려주기로 되어 있어. 머릴러는 그 놋촛대를 빌려주겠지? 그리고 옛날 접시를 있는 대로 쓸 수 있게 해주었으면 좋겠어.

목사님 부인은 가능하다면 진짜 청화(靑畵)자기 접시를 하나쯤은 꼭 쓰고 싶다고 했지만 누가 가지고 있는지 알 수가 없어. 앤, 혹시 모르니?"

"조지핀 배리 할머니가 하나 가지고 있는데 빌려줄지 모르겠어요. 편지를 써서 알아볼까요?"

"그렇게 해주면 고맙겠다. 그 만찬회는 2주일 안에 있을 예정이야. 고맙게도 에이브 앤드루스 아저씨가 바로 그때쯤 폭풍우가 몰아칠 거라고 예언했으니 반대로 좋은 날씨가 되겠지."

이 '에이브 아저씨'라는 인물은 모든 예언자가 그렇듯이 자기가 살고 있는 고향에서는 그리 믿음을 얻지 못하고 있었다. 그의 일기예보가 맞아떨어진 적이 한 번도 없었기 때문에 오히려 웃음거리가 되고 있었다.

그 지방 최고의 재주꾼으로 스스로 자부하고 있는 일라이셔 라이트 씨는, 애번리에서는 아무도 샬럿타운신문의 일기예보란을 보려고 생각하는 사람이 없다고 입버릇처럼 말하고 있었다. 사람들은 에이브 아저씨에게 내일 날씨가 어떠냐고 묻고는 그 대답의 반대로 예상하곤 했기 때문이다.

그래도 에이브 아저씨는 조금도 굽히지 않고 계속 일기예보를 하고 있었다.

린드 부인이 웃으며 말을 이었다.

"선거 전에 바자회를 열 생각이야. 후보자들이 와서 돈을 많이 쓰고 갈 테니까. 보수당은 어차피 여기저기 돈을 뿌려 사람들을 매수할 게 뻔한데, 단 한 번이라도 제대로 돈을 쓸 수 있는 기회를 만들어줘야 하지 않겠니?"

앤은 매슈에 대한 의리로 열렬한 보수당이었지만 아무 말 하지 않았다. 무슨 말을 꺼내기만 하면 린드 부인이 맹렬한 기세로 그녀의 정치론을 펼치리라는 것을 잘 알기 때문이었다.

우체국에 다녀온 앤은 머릴러에게 온 편지를 가지고 있었다. 영국령인 콜롬비아 어느 도시의 소인이 찍혀 있었다.

집에 도착하자 앤은 흥분하여 말했다.

"아마 쌍둥이들 외숙부로부터 온 편지일 거예요, 머릴러. 뭐라고 씌어 있을까요?"

머릴러는 쌀쌀맞게 말했다.

"뜯어보면 되잖니."

머릴러도 역시 흥분하고 있음을 알 수 있지만 그것을 겉으로 나타내느니 차라리 죽는 편이 낫다고 생각하는 듯했다.

앤은 기세 좋게 봉투를 뜯어 단정치 못하고 좀 서투른 글씨로 삐뚤빼뚤 씌어진 편지를 쭉 훑어 보았다.

"올봄에는 아이들을 데려갈 수 없다고 씌어 있어요. 겨우내 앓아서 결혼도 미루었대요. 아이들을 가을까지 맡기고 싶은데 우리 형편이 어떤지 묻고 있어요. 물론 맡을 거죠, 머릴러?"

"어쩔 수 없지 않겠니."

머릴러는 좀 마땅찮은 목소리로 말했으나, 속으로는 안도의 숨을 쉬고 있었다.

"어쨌든 그 아이들은 전처럼 성가스럽게 굴지 않으니까. 우리가 익숙해진 것인지도 모르지만 말이야. 데이비는 눈에 띄게 좋아졌어."

"예절은 확실히 나아졌어요."

앤은 신중하게 표현했는데, 속마음은 보장할 수 없다는 듯한 말투였다.

엊저녁 앤이 학교에서 돌아와 보니 머릴러는 부인회 모임에 나가고, 도러는 부엌의 안락의자에서 잠자고 있었으며, 데이비는 거실의 찬장에 기어 들어가 머릴러가 특별히 맛있게 만든 노란색 자두잼을 부지런히 입으로 나르고 있는 중이었다. 데이비는 이것을 '손님용 잼'이라고 불렀으며, 결코 손대면 안 된다는 명령을 들었다. 앤이 데이비에게 달려들어 찬장에서 끌어냈을 때 데이비는 몹시 멋쩍어했다.

"데이비 키스, 그 잼을 먹으면 안 된다는 것쯤 알고 있겠지? 그 찬장에 있는 것은 절대로 만지면 안 된다고 했잖아."

"응, 안 된다는 건 알고 있지만 자두 잼이 너무 맛있잖아, 누나. 나는 잠깐 들여다보았는데 달콤한 냄새가 날 유혹했어. 너무 맛있어 보여서 조금만 핥아보려고 손가락을 넣었다가……"

앤이 신음소리를 냈다.

"그만 깨끗이 먹어버렸어. 내가 생각했던 것보다 훨씬 더 맛있었거든. 그래서 숟가락을 가져와 다 먹어버렸지, 뭐."

앤은 자두 잼을 훔쳐먹은 잘못에 대하여 엄격하게 타일렀으므로 데이비도 양심의 가책을 느껴 다시는 그러지 않겠다고 약속하며 입맞춤을 했다.

데이비는 마음놓은 듯 태연히 말했다.

"괜찮아. 천국에는 잼이 얼마든지 있을 테니까."

앤은 풋 터져 나오려는 웃음을 겨우 참으며 말했다.

"있을지도 모르지, 우리들이 진정으로 바라는 것이라면 말이야. 하지만 너는 어째서 그렇게 생각하니?"

"그야 교회에서 가르치는 문답책에 있으니까."

"어머나, 교회 문답책에 그런 것은 나오지 않아, 데이비."

하지만 데이비가 고집을 부렸다.

"나와 있어. 지난 일요일 머릴러 아줌마가 가르쳐준 문답 속에 있어. '어째서 우리는 하느님을 사랑해야 하는가?' 하는 물음에 대한 답은 '왜냐하면 하느님은 프리저브로, 우리를 구원해 주시므로!'였거든. 잼을 하느님 식으로 말하면 프리저브(설탕절임)가 되는 거잖아."

"물을 마시고 올 테니 기다려."

골치 아픈 앤은 잠시 물러났다. 다시 돌아와서 데이비에게 그 교리 문답 속에서는 쉼표 때문에 뜻이 크게 달라져 있다고 설명했지만 그것을 이해시키는 데 꽤나 애를 먹었다.

데이비는 실망하며 한숨을 쉬면서도 겨우 알아듣는 눈치였다.

"어쩐지 너무 멋지다고 생각했었어. 게다가 찬송가에 있듯이 천국이라는 곳에는 날마다 안식일만 있으니까 하느님은 잼을 만들 시간이 없을 거야. 천국에 가고 싶은 마음이 없어졌어. 천국에는 일요일뿐이고 토요일은 없어. 그렇지, 앤 누나?"

"있어. 토요일도 있고 다른 멋진 날도 얼마든지 있지. 그리고 천국에서는 어제보다 오늘, 오늘보다 내일이 훨씬 더 좋을 거야."

앤은 이런 말을 하며 머릴러가 곁에 없어서 참 다행이라고 가슴을 쓸어내렸다. 있었다면 틀림없이 충격을 받았을 것이다. 머릴러는 말할 나위 없이 쌍둥이들에게 옛날식으로 종교 교육을 받게 했으며 자기 멋대로 상상해서는 안 된다고 가르치고 있었다. 데이비와 도러는 일요일마다 찬송가와 교리문답과 성경을 두 구절씩 배웠다.

도러는 얌전히 배웠고 작은 앵무새처럼 줄줄 외웠다. 자신이 마치 기계라도 된 것처럼 거의 이해하지 못했고 흥미도 없었다. 이와 반대로 데이비는 왕성한 호기심을 나타냈다. 머릴러가 데이비의 장래를 걱정하며 몸서리칠 만큼 어이없는 질문을 끊임없이 퍼부었다.

"체스터 슬론이 천국에서는 아무것도 하지 않고 그저 하얀 드레스를 입고 돌아다니거나 하프를 켤 뿐이래. 그리고 할아버지가 될 때까지는 천국에 가고 싶지 않다고 말했어. 왜냐하면 그때가 되면 천국을 더 좋아하게 될지도 모르니까. 게다가 여자처럼 드레스를 입는 것은 싫대. 나도 싫어. 어째서 남자천사는 바지를 입으면 안 되는지 모르겠어, 앤 누나.

체스터 슬론은 그런 것에 대해서 알고 싶어 해. 가족들이 체스터더러 목사가 되라고 한대. 체스터는 아무래도 목사가 되어야 할 거야. 왜냐하면 할머니가 체스터의 학비를 남겨놓았는데 목사가 되지 않으면 그 돈을 한 푼도 받을 수 없기 때문이야. 할머니는 자기 집안에서 훌륭한 목사가 나오기를 손꼽아 기다리고 있대. 다행히 체스터는 목사가 되는 것도 나쁘지 않다고 했어—사실은 대장장이를 더 좋아한대—하지만 목사가 되기 전에 재미있는 일을 실컷 해보겠대. 목사가 되고 나면 재미있는 일을 할 수 없기 때문이래. 나 같으면 목사가 되지 않겠어. 블레어 씨처럼 가게를 차려 캔디며 바나나를 산더미처럼 쌓아 놓겠어. 하지만 하프 대신 하모니카를 불어도 좋다면 누나가 말하는 그런 천국에 가보고 싶어. 하모니카를 불어도 괜찮을까?"

"괜찮고말고. 네가 하고 싶다면 불게 해줄 거야."

앤은 그렇게밖에 대답할 수 없었다.

그날 밤 하먼 앤드루스 씨네에서 개선회 모임이 있었는데, 모두들 출석하여 중요한 일을 토론하기로 되어 있었다.

개선회 활동은 활발하여 이미 놀라운 성과를 올리고 있었다. 이른 봄, 메이저 스펜서 씨는 약속대로 자기 농장의 큰길을 따라 나무 그루터기를 뽑았고 비탈을 평평히 고르게 하여 잔디 씨를 뿌렸다. 다른 사람들도 열 명 이상이나 스펜서 씨에게 뒤질세라, 또는 개선 회원의 성화에 못 이겨 스펜서 씨를 따라 했다. 그 결과 차마 두고 볼 수 없을 만큼 잡초가 우거지고 풀숲이 무성했던 곳이 좁고 길게 이어진 벨벳처럼 부드러운 잔디밭으로 뒤덮이게 되었다.

그렇게 되니 자연 잔디씨를 뿌리지 않은 곳에서는 농장이 더욱 흉해 보였기에 주인들은 은근히 부끄러움과 부러움을 함께 느꼈다. 그들은 내년 봄에는 어떻게든 손을 보겠다고 결심했다. 삼거리의 삼각지대도 땅을 골라 잔디씨를 뿌리고 그 가운데에는 앤의 제라늄 꽃밭이 소한테 짓밟히는 일 없이 하늘하늘 꽃을 피우고 있었다.

이런 상황이었으므로, 개선회원들은 일이 척척 잘 되어나가는 것으로 여겨 만족하고 있었다. 그러나 레비 볼터 씨만은 완강하게 협조를 거부했다. 볼터 씨네 윗밭 가운데에 있는 쓰러져가는 집을 헐어버리는 일에 대하여 개선회원들은 선출한 위원들을 내세워 신중한 태도로 교섭했으나 볼터 씨는 그 집에 대해 일체 간섭하지 말아달라고 딱 잘라 말했다.

이날 밤 개선회원들은 학교 임원회에 간청하여 학교 부지 둘레에 담을 세워달라고 요청하는 서류를 작성하는 일과, 만일 개선회 자금이 허용된다면 교회 옆에 몇 그루의 장식용 나무를 심게 하는 안을 검토했다. '자금이 허용되는 한'이라고 한 것은 앤의 말대로 공회당이 아직 파란색으로 있는 동안은 새로운 모금이 잘 되지 않으리라는 의견 때문이었다.

개선회원들은 앤드루스네 응접실에 모였으며, 제인이 일어서서 교회에 심을 나무가 얼마나 되는지 조사하여 보고할 위원을 뽑고 있는데, 머리를 예쁘게 땋아 올리고 몸치장을 화려하게 한 거티 파이가 당당하게 들어왔다.

거티는 언제나 늦는 버릇이 있었다. 짓궂은 사람들은 거티가 들어올 때 자신의 모습을 효과적으로 보이기 위해 지각을 하는 거라고 했다. 사실 그때 들어온 거티의 모습은 확실히 인상적이었다. 연극배우 같은 모습으로 방 한가운데 우뚝 서서 두 손을 높이 들고 좌중을 둘러보면서 외쳤다.

"방금 엄청난 뉴스를 듣고 왔어. 뭔지 아니? 저드슨 파커 씨가 큰길을 따라 세운 농장의 담을 모조리 제약회사 광고용으로 빌려주었대!"

태어나서 처음으로 거티 파이는 그야말로 센세이션을 일으켰다. 평온하게 앉아 있는 개선회원들의 한가운데에 폭탄을 던졌다 하더라도 그보다 더 큰 소동은 불러일으키지 못했으리라.

앤이 퉁명스럽게 대꾸했다.

"그럴 리가 없어."

"나도 처음 그 이야기를 들었을 때는 그렇게 말했어."

거티는 자신의 역할을 즐기고 있는 듯했다.

"저드슨 파커가 설마 그런 일을 할 리가 없어, 하고 말했지. 하지만 우리 아버지가 오늘 오후 저드슨 파커를 만나 물어보니 사실이라고 했대. 생각 좀 해봐. 파커 씨네 농장은 뉴브리지 큰길가에 있는데 거기에 환약이며 고약 광고를 더덕더덕 붙인다면 그것보다 끔찍한 일이 어디 있겠니. 안 그래?"

물론 개선회원들은 너무나도 잘 알고 있었다. 아무리 상상력이 부족한 사람이라도 그런 광고가 반 마일이나 붙은 담장이 얼마나 보기 흉할 것인지 눈앞에 그림처럼 그릴 수 있었다.

교회의 나무니 학교 부지니 하는 문제는 이 새로운 사건 앞에서 빛을 잃고 말았다. 의사진행의 규칙이고 뭐고 몽땅 어디론가 날아가 버리고 눈앞이 캄캄해진 앤은 회의록을 적는 것도 포기했다. 너나 할 것 없이 모두 한꺼번에 떠들기 시작하자 회의장은 시끌벅적 떠나갈 것 같았다.

앤이 말했다.

"이제 그만 냉정해지자."

그러나 앤이 가장 흥분하고 있었다.

"이성을 되찾아 어떻게든 파커 씨가 마음 돌리도록 할 방법을 생각해 보자."

화가 난 제인이 내뱉듯이 말했다.

"파커 씨의 마음을 어떻게 돌릴 수 있겠니? 저드슨 파커가 어떤 사람인지는 너도 잘 알잖니. 돈을 위해서라면 무슨 일이든 하는 사람이야. 공공심이라고는 눈곱만큼도 없고 미적감각도 제로야."

돌아가는 형세가 썩 좋지 않았다. 저드슨 파커와 그 누나는 애번리에 친척이 하나도 없어 그쪽에 손써서 미처 설득할 수도 없었다.

누나인 마서 파커는 상당히 나이가 많은 사람으로 젊은 사람들이 하는 일은 뭐든지 마음에 들지 않아 했으며 특히 개선회원들에 대해서는 더욱 못마땅하게 여기고 있었다.

저드슨은 명랑하고 말을 잘하는 사람으로 누구한테나 싹싹하고 붙임성이 좋은데도 어찌된 셈인지 친구다운 친구가 하나도 없었다. 어쩌면 장사수입이 좋아 돈을 잘 벌기 때문인지도 모른다. 그런 사람은 대체로 좋은 평을 듣지 못한다. 그래서 그런지 '빈틈이 없고 기회주의자'라는 평판도 듣고 있었다.

프레드 라이트가 말했다.

"저드슨 파커는 스스로도 말했듯이 온전하게 돈 벌 수 있는 기회가 있다면 1센트도 놓치지 않을 사람이야."

앤은 절망적으로 물었다.

"파커를 설득할 만한 사람이 없을까?"
캐리 슬론이 말했다.
"파커 씨는 화이트 샌즈의 루이저 스펜서를 만나러 갈 예정인데, 혹시 루이저라면 담을 빌려주지 않도록 할 수 있을지도 몰라."
그러나 길버트가 강하게 반대했다.
"루이저는 안 돼. 그 사람을 잘 아는데 마을개선회 같은 것은 전혀 인정하지 않고 있어. 따르는 것이라고는 고작 돈뿐이지. 저드슨을 저지하기는커녕 오히려 더 부추길 걸."
줄리어 벨이 말했다.
"방법은 하나밖에 없어. 특별위원을 선출하고 저드슨에게 가서 항의하는 거야. 위원은 여자라야만 해. 남자가 가면 적당히 넘어가려 할 테니까. 하지만 나는 안 가겠어. 나를 뽑아봐야 헛수고야."
올리버 슬론이 은근슬쩍 말했다.
"앤이 혼자 가는 게 좋겠어. 다른 사람은 몰라도 앤이라면 저드슨을 설득할 수 있으리라고 생각해."
화들짝 놀란 앤은 그렇지 않다고 반박했다. 가서 말하라면 하겠지만 누군가 옆에서 도와주어야 한다고 말했다. 제인과 다이애너가 앤과 함께 가는 것으로 개선회 모임의 막이 내렸고 개선회원들은 성난 벌처럼 웅웅거리며 흩어졌다.
그날 밤 앤은 걱정이 되어 잠을 설치다가 새벽녘에야 깜박 잠들었는데, 학교 이사들이 주위에 담을 둘러치고 한쪽 면에 '보랏빛 환약을 써보세요'라는 광고문을 빈틈없이 갈겨 써놓은 악몽을 꾸기도 했다.
다음날 오후 위원들은 저드슨 파커에게 갔다. 앤은 담장을 빌려주는 무정하기 짝이 없는 계획은 제발 거두어 달라고 간곡한 말로 부탁했다. 제인과 다이애너는 옆에서 앤에게 용기를 북돋아주었다.
저드슨은 상냥하고 그 부드러운 말투로 듣기 좋은 소리를 늘어놓았다. 해바라기처럼 아름답다고 찬사를 보내더니, 이렇게 예쁜 아가씨들의 부탁을 거절하는 건 참으로 괴로운 일이지만, 그래도 장사는 장사인지라 이 각박한 세상에 정에 흔들릴 수 없다고 말했다. 파커는 엷은 색의 눈을 크게 뜨고 반짝이며 덧붙였다.

"그러나 이것만은 약속하겠소. 회사측에 아름답고 보기 좋은 고상한 빛깔—빨강이나 노랑 같은 빛깔만 써달라고 부탁하겠소. 무슨 일이 있어도 '파란색'은 결코 쓰지 못하도록 말이오."

위원들은 하는 수 없이 물러났으나 마음속은 차마 입으로는 말할 수 없는 분함으로 들끓고 있었다.

제인이 저도 모르게 린드 부인의 말투와 몸짓을 흉내내며 말했다.

"우리는 할 수 있는 데까지 했으니 나머지 일은 하느님께 맡기는 수밖에 없어."

다이애너가 물었다.

"앨런 목사님이라면 어떻게 못하실까?"

앤은 고개를 저었다.

"앨런 목사님이 나서도 안될 거야. 더구나 지금은 목사님 댁 아기가 저렇게 앓고 있잖니. 앨런 목사님이 부탁해도 마찬가지일 거야. 저드슨은 미꾸라지처럼 요리조리 빠져나갈 걸. 지금은 그 사람도 교회에 잘 나오고 있지만, 그건 루이저의 아버지가 교회장로직을 맡아 그런 일에 아주 까다롭기 때문이야."

제인은 굉장히 분개하여 말했다.

"자기집 담을 세놓을 생각을 하다니, 온 애번리를 뒤져봐도 그런 사람은 저드슨밖에 없을 거야. 레비 볼터나 로런조 화이트조차도 아무리 돈만 안다고 하지만 그런 일은 못할 테지. 세상의 눈이 무서워서 도저히 못할 거야."

이 사건이 알려지자 사람들은 확실히 저드슨 파커를 비난했지만, 그런 것은 문제 해결에 아무런 도움이 되지 않았다. 저드슨은 혼자

빙긋 웃으며 다른 사람이 어떻게 생각하든 상관하지 않았다.

이제는 개선회원들도 체념하고, 뉴브리지 가도의 가장 아름다운 곳이 광고로 보기 흉하게 되는 날을 기다리는 수밖에 없다고 스스로를 달랬다.

그런데 다음 개선회 모임 자리에서 이해할 수 없는 일이 일어났다. 회장으로부터 지난번 일의 결과 보고를 하라고 지명받은 앤은 조용히 일어나, 저드슨 파커 씨로부터 제약회사에 담을 세놓지 않겠다는 말을 개선회에 전해 달라는 전갈을 받았다고 이야기했다.

제인과 다이애너는 자신의 귀를 믿을 수 없다는 듯 입을 딱 벌렸다. 당장 물어보고 싶었지만 개선회는 회의 진행 중의 규칙이 늘 엄격하여 그 자리에서 궁금증을 드러내는 건 금지되어 있었기 때문에 겨우 참았다가, 회의가 끝나자마자 모두들 앤을 에워싸고 어떻게 된 일인지 설명을 요구했다.

그러나 앤은 그리 말할 것이 없었다. 엊저녁 길을 가고 있는데 저드슨 파커가 앤을 뒤따라와 개선회가 제약회사의 광고에 묘한 편견을 가지고 있는 것 같아서 그쪽의 요청을 받아들이기로 했다고 말했다—단지 그뿐이라며 앤은 그 뒤에도 더 이상 아무 말 하지 않았다.

확실히 앤의 말은 사실이었다. 그러나 제인 앤드루스는 집으로 돌아가며 올리버 슬론에게 저드슨 파커가 갑자기 생각을 바꾼 데에는 어떤 이유가 있을 거라고 말했는데, 그 말이 맞았다.

어제 저녁 앤은 해변가에 있는 어빙 할머니 집을 방문하고 돌아오는 중이었다. 지름길을 택하여 바닷가 들판을 가로질러 로버트 딕슨네 집 아래쪽의 너도밤나무숲을 지나왔다. 그 오솔길을 따라가면 배리 호수라고 부르는 그 '빛나는 호수' 바로 앞에서 큰길로 나가게 되어 있다.

이 오솔길로 접어드는 길 옆에 두 남자가 말고삐를 땅에 드리운 채 마차 위에 앉아 있었다.

한 사람은 저드슨 파커였고 또 한 사람은 뉴브리지의 제리 코코런—린드 부인의 말대로라면 뒤로는 구린 짓을 하고 있지만 아직 한 번도 그 증거가 드러난 적이 없는 사내였다.

이 남자는 농기구 판매대리점을 하고 있으며 정치계에도 이름이 꽤 알려진 인물이었다. 정치상의 음모에 대한 것이면 무슨 일에든 끼어든다는 평판이었다. 목이 여러 개 있다면 그 만큼 여기저기 기웃거릴 거라고 말하는 사람도 있었다. 게다가 캐나다는 총선거를 눈앞에 두고 있어 제리 코코런은 지난 몇 주일 동안 자기 당의 후보자에게 표를 모아 주기 위해 바쁘게 뛰어다니고 있었다.

앤이 늘어진 너도밤나무 가지 밑을 빠져나왔을 때 코코런의 목소리가 들려 왔다.

"만일 당신이 에임즈버리에게 투표한다면 말이오—파커, 알겠소, 나는 당신이 지난봄에 산 써레 두 자루의 어음을 가지고 있는데 그것을 돌려주겠소. 어떻소? 이의없겠죠?"

저드슨은 싱글거리며 일부러 어물어물 말했다.

"글쎄요, 생각해서 하는 말씀이니 그렇게 하지요, 뭐. 이 각박한 세상에서는 돈벌이가 될 만하면 뭐든지 해야죠."

이때 두 사람은 앤을 보고 놀라 입을 꾹 다물었다. 앤은 여느 때보다 조금 턱을 내밀고 쌀쌀맞게 머리 숙이며 잽싸게 지나갔다.

이윽고 저드슨 파커가 뒤따라왔다. 파커는 상냥하게 권했다.

"타고가지 않겠소, 앤?"

앤은 차갑게 거절했다.

"아니, 괜찮아요."

앤의 말투는 정중하기는 했으나 가시 돋친 경멸이 담겨 있었으므로 아무리 양심이 없는 저드슨 파커라 하더라도 가슴이 뜨끔하지 않을 수 없었다. 파커는 얼굴을 붉히며 화가나서 말고삐를 홱 잡아당겼다.

그러나 다음 순간 약삭빠른 계산이 머리에 떠오른 파커는 불안한 얼굴로 앤을 보았다. 앤은 거들떠보지도 않고 걸어갔다.

'코코런은 아이라도 알아들을 수 있는 확실한 말로 제안했고 나도 거기에 너무나 분명하게 승낙하는 말을 해버렸다. 이 아가씨가 그 거래를 알아들었을까? 코코런 녀석! 말조심하지 않고 이게 뭐람. 언젠간 크게 경을 칠 날이 올 거야. 그리고 이 빨강머리 여선생은 또 뭐야! 무엇 때문에 볼일도 없으면서 불쑥 숲속에서 튀어나오는 거지!'

이런 경우 특히 '자신의 저울로 남의 밀을 잰다'는 말을 하는데, 저드슨 파커도 자신의 자로 앤을 판단하여, 그런 사람들한테서 흔히 볼 수 있듯이 여기저기 소문을 퍼뜨리고 다닐 게 틀림없다고 생각한 것이다.

그런데 파커는 담장을 빌려주는 것에서도 알 수 있듯이 세상 사람들이 뭐라 하든 상관하지 않는 사람이었지만, 뇌물을 받은 사실이 알려지면 조용히 넘길 수 없는 일이었다.

게다가 만일 스펜서의 귀에 들어가기라도 하면 부유한 농가의 후계자라는 좋은 조건을 지닌 루이저 제인을 손에 넣을 수 있는 가능성을 영원히 잃고 만다. 파커는 지금도 스펜서 씨가 자기를 탐탁하게 여기지 않음을 알고 있었다. 그러므로 더 이상 위험한 모험을 피하는 게 상책이었다.

"어흠!—앤, 지난일로 만나러 가려던 참이었소. 우리집 담을 제약회사에 빌려주는 건 역시 그만두기로 했소. 개선회 모임처럼 좋은 목적을 가진 모임은 장려하는 게 도리지요."

앤은 좀 누그러져 고개를 숙이면서 말했다.

"고맙습니다."

"그리고—저—지금 나와 제리가 주고받은 이야기에 대해서 다른 사람에게는 얘기하지 않겠죠?"

앤은 쌀쌀맞게 내뱉었다.

"일부러 부탁하지 않아도 사람들에게 이러쿵저러쿵 말할 생각은 없어요."

돈에 팔려 투표하는 사람과 거래할 바엔 차라리 애번리 마을의 담이라는 담에 모조리 광고가 나붙는 편이 낫다고 앤은 생각했다.

저드슨은 이것으로 완전히 양해가 잘 이루어졌다고 여긴 듯 맞장구를 쳤다.

"암—그렇고말고. 앤이 그런 일을 할 사람이라고는 생각지 않소. 알고 있죠? 난 제리라는 작자를 잠깐 시험해 보았을 뿐이오. 그자는 자기보다 영리하고 빈틈없는 사람은 이 세상에 없는 줄 안다니까. 난 에임즈버리에 투표할 마음은 조금도 없소. 늘 하던대로 그랜트에게 투표할 작정이오. 선거가 끝나면 알게 될 거요. 제리가 무슨 말을 하는지 떠보고 싶었을 따름이오. 그리고 담에 대해서는 염려하지 말라고 개선회원들에게 전해줘요."

그날 밤 앤은 동쪽 방에서 거울 속의 자신을 향해 말했다.

"그런 말을 늘 들어오긴 했지만, 세상에는 정말 갖가지 사람들이 있어. 때로는 없어도 좋을 사람도 있지. 어쨌든 그런 더러운 거래에 대해선 아무에게도 말할 생각이 없었으니 그 점에 대해선 양심에 거리낄 것이 없어.

대체 이런 결과를 누구에게 감사해야 하지? 나는 그리 한 일도 없는데. 차마 하느님이 저 뻔뻔스러운 저드슨 파커며 제리 코코런 같은 사람들의 정치적 거래를 이용해서 우리들을 도와주었다고 생각할 수는 없으니 말이야."

신나는 여름방학

저녁을 붉게 물들이며 하루가 조용히 저물어가던 무렵이었다. 앤은 학교 교실의 자물쇠를 단단히 잠갔다. 바람이 운동장 둘레의 가문비나무에게 나직한 소리로 속삭이며 스쳐지나갔다. 가문비나무의 그림자는 길게 옆으로 누워 있었다.

앤은 흡족한 마음으로 꽃내음을 들이마시며 열쇠를 주머니에 깊숙이 넣었다. 1년 동안의 일을 무사히 끝마쳤고, 다음해 재계약도 이미 이루어졌으며, 교사로서도 높은 평가를 받았다—다만 하먼 앤드루스 씨만은 앤에게 매질을 좀더 해야 한다는 주의를 주었다—그리고 열심히 일한 뒤인 두 달 동안의 멋진 여름방학이 앤에게 어서 오라고 손짓하고 있었다.

앤은 세상에 대해서도 자신에 대해서도 온화한 마음으로 꽃이 가득 담겨 있는 바구니를 팔에 끼고 언덕을 가뿐히 내려갔다. 산사나무 꽃이 피기 시작할 무렵부터 앤은 1주일에 한 번씩 빠짐없이 매슈의 무덤을 찾았다.

머릴러를 뺀 다른 애번리 사람들은 내성적이며 말수가 적고 그리 두드러지지 않은 존재였던 매슈를 벌써 잊고 있었다. 그러나 매슈의 추억은 앤의 마음에 지금도 생생하게 살아 있었고 앞으로도 언제까지나 살아 있을 것이다. 앤으로서는 사랑에 굶주린 어린 시절을 보낸 자기에게 처음으로 은혜를 베풀어준 다정한 매슈를 결코 잊을 수 없었다.

언덕을 다 내려간 곳에 가문비나무숲이 있었고 그 그늘 울짱 위에 한 소년이 앉아 있었다—꿈꾸는 듯한 커다란 눈과 감수성이 풍부해 보이는 소년이었다.

울짱에서 훌쩍 뛰어내린 소년은 미소지으며 앤에게로 다가왔다. 그 뺨에 눈물자국이 남아 있었다.

소년은 앤의 손에 자기 손을 살짝 얹으며 말했다.

"선생님을 기다리고 있었어요. 선생님이 무덤에 가시는 것을 알고 있었거든요. 저도 따라가겠어요. 이 제라늄 꽃다발을 할아버지 무덤에 갖다 바칠 거예요. 선생님, 이거 보세요. 이 흰 장미는 엄마를 위해 할아버지 무덤 옆에 놓을 거예요. 엄마 무덤이 있는 곳까지 갈 수 없으니까요. 하지만 엄마는 다 아시겠죠?"

"알고말고, 폴."

"선생님, 엄마가 돌아가신 지 오늘이 꼭 3년째예요. 오랜 세월이 흘렀지만 아직도 그때처럼 똑같이 슬퍼요. 나는 엄마가 몹시 보고 싶어요. 이따금 너무 슬퍼서 견딜 수 없을 때가 있어요."

폴의 목소리는 울먹거렸고 입술도 파르르 떨리고 있었다. 폴은 흰 장미를 내려다보며 선생님이 이 눈물을 보지 못했으면 좋겠다고 생각했다.

앤은 있는 힘을 다해 오른팔로 폴을 안으면서 다정하게 위로했다.

"그래도 슬픔이 사라지면 싫겠지? 비록 잊을 수 있다 해도 너는 엄마를 오래도록 기억하고 싶을 거야, 그렇지?"

"네, 그래요—잊고 싶지 않아요. 선생님은 제 마음을 잘 아시는군요. 다른 사람은 아무도 그런 마음을 헤아려주지 못해요. 할머니도 모르시죠. 나를 아주 잘 보살펴주시지만 말이에요.

아빠는 내 마음을 이해해주시지만 엄마에 대해선 자주 얘기할 수가 없어요. 아빠까지 슬퍼지니까요. 아빠가 손으로 얼굴을 가릴 때는 이제 그만하라는 뜻이니까, 얼른 입을 다물어요.

가엾은 아빠! 내가 없어서 얼마나 쓸쓸할까요. 하지만 이젠 가정부밖에 없고, 아빠는 가정부에게 아이를 맡길 수 없다고 생각했어요.

아빠는 일 때문에 집을 비우는 적이 많거든요. 아이를 키우는 건 엄마가 제일이고 그 다음은 할머니가 좋다고 생각하셔요. 앞으로 내가 좀 더 자라면 아빠에게로 돌아가 다시는 헤어지지 않을 작정이에요."

폴이 부모에 대한 이야기를 주로 하여 앤은 오래 전부터 아는 사이처럼 느껴졌다. 어머니는 마음씨며 성격이 지금의 폴과 똑같았으리라고 여겨졌다. 아버지 스티븐 어빙은 깊은 통찰력과 자상하고 겸손한 인품의 소유자로 세상 사람들에게는 그것을 잘 드러내지 않는 사람이 아닐까?

폴이 언젠가 이런 말을 한 적이 있었다.

"아빠는 좀처럼 이해하기 힘든 분이었어요. 아빠가 어떤 사람인지 제대로 안 것은 엄마가 돌아가신 뒤였죠. 알고 보니 아빠는 참으로 멋진 분이었어요. 나는 이 세상에서 아빠가 가장 좋아요. 그 다음이 할머니, 그리고 선생님이에요. 마음은 아빠 다음으로 선생님이 좋지만 할머니가 나에게 아주 잘해주시니까 두 번째로 좋아하는 것이 의무라고 생각해요. 이해하시겠죠, 선생님?

하지만 잠들 때까지 할머니가 내 방에 램프를 켜 두었으면 좋겠어요. 겁쟁이가 되어서는 안 된다며 할머니는 나를 침대에 눕히자마자 램프를 가져가시죠. 무섭지는 않아요. 하지만 밝은 편이 훨씬 더 좋아요.

엄마는 늘 내 옆에 앉아 잠들 때까지 내 손을 잡아 주었었죠. 엄마

Chang.KYB

가 나를 응석받이로 만들었나봐요. 엄마란 모두 그렇겠죠. 선생님?"

하지만 앤은 그런 사랑을 몰랐다. 다만 상상은 할 수 있었다. 앤은 슬픈 눈으로 자기 '어머니'를 떠올렸다. 앤이 태어났을 때 앤을 보고 '세상에 이렇게 예쁜 아기가 또 어디 있을까'하고 말했다는 어머니는 오래 전에 돌아가셨고 아무도 찾아주는 사람 없는 멀고 먼 곳의 무덤에 젊은 남편과 나란히 묻혀 있다. 어머니를 기억하고 있다는 것만으로도 폴이 부러웠다.

두 사람은 6월의 따사로운 태양을 받으며 길다란 황톳길 언덕을 올라갔다.

"내 생일은 다음주예요. 아빠는 편지에 내가 가장 좋아하는 걸 보내주겠다고 썼어요. 벌써 도착했으리라 여겨요. 왜냐하면 할머니가 책상서랍에 자물쇠를 단단히 채웠거든요. 그런 일은 처음이에요. 내가 왜 그러느냐고 물었더니 할머니는 얼버무리시면서 아이들은 이것저것 캐물으면 못쓴다고 말씀하실 뿐이었어요.

생일이란 가슴 두근거리는 일이죠? 나는 이제 11살이 돼요. 그렇게 보이지 않죠? 할머니는 내가 나이에 비해 너무 작은 건, 죽을 많이 먹지 않기 때문이라고 말했어요. 나는 열심히 먹지만 할머니가 그릇에 너무 많이 담아줘요. 할머니는 너무 마음씨가 좋아서 곤란할 때가 있어요.

언젠가 선생님과 주일학교에서 돌아오며 기도에 대해 말했었죠? 그때 곤란한 일이 있으면 서슴지 말고 무엇이든지 기도드려야 한다고 선생님이 말씀하셔서 그 다음부터 밤마다 아침에 죽을 조금도 남기지 않고 먹을 수 있는 은혜를 내려달라고 기도하고 있어요. 하지만 아직도 안 돼요. 하느님의 은혜가 부족하기 때문인지, 아니면 죽이 너무 많은 건지 모르겠어요.

할머니는 아버지도 죽으로 키우셨다고 해요. 확실히 아버지에게는 죽이 좋았던 것 같아요. 보시면 아시겠지만 어깨가 엄청 벌어졌거든요. 하지만 나는 죽이 너무 먹기 싫어서 차라리 배터지도록 강물을 먹어버릴까 가끔 생각해요."

폴은 한숨을 쉬며 자못 심각하게 말을 맺었다.

앤은 폴이 자기를 보고 있지 않았으므로 몰래 웃었다. 어빙 할머니가 음식이며 예절을 모두 옛날 방식에 따라 손자를 키우고 있다는 것은 온 애번리 사람들이 다 아는 일이었다.

앤은 명랑하게 말했다.

"그래서는 큰일이지, 폴. 너의 '바위사람들'은 그 뒤로 어떻게 됐니? 형 선원은 그 뒤 죽 얌전하니?"

폴은 힘차게 말했다.

"물론 얌전해요. 사실은 굉장히 나쁜 사람이지만. 그렇게 하지 않으면 나하고 사귈 수 없다는 것을 잘 알거든요."

"그리고 노러는 지금도 황금부인에 대해서 모르고 있니?"

"네. 하지만 알아차린 것 같기도 해요. 지난번 황금부인이 있는 바위굴에 갔을 때 틀림없이 나를 감시했을 거예요. 노러가 알아도 상관없어요. 알리지 않는 것은 노러를 위해서고, 마음 상할까봐 그랬어요. 하지만 노러가 상처받기로 작정했다면 하는 수 없지요."

"나도 언제든 저녁때 너와 함께 바닷가에 가면 '바위사람들'을 볼 수 있을까?"

폴은 진지하게 고개를 저었다.

"선생님 눈에는 내 '바위사람들'이 보이지 않을 거예요. 그 사람들을 볼 수 있는 건 나뿐이니까요. 하지만 선생님은 선생님의 바위사람들을 볼 수 있을 거예요. 선생님은 그럴 수 있는 분이거든요. 선생님과 나는 그럴 수 있는 사람들이죠. 그렇죠, 선생님?"

폴은 그렇게 말하면서 우리는 친구라는 듯이 앤의 손을 꼭 잡았다.

"그건 참으로 멋지지 않아요, 선생님?"

"물론 멋지지."

앤의 잿빛 눈동자가 반짝이는 파란 눈동자를 내려다보았다.

앤과 폴은 '상상의 창을 활짝 열어놓은 왕국의 아름다움'을 드물게 느끼는 사람들이었고, 또한 그 행복한 나라로 가는 길도 알고 있었다. 그곳에는 환희의 장미가 골짜기와 시냇가에 영원히 피어 있고, 푸르른 하늘을 가리는 구름 한 점 없으며, 아득한 종소리는 맑은 울림을 퍼뜨릴 것이다. 온 나라에는 '서로를 부르는 영혼'의 소유자들이 넘치고 있다.

그 나라가 어디에 있는지—'태양의 동쪽, 달의 서쪽'—를 알고 있다는 것은 어떤 곳에서도 살 수 없는 귀중한 지식이다. 그것은 확실히 갓난아기가 태어났을 때 착한 요정들이 주고 간 선물이며 세월의 흐름에 따라 변하거나 잃어버리는 게 아니다. 비록 살고 있는 곳이 지붕밑 다락방이라 하더라도 이 비밀을 지니고 있는 편이 그것 없이 궁전에서 사는 것보다 얼마나 멋진 일인지 모른다.

애번리의 묘지는 옛날 그대로 풀이 무성한 쓸쓸한 곳이었다. 회원들은 이미 이곳으로 눈을 돌려 지난번 모임 때 프리실러 그랜트가 묘지개선에 대한 계획을 보고했을 정도였다. 회원들은 앞으로 이끼가 끼고 기울어진 낡은 판자 울짱을 철사 울짱으로 바꾸고 풀을 깎고 기울어진 비석을 다시 세울 생각이었다.

앤은 가져온 꽃다발을 매슈의 무덤에 바친 다음 헤스터 그레이가 잠들어 있는 포플러 그늘 한구석으로 갔다. 지난 봄소풍 뒤로 앤은 매슈의 무덤을 찾을 때마다 반드시 헤스터의 무덤에도 꽃을 바치고 있었다. 앤은 어젯밤 숲속의 그 버려진 작은 정원에 가서 헤스터가 손수 가꾸었던 흰 장미를 꺾어왔다.

앤은 조용히 속삭였다.

"당신은 다른 어느 꽃보다 이 꽃을 더더욱 좋아할 것 같아요."

앤이 그곳에 앉아 있는데 무덤 위에 사람 그림자가 비쳤다. 올려다보니 앨런 부인이었다. 두 사람은 함께 돌아갔다.

앨런 부인의 얼굴에는 5년 전 신부로서 앨런 목사와 함께 애번리에 왔을 때의 앳된 표정은 더 이상 남아 있지 않았다. 화사한 젊음은 얼마쯤 뒤로 사라지고 눈과 입가에 고결하고도 인내심의 깊이를 나타내는 듯한 주름이 바로 새겨져 있었다. 그 견딤은 이 묘지에 있는 한 작은 애기무덤이 말해 주고 있었다. 그리고 지금은 깨끗이 나았지만 어린 아들이 얼마 전 병을 앓았을 때 또다시 이마에 새로운 주름이 생겼다.

그렇듯이 조금은 변했지만 부인의 사랑스러운 보조개만은 변함없이 웃을 때마다 폭 패어 드러났다. 눈도 늘 맑고 빛났으며 하루하루 성실함이 넘쳐흐르고 있었다. 얼굴에서 처녀다운 아름다움은 가셨으나 한층 더 깊어진 다정함과 굳은 의지는 그것을 보충하고도 남음이 있었다.

묘지를 나오며 부인이 물었다.

"방학이 되어 기쁘죠, 앤?"

앤은 고개를 끄덕였다.

"네, 방학이라는 말을 맛있는 음식처럼 혀 위에 올려놓고 음미하고 있어요. 올여름은 멋있게 지낼 수 있으리라 생각해요. 그 이유 중의 하나는 작가인 모건 부인이 7월에 이 섬으로 오시게 돼서 프리실러가 모셔오겠다고 약속했기 때문이에요. 나는 생각만 해도 옛날처럼 가슴이 두근거리는 걸 느껴요."

"즐겁게 보내길 바래요, 앤. 지난 1년 동안 열심히 애썼고, 모든게 성공적이었으니까요."

"어머나, 그렇지도 않아요. 더 잘할 수 있었는데 아쉬운 일이 한두 가지가 아닌 걸요. 지난 가을에 가르치기 시작할 때 마음먹은 것을 결국 이루지 못했고—미침내 내 이상을 실천하지 못한 셈이에요."

"그건 누구나 다 그래요."

앨런 부인은 한숨을 쉬었다.

"하지만 앤, 시인 로월*1이 말했지요. '후회해야 할 것은 실패가 아니라 목표를 낮게 설정하는 것이다.' 우리는 이상을 세워 놓고 비록 성공을 거두지 못하더라도 그것을 실현하기 위해 노력해야 해요. 이상이 없으면 인생은 비참해요. 그것이 있음으로써 인생은 멋지고 위대한 것이 되니까요. 자신의 목표를 꼭 붙들고 있어야 해요. 앤."

"네, 해보겠어요. 하지만 나는 내 교육이론은 이미 거의 포기하고 말았어요."

앤은 나직이 웃었다.

"내가 선생으로서 출발했을 때에는 지금까지 누구도 생각하지 못했던 훌륭한 이론을 가지고 있었지만, 그 모든 것이 어려운 일이 있을 때마다 도움이 되지 않는다는 걸 깨달았어요."

앨런 부인은 놀리듯 말했다.

"매질에 대한 이론도 말이죠?"

앤은 얼굴을 붉혔다.

"앤서니를 때린 일은 나 스스로도 결코 용서할 수 없어요."

"그런 소리 말아요, 앤. 그건 그 아이가 잘못했기 때문이에요. 게다가 그 애한테는 그것이 좋은 일 아니었어요? 그 아이는 당신처럼 훌륭한 선생님은 어디에도 없을 거라고 생각하고 있어요. 그 완고한 머리 속에서 '여자는 틀렸다'는 편견을 쫓아내 버렸으니 앤의 친절이 그 아이의 마음에 통한 거지요."

"만일 내가 냉철하게 생각한 끝에 앤서니를 때리는 것이 옳은 일이라고 판단했었다면 이토록 기분이 언짢지는 않을 거예요. 솔직히 말해서 그때 나는 화가 치밀어 때렸어요. 그것이 옳은 일인지 부당한 일인지를 생각하지 않았어요. 앤서니에게 억울한 일이었다 하더라도

---

*1 하버드 대학 출신의 미국 시인.

역시 나는 그렇게 했을 거예요. 그것을 생각하면 나는 부끄러워서 견딜 수가 없어요."

"우리들 인간은 모두 실수를 저지르며 살고 있어요, 앤. 그러니 그 일은 이제 잊도록 해요. 우리는 잘못을 뉘우치고 그것을 교훈으로 삼아야 하지 언제까지나 그 실수에서 헤어나오지 못하는 건 좋지 않아요. 어머나, 길버트가 자전거를 타고 가는군요. 역시 방학이 돼서 집으로 돌아왔나보죠? 두 사람의 공부는 어떻게 되었죠?"

"꽤 잘 되어가고 있어요. 오늘 밤 우리는 베르길리우스의 시를 끝내기로 되어 있죠. 남은 것은 겨우 20행뿐이니까요. 그리고는 9월까지 공부하지 않기로 했어요."

"어때요? 대학에 갈 수 있을 것 같아요?"

"글쎄요, 아직 잘 모르겠어요."

앤은 저 멀리 무지개처럼 빛나고 있는 지평선을 꿈꾸듯 바라보았다.

"머릴러의 눈은 지금보다 더 좋아지지는 않을 거라고 해요. 그래도 더이상 나빠지지 않을 거라는 말을 듣고 우리는 무척 기뻐하고 있어요. 게다가 귀여운 쌍둥이들도 있고. 아무래도 그 아이들의 외숙부가 데려가줄 것 같지가 않아요. 아, 대학은 저 길모퉁이를 돌면 바로 가까이 있을지도 모르겠어요. 하지만 아직 그 길모퉁이에 이르지 않았으니 뒷일은 생각하지 않기로 했어요. 그렇지 않으면 초조해지고 말 테니까요."

"나는 앤이 대학에 갈 수 있기를 바라고 있어요. 하지만 못 가게 되더라도 실망해서는 안 돼요. 결국 우리는 어떤 처지에 놓이든 반드시 자기가 원하는 인생을 쌓아나가기 마련이니까요. 대학은 그저 그것을 좀더 쉽게 해줄 따름이지요. 그 인생이 넓고 풍요로운 것이 되느냐 아니면 좁고 괴로운 것이 되느냐는 우리가 인생으로부터 받는 것이 아니라 우리가 무엇으로 채우느냐에 달려 있어요. 이곳에서는—

이곳뿐만 아니라 다른 곳에서도 그렇죠—풍요롭고 충실한 열매를 맺어야 해요. 우리가 그 풍성한 인생을 향해 어떻게 마음을 열어야 하는지를 알기만 한다면 말이에요."

"그 말뜻을 알 수 있을 것 같아요."

앤은 잠시 생각에 잠겨 있었다.

"더구나 지금도 감사해야 할 일이 많다는 것도 알고 있어요…… 너무너무 많아요…… 나의 일, 폴 어빙, 귀여운 쌍둥이들, 그리고 친구들 모두. 나는 우정만큼 고마운 것은 없다고 생각해요. 우정은 인생을 따뜻하고도 아름답게 해주거든요."

"진정한 우정은 정말 고마운 것이죠. 우리는 높은 이상을 가진 우정을 추구해야 하고 조금이라도 진실함과 성실함을 잃어버렸다 해서 그 우정을 흐리게 해서는 안 돼요. 우정이라는 이름만 빌렸을 뿐 진정한 우정과는 동떨어져서 그저 친하기만 한 경우가 많은 건 안타까운 일이에요."

"그래요—거티 파이와 줄리어 벨처럼 말이죠. 두 사람은 아주 친해서 어디든지 함께 가지만 거티는 줄리어가 없는 곳에서는 늘 줄리어에 대한 험담을 해요. 그리고 누군가가 줄리어에 대해 나쁘게 말하면 굉장히 좋아하니까 모두들 거티가 줄리어를 샘내고 있다고 생각해요. 그런 것을 우정이라고 부른다면 그야말로 모독이에요. 만일 친구를 가지려면 그 친구의 좋은 점만 보고 자기의 소중한 것을 주도록 애쓰는 것이 옳은 일 아니겠어요? 그렇게 하면 우정이야말로 이 세상에서 가장 아름다운 것이 될 거예요."

"우정은 확실히 참으로 아름다운 거예요. 하지만 언젠가는……"

말을 이으려다가 앨런 부인은 문득 미소를 지으며 입을 다물었다.

앨런부인의 옆에서 천진난만한 눈을 빛내며 풍부한 표정을 하고 있는 앤은, 햇볕에 그을리고 섬세한 얼굴을 보면 아가씨라기보다는 아직도 소녀티가 고스란히 남아 있었다.

앤의 마음은 아직 우정과 장래에 대한 포부만을 꿈꾸고 있었다. 앨런 부인은 아직 아무것도 모르고 있는 앤의 마음을 일깨워서 그 무언가에 눈뜨게 하는 것은 그만두기로 했다. 부인은 나머지 말은 좀더 세월이 흐른 다음에 하기로 했다.

기쁜 소식

그린게이블즈 부엌에서 앤이 편지를 읽고 있는데, 데이비가 앤이 앉아 있는 광택 나는 가죽 의자로 기어오르더니 하소연하듯 말했다.

"앤 누나, 나 엄청 배고파. 얼마나 고픈지 누나는 모를 거야."

앤은 건성으로 대답했다.

"그래, 곧 버터 바른 빵을 줄게."

편지에 뭔가 멋진 내용이 적혀 있다는 것은 앤의 표정을 보면 알 수 있었다. 앤의 볼은 뜰에 핀 장미꽃처럼 발그스름하고 눈은 한껏 빛나고 있었다.

데이비는 입을 뾰족이 내밀며 말했다.

"하지만 버터 바른 빵을 먹고 싶어서 배고픈 게 아니라 건포도 케익을 먹고 싶어서 그런 거야."

앤은 웃음을 터뜨리며 편지를 놓고 데이비를 꼭 끌어안았다.

"어머, 그래? 그래서 배고픈 거라면 얼마든지 참을 수 있겠구나, 데이비. 식사와 식사 사이에는 버터 바른 빵 말고는 안 된다고 아주머니가 말했잖니."

"그럼, 빵이라도 줘…… 주세요."

겨우 데이비도 부탁할 때 경어를 쓰게 되었는데, 언제나 잊어버리고는 나중에 갖다 붙이곤 했다.

이윽고 앤이 두껍게 자른 빵을 가져오자 데이비는 씨익 웃으며 만족한 표정을 지었다.

"누나는 늘 버터를 듬뿍 발라줘서 좋아. 아줌마는 엷게 바르거든. 버터가 많은 것이 쭉쭉 뱃속에 더 잘 미끄러져 들어가는데 말이야."

빵이 금방 사라진 것을 보면 정말 쉽게 미끄러져 들어간 듯했다.

데이비는 물구나무서서 안락의자에서 내려와 카펫 위에서 두 번 재주넘기를 하고 벌떡 일어나더니 딱 잘라 선언했다.

"앤 누나, 천국에 대해서 결정했는데, 나는 가지 않기로 했어."

"어째서?"

앤이 진지한 표정으로 물었다.

"저, 천국은 사이먼 플레처의 다락방에 있는데, 난 사이먼 플레처를 좋아하지 않거든."

"천국이 사이먼 플레처의 다락방에 있다고?"

앤은 어이가 없어 웃는 것도 잊어버릴 지경이었다.

"데이비, 대체 어디서 그런 터무니없는 얘기를 들었니?"

"밀티 볼터가 그렇게 말했어. 지난 일요일 주일학교에서 엘리야와 엘리사에 대해 배울 때, 내가 일어서서 로저슨 선생님에게 천국은 어디 있느냐고 물었어. 그랬더니 선생님은 몹시 성난 얼굴을 했어. 그전부터 기분이 나빴었지. 엘리야가 천국에 갈 때 엘리사에게 무엇을 주고 갔느냐고 우리에게 물었을 때 밀티 볼터가 '헌 옷'이라고 대답해서 모두들 아무 생각없이 와 하고 웃었거든.

웃고 난 다음에야 잘못했다는걸 알았어. 무엇이든 잘 생각해 보고 말해야 하는데. 하지만 밀티는 일부러 선생님을 화나게 할 생각이 아니었어. 맞는 표현이 얼른 생각나지 않았을 뿐이야.

로저슨 선생님은 천국은 하느님이 계시는 곳입니다, 하신 뒤 나에게 그런 것을 물으면 못쓴다고 하셨어. 그러자 밀티가 나를 쿡쿡 찌르면서 나직한 목소리로 천국은 사이먼 아저씨의 다락방에 있어, 이따가 가면서 설명해주겠다 했어. 집으로 돌아오면서 말해주었는데 밀티는 정말 설명을 잘해. 아무 것도 모르는 일에 대해서도 이것저것 생각해서 자세히 이야기해줘.

밀티의 엄마와 플레처 아줌마는 자매여서 사촌동생 제인 앨런이 죽었을 때 밀티는 어머니를 따라 장례식에 갔었대. 목사님은 제인 앨런이 관 속에 들어가 사람들 앞에 있는데도 제인은 천국에 갔다고 하더래. 나중에 사람들은 그 관을 다락방에 갖다 놓았대.

장례식이 끝난 뒤 밀티가 엄마와 함께 모자를 가지러 2층에 갔을 때 천국은 어디 있느냐고 물었더니 엄마는 천장을 가리키며 저기라고 가르쳐 줬대. 천장 위에는 다락방밖에 없다는 것을 밀티는 알고 있었거든. 그래서 천국이 어디에 있는지 알았다는 거야. 그 뒤부터 사이먼 아저씨 집에 가는 것이 굉장히 무섭다고 했어."

앤은 데이비를 무릎 위에 앉히고 열심히 신학의 미로에서 빠져나오게 해주었다. 이런 일은 앤이 머릴러보다 훨씬 잘했다. 자기의 어린시절을 잘 기억하고 있으므로 어른에게는 아무 것도 아닌 단순한 일이지만 7살 된 아이로서는 기상천외한 답을 내린다는 것을 쉽게 이해할 수 있었다.

겨우 천국이 사이먼 플레처의 다락방에 있는 것이 아니라는 것을 데이비에게 납득시켰을 때 뜰에서 도러와 함께 완두콩을 따고 있던 머릴러가 들어왔다.

어리면서도 부지런한 도러는 그 작은 고사리 같은 손으로 할 수 있는 일이라면 뭐든지 기쁜 마음으로 기꺼이 도와주려 했다. 병아리에게 모이를 주고 불쏘시개로 쓸 나뭇가지를 주워오고 접시를 닦거나 심부름을 하기도 했다. 꼼꼼하고 헌신적이며 조심성이 많았다. 한번 가르쳐주면 절대로 잊는 법이 없었고 시키는 일은 아무리 사소한 것이라도 소홀히 하지 않았고 차근차근 해냈다.

이에 비해 데이비는 덜렁거리고 잊어버리기를 잘했지만 선천적으로 사람 마음을 끄는 데가 있었다. 그래서 앤과 머릴러는 데이비를 더 좋아했다.

도러가 신이 나서 완두콩을 까고 데이비가 콩깍지에 성냥 돛대를 세우고 종이 돛을 달아 보트를 만들고 있는 동안, 앤은 반가운 소식이 씌어진 편지 내용을 머릴러에게 이야기했다.

"아, 머릴러, 뭔지 아세요? 프리실러로부터 편지가 왔어요. 모건 부인이 벌써 섬에 오셨대요. 목요일에 날씨가 좋으면 애번리에 12시쯤 도착한대요. 오후를 우리와 함께 보내고 저녁에는 화이트 샌즈 호텔로 가신대요. 호텔에 모건 부인의 미국인 친구들이 묵고 있거든요. 아, 머릴러, 굉장한 소식이죠? 꿈을 꾸고 있는 것 같아요."

"모건 부인도 여느 사람과 다를 바 없을 텐데."

머릴러는 아무렇지도 않은 듯 대꾸했지만 사실은 그녀도 가벼운 흥분을 느끼고 있었다. 모건 부인은 유명한 사람이며 그런 사람의 방문을 받는 일은 좀처럼 없었기 때문이다.

"그럼, 우리집에서 점심을 들겠지?"

"네, 그래요. 식사준비는 전부 나한테 맡겨주면 안될까요? 비록 식사준비에 지나지 않지만 《장미원》의 작가를 위해 뭔가 해드렸다는 보람을 느끼고 싶어요. 괜찮죠?"

"이 7월 무더위 속에서 아궁이 앞에 있고 싶은 사람이 어디 있겠니? 그런 사람이 있다면 한번 만나보고 싶구나. 얼마든지 그러렴."

앤은 머릴러가 소원을 이루어주기라도 한 듯 팔짝 뛰며 기뻐했다.

"어머나, 정말 고마워요. 오늘 밤 당장 메뉴를 짜야겠어요."

"너무 거창하게 차리지 않는 편이 좋을 거야. 안 그러면 틀림없이 실패할 테니까."

메뉴라는 어마어마한 말에 머릴러는 겁을 냈다.

앤은 절대로 그러지 않겠다고 약속했다.

"어마, 거창하게 차리긴요. 축제날에 차리는 것 말고는 더 만들지 말라는 뜻이죠? 나는 17살이나 되었고 학교 선생님이 그렇게 했다간 겉모양만 꾸미는 게 될 뿐인걸요. 아직 분별력이 모자라고 실수도 많이 한다는 걸 스스로도 잘 알고 있어요.

그런 일을 할 만큼 바보는 아니에요. 하지만 모든 것을 되도록 멋있고 고상하게 하고 싶어요. 데이비, 콩깍지를 층계에 버리면 안 돼, 누가 미끄러져 넘어지면 위험하니까. 처음에 가벼운 수프부터 시작하면 어떨까요…… 나는 양파 크림 수프를 잘 만들잖아요…… 그리고 구운 닭고기, 안타깝지만 하얀 수탉을 두 마리 잡아야겠어요. 그 닭들은 참 귀엽지만 말이에요. 내 애완동물이었으니까.

회색 암탉이 저 두 마리만 깠을 때부터 내내…… 노란 솜털공처럼 보였죠. 하지만 그 닭들도 언젠가는 제물이 되어야 할 운명인 걸요. 오늘같은 날을 위해서라면 제물이 되는 보람도 있지 않을까요? 하지만 머릴러, 나는 죽일 수 없어요. 아무리 모건 부인을 위해서라지만 말이에요. 존 헨리 카터에게 잡아 달라고 해야겠어요."

데이비가 나섰다.

"내가 할게. 아줌마가 닭다리를 눌러주기만 하면 나도 할 수 있어. 나는 도끼를 쥐려면 두 손을 써야 하니까. 닭은 목이 잘린 뒤에도 콩콩 뛰어다니는 게 재미있어."

"그리고 완두콩과 누에콩과 감자 크림 수프와 상추 샐러드를 내놓고 디저트로는 레몬 파이에 거품을 일으킨 부드러운 크림을 얹은 것과 커피와 치즈와 손가락 비스킷이 좋겠어요. 내일은 파이와 손가락 비스킷을 만들고 하얀 모슬린 옷을 손질하겠어요.

다이애너에게도 오늘밤 말하겠어요. 그 애도 옷을 준비해야 하니까요. 모건 부인의 여주인공들은 언제나 거의 하얀 모슬린 옷을 입고 있어요. 모건 부인을 만나게 되면 우리도 그렇게 하자고 다이애너와 약속해 두었었죠. 이야말로 진심어린 환영의 표시가 아니겠어요?
데이비, 콩깍지를 마루 틈새로 밀어 넣으면 못써. 앨런 내외분과 스테이시 선생님도 초대하겠어요. 모건 부인을 무척 만나보고 싶어하거든요. 마침 스테이시 선생님이 계셔서 참 다행이에요.
데이비, 착하지. 콩깍지를 양동이 물에 띄우지 마라. 차라리 밖에 있는 커다란 물통에 띄워. 아, 목요일에 날씨가 좋아야 할 텐데요. 틀림없이 활짝 갤 거예요. 어젯밤 에이브 아저씨가 해리슨 씨네에 가서 이번 주에는 죽 비가 온다고 예언했으니까요."
머릴러는 자신있게 힘주어 말했다.
"그렇다면 희망이 있어."
그날 밤 앤은 '언덕의 과수원'으로 달려가 다이애너에게 기쁜 소식을 알려주었다. 다이애너도 앤 못지않게 흥분했으며, 두 사람은 배리 씨네 뜰의 커다란 버드나무 밑에서 흔들리는 해먹 위에 앉아 이 문제를 이야기했다.
"부탁이야 앤, 나도 요리 만드는 일을 돕게 해줘. 내가 상추 샐러드를 잘 만드는 걸 알고 있지?"
물론 앤은 혼자만 독차지하고 싶은 마음은 없었다.
"좋고말고. 장식도 도와줘. 응접실을 온통 꽃으로 가득 찬 정원으로 만들고 싶으니까. 식탁에는 들장미를 꽂자. 모든 일이 잘되면 얼마나 좋을까. 모건 부인의 여주인공들은 모두 아무리 역경에 처해도 절대로 당황하거나 쩔쩔매지 않아. 늘 침착하고 집안일도 척척 해내지. 처음부터 훌륭한 주부로 태어났나봐. 그 《에지우드 시절》의 거트루드는 8살 때 벌써 집안일을 하며 아버지 시중을 들었잖니.
내가 8살 때는 아이를 돌보는 것밖에는 할 줄 아는 게 아무것도 없었어. 모건 부인이 아가씨들에 대해 그렇게 많이 쓰는 것을 보면 처녀들에 대해 속속들이 잘 아는 것이 분명해. 우리들에 대해서도 좋게 생각해 주었으면 하는데. 나는 그분에 대해 여러 가지로 상상해 봤어. 모건 부인이 어떤 분인지, 만나면 어떤 말을 할지, 나는 뭐라고 말하면 좋을까?……벌써 열두 가지도 넘게 상상해 봤지.

내 코의 주근깨가 걱정이야. 봐, 일곱 개나 있지? 지난번 개선회 소풍 때 모자를 쓰지 않고 햇빛 속을 걸어 다녔기 때문이야. 이 정도 가지고 신경을 쓰다니. 옛날처럼 온 얼굴에 퍼져 있지 않으니 고맙게 여겨야겠지만 그래도 싹 없어졌으면 좋겠어. 모건 부인의 여주인공들은 모두 나무랄 데 없는 뽀얀 피부를 가지고 있거든. 주근깨가 있는 여주인공은 한 사람도 떠오르지 않아."

다이애너가 위로했다.

"네 주근깨는 그리 눈에 안 띄어. 오늘 밤 레몬 주스를 좀 발라보렴."

다음날 앤은 파이와 손가락 비스킷을 만들고 하얀 모슬린 옷을 언제라도 입을 수 있도록 손질하고 온 집안을 청소했다. 그럴 필요는 전혀 없었지만 말이다.

그린게이블즈는 언제나 머릴러가 만족할 때까지 깨끗이 정돈해 두고 있었다. 그러나 앤은 샬럿 E. 모건 부인의 방문을 받는 명예로운 집에 티끌 하나라도 떨어져 있으면 실례라고 여겨 층계 밑 잡동사니를 넣어두는 반침까지 모조리 청소했다. 모건 부인이 그 안을 들여다볼 리 만무한데도 고집을 꺾지 않았다.

앤은 머릴러에게 설명했다.

"나는 하나에서 열까지 차분히 정돈된 기분으로 그 분을 맞이하고 싶어요. 모건 부인의 《황금열쇠》에 나오는 두 여주인공인 앨리스와 루이저는 롱펠로(미국 시인)의 시를 자기들의 좌우명으로 삼고 있어요. 바로 이런 시예요.

그 옛날의 목수는
눈에 보이지 않는 구석구석까지
정성을 다해 손질했다

Chang.Kye

신들은 어떤 흠도 훤히 들여다보시므로

그래서 두 사람은 늘 지하실 층계도 윤이 나게 닦고 침대 밑을 청소하는 것도 잊지 않았어요. 모건 부인이 오셨을 때 층계 밑의 반침이 지저분하면 나는 꺼림칙할 거예요. 지난 4월 《황금열쇠》를 읽고 다이애너와 나도 그 시를 좌우명으로 삼아 살기로 했어요."

그날 밤 존 헨리 카터와 데이비 두 사람이 하얀 수탉 두 마리의 사형집행을 거행했고 앤은 사정없이 깃털을 뽑았다. 여느 때라면 아주 싫은 일이었지만 이 살찐 닭의 사명을 생각하면 그 일마저도 거룩하고 영광스러운 일처럼 여겨졌다.

앤은 머릴러에게 말했다.

"나는 닭털 뽑는 것을 좋아하지 않지만 무슨 생각을 하든 상관없이 손이 저절로 움직여 주어서 참 다행이에요. 손은 부숭부숭 난 털을 뽑아도 마음은 은하수를 헤매고 다닐 수 있거든요."

"그래서 평소보다 털을 여기저기 더 어질러 놓았구나."

머릴러가 한마디 했다.

그 일이 끝나자 앤은 데이비를 침대에 눕히며 내일은 더욱 얌전히 있겠다고 약속하게 했다.

"만일 내가 내일 하루 종일 착하고 또 착하게 놀면 그 다음날 마음껏 나쁜 아이가 되어도 좋아?"

데이비가 묻자 앤은 신중하게 대답했다.

"그건 안 돼. 하지만 너와 도러를 호수에 데려가 보트를 태워줄게. 그리고 끝까지 저어가서 모래언덕에 올라가 도시락을 먹자."

"그렇다면 약속하겠어. 나 꼭 착하게 놀게. 사실은 해리슨 아저씨네에 가서 새로 만든 딱총으로 진저를 쏘려고 했는데, 그건 다음날로 미루겠어. 착하게 노는 건 일요일처럼 재미없는 일이야. 대신에 호숫가에서 도시락을 먹을 수 있으니까 꼭 참아야지."

기다리던 날

그날 밤, 앤은 세 번이나 잠이 깨었다. 그때마다 에이브 아저씨의 예보가 맞지 않나 창가로 가서 하늘을 보았다. 이윽고 진줏빛 새벽이 찾아오고 하늘이 은빛으로 빛나기 시작하더니 화창한 하루가 다가왔다.

아침식사가 끝나자 곧 다이애너가 한 손에 꽃바구니를, 다른 한 손에 자기의 하얀 모슬린 옷을 안고 왔다. 모슬린 옷은 식사준비가 끝나기 전에는 입을 수 없기 때문이었다. 지금은 핑크빛 무늬가 염색된 외출복을 입고 깜짝 놀랄 만큼 주름장식이 많이 달린 대마직 앞치마를 두르고 있었다. 아주 산뜻하고 귀여웠으며 장밋빛으로 빛나고 있었다.

"정말 예쁘다, 다이애너."

앤이 감탄하여 소리를 지르자 다이애너는 한숨 쉬며 말했다.

"하지만 옷마다 품을 늘려야 했단다. 7월부터 지금까지 몸무게가 4파운드나 늘었어. 앤, 이대로 가다간 내 몸이 어떻게 될까? 모건 부인의 여주인공들은 모두 키가 크고 날씬한데 말이야."

"걱정하지 마. 고민거리는 잊어버리고 행복한 일만 생각하자. 목사님 부인이 말씀하셨어. 괴로운 일이 있어서 우울할 때에는 그것을 날려보낼 수 있는 즐거운 일을 생각하라고 말이야. 네가 아무리 통통하다 해도 아무한테도 없는 귀여운 보조개가 있잖니. 나도 코에 주근깨는 있지만 비교적 어제보단 괜찮은 거 같아. 레몬 주스 효과가 조금은 있었을까?"

"응, 효과가 아주 좋았던 것 같다."

다이애너의 말에 기분이 좋아진 앤은 앞장서서 뜰로 나갔다. 뜰에는 여기저기 서늘한 나무그늘이 있고 황금빛 광선이 흔들리고 있었다.

"우선 응접실부터 꾸미자. 시간은 충분해. 프리실러는 12시나 늦어도 12시 30분에 도착한다고 했으니 1시에 식사하도록 하자."

그 시간에 캐나다와 미국에도 설레임으로 가슴이 부푼 행복한 아가씨들이 얼마든지 있었을 테지만, 이때의 앤과 다이애너보다 더한 사람은 아무도 없었으리라. 꽃 자르는 가위 소리가 맑고 또렷하게 울려 퍼지고 장미며 작약이며 초롱꽃이 잘릴 때마다 '모건 부인이 오늘 오신다'라고 노래를 부르는 것 같았다. 앤은 해리슨 씨가 오솔길 저쪽 밭에서 마른풀을 베고 있는 것을 보고 어쩌면 저토록 아무 일도 일어나지 않을 것처럼 풀을 벨 수 있을까 생각했다.

그린게이블즈 응접실은 어쩐지 다가가기 어려운 음울한 분위기의 방으로, 빳빳한 말털깔개며 풀먹인 레이스 커튼이며 먼지를 막기 위한 하얀 의자덮개 등이 있었다. 의자덮개는 언제나 똑바로 씌워져 있고 더러는 운 나쁘게 누군가의 단추가 엉뚱한 곳에 걸려 있거나 비뚤어지는 정도였다. 앤이 아무리 우아한 분위기를 불어넣고 싶어도 머릴러가 이 방만큼은 조금의 변화도 허용하지 않았으므로 앤도 손대지 못하고 있었다.

그러나 그 방을 꽃으로 장식했을 뿐인데 얼마나 아름답게 달라졌는가! 앤과 다이애너가 응접실 장식을 끝마치자 이것이 과연 그 방이었던가 할 만큼 달라졌다.

반들반들하게 닦은 탁자 위에는 커다란 푸른 화분에 까마귀밥나무꽃이 넘쳐흐르도록 영롱하게 피어 있었다. 광택이 나는 검은 벽난로 선반에는 장미꽃과 풀고사리가 산처럼 꽂혀 있었다. 방안의 선반이라는 선반에는 모두 초롱꽃이 놓이고 벽난로의 어두운 양 옆 구석은 화사한 붉은색 작약으로 불타오르고 있었으며, 가운데 철망에는 노란 양귀비꽃이 활짝 피어 밝아졌다. 이 갖가지 빛깔의 꽃과 더불어 창문에 얽혀 있는 인동덩굴 사이로 햇살이 비쳐들어 벽이며 바닥 위에 춤추는 잎이 그림자를 던져 여느 때는 음울한 이 작은 방이 앤이 상상하고 있던 정원으로 변해 있었다.

뭔가 트집을 잡으려고 온 머릴러조차도 그대로 우뚝 서서 찬사를 보낼 정도였다.

앤이 신을 찬양하는 신성한 의식을 행하려는 여사제 같은 목소리로 말했다.

"자, 이젠 식탁준비를 할까? 가운데에는 큰 꽃병에 들장미를 잔뜩 꽂아 놓고 각자의 접시 앞에는 장미를 한 송이씩 놓자. 그리고 모건 부인에게만은 따로 장미꽃다발을 놓는 거야. 《장미원》을 나타내기 위해서 말이지."

식탁은 거실에 갖다 놓고 머릴러가 가장 아끼는 대마직 식탁보와 가장 좋은 접시, 컵, 유리그릇, 은스푼과 포크를 놓았다. 거기 놓인 것은 모두 한결같이 반짝반짝 빛나고 있어서 정성스럽게 닦은 손길을 한눈에 알 수 있었다.

그 다음 부엌으로 가자 화덕에서는 맛있는 냄새가 물씬물씬 풍겨나오고 닭이 벌써 지익지익 소리를 내며 구워지고 있었다. 앤은 감자를, 다이애너는 완두콩과 누에콩을 손질하기 시작했다. 다음에 다이애너는 상추 샐러드를 만들기 위해 식료품실로 갔고, 앤은 화덕의 열기와 흥분 때문에 벌써 얼굴이 발갛게 달아올랐지만 아랑곳하지 않았다. 앤은 닭고기에 끼얹을 브레드 소스를 만들고 수프에 넣을 양파를 잘게 썰었으며 마지막으로 레몬 파이의 크림에 거품을 일으켰다.

그런데 그동안 데이비는 무엇을 하고 있었을까? 과연 착한 아이가 되겠다는 약속을 지키고 있었을까? 다행히 데이비는 약속대로 하고 있었다. 부엌에서 무슨 일을 하는지 전부 보고 싶다며 고집을 부리기는 했지만 조용히 한구석에 앉아 지난번 바닷가에서 주워온 청어 잡는 그물의 매듭을 푸느라고 정신이 없었기 때문에 아무도 그것을 말리지 않았다.

11시 30분에는 싱싱한 상추 샐러드가 다 되었고 둥근 황금빛 파이 위에는 거품을 일으킨 크림이 얹어졌으며 모든 것이 노릇노릇 익어가고 있었다.

앤이 말했다.

"이제 옷을 갈아입어야겠어. 손님들이 12시에 도착할지도 모르니까. 식사는 정확하게 1시에 해야 돼. 수프는 완성되는 대로 바로 내와야 맛있거든."

동쪽 방에서는 옷갈아 입는 의식이 아주 엄숙하게 진행되었다. 앤은 걱정스러운 듯이 거울에 코를 비춰보고 주근깨가 하나도 눈에 띄지 않자 레몬 주스 덕분인지 아니면 뺨이 붉어진 때문인지 모르지만 아무튼 기뻐했다. 모든 준비를 끝낸 두 사람은 '모건 부인의 어느 여주인공'에게도 지지 않을 만큼 아름답고 사랑스러운 아가씨들로 보였다.

다이애너가 걱정스러운 듯이 말했다.

"나도 그저 벙어리처럼 앉아 있지만 말고 이따금 대화에 끼어들고 싶어. 모건 부인의 여주인공은 모두 말솜씨가 좋은데 나는 말도 못하고 바보 같은 얼굴을 하고 있을 것 같아. 게다가 틀림없이 '그렇지만……'이라는 말이 튀어나올 거야.

스테이시 선생님이 이곳 학교에 온 뒤부터 그 말을 그리 쓰지 않게 됐지만 긴장하면 불쑥 튀어나와. 앤, 만일 모건 부인 앞에서 '그렇지만'이라는 말이 툭 튀어나오면 부끄러워 어떡하지? 아무 말도 못하고 있는 것만큼이나 창피한 일이야."

"나도 여러 가지 일이 염려스럽지만 이야기를 못할 걱정은 안 해도 될 것 같아."

확실히 앤이 말한 대로였다.

앤은 모슬린 옷 위에 커다란 앞치마를 두르고 수프를 만들기 위해 아래층으로 내려갔다. 머릴러는 자신과 쌍둥이의 몸차림을 끝마치고 그녀답지 않게 들뜬 표정을 짓고 있었다.

12시 30분이 되자 앨런 부부와 스테이시 선생님이 왔다. 모든 일이 순조롭게 진행되었으나 앤은 걱정스러워졌다. 이미 모건 부인과 프리실러가 도착했어야 할 시간이었던 것이다. 앤은 '푸른 수염' 이야기에 나오는 자기와 같은 이름의 주인공 앤이 탑의 창문으로 밖을 내다보았듯이 몇 번이나 문으로 나가서 오솔길 쪽을 바라보았다.

"만일 오시지 않으면 어떡하지?"

앤이 가련한 목소리로 말했다.

"그럴 리 없어. 그렇다면 너무하시는 거지."

그렇게 말하기는 했지만 다이애너도 불길한 예감을 품기 시작하고 있었다.

머릴러가 응접실에서 나왔다.

"앤, 스테이시 선생님이 배리 할머니의 도자기 접시를 보고 싶다는구나."

앤은 반침에서 접시를 꺼내왔다. 린드 부인에게 약속한 대로 샬럿타운의 배리 할머니에게 접시를 빌려 달라고 편지보냈더니 앤의 옛 친구로서 할머니는 20달러나 주고 산 것이니 조심해서 다뤄주기 바란다는 편지와 함께 곧 보내주었다. 접시는 바자 만찬회에서 임무를 다하고 그린게이블즈의 반침으로 돌아왔다. 남에게 맡기지 않고 앤이 직접 돌려주러 갈 생각이었다.

손님들이 현관에서 작은 강에서 불어오는 바람을 쐬고 있었으므로 앤은 그곳으로 조심스럽게 접시를 가져갔다. 모두들 감탄하며 접시를 돌려본 뒤에 접시가 앤의 손으로 돌아온 순간 부엌 쪽에서 쨍그랑! 드르륵! 하는 요란스러운 소리가 났다. 머릴러와 다이애너가 벌떡 일어나 달려갔고 앤도 소중한 접시를 층계 두 번째 단에 놓고 뒤따라갔다.

부엌으로 가니 보기에도 비참한 광경이 눈에 들어왔다. 큰 죄를 지은 사람 같은 얼굴을 한 데이비가 식탁에서 기어내려오는 중이었다. 깨끗한 사라사 웃옷이 노란 크림으로 뒤범벅되어 있었고 식탁 위에는 그 먹음직스럽던 두 개의 레몬 파이가 뭉개져 끔찍한 모습으로 널려 있었다.

데이비는 청어 잡는 그물을 풀어서 실처럼 감아 공으로 만들었다. 그것을 부엌 안쪽의 식료품실에 가서 탁자 위 선반에 올려놓으려고 했다. 선반 위에는 이미 그런 공이 스무 개쯤 얹혀 있었는데, 보아하니 가지고 싶은 욕망을 만족시키는 일 말고는 아무런 쓸모도 없는 것 같았다. 선반에 손이 닿으려면 데이비는 탁자 위로 올라가서 위태로운 자세를 해야만 하는데, 전에도 한번 그렇게 했다가 큰일날 뻔하여 머릴러가 못하게 단단히 주의를 준 적이 있었다. 이번에는 그때와는 비교도 할 수 없을 정도로 더 처참한 결과를 내고 말았다.

데이비는 발이 미끄러져 레몬 파이 바로 위에 그대로 엉덩방아를 찧고 만 것이다. 깨끗한 웃옷은 차마 눈뜨고 볼 수 없는 꼴이 되었고 파이는 깡그리 망가지고 말았다. 사고뭉치 데이비의 실수로 기뻐한 것은 꿀꿀거리는 돼지뿐이었다.

머릴러가 데이비의 어깨를 흔들며 소리쳤다.

"데이비! 그 식탁에 두 번 다시 올라가지 말라고 했잖니?"

데이비는 울먹거리며 말했다.

"잊어버렸어. 아줌마가 하지 말라는 것이 너무 많아서 다 욀 수가 없었어."

"좋아. 식사가 끝날 때까지 2층에 올라가서 내려오지 마. 그때까지는 머릿속이 정리되어 생각이 날지도 모르니까. 아니야, 앤, 편들지 마. 이 아이에게 벌주는 것은 네 파이를 망가뜨렸기 때문이 아니다. 그것은 실수였으니까. 그보다도 말을 듣지 않아서 벌주는 거야. 자, 데이비, 어서 2층으로 올라가."

데이비는 울음을 터뜨렸다.

"점심은 안줘?"

"우리가 식사를 마친 다음 내려와 부엌에서 먹도록 해."

데이비는 조금 마음놓은 듯이 말했다.

"그럼, 됐어. 앤 누나가 맛있는 고기를 놔두었다가 줄 테니까. 그렇지, 누나? 나는 파이 위에 떨어질 생각은 조금도 없었어. 앤 누나, 파이는 이제 쓸 수 없게 되었으니까 조금만 2층으로 가져가도 돼?"

머릴러는 데이비를 홀 쪽으로 내몰았다.

"안 돼. 레몬 파이는 없어, 데이비."

"디저트를 어떻게 하죠?"

앤은 망가진 파이를 아까운 듯이 바라보았다.

"딸기 설탕절임 단지를 가져오너라. 그 속에 아직 휘핑크림*[1]이 많이 남아 있을 게다."

1시가 되었다—프리실러와 모건 부인은 아직 나타나지 않았다. 앤은 안절부절 어쩔 줄 몰라했다. 음식은 더없이 잘되었고 수프도 나무랄 데 없었지만 이대로 계속 두면 맛이 어떻게 될지 장담할 수 없었다.

머릴러가 언짢은 표정을 지었다.

---

*1 거품을 많이 낸 생크림.

"역시 안 오시는 게 아니냐?"

앤과 다이애너는 눈짓으로 서로를 위로했다.

1시 30분이 되자 머릴러가 다시 응접실에서 나와 말했다.

"이제 식사를 해야겠다. 모두 배고픈 데다 더 이상 기다려봐야 소용없어. 프리실러와 모건 부인은 안 오시는 게 분명해. 아무리 기다려도 헛수고야."

앤과 다이애너는 식사준비를 했으나 음식을 만들었을 때의 열의는 멀리 사라지고 없었다.

다이애너가 슬픈듯이 말했다.

"나는 한입도 못 먹을 것 같아."

앤도 힘없이 대답했다.

"나도야. 하지만 스테이시 선생님과 앨런 목사님 내외분이 계시잖니? 멋진 식사가 되었으면 좋겠어."

다이애너는 완두콩을 접시에 담으며 조금 맛을 보더니 묘한 표정을 지었다.

"앤, 완두콩에 설탕을 넣었니?"

앤은 의무를 다할 뿐이라는 태도로 감자를 으깨고 있었다.

"응, 한 숟가락 넣었어. 우리집에서는 늘 그렇게 해. 그 맛이 마음에 안 드니? "

"그게 아니야, 스토브에 올려놓을 때 나도 한 숟가락 넣었어."

앤은 감자를 으깨던 손을 멈추고 자기도 맛을 보더니 금방 얼굴을 찌푸렸다.

"어머나, 어떡하지! 네가 설탕을 넣을 줄 몰랐어. 너의 어머니는 넣지 않는다는 걸 알고 있었거든. 여느 때라면 잘 잊어버리는데 오늘은 용케 생각이 났단다. 그래서 한 숟가락 집어넣었지."

두 사람의 이야기를 듣고 있던 머릴러가 멋쩍은 듯한 얼굴로 말했다.

"사공이 많으면 배가 산으로 간다더니 요리사가 너무 많았어. 네가 틀림없이 안 넣을 줄 알고 나도 한 숟가락 넣었단다. 넌 언제나 잊어버렸으니까."

응접실의 손님들은 부엌에서 흘러나오는 요란스러운 웃음소리를 들었지만 무엇이 그토록 우스운지는 알지 못했다. 그날 식탁에 완두콩은 끝내 나타나지 않았다.

다시 정신을 차린 앤이 한숨을 쉬며 말했다.

"하는 수 없지. 샐러드가 있어서 그나마 다행이야. 누에콩에는 설마 이상이 없겠지. 자, 어서 음식을 나르자."

식사는 아무리 후하게 점수를 매겨도 그리 성공적이라 할 수 없었다. 앨런 내외분도 스테이시 선생님도 열심히 분위기를 돋구려고 애쓰고 머릴러도 겉으로는 평소처럼 침착했다. 하지만 앤과 다이애너는 오전 내내 그렇게 기대했던 만큼 실망도 커서 이야기할 마음도, 먹고 싶은 생각도 없었다.

앤은 손님을 위해 억지로라도 이야기에 끼어들려고 필사적으로 노력했지만 평소의 활기는 찾아볼 수 없었다. 앨런 내외분과 스테이시 선생님을 진심으로 좋아했지만 이때만은 빨리 돌아가주었으면 좋겠다고 생각했다. 어서 방으로 가서 오늘의 낙담한 마음과 지친 몸을 베개에 묻고 실컷 울고 싶은 심정뿐이었다.

'엎친 데 덮친다'는 말처럼 이날의 사고는 그것으로 끝나지 않았다. 마침 앨런 목사님이 잘 보냈다는 인사를 끝마쳤을 때 층계 쪽에서 이상한 소리가 났다. 뭔가 딱딱하고 무거운 것이 층계를 구르다가 맨 아래께에서 쨍그랑 하는 큰 소리가 났다. 모두들 홀 쪽으로 달려갔다. 앤은 비명을 질렀다.

층계 밑에는 커다란 분홍색 소라고둥이 구르고 있었고 그 주위에 산산조각난 배리 할머니의 접시가 흩어져 있었다. 층계 위에는 겁에 질린 데이비가 주저앉아 눈을 크게 뜨고 이 모습을 내려다보고 있었다.

머릴러가 무서운 얼굴로 데이비를 불렀다.
"데이비! 그 소라고둥을 일부러 던졌니?"
데이비는 울먹이면서 말했다.
"아니야. 그렇지 않아. 나는 그저 조용히 여기에 앉아 난간 사이로 아줌마들을 보고 있었을 뿐이야. 그런데 발이 저 고둥에 걸려서 그만 차버리고 말았어. 나는 배가 너무 고파. 언제까지나 2층에 갇혀 재미있는 것도 못 보고 있을 바에는 차라리 그 자리에서 매를 맞고 끝내는 것이 좋겠다고 생각했어."
앤은 떨리는 손가락 끝으로 조각들을 주우며 말했다.
"데이비 잘못이 아니에요. 내가 나빴어요. 접시를 저런 데다 두고 잊어버렸으니 내 잘못이에요. 내가 부주의해서 벌받은 거예요. 아, 배리 할머니가 뭐라고 하실까?"
다이애너가 위로했다.
"그건 산 것이니까 괜찮아. 조상 대대로 물려받은 것하고는 달라."
손님들은 한시 바삐 물러가는 것이 좋겠다고 여긴 듯 서둘러 돌아갔다.
앤과 다이애너는 함께 설거지를 했지만 전에 없이 내내 말이 없었다. 설거지가 끝나자 다이애너는 두통이 난다며 돌아갔고 앤도 쑤시는 머리를 감싸쥐고 방으로 올라갔다.
해질녘에 머릴러가 우체국에서 프리실러가 그 전날 보낸 편지를 가지고 돌아왔다. 편지에는 모건 부인이 다리를 삐어 방에서 한 발자국도 나가지 못한다고 씌어 있었다.

앤, 정말 미안한 일이지만 그린게이블즈에는 갈 수 없을 것 같아. 이모님의 다리가 다 나을 때 쯤에는 약속이 있어서 토론토로 돌아가야 한다는구나.

앤은 한숨을 쉬며 자신이 앉아 있던 뒷문의 붉은 돌층계에 편지를 놓았다. 꼭두서니빛으로 물든 구름이 군데군데 떠있는 하늘에서 저녁놀이 은은히 퍼지고 있었다.

"모건 부인이 오신다고 할 때 어쩐지 지나친 행운으로 여겨졌었죠. 이런 말을 하니 세상을 등지고 사는 일라이저 앤드루스 같아요. 자꾸 이런 말을 하다니 부끄러운 생각이 들어요. 지나친 행운이니 하는 말. 나한테는 오늘 일어날 뻔했던 그런 멋진 일과 그보다 더 좋은 일이 지금까지 많이 있었으니까요.

오늘 일도 어떻게 보면 재미있다는 생각도 들어요. 다이애너와 나는 호호백발 할머니가 되면 오늘을 돌이켜보며 한바탕 웃겠죠. 하지만 지금은 도저히 그런 마음이 들지 않아요. 너무 낙심했거든요."

머릴러는 진심으로 앤을 위로했다.

"너는 앞으로 이보다 더 많이, 이보다 더 가슴 아픈 일을 겪게 될 거야. 앤, 너는 아직도 한 가지 일을 지나치게 생각하다가 그것이 이루어지지 않으면 낙심하고 괴로워하는 버릇을 고치지 못한 것 같구나."

앤은 슬퍼하며 인정했다.

"그런 것 같아요. 아무리 애써도 그렇게 되어버리는 걸요. 어떤 멋있는 일이 생긴다고 생각하면 기대의 날개를 펼치고 날아올라가요. 뒤늦게 정신차렸을 때는 이미 땅에 떨어져 있죠. 하지만 머릴러, 훨훨 날고 있는 동안은 정말 황홀해요…… 저녁놀 속을 날아다니는 것 같아요. 떨어져도 아픈 줄 모를 정도예요."

머릴러도 인정했다.

"그럴지도 모르지만 나라면 조용히 걸어가겠다. 날아올랐다 떨어졌다 하는 건 질색이니까. 하지만 사람들은 저마다 살아가는 방법이 있으니까. 전에는 옳은 길이 하나밖에 없다고 단정했었는데, 너와 쌍둥이를 키워보니 꼭 그렇다고만은 할 수 없을 것 같구나. 배리 할머니

접시는 어떻게 하지?"

"접시 가격인 20달러를 드리는 수밖에 없지 않을까요? 조상으로부터 물려받은 소중한 보물이 아니어서 다행이에요. 그렇다면 돈으로는 보상할 수 없을 테니까요."

"그것과 똑같은 것을 사서 돌려주면 좋을 텐데."

"그렇게 오래된 접시는 좀처럼 없을 테니 안 될 것 같아요. 린드 아주머니가 만찬회 때 쓰기 위해 구하려 했지만 하나도 못 샀으니까요. 하지만 그럴 수만 있다면 얼마나 좋을까요? 그것과 같을 정도로 오래된 진품이라면 배리 할머니도 받아줄 텐데요.

머릴러, 저것 보세요, 해리슨 씨네 단풍나무숲 위 거룩할 만큼 고요한 은빛 하늘에 떠오른 저 별좀 보세요! 저것을 보면 기도드리고 싶은 마음이 들어요. 하늘에 떠 있는 저 별을 볼 수 있다면 조그만 실망이나 뜻하지 않은 재난 같은 것은 아무것도 아니라는 생각이 들지 않아요?"

머릴러는 대수롭지 않다는 듯이 별을 흘끗 보며 물었다.

"데이비는 어디 갔지?"

"재웠어요. 내일 도러와 함께 바닷가에 소풍가기로 약속했거든요. 얌전하게 있어야 한다는 조건이었지만요. 데이비는 착한 아이가 되려고 애쓰는 것만은 사실이에요. 그래서 도저히 실망시킬 수가 없었어요."

머릴러가 잔소리를 했다.

"그 보트를 타고 호수로 저어나갔다가 너든 쌍둥이든 빠지면 어떡하려고 그러니. 나는 육십 평생 이곳에 살고 있지만 호수에 배를 타고 나가본 적은 아직 한 번도 없어."

앤은 장난스러운 목소리로 말했다.

"그렇다면 지금이라도 늦지 않았어요. 내일 우리와 함께 가요. 문을 잠그고 가서 하루 종일 바닷가에서 함께 지내며 놀아요, 시름을 잊어버리고."

머릴러가 화난 듯한 목소리로 힘주어 말했다.

"아니다. 됐다. 이 늙은이가 보트를 타는 것은 정말 좋은 구경거리일 게다. 레이철이 떠벌리며 다니는 소리가 들리는 것 같구나. 저런, 해리슨 씨가 마차를 타고 어디 가나 보구나. 이저벨러 앤드루스를 만나러 다닌다는 소문이 정말일까?"

"그렇지 않을 거예요. 일 때문에 하먼 앤드루스 씨네에 갔을 뿐인데, 때마침 린드 아주머니가 본 거예요. 그때 해리슨 씨가 흰 칼라를 달았다고 해서 이저벨러를 만나러 간 거라고 퍼뜨린 거죠. 해리슨 씨는 결코 결혼은 하지 않을 거라고 생각해요. 결혼에 대해 지독한 편견을 갖고 있는 것 같거든요."

"글쎄다, 나이먹은 독신자란 어떻게 될지 알 수 없는 법이니까. 더구나 흰 칼라를 달고 갔다면 나도 레이철처럼 의심스러워지는구나. 이제까지 한 번도 해리슨 씨가 흰 칼라를 달고 있는 것을 본 적이 없으니까."

"하먼 앤드루스 씨와 거래를 잘 매듭짓기 위해서가 아니었을까요? 사람이 옷차림에 신경쓸 필요가 있는 것은 그런 때뿐이라고 해리슨 씨는 언젠가 말했어요. 이쪽이 돈이 좀 있는 듯이 보이면 상대방도 자기를 속이지 않는다고요. 해리슨 씨는 참 안됐어요. 저런 생활에 만족할 리가 없잖아요. 앵무새 말고는 아무도 없으니 무척 외롭겠죠? 하지만 남의 동정을 받는 것은 싫은가봐요. 누구나 그렇겠지만요."

"저기 길버트가 오솔길을 걸어오는구나. 보트를 태워 주겠다면 외투를 입고 장화를 신고 가거라. 오늘 저녁은 밤이슬이 심하니까."

도자기 접시 모험

"앤 누나, 잠의 나라가 어디야?"

데이비는 침대에 일어나 앉아 턱을 괴었다.

"밤이 되면 모두들 잠의 나라로 가지? 나는 꿈나라로 알고 있지만 그것이 어디 있는지, 그리고 나도 모르는 사이에 어떻게 갔다 오는지 모르겠어. 잠옷차림으로 간다면 우습겠지? 어디 있을까?"

앤은 서쪽 방 창가에 무릎꿇고 앉아 저녁놀 진 붉게 타오르는 하늘을 바라보고 있었다. 하늘은 노란 꽃술에 크로커스 꽃잎이 에워싸고 있는 크고 둥그런 꽃 같았다.

앤은 데이비를 돌아보며 꿈꾸듯 말했다.

"달의 산을 넘고

그림자 골짜기를 내려가—"

폴 어빙이라면 이 뜻을 이해했을 것이고 아니면 스스로 의미를 생각해낼 것이다. 하지만 앤이 자주 실망하는 것처럼, 데이비는 상상력이라고는 조금도 없었기 때문에 그저 고개를 갸웃하며 불만스러운 표정을 지을 뿐이었다.

"앤 누나, 일부러 농담하는 거지?"

"물론이지, 데이비. 농담도 못하는 사람은 바보라는 거 모르니?"
"하지만 내가 열심히 물어보면 누나도 열심히 대답해줘야지."
데이비는 기분 상한 듯싶었다.
"너는 아직 어려서 몰라."
이 말을 하고 앤은 후회했다. 어린시절 이런 말을 들을 때마다 얼마나 분개했는지 모른다. 그것을 잊어버리지 않고 자기는 아무리 아이에게라도 너는 어려서 모른다는 말은 결코 하지 않겠다고 굳게 맹세하지 않았던가. 그런데 이게 뭐람…… 현실과 이상에는 이처럼 큰 차이가 있었다.
"나는 어서 자라고 싶어. 하지만 아무리 서둘러도 빨리 크지 않는 것 같아. 아줌마가 잼을 그렇게 아끼지 않고 듬뿍듬뿍 준다면 더 쑥쑥 클 텐데."
앤이 엄하게 말했다.
"아주머니는 째째한 사람이 아니야, 데이비. 그런 말하면 은혜를 모르는 사람이야."
"째째하다는 것 말고 좀더 멋진 말이 있을 텐데 생각나지 않아."
데이비는 얼굴을 찌푸리며 곰곰이 생각했다.
"언젠가 머릴러 아줌마가 쓴 적이 있는데."
"'경제적'이란 말 말이니? 그것이라면 '째째하다'는 것과는 크게 다르지. 경제적이라는 것은 아주 훌륭한 말이야. 아주머니가 째째한 분이었다면 네 어머니가 돌아가셨을 때 너희들을 돌보려고 데려왔겠니? 너는 위긴스 씨네에서 사는 게 더 좋았을 것 같아?"
"싫어! 그리고 리처드 외삼촌한테도 가고 싶지 않아! 아무리 아줌마가 잼을 줄 때…… 뭐라더라, 그렇게 한다 해도 여기 있는 편이 훨씬 좋아. 앤 누나가 있으니까. 앤 누나, 내가 잠의 나라로 갈 때까지 이야기해주면 안 돼? 옛날이야기는 싫어. 여자아이들은 좋아할지 모르지만 나는 아슬아슬한 모험 이야기가 좋아…… 죽이고 총쏘는 장면이 많고 집에 불이 나기도 하는 흥미진진한 이야기 말이야."
바로 그때 운 좋게도 머릴러가 부르는 소리가 들려왔다. 앤은 안도의 한숨을 내쉬었다.
"앤, 다이애너가 계속 신호를 보내고 있구나. 무슨 일인지 빨리 가보렴."
앤은 자기 방으로 달려갔다. 어렴풋한 어둠 속에 다이애너의 창문에서 깜박이는 불빛이 보였다. 불빛이 다섯 번씩 깜박이는 것은 두 사람이 어릴 때 만든 암호로 '빨리 오렴, 중대한 이야기가 있다'는 뜻이었다. 앤은 서둘러 하얀 숄을 머리에 두르고 '도깨비숲'을 지나 벨씨네 목장 모퉁이를 돌아 '언덕의 과수원'으로 갔다.
"좋은 소식이 있어. 방금 어머니와 함께 카모디에 갔다 왔는데, 블레어 상점에서 스펜서베일에서 온 메리 센트너를 만났어. 메리가 말했는데, 토리 가도의 콥 자매가 그 깨진 도자기 접시와 똑같은 접시를 가지고 있대. 아마 팔려는 것 같아. 마서 콥이 팔 수 있다는 걸 알면 안 팔 리가 없다는 거야. 만일 그 집에서 팔지 않는다면 스펜서베일의 웨슬리 키슨이 하나 가지고 있는 것 같은데 조지핀 할머니의 것과 똑같은 것인지는 알 수 없대."
앤은 결심했다.
"내일 당장 스펜서베일에 가겠어. 너도 함께 가줘. 이제야 내 어깨의 무거운 짐이 좀 가벼워진 것 같아. 모레 샬럿타운에 가야 하는데 도자기 접시도 없이 어떻게 너의 조지핀 할머니를 만나니? 전에 너의 집 손님용 침대에 뛰어 올라갔다가 사과할 때보다 훨씬 더 괴로울 것 같아."
두 사람은 옛일을 생각하고 웃음을 풋 터뜨렸다.
어릴 때, 다이애너의 대고모인 조지핀 배리가 손님용 침대에서 잠자고 있는 것을 모르고 두 소녀가 기세좋게 침대 위로 훌쩍 뛰어 올라가 노부인은 너무 놀라서 거의 기절할 뻔했으며 일의 자초지종을 알자 화가 머리 끝까지 났었다. 그러나 앤이 용기내어 사과하러 감으로써 겨우 할머니의 노여움을 푼 사건이 있었다. 이것을 모르는 독자는 앤의 어린시절을 읽어 주기 바란다.

다음날 오후, 두 사람은 접시를 찾기 위해 떠났다.

스펜서베일까지는 10마일이나 되었으며 마차를 달리기에 쾌적한 날씨라고 할 수는 없었다. 심한 무더위에 바람 한 점 없는데다 6주일 동안이나 비가 오지 않아 길에 흙먼지가 꽤 많이 일었다.

"제발 빨리 비가 와야 할 텐데."

앤은 한숨을 쉬었다.

"모든 것이 메말라 버렸어. 밭은 말할 것도 없고 나무들은 하늘을 향해 두 팔 벌려 비를 내려 달라고 애원하는 것 같아. 나는 뜰에 나가면 가슴이 아파서 참을 수가 없어. 하지만 농작물이 저렇게 타들어가고 있는데 뜰의 나무들 걱정을 할 수는 없지.

해리슨 씨네는 목장이 쩍쩍 갈라지고 메말라서 가엾게도 소에게 먹일 풀이 하나도 없대. 해리슨 씨는 소들을 볼 때마다 동물에게 이런 혹독한 꼴을 당하게 하다니 불쌍해서 견딜 수 없다고 했어."

지루한 길을 달린 끝에 마침내 두 사람은 스펜서베일에 이르러 토리 가도로 꺾어 들었다. 그곳은 인기척 없는 새파란 국도로, 바퀴자국 사이에 풀이 무성한 것으로 보아 오가는 사람이 없음을 알 수 있었다. 길 양쪽에는 어린 가문비나무가 가도를 따라 끝없이 줄지어서 있고 이따금 숲이 끊어진 곳에는 농장 뒷밭의 울타리가 보이거나 나무 그루터기가 흩어져 있었으며 그 사이에 분홍바늘꽃과 메역취가 흐드러지게 피어 있었다.

앤이 물었다.

"어째서 이 길을 토리 가도라고 부를까?"

"앨런 목사님 말로는 나무 한 그루 없는 곳을 일부러 '무슨 무슨 숲'이라고 부르는 것과 마찬가지래. 아무튼 이 가도에는 콥 자매와 저

끄트머리께에 자유당인 마틴 보브야 할아버지 말고는 아무도 살지 않는 걸. 보수당인 토리당 정부가 정권을 잡았을 때 뭔가 업적을 남겼다는 것을 보여주기 위해 이 가도를 만들었대."

다이애너의 아버지가 자유당을 지지하고 있어서 다이애너와 앤은 절대로 정치 이야기를 하지 않았다. 그린게이블즈는 대대로 보수당을 지지해 왔다.

이윽고 앤과 다이애너는 할머니 두 사람이 살고 있는 곱네에 닿았다. 보아하니 집 안팎이 모두 그린게이블즈도 당해내지 못할 만큼 깨끗하게 정돈되어 있었다. 집은 아주 옛날식 구조로 비탈진 곳에 세워졌으며 바깥으로 보이는 쪽은 돌 지하실로 되어 있었다. 본채도 바깥채도 눈부실 만큼 새하얀 회반죽을 발랐고 하얀 울타리로 둘러싸인 부엌 뒤뜰에는 풀 한 포기 돋아 있지 않았다.

"해가리개가 모두 내려진 것을 보니 아무도 없나봐."

다이애너는 낙심했다. 두 사람은 어떻게 하면 좋을지 몰라 얼굴을 마주보았다.

"어떡하지? 이 집에 있는 것이 우리가 찾고 있는 접시라면 이 집 사람이 돌아올 때까지 기다려도 되지만, 그렇지 않고 웨슬리 키슨 씨네까지 가야 한다면 너무 늦을 텐데……"

앤은 망설였다. 다이애너는 지하실 위에 작고 네모진 창문이 나 있는 것을 발견했다.

"저건 틀림없이 식료품실 창문일 거야. 이 집은 뉴브리지의 찰스 아저씨네 집과 구조가 똑같은데, 아저씨네는 저기가 식료품실로 되어 있어. 해가리개가 내려져 있지 않으니 저 오두막 지붕 위로 올라가면 그 안에 있는 접시가 보일지도 몰라. 그렇게 하면 나쁠까?"

앤은 잠시 생각한 뒤 결심했다.

"나쁘지 않다고 생각해. 우리의 동기가 단순한 호기심 만은 아니니까."

이 중요한 문제가 해결되자, 앤은 오두막에 올라갈 준비를 했다.
오두막 지붕은 뾰족했다. 본디 오리집으로 쓰였던 것인데 콥 자매가 오리는 게으른 동물이라며 기르지 않게 되어 지난 몇 년 동안 알을 품은 암탉을 넣을 때 말고는 쓰이지 않았다. 꼼꼼하게 하얀 칠을 해놓았지만 상당히 흔들렸다.
앤은 불안해하며 상자 위에 통을 얹은 발판에 올라갔다.
"내가 너무 무거워서 오두막이 무너질 거야."
앤이 조심조심 지붕에 발을 얹었다. 다이애너가 시키는 대로 유리 너머로 창문을 들여다보니 창문과 마주 보이는 선반에 찾고 있던 것과 똑같은 도자기 접시가 놓여 있어서 앤은 뛸듯이 기뻤다.
여기까지는 무사했다. 바로 다음 순간 대참사가 일어난 것이다. 너무 기뻐서 앤은 발판이 위태롭다는 것도 잊고 문턱을 붙들고 있던 손을 놓고 팔짝 뛰어—다음 순간 지붕이 와지끈 부서지며 몸이 겨드랑이까지 빠져서 공중에 매달리고 말았다.
다이애너가 오리집으로 뛰어들어가 앤의 허리를 붙잡고 아래로 끌어내리려 했다.
가엾게도 앤은 비명을 질렀다.
"아—잡아당기지 마. 뾰죽한 판자 같은 것이 찌르고 있어. 발 밑에 디딜 것을 갖다줘. 어떻게든 해볼게."
다이애너는 급히 아까 발판으로 사용했던 통을 갖다 놓았다. 그것은 앤의 발이 겨우 닿을락 말락하는 높이여서 몸을 자유롭게 움직일 수 없었다.
"내가 위로 올라가면 너를 끌어올릴 수 있지 않을까?"
앤은 고개를 저었다.
"안 돼—판자 때문에 아파. 도끼가 있다면 판자를 부숴버릴 수 있을 텐데. 아, 정말 나는 별 아래 불행하게 태어났다는 걸 인정할 수밖에 없구나."

다이애너는 앤의 말대로 도끼를 찾아보았으나 보이지 않아 포로가 된 친구에게 돌아와 말했다.

"누구든 사람을 불러와야겠어."

앤은 맹렬히 반대했다.

"안 돼, 안 돼. 사람을 부르지 말아줘. 그랬다가는 온통 소문이 퍼져 얼굴을 들고 다닐 수 없을 거야. 콥 자매가 돌아올 때까지 기다렸다가 두 사람에게 절대로 비밀을 지켜 달라고 부탁해야지. 콥자매는 도끼가 어디 있는지 알 테니까 나를 구해줄 거야. 움직이지만 않으면 그다지 힘들지 않아……몸만은 말이야. 콥 자매가 이 헛간을 소중하게 생각한다면 손해배상을 해줘야겠지. 내가 식료품실 창문으로 들여다 본 동기를 이해해준다면 그런 일쯤 아무것도 아니야. 그래도 다행스러운 것은 원하던 접시를 찾은 일이야. 콥 자매가 그걸 내게 넘겨주기만 한다면 이 고통쯤은 얼마든지 참을 수 있어."

다이애너는 불길한 말을 했다.

"그분들이 밤에도……아니, 내일까지도 돌아오지 않으면 어떡하지?"

앤은 마지못해 말했다.

"저녁때까지 돌아오지 않으면 다른 사람을 부르는 수밖에 없겠지. 하지만 그것은 마지막 수단이야.

아, 그렇지만 이렇게 운 나쁜 사람이 또 있을까. 어떤 재난을 당하더라도 모건 부인의 여주인공들처럼 낭만적이라면 얼마든지 참겠어. 하지만 난 만나는 재난마다 어리석은 일 뿐이거든. 생각 좀 해봐. 콥 자매가 돌아와 자기 집 오두막 지붕에서 어떤 아가씨가 머리와 어깨를 내밀고 있는 것을 보면 얼마나 놀랄까?

잠깐, 저건 마차소리 아냐? 아니야, 다이애너, 천둥소리야."

틀림없는 천둥소리였다.

서둘러 집 주위를 한 바퀴 둘러보고 온 다이애너는 북서쪽에서 시커먼 구름이 이쪽으로 몰려오고 있다고 말했다.

"엄청난 비가 쏟아지겠어. 아, 앤, 우리는 어떻게 하면 좋지?"
다이애너는 어쩔 줄 몰라 발을 동동 구르고 있었다.
"준비를 갖추어야지."
앤은 침착했다. 이미 당하고 있는 일에 비하면 소나기쯤은 아무것도 아니라고 여기는 듯했다.
"마차와 말을 저기 문이 열려 있는 헛간에 넣는 게 좋겠어. 아참! 다행히 마차 안에 양산이 있으니 갖다줘. 그리고 이 모자를 가지고 있어. 토리 가도를 달리면서 가장 좋은 모자를 쓰고 가는 건 어리석다고 머릴러가 말렸었는데, 늘 그렇지만 역시 머릴러의 말이 옳았어."
다이애너가 매어 놓은 말을 풀어 헛간으로 끌고 들어갔을 때 굵은 빗방울이 뚝뚝 떨어지기 시작하더니 금세 소나기로 변해버렸다. 다이애너는 그대로 헛간에 앉아 폭포처럼 쏟아지는 소나기를 멍하니 바라볼 수밖에 없었다.
빗발이 너무 심하여 맨머리에 양산을 쓰고 비와 맞서고 있는 용감한 앤의 모습도 보이지 않을 정도였다. 천둥은 대단하지 않았지만 비는 한 시간이나 사정없이 퍼부어댔다. 이따금 앤은 양산을 뒤로 젖혀 다이애너에게 손을 흔들어보였다. 거리가 먼데다 굉장한 빗소리 때문에 도저히 말을 주고받을 수 없었다.
가까스로 비가 그치고 해가 나오자 다이애너는 물이 튀는 것도 아랑곳하지 않고 앤 곁으로 달려갔다.
다이애너는 근심스레 물었다.
"많이 젖었니?"
앤이 씩씩하게 말했다.
"아니, 머리와 어깨는 하나도 젖지 않았고 틈새를 타고 흘러내린 빗물로 스커트만 조금 젖었어. 걱정하지 마 다이애너. 난 조금도 힘들지 않으니까. 이 비는 축복의 비야.
이 비가 우리집 정원을 얼마나 기쁘게 해주었을까 하는 생각만 했

Chang. Kye

어. 첫 빗방울이 떨어졌을 때 꽃이며 꽃봉오리들이 어떤 생각을 했을까 상상해 봤지. 과꽃과 스위트피와 라일락 덤불 속의 카나리아와 정원을 지키는 나무의 요정이 주고받는 즐거운 대화도 상상하고 있었고.

집에 돌아가면 다 글로 써야지. 지금 여기 종이와 연필이 있으면 좋을 텐데. 집까지 가는 동안 가장 좋은 부분을 잊어버릴 것 같아."

충실한 친구 다이애너는 연필을 가지고 있었고, 마차 안에서 포장지를 한 장 찾아냈다. 앤은 물이 뚝뚝 떨어지는 양산을 접고 모자를 쓴 다음 다이애너가 준 작은 돌 위에 포장지를 펴 놓고 목가(牧歌)를 써 나가기 시작했는데, 아무래도 창작에 어울리는 환경이라고는 할 수 없었다. 그러나 그 결과는 최고였으며 앤이 읽어 내려가는 것을 듣고 다이애너는 황홀해졌다.

"아, 앤, 훌륭해…… 훌륭하다고 밖에 표현할 수 없을 만큼 최고야. '캐나다 부인신문'에 꼭 보내도록 해."

하지만 앤은 고개를 저었다.

"그건 안 돼. 구상이 좋지 않아. 머리 속에 떠오르는 것을 그저 늘어놓았을 뿐이니까. 나는 이런 식으로 쓰는 것을 좋아하지만 발표하기에는 아직 무언가 부족해. 편집자는 구상을 중요시한다고 프리실러가 말했거든. 어머나, 세러 콥 아주머니가 돌아오셔. 부탁이야, 다이애너, 사정을 잘 설명해줘."

미스 세러 콥은 작은 몸집에 후줄그레한 검은 옷을 입었으며 모자는 무의미한 장식용이 아니라 튼튼하고 실용적인 것이었다. 자기 집 뒤뜰의 기묘한 광경이 눈에 띄자 예상했던 대로 놀란 표정을 지었으나 다이애너로부터 사정을 듣고는 몹시 동정하였다. 그리고 급히 뒷문을 열어 도끼를 가져와 능숙하게 두세 번 도끼질을 하여 앤을 구출해 주었다.

앤은 몹시 피곤했고 몸이 굳어 있었으나 갇혀 있던 오두막 안으로 잠시 들어갔다가 기뻐하며 밖으로 나왔다.
앤은 필사적으로 말했다.
"콥 아주머니, 제가 댁의 식료품실을 들여다 본 것은 도자기 접시를 가지고 계신지 알아보기 위해서였고 다른 것은 아무것도 보지 않았어요—아무것도 보지 않으려고 했어요."
"아니, 상관없어요. 걱정하지 말아요. 그리 나쁜 짓은 아니니까요. 다행히도 우리 콥 집안사람들은 언제나 식료품실을 깨끗이 정돈해두니까 누가 본다 해도 상관없어요. 그리고 저 낡아빠진 오두막을 부숴줘서 정말 고마워요.
이렇게 된 이상 마서도 그냥 두자고는 하지 못할 테니까요. 지금까지는 언젠가 소용있을 거라며 부수지 못하게 했죠. 그래서 해마다 봄에 내가 흰 칠을 해야 했답니다. 마서와 말다툼하는 것은 기둥을 붙잡고 잔소리하는 것과 같죠. 오늘은 샬럿타운에 나간다고 해서 역까지 마차로 바래다주고 오는 길이에요. 그래, 내 접시를 사고 싶다고요? 값은 얼마나 내겠어요?"
"20달러쯤이요."
앤은 콥네 사람을 상대로 흥정을 할 마음은 없었다. 그런 마음이었다면 처음부터 이쪽에서 그 가격을 먼저 말하지는 않았을 것이다.
미스 세러는 용의주도하게 말했다.
"그래요? 저 접시는 다행히 내 것이니 망정이지 그렇지 않았다면 마서가 없는 동안에 판다는 것은 어림없는 일이지요. 어쨌든 야단법석날 건 틀림없어요, 이 집에서 일어나는 모든 결정권은 마서한테 있으니까요. 시키는 대로 따르며 살아가야 하는 일에 진절머리가 났어요. 이만저만 참아야 하는 게 아니에요. 어쨌든 안으로 들어갑시다. 지치고 배고플 테니까요. 따뜻한 차라도 한 잔 들어요. 하지만 빵과 버터와 오이밖에 없어요. 마서가 나가기 전에 케익이며 치즈며 설탕절임을 모두 넣고 자물쇠를 잠가버렸지요. 늘 그렇답니다. 손님이 오면 내가 너무 선심을 쓴다는 거예요."

두 사람은 몹시 배가 고팠으므로 미스 세러가 내온 버터를 바른 맛있는 빵과 오이를 맛있게 먹었다.

차를 마시고 나자 미스 세러가 말을 꺼냈다.

"접시를 팔긴 하겠지만 25달러는 내야 해요. 아주 오래된 가치 있는 물건이니까요."

다이애너는 식탁 밑에서 앤의 다리를 살짝 찼다. '승낙하면 안 돼! 버티면 20달러로 살 수 있어'라는 뜻이었다. 그러나 앤은 그 귀중한 접시를 손에 넣을 수만 있다면 어떤 기회도 놓쳐서는 안 된다고 여겨 그 자리에서 승낙했으므로 미스 세러는 30달러라고 말할 걸 그랬다는 아쉬운 표정을 지었다.

"그럼, 줄게요. 지금 나는 돈이 무척 필요하답니다. 사실은……"

미스 세러는 거들먹거리는 듯한 태도로 턱을 쭉 내밀었다. 여윈 뺨이 자랑스럽게 붉게 물들어 있었다.

"루서 윌리스와 결혼하게 되었거든요. 루서는 20년 전 나에게 결혼 신청을 했었죠. 나는 진심으로 좋아했지만 그 무렵 그 사람은 가난해서 우리 아버지가 단번에 거절했었어요. 순순히 헤어진 게 잘못이었죠. 하지만 자신이 없었고 아버지가 무서웠거든요. 게다가 나도 마땅한 남자가 이토록 없을 줄은 몰랐죠."

이윽고 다이애너가 말고삐를 잡고 앤은 접시를 소중히 무릎 위에 올려놓고 둘은 집으로 서둘러 출발했다. 비에 젖은 풀빛의 싱그러운 바람과 함께 토리 가도의 정적을 깨며 두 사람의 해맑은 웃음소리가 잇달아 울려 퍼졌다.

"내일 조지핀 할머니에게 오늘 일어난 이상한 사건들을 얘기하면 얼마나 웃을까. 조금은 괴로운 일도 있었지만 이제 다 끝난 일이고 접시도 구했고 부연 먼지는 비에 깨끗이 씻겼으니, 이것이야말로 '끝이 좋으면 다 좋다'지 뭐니."

하지만 다이애너는 아직 안심하지 못하고 있었다.

"아직 집에 닿은 건 아니야. 또 무슨 일이 일어날지 모르잖니. 너는 정말이지 뜻밖의 사고를 일으키는 데 명수잖아, 앤."

"그런 사람한테는 사건들이 줄줄이 따라다니는 법이야. 그런 재능이 있고 없고는 타고나는 건가 봐."

앤은 태연하게 말했다.

행복한 나날

언젠가 앤이 머릴러에게 다음과 같이 말한 적이 있었다.

"결국 즐겁고 행복한 날은 특별히 멋진 일이나 놀라운 일이나 가슴 두근거리는 일이 일어나는 날이 아니라, 진주가 한 알씩 살그머니 실에서 미끄러져 내리듯 단순하고 소박한 기쁨을 잇달아 가져오는 하루하루를 말하는 것 같아요."

그린게이블즈의 생활은 그런 나날 속에 지나가고 있었다. 앤이 만나는 예상치 못한 사건들도 여느 사람들처럼 한꺼번에 일어나는 것이 아니라 아무 탈 없이 길게 이어지는 즐거운 나날 사이에 끼어 느닷없이 일어났고, 일과 꿈과 공부 등으로 행복한 1년이 훌쩍 흘러가는 것이었다.

8월 끝무렵의 하루도 그렇게 평화로운 날이었다. 오전에는 다이애너와 함께 기뻐 날뛰는 쌍둥이들을 데리고 호수에서 보트를 타고 모래사장으로 가서 감초를 뜯기도 하며 밀려오는 물결 속에서 즐겁게 뛰놀기도 했다. 물결 위를 스쳐지나가는 바람은 이 세상이 시작되던 날에 배운 옛가락을 읊조리는 듯했다.

저녁에 앤은 어빙네로 폴을 만나러 갔다. 폴은 집을 에워싼 울창한 전나무숲 옆 푸른 둑에 누워 책을 읽다가, 앤을 보자마자 얼굴을 환하게 빛내며 벌떡 일어났다.

"선생님이 오셔서 정말 기뻐요. 할머니가 안 계시거든요. 선생님, 나하고 함께 저녁 먹고 가실 거죠? 혼자 먹는 것은 쓸쓸하니까요.

메리 조에게 함께 먹자고 할까 생각했지만 틀림없이 할머니가 싫어할 거예요. 프랑스 사람들은 분수를 알아야 한다고 하셨거든요. 그렇지 않아도 메리 조와는 이야기 주머니를 풀기 힘들어요. 웃기만 하고 '너 굉장한 아이구나'라는 말밖에 할줄 모르니까요. 그런 사람하고는 대화가 통하지 않아요."

앤이 밝게 웃으며 말했다.

"물론 저녁 먹고 갈게. 선생님은 네가 불러주기를 바라고 있었단다. 언젠가 여기서 네 할머니가 만든 맛있는 쇼트케익을 얻어먹고 나서부터는 생각날 때마다 입안에 군침이 돌았거든."

폴은 바지 앞주머니에 두 손을 집어넣으며 작은 얼굴에 갑자기 근심스러운 표정을 지었다.

"내 마음대로 할 수 있다면 얼마든지 쇼트케익을 드리겠지만 메리 조에게 물어봐야 해요. 할머니가 나가시면서 쇼트케익은 버터를 듬뿍 넣어서 아이에게 좋지 않으니 폴에게는 주지 말라고 메리 조에게 말씀하시는 걸 들었거든요. 하지만 나는 먹지 않겠다고 약속하면 메리 조가 선생님에게 한 조각 드릴지도 몰라요. 희망을 버리지 마세요, 선생님."

"물론이지."

앤은 귀여운 폴의 말이 매우 마음에 들었다. 무엇이든 밝은 쪽으로 생각하는 것은 앤도 바라는 바였다.

"그리고 만약 메리 조가 선생님에게 쇼트케익을 주지 않는다 해도 상관없어. 그건 너무 걱정하지 마."

폴이 그래도 불안한 듯 물었다.

"정말 괜찮아요?"
"그렇고말고."
"그럼, 걱정하지 말아야지."
폴은 이제야 마음놓이는 듯 환하게 웃었다.
"메리 조는 잘 얘기하면 분명 들어줄 거예요. 어리석지는 않은데, 여기서 일하는 동안 할머니 말씀을 어기면 힘들다는 것을 직접 겪어 잘 알게 되었죠. 할머니는 좋은 분이지만 누구든 시키는 대로 하지 않으면 큰일나요. 오늘 아침엔 내가 마침내 죽 한 그릇을 말끔히 다 먹어서 할머니가 엄청 좋아했어요. 무척 힘들었지만 결국 해냈어요. 할머니는 이제 이 정도면 나도 늠름한 남자가 될 수 있을 것 같다고 하셨어요. 선생님, 한 가지 중요한 점을 여쭤보고 싶은데 가르쳐주겠어요?"
"응, 뭔데?"
앤이 약속했다.
"나는 머리가 좀 이상한 건 아닐까요?"
자신의 생사가 앤의 대답 하나에 달려 있는 듯이 폴은 진지한 얼굴로 기다렸다.
앤은 깜짝 놀라며 큰소리로 말했다.
"어머, 무슨 소리 하는 거야, 절대로 그렇지 않아, 폴. 어째서 그런 생각을 했니?"
"메리 조가 내가 듣고 있는 줄 모르고 말했어요. 어젯밤 피터 슬론 씨네 하녀 베로니카가 메리 조를 만나러 왔을 때 내가 거실을 지나가는데 두 사람이 부엌에서 이야기하는 소리가 들렸어요. 메리 조가 이렇게 말했어요. '저 폴이라는 아이는 참 별난 것 같아. 이상한 말만 하거든. 좀 머리가 돌아버린 게 아닐까?' 하고요. 어젯밤에 잠도 못 자고 그 생각만 내내 했어요. 메리 조의 이야기가 정말일까 하고요. 할머니께 여쭤보고 싶은 걸 꾹 참고 선생님에게 확인해봐야겠다

고 마음먹었죠. 그래도 선생님이 내 머리가 정상이라 하시니 정말 기쁘요."

"물론이야. 메리 조는 아무것도 모르는 바보니까 무슨 말을 해도 신경쓰지 마."

앤은 속으로 분개하며 폴의 할머니에게 얘기해 메리 조를 말조심시켜야겠다고 마음먹었다.

"아, 다행이다. 이제 마음이 놓여요. 선생님 덕분에 이젠 행복해요. 내 머리가 이상하다는 건 그리 기분 좋은 일이 아니거든요. 선생님, 고마워요. 메리 조가 그렇게 말하는 것은 이따금 내가 상상한 일을 그대로 이야기하기 때문일 거예요."

앤은 자기의 경험에서 정말 맞는 말이라고 생각하며 말했다.

"그건 좀 위험한 일일지도 몰라."

"선생님에게도 이야기해 드릴 테니 어디가 이상한지 들어봐 주세요. 하지만 지금은 말고 어두워진 뒤에 할게요. 깜깜한 밤이 되면 나는 마음에 떠오른 생각을 누군가에게 이야기하고 싶어 견딜 수 없는데 아무도 없을 때에는 하는 수 없이 메리 조에게 이야기하죠. 하지만 이제부터는 말하지 않겠어요. 나를 이상하게 생각하는 건 싫거든요. 힘들어도 참을래요."

"그래도 참을 수 없으면 우리집에 와서 내게 이야기하렴."

앤은 진지한 얼굴로 말했다. 아이들은 자기 말을 진지하게 들어 주기를 바라기 때문에, 그렇게 대해주는 앤이 인기가 있는 것이다.

"네, 그렇게 하겠어요. 하지만 내가 갔을 때 데이비가 없으면 좋겠어요. 데이비는 나를 보면 못마땅해하며 싫어하거든요. 나는 대수롭게 여기지는 않아요. 데이비는 아직 어리고 나는 이렇게 크니까요.

그래도 역시 나를 보고 얼굴을 찌푸리면 기분이 썩 좋지는 않아요. 게다가 데이비는 엄청 무섭게 째려봐요. 저러다가 예전 얼굴로 돌아가지 않는 게 아닌가 여겨질 만큼요. 교회에서도 그래요. 사랑이 많으신 하느님을 생각하고 있어야 할 때인데도요.

하지만 도러는 나를 좋아하고 나도 도러가 좋아요. 그런데 그전만큼은 아니에요. 도러가 앞으로 어른이 되면 내 신부가 되겠다고 미니 메이 배리에게 말한 걸 알고부터요. 어른이 되면 결혼할지 모르지만 아직은 어리니까 그런 생각은 하지 말아야 해요. 그렇죠, 선생님?"

"그래, 아직 어리지."

선생님도 같은 의견이었다.

"요즘 나는 결혼에 대한 걱정거리가 하나 있어요. 지난주에 린드 아주머니가 왔을 때 할머니가 우리 엄마 사진을 보여 주라고 했어요. 아빠가 생일 선물로 보내준 그 사진을요. 나는 린드 아주머니에게 보여 주고 싶지 않았어요. 아주머니는 친절하고 좋은 분이지만 우리 엄마 사진을 보여 주고 싶은 사람은 아니거든요.

어쩔 수 없이 나는 할머니가 시키는 대로 했어요. 아주머니는 우리 엄마가 아주 예쁘지만 여배우처럼 지나치게 꾸미는 데가 있다며 아빠보다 훨씬 더 젊어 보인다고 했어요. 그리고 나에게 물었죠.

'머지 않아 너의 아버지도 다시 결혼할 텐데 너는 새엄마가 생기는 게 좋으냐? 폴?'

순간 숨이 딱 멎을 만큼 놀랐지만 린드 아주머니에게 절대로 그런 표정을 보여서는 안 되겠다고 결심하고 아주머니의 얼굴을 똑바로...... 이렇게...... 똑바로 바라보며 말했죠.

'아주머니, 우리 아빠는 엄마를 고를 때도 잘했으니까 두 번째에도 틀림없이 좋은 분을 선택할 거예요.'

정말 나는 아빠를 믿고 있어요, 선생님. 하지만 아빠가 새엄마를 맞는다면 꼭 내 의견도 물어봐주었으면 좋겠어요. 아, 메리 조가 부르고 있어요. 잠깐 가서 쇼트케익에 대해 물어 보고 올게요."

그 결과, 메리 조는 쇼트케익뿐만 아니라 설탕절임까지 내놓았다. 앤이 바닷가에서 산들바람이 불어오는 어두컴컴한 옛날식 거실에서 즐겁게 폴과 식사를 하면서 상상속 이야기만 했으므로, 메리 조는 어처구니가 없어서 다음날밤 찾아온 베로니카에게 말했다.

"학교선생님도 폴 못지않게 이상한 사람이야."

식사가 끝나자 폴은 앤을 자기 방으로 데리고 가 어머니 사진을 보여 주었다. 그 사진이 폴의 할머니가 책장 서랍에 넣어 두었던 수수께끼 선물이었다. 천장이 낮은 폴의 방에는 바다에 잠기는 새빨간 저녁빛이 가득했다. 네모진 창문 옆에 우거진 전나무숲이 춤추는 그림자를 던지고 있었다. 붉은 빛과 흔들리는 그림자가 조용히 소용돌이치고 있는 것 같았다. 이 부드러운 빛과 그림자 속에 다정한 눈을 한 아름다운 얼굴이 침대 발치의 벽에서 빛나고 있었다.

폴은 애정을 담아 자랑스러운 듯이 말했다.

"엄마 사진이에요. 아침마다 눈을 뜨면 맨 먼저 보이도록 할머니에게 저 자리에 걸어 달라고 부탁했어요. 이젠 밤에 잘 때 램프가 없어도 조금도 무섭지 않아요. 엄마가 여기에 나와 함께 있으니까요. 아빠는 내게 묻지 않고도 생일선물로 무엇을 가장 바라는지 잘 알고 있었죠. 아빠는 뭐든지 훤히 아는 듯해요."

"네 어머니는 정말 아름다운 분이로구나, 폴. 너도 좀 닮았어. 하지만 어머니는 눈이며 머리카락이 너보다 짙은 색깔인 것 같구나."

"내 눈은 아빠와 같은 색이에요."

폴은 온 방안을 폴짝폴짝 뛰어다니며 쿠션을 몽땅 모아와서 서쪽 창가에 쌓아올렸다.

"하지만 아빠의 머리카락은 흰머리가 섞여서 잿빛이에요. 이제 50살이 가까우니까요. 얼마 있으면 노인이 되겠죠. 겉으로는 나이들어 보이지만 마음은 아직 젊어요. 자, 선생님, 여기 앉으세요. 나는 선생님 발밑에 앉겠어요. 선생님 무릎에 머리를 기대도 괜찮을까요? 엄마와 나는 늘 이렇게 앉아 있었어요. 아, 기분좋아."

"자, 메리 조가 이상하다고 한 이야기를 해주겠니?"

앤은 폴의 곱슬머리를 쓰다듬으며 말했다. 폴은 적어도 마음맞는 친구에게는 그의 생각을 서슴지 않고 얘기했다.

폴은 꿈을 꾸듯이 얘기하기 시작했다.

"이 이야기는 어느 날 밤 전나무숲에서 생각했어요. 물론 정말 있었던 일이 아니라 그저 상상했을 뿐이에요. 누구에게든 말하고 싶었는데 아무도 없어서 하는 수 없이 부엌에서 빵을 반죽하고 있는 메리 조에게로 가서 그 옆 긴 의자에 앉아 이렇게 말했죠.

'메리 조, 내 이야기 한번 들어봐. 나는 말이야, 샛별이란 요정 나라의 등대라고 생각해.'

그러자 메리 조는 말했어요.

'너는 정말 이상한 아이야. 요정 나라 같은 것은 절대로 없어.'

나는 무척 화가 났어요. 물론 요정 나라가 없다는 것은 알지만 있다고 생각해서 나쁠 건 없잖아요. 그렇죠, 선생님? 하지만 꾹 참고 다시 말했어요.

'그럼, 메리 조, 내가 또 무엇을 떠올렸는지 알아? 해가 지면 천사가 이 세상 위를 걸어 다닌다고 생각해…… 은빛 날개를 접은 키 큰 하얀 천사가 말이야. 그리고 꽃이나 새들에게 자장가를 불러주며 잠들게 하지. 아이들도 귀기울이면 그 노랫소리를 들을 수 있어.'

메리 조는 밀가루가 잔뜩 묻은 두 손을 항복하듯이 높이 쳐들며 말했지요.

'너는 정말 말도 안 되는 소리만 하는구나. 어쩐지 네가 무서워.'

정말 무서워하는 것 같았어요. 나는 힘없이 밖으로 나가 나머지 이야기를 뜰에 있는 나무에게 조용히 들려주었어요. 뜰에는 바짝 말라버린 조그만 자작나무가 있어요. 할머니는 파도가 튀어와 시들었다고 했는데, 나는 그 나무 요정이 바보여서 세상 구경을 나갔다가 길을 잃어버렸다고 생각해요. 아마 그 작은 자작나무는 외롭고 슬퍼서 그만 죽어버렸을 거예요."

"그리고 바보 같은 나무 요정도 온 세상을 떠돌아다니다가 여행에 지쳐 역시 슬퍼서 죽어버렸겠지."

"그래요. 나무의 요정도 바보짓을 했으면 사람처럼 그 책임을 져야 해요. 초승달은 어쩌면 꿈을 가득 실은 황금 조각배일지도 몰라요."

"그리고 넘실넘실 구름을 타고 살며시 기울어졌을 때 묶여 있던 꿈이 사르르 조금 쏟아져 우리의 잠 속에 떨어진다는 말이겠지?"

"맞았어요. 아, 선생님은 잘 아는군요. 제비꽃은 반짝반짝 빛나는 별빛이 잘 보이도록 천사들이 하늘에 별구멍을 뚫었을 때 떨어진 하늘의 조각 같아요. 노란 미나리아재비는 햇빛 속에서 태어났고요. 새빨간 스위트피는 천국에서 나풀거리는 나비가 잠시 내려온 것 같아요.

선생님, 내가 상상하고 있는 것이 모두 이상하게 여겨져요?"

"아니, 조금도 이상하지 않아. 신비롭고 아름다워. 세상에는 백 년이 걸려도 이해할 수 없는 사람들이 있지. 그런 사람들은 조그만 아이가 그런 생각을 하는 것이 이상하게 보이는 거야. 폴은 멈추지 말고 계속하도록 해…… 언젠가 너는 시인이 될 수 있을 거야."

앤이 집에 돌아오니 폴과는 정반대인 한 남자아이가 시무룩한 얼굴로 재워주기를 기다리고 있다가 앤이 잠옷으로 갈아입혀주자 침대에 들어 베개에 얼굴을 묻었다.

앤이 타일렀다.

"데이비, 기도를 잊었니?"

데이비는 잔뜩 볼멘소리로 말했다.

"잊은 게 아니야. 앞으로 기도 같은 건 하지 않겠어. 착한 아이도 되기 싫어. 아무리 내가 착한 아이가 되어도 앤 누나는 폴 어빙을 더 좋아하는 걸 뭐. 나는 나쁜 아이가 되어 내 마음대로 놀 테야."

앤은 진지한 표정으로 말했다.

"폴 어빙을 더 좋아하는 게 아니야. 나도 너만큼 좋아해. 다만 좋아하는 방법이 다른 거란다."

"하지만 똑같이 좋아해주었으면 좋겠어."

데이비는 입을 뾰족이 내밀었다.

"다른 두 사람을 어떻게 똑같은 방법으로 좋아할 수 있겠니? 너는 도러와 나를 똑같이 좋아할 수 있니?"

데이비는 일어나 앉아 곰곰이 생각했다.

"아—아—니. 내가 도러를 좋아하는 건 누이동생이기 때문이야. 하지만 앤 누나를 좋아하는 것은 앤 누나이기 때문이지."

"그러니까 나도 폴은 폴이니까 좋아하고 데이비는 데이비니까 좋아하는 거야."

데이비는 앤의 설명을 듣고 겨우 납득이 된 듯했다.

"그렇다면 기도드려야겠어. 하지만 지금 침대에서 내려가 기도를 드리는 것은 귀찮으니까 내일 아침에 두 번 할 테야, 누나. 그래도 괜찮겠지?"

앤이 안 된다고 딱잘라 말했으므로 데이비는 하는 수 없이 침대에서 내려와 앤의 무릎 앞에 두 손을 모으고 꿇어 앉았다. 기도가 끝나자 데이비는 작은 맨발을 아무렇게나 뻗고 앤을 올려다보며 말했다.

"앤 누나, 나 말야, 그전보다는 훨씬 착해졌어."

"그렇고말고. 정말 착해졌어."

앤은 조금이라도 잘한 일이 있으면 서슴지 않고 칭찬해 주었다.

그러자 데이비는 자신만만하게 말했다.

"나는 내가 변했다는 것을 알아. 가르쳐줄까? 오늘 아줌마가 내게 잼을 바른 빵을 줬어. 하나는 내 몫이고 또 하나는 도러 몫이야. 한 개가 훨씬 더 컸어. 아줌마는 어느 것이 내 몫이라고 말하지 않았지만 나는 큰 것을 도러에게 줬어. 나 잘했지?"

"정말 장하구나. 아주 남자다운 행동이었어, 데이비."

데이비가 털어놓았다.

"응, 도러는 그리 배고프지 않아서 절반만 먹고 나머지는 내게 줬어. 하지만 도러가 도로 주리라 생각지 않고 큰 것을 줬으니 그래도 나는 착한 아이지, 앤 누나?"

해질녘 앤이 한가로이 '드라이어드 샘'가를 거닐고 있는데 어두컴컴한 '도깨비숲'에서 길버트 블라이스가 이쪽으로 다가오는 것이 보였다.

앤은 갑자기 길버트가 이젠 학교에 다니는 소년이 아닌 청년임을 깨달았다. 얼마나 남자다워 보이는가—키가 크고 진실된 얼굴 표정, 맑고 정직한 눈, 떡벌어진 어깨. 자신이 그리는 이상적인 남성과는 거리가 멀었으나 앤은 길버트가 아주 매력적이라고 생각했다.

앤과 다이애너는 오래전부터 자기들이 동경하는 남성은 어떤 사람인지 정해놓고 있었는데, 두 사람의 취향은 똑같았다. 그 남성이란 키가 크고 사람의 마음을 끄는 용모에 우수에 차 있으면서도 헤아릴 길 없는 깊은 눈과 다정한 목소리, 사려깊은 마음씨를 지니고 있어야 했다. 길버트의 용모에는 우수에 찬 깊은 눈빛은 없었지만 물론 그런 것이 우정에는 아무 문제가 되지 않았다.

길버트는 샘가의 풀고사리 위에 다리를 쭉 뻗고 비스듬히 앉아 만족스러운 듯 미소 지으며 앤을 바라보았다. 만약 누가 이상적인 여성에 대해 묻는다면 길버트는 망설이지 않고 앤의 고민거리인 일곱 개의 주근깨까지 포함하여 있는 그대로의 앤을 말하리라.

길버트는 이제 막 소년기를 벗어나고 있었지만 누구 못지않은 커다란 꿈을 품고 있었으며, 그의 미래에는 언제나 크고 맑은 잿빛 눈과 꽃처럼 섬세한 아름다운 처녀가 있었다. 길버트는 자기의 미래를 그 여신에게 어울리도록 만들어야 한다고 굳게 마음먹고 있었다.

아무 일도 일어날 것 같지 않은 조용한 애번리에도 유혹은 얼마든지 있었다. 화이트 샌즈의 젊은이들은 얼마쯤 개방적이었으며 길버트는 어디서나 인기가 있었다. 그러나 길버트는 앤의 우정에 부끄럽지 않은 사람이 되기 위해 힘썼고 언젠가는 앤의 우정이 사랑으로 바뀌기를 기대하고 있었다. 그리하여 앤의 맑은 눈동자가 어떤 판단을 내릴지 두렵기라도 한 듯 말도 생각도 행동도 조심스럽게 하고 있었다.

높고 순수한 이상을 지닌 여자는 누구나 스스로 느끼지 못하는 사이에 친구에게 영향력을 주는 법인데, 앤이 바로 그러했다. 그 힘은 그 여자가 자기 이상에 충실하다면 계속되지만, 일단 그 길에서 벗어나면 그 순간 잃어버리고 만다.

길버트에게 앤의 가장 큰 매력은 다른 애번리 아가씨들처럼 하찮은 일에 애를 태우거나 시샘을 하고 사소한 일에 거짓말을 하거나, 경쟁의식을 불태우고 노골적으로 환심을 사려는 행동을 하지 않는 데 있었다. 앤은 그런 것과는 거리가 멀었다. 그것도 의식적으로 꾸며서 그러는 것이 아니라 동기와 목적이 수정같이 투명하고 순수한 성격에서 오는 것이었다.

그러나 길버트는 생각하고 있는 것을 말로 표현하려고 하지 않았다. 지금까지의 경험에서 이런 감정을 밝히면 앤은 인정사정없이 그 싹부터 잘라버릴 테고—또한 길버트를 경멸할 것임에 틀림없기 때문이었다. 그것이 무엇보다도 가장 두려웠다.

길버트가 짓궂게 놀리듯 웃으며 말했다.

"자작나무 밑에 그렇게 서 있으니까 정말 나무 요정같이 보이는구나."

"나는 자작나무가 좋아."

앤은 크림빛으로 빛나고 있는 가느다란 나무줄기에 뺨을 대며 어루만졌다. 참으로 꾸민 데가 없는 앤다운 행동이었다.

"그렇다면 오늘의 좋은 소식을 알려주지. 메이저 스펜서 씨가 개선회를 격려하는 뜻에서 자기네 밭 옆 길가에 자작나무 가로수를 심겠다고 내게 말했어. 그분이야말로 애번리에서 가장 진보적이고 협동심이 강한 사람이지. 윌리엄 벨 씨도 집 앞 길과 마찻길 사이에 가문비 나무 울타리를 만들겠다고 했대.

우리 개선회는 굉장한 성과를 올리고 있어, 앤. 이미 시험적인 단계는 지났고 정식 활동으로 인정받고 있지. 나이 지긋한 사람들도 흥미를 갖기 시작했고 화이트 샌즈에서도 개선회를 조직하겠다고들 한대. 일라이저 라이트조차도 호텔에 묵고 있는 미국사람들이 바닷가로 피크닉왔다 간 뒤부터 생각을 달리하게 되었어. 미국사람들이 우리가 손질한 길을 보고 이 섬의 어느 곳보다도 아름답다고 칭찬했기 때문이야.

차차 다른 사람들도 스펜서 씨를 본받아 자기 집 앞에 보기 좋은 나무를 심거나 나무울타리를 만들테니 애번리는 이 지방에서 가장 아름다운 마을이 될 거야."

"부인회에서도 묘지 문제를 다루자는 이야기가 나왔대. 그렇게 해주면 참 좋겠어. 묘지를 개선하려면 기부금을 거둬야 하는데 개선회로서는 공회당 사건 뒤로 손을 벌리지 못하고 있잖아.

부인회도 개선회가 묘지 문제를 넌지시 제안하지 않았다면 그런 움직임은 보이지 않았을 거야. 교회 부지 안에 우리가 심은 나무는 잘 자라고 있고 이사회에서는 다음해 학교 부지에도 울타리를 두르겠다고 약속했어. 그렇게 되면 식목일을 정해서 학생 한 사람이 한 그루씩 나무를 심도록 해야겠지. 그리고 길에 잇닿은 운동장 가장자리에 꽃밭을 만들 생각이야."

"지금까지는 대체로 우리의 계획이 거의 모두 성공했어. 볼터 씨의 낡은 집 일만 빼고는 말이야. 안타깝지만 그것만은 체념해야겠어. 우리를 애먹이는 것이 재미있어서 레비 씨가 그 집을 부수려 하지 않을 테니까. 레비 집안사람들은 마음이 비뚤어진 데가 있는데 레비 씨는 특히 심해."

"줄리어 벨은 특별위원을 보내 다시 한번 설득해야 한다고 하지만 그런 사람들은 내버려둬서 고립시키는 게 제일인 것 같아."

"그리고 린드 아주머니 말처럼 하느님에게 맡기는 거야. 그래, 특별위원을 보내는 건 안 돼. 불에 기름을 붓는 격이지. 줄리어 벨은 특별위원회만 만들면 뭐든지 해결되는 줄 알아.

내년 봄에는 말이야, 앤. 아름다운 잔디밭과 뜰을 만드는 운동을 벌이자. 그러려면 올겨울 동안 일찌감치 씨를 뿌려 놓아야 해. 여기 잔디 키우는 방법에 대해 설명한 글이 있으니까 이걸 토대로 기사를 써야겠어. 이제 곧 방학도 끝나고 월요일부터 새학기가 시작돼. 카모디의 학교에는 루비 길리스가 오게 되었다지?"

"응, 프리실러로부터 편지가 왔어. 프리실러가 자기집 가까운 학교에서 가르치게 돼서 카모디의 이사회가 루비를 채용하기로 했어. 프리실러가 돌아오지 않는 것은 섭섭하지만 루비가 가르칠 곳이 생겨서 다행이라고 생각해. 토요일에는 집에 돌아올 테고, 그렇게 되면 그전처럼 루비와 제인 그리고 다이애너와 내가 모두 모일 수 있으니까."

앤이 집에 돌아와보니 머릴러가 린드 부인 집에서 돌아와 뒷문 돌층계에 앉아 있었다.

"레이철 린드와 내일 시내에 나가기로 했어. 린드 씨가 이번주에는 건강이 좀 나아진 것 같아서 다시 나빠지기 전에 갔다와야겠다고 했거든."

앤은 기운차게 말했다.

"내일 아침에는 특별히 일찍 일어나겠어요. 해야 할 일이 많아요. 먼저 내 깃털이불의 낡은 커버를 바꿔야겠어요. 벌써 했어야 하는데 귀찮아서 하루하루 미뤘었죠…… 하기 싫은 일을 미루는 것은 아주 나쁜 버릇이니까 다시는 그러지 않으려고 해요. 그렇지 않으면 학생들에게 가르칠 자격이 없는 거죠. 말과 행동이 다르니까요.

그리고 해리슨 씨에게 갖다드릴 케익을 만들고, 개선회에서 낭독할 정원에 대한 논문을 완성하고, 스텔러에게 편지도 쓰고, 모슬린 옷을 빨아 풀을 먹인 다음, 마지막으로 도러의 새 앞치마를 만들어야겠어요."

"그 절반도 다 못하겠다."

머릴러는 고개를 저었다. 그리고 비관적인 목소리로 덧붙였다.

"이것도 하고 저것도 해야겠다고 계획을 세운 날일수록 방해꾼이 나타나는 법이니까."

뜻밖의 손님

다음날 앤은 따사로운 햇살이 진줏빛 하늘에 의기양양하게 퍼져 갈 무렵 들뜬 마음으로 일어나 새로운 하루를 맞이했다. 양지바른 곳에 있는 그린게이블즈의 포플러와 버드나무가 바람결에 춤추는 그림자를 만들었다. 오솔길 저쪽에는 황금빛으로 물들기 시작한 해리슨 씨의 밀밭이 물결치는 바다처럼 펼쳐져 있었다.

눈부신 아름다움에 앤은 한참동안 뜰의 대문에 기대서서 넋을 잃은 채 넘치는 행복을 만끽했다.

아침식사가 끝나자 머릴러는 곧 외출준비를 시작했다. 전부터 한 약속대로 도러도 함께 따라 가도록 되어 있었다.

"알겠니, 데이비? 착하게 놀아야 한다. 누나를 성가시게 하면 못써."

머릴러가 잔소리를 늘어놓은 뒤 덧붙였다.

"착하게 놀면 읍내에서 막대사탕 사다줄게."

마침내 머릴러까지 아이에게 무언가를 줌으로써 말을 듣게 하는 나쁜 습관이 붙고 말았다.

"나는 일부러 말썽부리는 게 아니야. 나도 모르게 말썽부리면 어떻게 하지?"

데이비는 진심으로 알고 싶어 했다.
"그러지 않도록 조심하면 된다. 앤, 오늘 쉬어러 씨가 오면 로스구이와 스테이크를 만들 고기를 조금 사두어라. 오지 않으면 내일 밤에 닭을 잡아야 해."
앤은 고개를 끄덕였다.
"오늘 점심은 데이비와 나뿐이니 아무것도 만들지 않고 가볍게 햄만으로 때우겠어요. 대신에 오늘 저녁에는 고기를 구워 놓을게요."
데이비가 자랑하듯이 말했다.
"나는 아침에 해리슨 아저씨와 덜스*[1]를 따러 가기로 했어. 아저씨가 부탁했거든. 아마 점심도 주실 거야.
그 아저씨는 이야기도 잘해주시고 정말 친절한 분이야. 나도 크면 아저씨처럼 되고 싶어. 아저씨가 하는 그런 일을 하고 싶다는 거지……… 아저씨 같은 울퉁불퉁한 얼굴이 되는 건 싫어. 하지만 그럴 걱정은 없다고 생각해. 린드 아줌마가 나보고 아주 잘생겼다고 했거든. 어른이 되어도 그대로일까, 앤 누나? 빨리 가르쳐줘."
앤이 진지한 얼굴로 말했다.
"당연하지 너는 귀여운 얼굴이야, 데이비."
머릴러는 씁쓰레한 표정을 지었다.
"하지만 얼굴만 잘생겨서는 안 돼. 마음씨도 착하고 신사다워야 해."
데이비는 재미없는 듯이 바지 주머니에 손을 찔러 넣고 말했다.
"요전에 미니 메이 배리가 못생겼다는 놀림을 받고 우니까 앤 누나가 착하고 마음씨 고운 아이라면 어떤 얼굴을 하고 있어도 상관없다고 했어. 왜 그런지 모르겠지만 늘 착한 아이가 되어야한다는 말뿐이야. 착한 아이! 착한 아이!"

---

*1 dulse, 홍조류(紅藻類) 식용 해초.

"너는 착한 아이가 되고 싶지 않니?"

머릴러가 다그쳐 물었다. 머릴러는 때때로 이런 어리석은 질문을 했다.

데이비는 조심하며 말했다.

"착한 아이가 되고 싶어. 하지만 너무 착하게 되고 싶지는 않아. 주일학교 교장선생님이면 그리 착하지 않아도 되나봐. 벨 선생님처럼. 그분은 아주 나쁜 사람이니까."

머릴러가 엄하게 나무랐다.

"그렇지 않아."

"아니야…… 스스로 그렇게 말했어. 지난 일요일 주일학교에서 기도드릴 때 분명 말했어. '나는 보잘것없는 벌레 같은 인간입니다, 가련한 죄인입니다, 아주 나쁜 죄를 지었습니다' 이렇게 말이야. 벨 선생님은 그렇게도 나쁜 짓을 했을까? 사람을 죽였을까? 아니면 헌금상자에서 돈을 훔쳤을까? 아줌마, 가르쳐줘."

때마침 린드 부인이 뒤뜰로 마차를 몰고 들어와 머릴러는 올가미에서 벗어나는 홀가분한 기분으로 달아날 수 있었지만, 벨 씨가 사람들 앞에서 기도드릴 때에는, 특히 '캐묻고 싶어하는' 작은 남자아이들 앞에서는 지나치게 수식적인 말을 삼갔으면 좋겠다고 생각했다.

머릴러가 외출을 하자 앤은 방을 청소하고, 침대를 매만졌다. 그리고 닭모이를 주고, 모슬린 옷을 빨아서 너는 등 신이 나서 척척 일해 나갔다.

이윽고 이불을 뜯으려고 자기 방으로 올라갔다가 제일 먼저 눈에 띈 감색 옷으로 갈아입었다. 앤이 14살 때 입던 옷인데, 입고 보니 앤이 처음 그린게이블즈에 왔을 때 입었던 그 악명 높은 옷과 마찬가지로 길이가 짧고 터질 듯이 꽉 끼었다. 그렇다고 깃털이불을 손질하는 데 지장이 있을 것 같지는 않았다. 머리에는 매슈가 늘 지니고 다녔던 빨강과 흰점이 군데군데 박힌 커다란 손수건을 쓰고 부엌 방으로 내려갔다. 머릴러가 나가기 전 방으로 깃털이불을 함께 날라놓았던 것이다.

창가에 금이 간 거울이 걸려 있었는데 보지 않았으면 좋았을 것을 무심코 앤은 거울에 얼굴을 비쳐보았다. 해가리개가 내려지지 않은 창문으로부터 직사광선을 받았기 때문인지 콧등의 주근깨 일곱 개가 여느 때보다 한층 눈에 띄었다.

"어머, 어젯밤 화장수 바르는 것을 잊었군. 가서 발라야지."

지금까지 앤은 주근깨를 없애보려고 여러 방법을 써 봤다. 어느 때에는 피부가 한 껍질 벗겨졌는데도 주근깨는 그대로 남아 있었다. 바로 2, 3일 전 잡지에서 주근깨에 듣는 화장수 만드는 법을 보고 마침 재료도 있어서 머릴러의 반대를 무릅쓰고 곧 화장수를 만들었다. 머릴러는 하느님이 코에 주근깨를 만들어 주셨다면 그 짐을 그대로 지고 사는 것이 의무라고 생각하고 있었다.

앤은 급히 식료품실로 내려갔다. 창문 옆에 큰 버드나무가 서 있어 늘 햇빛을 가리는 데다 파리가 들어오지 못하도록 해가리개를 내려놓아 그날은 더욱더 어두웠다. 앤은 선반에서 병을 내려 조그만 스펀지에 화장수를 묻혀 코에 듬뿍 발랐다. 이 중요한 일을 마치고 이불 있는 데로 돌아갔다.

깃털이불을 손질해본 사람이라면 쉽게 짐작하겠지만 그 일을 끝마친 앤의 모습은 정말 볼 만했다. 옷은 솜털로 온통 새하얗고 손수건 밑으로 비어져나온 앞머리에 깃털이 들러붙어 마치 얼굴에 후광을 두른 것 같았다. 이 중요한 순간에 부엌문을 쿵쿵 두드리는 소리가 들렸다.

"쉬어러 씨겠지. 모습이 엉망이지만 그 사람은 늘 바쁘니까 이대로 나가봐야지."

앤은 부엌문으로 얼른 달려갔다. 만약 부엌 바닥에 자비심이라는 것이 있어 깃털을 뒤집어 쓰고 있는 비참한 꼴의 처녀를 막을 수 있

다면 그린게이블즈의 바닥은 당장 입을 쩍 벌리고 앤을 집어삼켰어야 했다. 입구 층계에 서 있는 사람은 아름다운 비단옷을 입은 금발의 프리실러와 트위드 수트를 입은 키가 작고 뚱뚱한 백발 부인, 그리고 또 한 사람, 키가 크고 품위 있으며 화려한 옷차림을 한 부인이었다. 이 부인의 아름답고 고상한 얼굴과 검은 속눈썹 아래의 커다란 눈을 보았을 때, 앤은 이 사람이 바로 '샬럿 모건 부인'이라고 '직감'했다.

당황하면서도 앤의 혼란스러운 머릿속에 문득 어떤 생각이 떠올라, 물에 빠진 사람은 지푸라기라도 붙잡는다는 속담 그대로 앤은 그것에 매달렸다. 모건 부인의 여주인공들은 저마다 '어려움을 슬기롭게 풀어 나가는' 것으로 유명하며 어떠한 때 어떤 장소에서 어떤 일을 당해도 정면으로 맞서 극복함으로써 자기의 진가를 발휘한다.

앤은 자기도 이 난관을 지혜롭게 헤쳐 나가는 것이 의무라고 느꼈고, 다행히 훌륭하게 극복했다. 너무도 잘 처신하여 나중에 프리실러는 그때만큼 앤에게 감탄한 적이 없다고 말했을 정도였다.

앤은 마음속의 낭패를 조금도 겉으로 드러내지 않고 프리실러와 인사를 나눈 다음 마치 화려한 린네르로 성장을 한 사람처럼 침착하게 두 손님과 인사를 나누었다. 틀림없이 모건 부인이라고 직감했던 사람은 모건 부인이 아니라 펜덱스터 부인이었으며 뚱뚱하고 키가 작은 백발 부인이 모건 부인임을 알았을 때에는 좀 충격을 받았지만 그보다 더 큰 놀라움으로 그런 실망도 금세 힘을 잃었다. 앤은 손님을 응접실로 안내하고 급히 뜰로 나가 프리실러가 시중드는 것을 도와주었다.

프리실러가 사과했다.

"이렇게 불쑥 찾아와서 미안해. 어젯밤 갑자기 올 수 있게 됐어. 샬럿 이모님은 월요일에 돌아가시는데 오늘 읍내 친구들을 방문할 계획이었어. 그런데 어젯밤 그 친구로부터 전화가 걸려와 성홍열로 외부와 차단을 당하고 있으니 오지 말라는 거야.
그래서 네가 이모님을 만나고 싶어하는 것을 아니까 이곳으로 오시는 게 어떻겠느냐고 은근슬쩍 권유했지. 도중에 화이트 샌즈 호텔에 들러 펜덱스터 부인도 함께 가자고 했어. 저분은 이모님의 친구로 뉴욕에 살고 있어. 남편이 백만장자래. 우리는 오래 있을 수는 없어. 펜덱스터 부인이 5시까지 호텔로 돌아가야 한대."
두 사람이 말을 돌보는 동안 프리실러가 묘한 얼굴로 자꾸만 훔쳐보는 것을 앤은 알아차려 기분이 좀 나빴다.
앤은 마음속으로 투덜거렸다.
'그렇게 자꾸 보지 마. 아무리 깃털이불을 만져본 적이 없다 해도 얼마나 힘든 일인지 상상은 할 수 있지 않겠니?'
프리실러가 응접실로 가고 앤이 옷을 갈아입기 위해 2층으로 올라가려는데 다이애너가 불쑥 부엌으로 들어왔다. 앤은 깜짝 놀라 멍하니 서 있는 다이애너의 팔을 붙잡고 말했다.
"다이애너 배리, 지금 이 순간 응접실에 누가 있을 것 같니? 바로 모건 부인이야…… 그리고 뉴욕의 백만장자 부인……그런데 내 꼴을 좀 봐…… 더욱이 점심식사를 대접해야 하는데 햄뿐이니 어떡하지, 다이애너!"
그렇게 말하는 동안 다이애너도 프리실러와 마찬가지로 묘한 얼굴로 앤을 멀뚱멀뚱 쳐다보고 있었다. 아무리 그렇지만 이건 너무 하지 않은가.
"아이참, 다이애너, 그런 식으로 보지 마. 깃털이불을 손질하면 이 세상에서 가장 깨끗한 사람도 이렇게 된다는 것을 모르니?"
다이애너는 머뭇거렸다.
"그…… 그…… 깃털 때문이 아니야. 그…… 그…… 그…… 네 코 말이야, 앤."
"내 코? 다이애너, 내 코가 뭐 어쨌다는 거니?"

앤은 설거지대 위에 걸린 거울 앞으로 뛰어갔다. 흘끗 보는 것만으로 충분했다. 앤의 코는 불타오르는 듯한 새빨간 색이었다.

어지간한 일에는 놀라지 않는 앤도 그만 의자에 털썩 주저앉았다.

"대체 어떻게 된 거니?"

놀란 다이애너는 상대에 대한 배려도 잊고 궁금증을 누르지 못하여 다짜고짜 물었다.

"나는 주근깨약을 발랐다고 생각했는데, 머릴러가 카펫에 표시할 때 쓰는 빨간 물감을 발랐나봐. 어떡하면 좋지?"

앤의 절망적인 대답이었다.

다이애너가 씩씩하게 말했다.

"씻으면 되지 뭐."

"씻어도 안 지워질지 몰라. 전에는 머리카락을 물들였고 이번에는 코를 물들였어. 머리카락은 머릴러가 잘라 주어서 괜찮았지만 코는 자를 수도 없잖아.

이것도 허영심의 벌이니 마땅해. 그만한 짓을 했으니 하는 수 없지―하지만 그렇게 생각해도 그리 기분이 나아지지는 않아. 이런 일만 생기니 나처럼 운 나쁜 사람도 없을 거야. 린드 아주머니 말로는 세상에는 본디 운이라는 건 없다고 했지만. 세상의 모든 일은 처음부터 정해져 있다나."

다행히 물감은 쉽게 지워졌으므로 앤은 울적한 기분을 돌려 방으로 올라갔고 다이애너는 집으로 달려갔다.

잠시 뒤 앤은 옷을 갈아입고 침착하게 내려왔다. 이때를 위해 입으려 했던 모슬린 옷은 바깥의 빨랫줄에서 기세좋게 펄럭이고 있기 때문에 하는 수 없이 검은 마직 옷을 입었다.

아래층으로 내려가 불을 피워 차를 끓이고 있는데 다이애너가 돌아왔다. 다이애너는 그런대로 모슬린 옷을 입고, 뚜껑 덮은 그릇을 안고 있었다.

"어머니가 주셨어."

뚜껑을 열어보니 금방이라도 식탁에 내놓을 수 있게 잘게 찢어놓은 닭고기였다. 앤은 정말로 고마웠다.

닭고기에 곁들여 방금 구운 빵과 고급 버터와 치즈, 머릴러가 만든 과일 케익, 여름햇살 같은 금빛 시럽에 띄운 자두 설탕절임 등을 내놓았다.

식탁에는 빨간색과 흰색 과꽃이 큰 단지에 꽂혀 있었다. 그러나 지난번 모건 부인을 위해 준비했던 호화로웠던 식탁에 비하면 말할 수 없이 초라했다.

시장했던 손님들은 무엇 하나 부족함이 없는 듯 간소한 식사를 맛있게 먹었다. 처음 얼마 동안 앤은 이것도 없고, 저것도 부족해서 어떡하나 마음졸였으나 그런 것은 금방 잊어버리고 말았다.

모건 부인에 대해서 그 충실한 숭배자인 앤과 다이애너는 겉모습에 약간 실망한 건 사실이지만, 부인은 참으로 능숙한 이야기꾼이었고 널리 여행다닌 까닭으로 화제 또한 풍부했다.

인간에 대해 많은 것을 느껴왔고 그 보고 들은 것이 재치에 넘치는 짧은 문장과 경구가 되어 모건 부인의 입에서 흘러나올 때는 훌륭한 작품 속 인물이 실제로 말하고 있는 듯한 느낌이었다. 더욱이 번뜩이는 영감 속에 여자다운 헤아림과 자상한 마음이 강하게 느껴져 부인의 재능에 대한 존경심과 더불어 인간적으로 경애하는 마음마저 품게 되었다.

그렇다고 해서 부인은 자기 혼자 이야기를 독점하지 않았다. 다른 사람들도 자연스럽게 끌어들였으므로 앤과 다이애너도 어느덧 마음을 터놓고 이야기했다.

펜덱스터 부인은 거의 말하지 않고 다만 빛나는 눈과 입가에 미소를 머금으며 닭고기와 과일과자와 설탕절임을 아주 우아하게 먹었는데, 그 모습이 말할 수 없이 아름다워 마치 여신이 음식과 달달한 이

슬을 먹고 있는 듯한 느낌이 들 정도였다.

그러나 나중에 앤이 다이애너에게 말했듯이 펜덱스터 부인처럼 거룩하리 만큼 고결한 사람은 말할 필요도 없었으며 오직 그 자리에 있는 것만으로도 충분했다.

식사 뒤 그들은 산책을 나가 '연인의 오솔길'이며 '제비꽃 골짜기'며 '흰 자작나무 오솔길'과 '도깨비숲'을 지나 '드라이어드 샘'으로 돌아왔다. 샘가에 앉아 유쾌한 이야기를 주고받는 동안 남은 시간 30분이 지나가고 말았다.

모건 부인이 '도깨비숲'이라는 이름의 유래를 물었으므로 앤이 몇 년 전 도깨비가 나타나는 해질녘에 머릴러가 억지로 이 숲을 지나게 했던 그 잊을 수 없는 추억을 몸짓을 섞어가며 생생하게 들려주자 부인은 눈물을 흘릴 만큼 배꼽을 잡고 웃었다.

손님이 돌아가고 다이애너와 단둘이 남자 앤이 말했다.

"그것이 정말 이지(理智)의 향연, 영혼의 소통이겠지. 나는 모건 부인의 이야기를 듣는 것과 펜덱스터 부인을 바라보는 것 어느 쪽에 더 정신이 쏠렸는지 알 수 없었어. 갑자기 찾아온 것이 오히려 다행이지. 미리 알고 있었으면 이것저것 대접하느라 정신없었을 거야. 다이애너, 나하고 차마신 뒤에 돌아가. 우리 오늘의 일을 다시 한번 천천히 이야기해 보자."

"프리실러가 말했는데, 펜덱스터 부인의 시누이가 영국 백작과 결혼했대. 펜덱스터 부인은 자두 설탕절임을 두 그릇이나 먹었어."

다이애너는 귀족부인과 머릴러의 설탕절임이 서로 맞설 수 없다는 듯한 말투였다.

앤은 자랑스레 말했다.

"비록 영국 백작이 직접 왔다 하더라도 우리 머릴러의 자두 설탕절임에는 감탄하지 않을 수 없었을 거야."

그날 밤, 머릴러에게 오늘 일어났던 일을 이야기할 때 앤은 코에 얽힌 비극적인 사건에 대해서는 말하지 않았다.

앤은 주근깨 화장수를 창문 밖으로 쏟아버리며 씁쓰레한 얼굴로 중얼거렸다.

'다시는 예뻐지는 약 같은 건 바르지 않겠어. 조심성 있고 분별 있는 사람은 괜찮을지도 모르지. 하지만 나 같은 덜렁이가 덮어놓고 그런 것에 손대는 것은 짓궂은 운명의 신에게 내 인생에 끼어들어 장난치도록 유혹하라는 것과 같아.'

미스 라벤더

학기가 시작되었다. 앤은 이제 이론을 내세우지 않는 대신 많은 경험을 가지고 교사의 일상으로 수월하게 돌아왔다.

예닐곱 살 신입생이 몇몇 들어와 눈을 초롱초롱 반짝이며 새로운 세계에 뛰어들었다. 그 가운데 데이비와 도러도 있었다.

데이비는 밀티 볼터와 함께 앉았다. 밀티는 1년 전부터 학교에 다녔으므로 모든 사정에 밝은 대선배라 할 수 있었다.

도러는 지난주 주일학교에서 릴리 슬론과 함께 나란히 앉기로 약속해 두었는데, 첫날 릴리가 결석하여 우선 미러벨 코튼과 짝꿍이 되었다. 미러벨은 열 살이나 위였기 때문에 도러에게는 '아주 나이 많은 큰 언니'였다.

그날 저녁 데이비는 집에 돌아오자 머릴러에게 신나서 말했다.

"학교는 재미있는 곳이야. 아줌마 말대로 책상에 가만히 앉아 있는 건 정말 힘들었어. 아줌마 말은 언제나 맞아. 하지만 책상 밑에서 다리를 이리저리 움직이니 훨씬 나았어.

그렇게 많은 남자아이들과 놀 수 있어서 굉장히 기뻐. 나는 밀티 볼터하고 앉았어. 밀티는 괜찮은 아이야. 밀티는 나보다 키는 크지만 몸은 내가 더 커. 제일 뒤에 앉으면 더 재미있겠지만 발이 바닥에 닿아야 거기에 앉을 수 있대. 밀티가 석판에다 앤 누나의 얼굴을 울퉁불퉁 보기 싫게 그렸기 때문에 나는 누나의 얼굴을 그렇게 그리면 쉬는 시간에 때려 주겠다고 했어.

처음엔 밀티를 그려놓고 뿔과 돼지 꼬리를 달아줄까 생각했지만 밀티가 화낼지도 몰라서 그만뒀어. 친구를 속상하게 하면 안 된다고 누나가 말했으니까. 화나는 일을 당하는 건 누구한테나 싫은 일이지? 마음을 상하게 하는 것보다 차라리 때리는 편이 나을 거야.

밀티는 너 같은 것은 조금도 무섭지 않지만 다른 사람으로 해두겠다며 앤 누나의 이름을 지우고 바버러 쇼의 이름을 썼어. 밀티는 바버러를 몹시 싫어하거든. 밀티더러 귀여운 아가라며 머리를 쓰다듬어 주었대."

도러도 학교가 재미있다고 아무렇지 않게 말했다. 늘 얌전한 도러지만 특별히 더 조용한 것이 좀 이상하게 느껴졌다.

밤이 되어 머릴러가 2층으로 올라가 자라고 하자 도러는 머뭇머뭇하더니 울음을 터뜨렸다.

"나…… 무서워…… 2층은 어두워서 혼자 가기 싫어."

도러가 흐느껴 울자 머릴러는 어이없어 하며 물었다.

"아니, 무슨 생각을 하고 그러니? 여름내내 무서워하지 않고 혼자 자러 올라갔잖니?"

앤은 여전히 울고 있는 도러를 꼭 껴안고 다정하게 속삭였다.

"언니에게 모두 이야기해 보렴. 착하지. 대체 뭐가 무섭지?"

"미—미러벨의 삼촌이 무서워. 오늘 미러벨이 자기 집안 사람들 이야기를 모두 해주었어. 미러벨 집안 사람들은 모두…… 할아버지도 할머니도 여러 명 되는 삼촌도 고모도 모두 죽었대. 다 일찍 죽는 집안이래.

미러벨은 친척들이 많이 죽은 것을 굉장히 자랑했어. 그 사람들이 어떻게 죽었는지, 죽을 때 하던 말, 관 속에 넣을 때의 이야기를 모조리 해주었어. 그리고 한 삼촌은 무덤 속에 묻힌 뒤에도 집안을 돌아다니는 것을 미러벨의 어머니가 보았대. 다른 건 별로 안 무서운데 그 아저씨 이야기를 잊을 수가 없어."

앤은 도러를 데리고 2층으로 올라가 도러가 깊이 잠들 때까지 옆에 앉아 있었다.

다음날 앤은 쉬는 시간에 미러벨을 불러 다정하면서도 엄격한 목소리로, 죽은 삼촌이 무덤 속에 묻힌 뒤에도 집안을 돌아다니다니, 그런 엉뚱한 이야기를 옆자리의 나이 어린 동생에게 하는 것은 좋지 않다고 타일렀다.

주의를 들은 미러벨은 앤을 원망스럽게 생각했다. 코튼 집안에는 자랑할 것이 아무 것도 없었다. 단 한가지 자랑거리라고 할 수 있는 유령을 이용하지 말라면 어떻게 학교에서 자기 위신을 세울 수 있겠는가?

어느덧 9월은 지나가고 짙은 황금빛과 진홍빛으로 물드는 아름다운 10월이 다가왔다.

어느 금요일 밤, 다이애너가 놀러왔다.

"오늘 엘러 킴블로부터 편지가 왔는데, 그 사람의 사촌동생 아이린 트렌트가 읍내에서 왔다고 내일 오후 우리더러 차마시러 오래. 하지만 우리 집 말은 내일 모두 써야 해서 안 되고 너의 집 말은 다리가 아프니…… 갈 수 없을 것 같아."

"걸어가면 되잖니. 숲을 곧장 빠져나가면 웨스트 그래프턴 큰길로 나가지. 그곳에서 킴블 씨네는 얼마 멀지 않아. 지난 겨울도 그 길을 지나간 일이 있어서 알고 있어. 한 4마일(6.4㎞)쯤 될 거야. 돌아올 때는 올리버 킴블이 마차로 바래다줄 테니 걱정없지. 마차를 몰 수 있는 핑계가 생겨서 오히려 좋아할 걸. 올리버는 캐리 슬론을 만나러 갈 때도 아버지가 좀처럼 마차를 내주지 않는대."

그리하여 두 사람은 걸어가기로 결정하고 다음날 오후 떠났다.

'연인의 오솔길'에서 커스버트네 농장 뒤쪽을 지나자 한 줄기 길이 너도밤나무와 단풍나무 숲속으로 죽 이어져 있었다. 숲에는 보랏빛 정적이 감돌았으며 발그레한 빛이 비쳐들고 있었다.

앤은 꿈꾸듯 말했다.

"마치 스테인드 글라스를 뚫고 부드러운 빛이 비쳐드는 큰 성당 안에서 태양이 무릎 꿇고 기도드리는 것 같아. 이런 곳을 빨리 지나가는 것은 교회 안에서 뛰는 것과 마찬가지로 불경스러운 기분이야."

다이애너는 시계를 흘끗 보았다.

"하지만 빨리 가야겠어. 시간이 얼마 없는 걸."

"좋아, 그렇다면 빨리 걷겠지만 나에게 말 걸지 마. 오늘의 이 아름다움을 마음속 깊이 음미하고 싶어. 꿈을 꾸듯 찰랑거리는 달콤한 와인이 들어 있는 술잔을 내 입에 내밀고 있는 것 같은 걸. 한 걸음 옮길 때마다 맛을 보면서 걸어갈 테야."

아마도 지나치게 아름다움에 취한 탓이었는지 갈림길에서 오른쪽으로 꺾어들어가야 할 것을 앤은 왼쪽으로 잘못 접어들고 말았다. 그러나 뒷날까지 앤은 이 실수를 두고두고 행운으로 생각했다.

마침내 두 사람은 인적이 없고 풀이 무성한 길로 나왔다. 양옆에는 어린 가문비나무가 줄지어 있을 뿐, 아무것도 눈에 들어오지 않았다.

다이애너가 놀라며 외쳤다.

"어머나, 여기가 어디지? 여기는 웨스트 그래프턴 길이 아니야."

앤이 멋쩍은 듯 말했다.

"정말 아니네. 아마 갈림길에서 잘못 들었나봐. 여기가 어딘지는 잘 모르지만 킴블 씨네까지 가려면 3마일은 충분히 될 것 같아."

"그렇다면 5시까지 도착할 수 없겠어. 벌써 4시 30분인걸."

다이애너는 시계를 들여다보며 어쩔 줄 몰라했다.

"우리가 도착했을 때는 이미 차를 다 마시고 난 뒤여서 우리를 위해 다시 준비해야 할 거야."

앤이 미안한 듯 물었다.

"차라리 그냥 집으로 돌아가는 게 낫지 않을까?"

다이애너는 잠시 고민하더니 말했다.

"하지만 애써 여기까지 왔으니까 가는 게 낫겠어."

얼마 더 가지 않았는데 또 갈림길이 나타났다. 다이애너가 불안한 얼굴로 물었다.

"어느 쪽으로 가지?"

앤은 고개를 가로저었다.

"모르겠어. 이 이상 또 잘못 들어서면 정말 큰일이야. 어머나, 저기 조그마한 문이 있고 오솔길이 숲속으로 쭉 뻗어 있구나. 저 끝에 집이 있을지도 모르니 가서 물어보기로 하자."

꼬불꼬불한 오솔길을 걸어가며 다이애너가 말했다.

"어쩌면 이토록 낭만적이고 고풍스러운 길이 있을까!"

오솔길은 가지가 얽힌 늙은 전나무 밑을 지나고 있었으므로 어디서 어두컴컴하여 이끼가 자라고 있을 뿐이었다. 양옆에는 갈색 낙엽이 쌓여 있고 군데군데 눈부신 햇살이 비쳐들었다. 인가와 멀리 떨어져 있어 주위는 쥐죽은 듯 고요하고 속세의 시름을 멀리 떠나온 듯한 느낌이었다.

"마치 마법의 숲을 걸어가는 것 같아. 다시 세상으로 돌아갈 수 없을것 같지 않니, 다이애너? 이제 곧 마법에 걸린 공주님이 있는 성이 나타날 거야."

모퉁이를 돌았을 때 덩그러니 놓여 있는 작은 집이 한 채 보였다. 이 지방에는 어느 집이나 똑같은 구조의 농가뿐이어서 마치 한 씨앗에서 나온 것 같은 인상을 주었다. 그래서 이 집을 보았을 때 두 사람은 오래된 성이라도 발견한 듯 놀라움을 느꼈다.

앤은 기뻐서 걸음을 멈췄고 다이애너는 환성을 질렀다.

"아, 여기가 어디인지 알았어. 저 집이 바로 미스 라벤더 루이스가 살고 있는 돌집이야…… 아마도 '메아리집'이라는 이름이었던 것 같아. 소문으로는 들었지만 직접 보는 것은 처음이야. 정말 낭만적인 곳이로구나."

앤은 몹시 기뻐했다.

"이토록 아름답고 멋진 곳을 나는 본 적도, 상상한 적도 없어. 마치 동화책이나 꿈속에 나오는 집 같아."

집은 추녀가 낮고 섬에서 나오는 손질하지 않은 붉은 사암으로 지어져 있었다. 경사가 가파른 지붕에 창문이 두 개 있고 고풍스러운 나무차양이 삼각형으로 달려 있었다. 큰 굴뚝이 두 개 보였으며, 거친 돌을 발판삼아 잘 뻗어나간 담쟁이덩굴이 집 전체를 둘러싼 채, 서리를 맞아 청동색과 포도주 같은 붉은색으로 물들어 있었다.

집 앞에는 네모진 뜰이 있고 지금 두 사람이 서 있는 대문에서 좁은 길이 집까지 이어져 있었다.

뜰 한쪽은 집이 자리잡고 나머지 삼면은 낡은 돌담으로 둘러싸여 있었는데, 이끼며 풀이며 풀고사리가 무성하여 새파란 둑처럼 보였다.

돌담 밖의 양옆에는 키 큰 가문비나무가 돌담 위에 종려나무잎 같은 가지를 드리우며 울창하게 자라고 있고 돌담 밑에는 작은 클로버 목장이 완만한 비탈을 이루었으며, 그 끄트머리에 그래프턴 강의 푸른 물결이 주위를 에워싸듯이 잔잔하게 흐르고 있었다.

그 밖에는 집도 밭도 없었으며, 보이는 것은 온통 어린 전나무로 뒤덮인 언덕과 골짜기뿐이었다.

대문을 열고 뜰 안으로 들어서며 다이애너가 말했다.

"미스 루이스는 어떤 사람일까? 아주 색다르다는 평판이 나 있던데."

앤이 말했다.

"그렇다면 틀림없이 재미있는 사람일 거야. 독특한 사람이라면 다른 점은 몰라도 지루한 사람은 아닐 걸. 그것만은 확실해. 마법에 걸린 성이 나올 거라고 내가 말했지, 다이애너? 도깨비들이 아무 이유도 없이 그 오솔길에 마법을 행할 리가 없다고 생각했어."

다이애너가 웃으며 말했다.

"미스 루이스는 마법에 걸린 공주님과는 거리가 먼 사람이야. 노처녀거든. 나이는 45살이고 머리가 완전히 백발이래."

"어머나, 그것이 바로 마법에 걸렸다는 증거야."

앤은 어디까지나 자신있었다.

"사실은 아직 젊고 아름다울 거야…… 우리가 그 마법을 풀 수 있는 방법을 안다면 다시 한번 눈부시게 아름다운 모습으로 되돌려 줄 수 있을 텐데. 슬프지만 우리는 알지 못해. 그 방법을 아는 사람은 오직 왕자님뿐이지…… 그리고 미스 루이스의 왕자님은 지금 목숨과 관련된 어려움을 당하고 있어서 아직 못 오는 게 아닐까? 그러면 옛날 이야기의 결말과는 달라지지만."

"왕자님은 오래 전에 왔다가 가버린 것이 아닐까? 젊었을 때 미스 루이스는 스티븐 어빙과 약혼했었다잖니. 폴의 아버지 말이야. 하지만 다투고 헤어졌대."

"쉿! 문이 열려 있어."

앤이 조심하라는 듯이 주의를 주었다.

두 사람은 담쟁이덩굴이 늘어진 입구에 서서 열려 있는 문을 두드렸다. 안에서 타박타박 발소리가 나더니 작고 기묘한 인물이 나타났다. 14살쯤 된 소녀로 까뭇까뭇 주근깨투성이 얼굴에 주먹코였으며 입은 한쪽 귀에서 다른 한쪽 귀에 이를 만큼 컸다. 두 가닥으로 땋아 늘어뜨린 금발에는 깜짝 놀랄 만큼 큰 나비 리본이 두 개 묶여 있었다.

다이애너가 물었다.

"미스 루이스 계시나요?"

"네, 계세요. 들어오세요, 아가씨들…… 이쪽으로 앉으세요. 마님께 알리고 오겠어요. 2층에 계시지요."

어린 하녀는 금방 나가버렸다.

뒤에 남은 두 사람은 재미있어 하며 주위를 둘러보았다. 이 작은 집의 아기자기한 내부는 겉보기와는 다르게 두 사람의 흥미를 잡아끌었다.

천장이 낮고 촘촘하게 짠 격자창 두 개에는 주름장식이 달린 모슬린 커튼이 드리워져 있었다. 가구는 모두 구식이었지만 잘 손질되어 있어 보기에도 산뜻했다.

그렇지만, 솔직하게 말해 상쾌한 가을 공기를 마시며 4마일이나 걸어온 아가씨들의 눈길을 가장 끈 것은 식탁이었다.

맛있는 음식이 담긴 연푸른 도자기 접시가 놓이고 어린 황금빛 풀고사리가 식탁보 위 여기저기 장식되어 있는 것을 보니 앤의 말대로 '축제' 같은 분위기가 감돌고 있었다.

앤이 속삭였다.

"미스 라벤더는 손님을 기다리고 있나봐. 여섯 사람 몫을 준비해 두었어. 저 아이는 참 이상해. 장난꾸러기 요정나라에서 온 사자 같아. 저 아이에게 길을 물어봐도 되지만 나는 미스 라벤더를 만나보고 싶었어. 쉿! 오나봐."

문가에 나타난 미스 라벤더를 보았을 때 두 사람은 너무 놀라 인사하는 것도 잊은 채 그저 넋을 잃고 쳐다보았을 뿐이었다. 두 사람 다 무의식 중에 자기들이 늘 보아오던 여느 노처녀가 나타날 것으로 생각했던 것이다. 여위고 딱딱한 몸매, 말끔히 빗어올린 잿빛 머리칼, 그리고 안경. 그러나 그런 모습과는 비슷하지도 않은 미스 라벤더였다.

작은 몸매에 눈처럼 아름답게 물결치는 하얀 머리칼을 부풀리기도

하고 앞으로 내밀기도 하여 보기좋게 묶었는데 그게 아주 잘 어울렸고, 복숭아 같은 핑크빛 뺨, 귀여운 입매, 크고 부드러운 갈색 눈동자에 보조개마저 있었다. 연한 색 장미무늬의 크림색 모슬린옷을 입었는데, 같은 나이의 다른 부인이 입었다면 아가씨 취향의 옷을 입었다고 웃음을 터뜨렸겠지만 미스 라벤더에게는 참으로 잘 어울렸다.

"나를 만나러 왔다고 샤를로타 4세가 말하던데요……"

그 목소리도 그녀의 모습과 잘 어울렸다.

다이애너가 말했다.

"저, 웨스트 그래프턴으로 나가는 길을 물어보고 싶어서요. 우리는 킴블 씨네로 차를 마시러 오라는 초대를 받아 가다가 숲속에서 길을 잘못 들어 이쪽으로 오게 되었어요. 웨스트 그래프턴 길로 나가는 대신에 가운뎃쪽으로 와버렸거든요. 댁의 대문에서 오른쪽으로 가야 할까요, 아니면 왼쪽으로 가야 할까요?"

"왼쪽인데요……"

미스 라벤더는 망설이는 듯 식탁을 내려다보더니 갑자기 결심한 사람처럼 큰소리로 말했다.

"여기서 나와 함께 차를 마시고 가지 않겠어요? 부디 그렇게 해줘요. 킴블 씨 댁에 도착할 무렵엔 이미 차를 다 마신 뒤일 거예요. 그렇게 해준다면 샤를로타 4세도 나도 정말 기쁘겠어요."

다이애너는 앤을 보았다.

"괜찮으시다면 폐를 끼치겠어요."

앤은 서슴없이 승낙했다. 이 뜻밖에 만난 미스 라벤더라는 사람을 좀더 알고 싶었기 때문이다.

"하지만 다른 손님이 오게 되어 있는 건 아닌가요?"

미스 라벤더는 차가 준비되어 있는 식탁을 바라보며 볼을 살짝 붉게 물들였다.

"내가 바보처럼 여겨지겠죠. 사실 어리석은 일이니까요. 들켰을 때에는 부끄럽지만 남들이 모르면 아무 일도 아니에요.

누가 오게 되어 있는 건 아니에요. 그저 누군가를 초대한 것처럼 생각하고 해본 거죠. 보이는 것처럼 이렇듯 외롭게 살고 있어요. 손님이 오는 걸 무척 좋아하는데…… 마음 맞는 손님 말이에요.

여기는 워낙 외진 곳이어서 좀처럼 찾아오는 분이 없어요. 샤를로타 4세도 몹시 쓸쓸해 하죠. 그래서 이따금 손님을 초대하는 시늉을 해요. 요리를 만들고 식탁을 꾸미고 어머니가 결혼식 때 쓰던 도자기를 내놓고 이렇게 몸단장도 하죠."

다이애너는 마음속으로 미스 라벤더는 소문대로 별난 사람이라고 생각했다. 어린아이도 아니고 45살이나 된 사람이 소꿉장난을 하다니!

그러나 앤은 눈을 반짝이며 기쁨에 가득 찬 목소리로 외쳤다.

"어머나! 그럼 미스 라벤더도 여러 상상을 하는군요."

이 말을 듣자 미스 라벤더는 앤이 자기와 '서로를 부르는 영혼'임을 알고 용기를 내어 털어놓았다.

"네, 그래요. 물론 이 나이에 어리석은 일인 줄은 알지만 하고 싶을 때 할 수 없다면 혼자 사는 의미가 없지 않겠어요? 남에게 폐를 끼치는 것도 아니니까 이런 어리석은 일이라도 해서 쓸쓸함을 메워보는 거지요. 그렇게 자주는 아니지만 때때로 공상마저 하지 않는다면 살 수 없을 것 같아요. 다른 사람에게 들킨 적은 그리 없어요. 샤를로타 4세는 결코 소문을 퍼뜨리지 않으니까요.

하지만 오늘은 그렇게 하기를 참 잘했다는 생각이 드는군요. 정말로 두 분이 와주었고, 차 준비도 되어 있으니 잘됐어요. 응접실에 가서 모자를 벗어놓고 와요. 층계를 올라가면 하얀 문이 그 방이에요. 나는 부엌에서 샤를로타 4세가 차를 너무 뜨겁게 끓이지 않는지 보고 오겠어요. 저 애는 아주 착하지만 일은 서툴죠."

미스 라벤더는 사뿐거리며 가볍게 부엌으로 갔고 두 사람은 2층으로 올라갔다.

응접실은 문과 마찬가지로 안도 모두 하얀색이었으며, 담쟁이덩굴이 드리워진 창문으로 비쳐드는 빛을 받아 앤의 말대로 여기서라면 행복한 꿈을 마냥 꿀 수 있을 것 같았다.

다이애너가 말했다.

"오늘은 정말 멋진 모험을 하고 있어. 게다가 미스 라벤더는 좀 색다르기는 해도 친절한 사람 같지? 조금도 나이든 독신녀 같지 않아."

앤이 맞장구쳤다.

"마치 피아노 소리에 빠져든 기분이야."

두 사람이 아래층으로 내려가자 미스 라벤더가 주전자를 가지고 들어왔다. 갓 구운 비스킷을 담은 접시를 들고 샤를로타 4세가 온몸에 기쁜 빛을 띄우며 그 뒤를 졸졸 따라 들어왔다.

"자, 두 사람의 이름을 가르쳐 주겠어요? 젊은 아가씨들이어서 정말 기뻐요. 나는 젊은 사람들을 아주 좋아하죠. 젊은 사람들과 함께 있으면…… 나까지 어려진 기분에 젖을 수 있으니까요. 나는 말이에요…… 자신이 나이 먹었다고 생각하는 게 가장 싫어요."

미스 라벤더는 얼굴을 조금 찌푸렸다.

"자, 이름이 뭐죠? 다이애너 배리? 그리고 그쪽이 앤 셜리? 저, 백 년 전부터 알고 있는 사이처럼 당장 앤, 다이애너로 불러도 괜찮겠어요?"

두 사람은 똑같이 대답했다.

"괜찮고말고요."

미스 라벤더는 감정을 숨기지 않고 말했다.

"자, 편하게 앉아서 많이 들어요. 샤를로타, 너도 앉아서 닭고기 좀 먹지 그러니. 스펀지 케이크 도넛을 만들어 놓기 잘했어요. 오지 않는 손님을 위해 그런 걸 만들다니 우스운 일이죠. 샤를로타 4세도 그렇게 생각했죠. 그렇지, 샤를로타? 하지만 이렇게 좋은 일이 생겼잖니.

어쨌든 낭비하는 일은 없어요. 샤를로타와 둘이서 며칠 동안 먹으면 되니까요. 스펀지 케이크는 오래 둘수록 맛이 없지만."

이 즐겁고 잊을 수 없는 소중한 추억의 식사가 끝난 뒤 그들은 저녁놀이 붉게 비치는 뜰로 나갔다.

다이애너는 황홀한 듯 주위를 빙 바라보았다.

"정말 아름다운 곳이에요."

앤이 물었다.

"왜 '메아리집'이라고 이름지으셨죠?"

"샤를로타, 안으로 들어가 시계 선반에 걸린 그 작은 피리를 가져오렴."

샤를로타 4세는 뛰어가서 피리를 가져왔다.

"불어봐, 샤를로타."

샤를로타 4세가 시키는 대로 피리를 불자 굳이 평하자면 귀에 거슬리는 새된 소리가 울려 퍼졌다. 한순간 주위가 고요했다...... 그러나 다음 순간 강 건너 숲에서 마치 '요정나라의 피리'*[1]가 한꺼번에 저녁놀 물든 하늘을 향해 울려 퍼지듯 은방울 같은 메아리가 되어 돌아왔다.

앤과 다이애너는 환성을 지르며 기뻐했다.

"자, 웃어보렴, 샤를로타...... 큰 소리로 웃어봐."

미스 라벤더의 말이라면 물구나무서기라도 마다하지 않을 것 같은 샤를로타는 돌 벤치에 올라가 진심어린 마음으로 크게 웃었다. 그러자 많은 요정들이 흉내라도 내듯 노을에 물든 보랏빛 숲, 전나무가 무성한 곳에서 웃음소리가 되돌아왔다.

"어느 분이든 우리 메아리를 들으면 탄복하죠."

미스 라벤더는 마치 메아리가 자기 것이기라도 한 듯이 말했다.

---

*1 테니슨의 長詩 《프린세스》에 나오는 노래 글귀.

"나도 아주 좋아해요. 좋은 동무가 되어주니까요. 고요한 저녁 무렵 곧잘 샤를로타 4세와 이곳에 앉아 메아리를 즐겨요. 샤를로타, 그 피리를 제자리에 잘 걸어 두어라."

"어째서 샤를로타 4세라고 부르죠?"

그것이 궁금해서 견딜 수 없었던 다이애너가 물었다.

"내 머리 속에서 다른 샤를로타하고 혼동하지 않기 위해서예요. 모두들 너무 비슷해서 구별할 수 없을 정도거든요. 저 아이의 본디 이름은 샤를로타가 아니라…… 저…… 잠깐만요…… 뭐였지? 리어노러였던가…… 맞아요, 리어노러예요.

10년 전 어머니가 돌아가신 뒤 나는 이곳에서 혼자 살 수도 없고, 그렇다고 정식 가정부를 둘 여유도 없었어요. 샤를로타 보먼이라는 아이에게 식사와 옷만을 주겠다며 와 있게 했죠. 그 아이의 이름이 샤를로타였으니 샤를로타 1세인 셈이에요. 16살까지 3년 동안 여기 있다가 보수가 더 좋은 곳이 있어서 보스턴으로 가버렸어요. 그 뒤 동생 줄리에타가 왔는데 언니와 너무 닮아서 나는 그만 샤를로타라고 불렀어요. 줄리에타가 그리 싫어하지 않아서 그 아이의 본디 이름을 부르지 않고 샤를로타 2세라고 불렀지요. 그 아이가 가버리고 다음에 온 아이는 이블리너였는데 그 애가 샤를로타 3세지요. 지금 있는 저 아이는 샤를로타 4세예요.

저 아이도 16살이 되면—지금은 14살이에요—또 보스턴으로 가고 싶어할 테니 나는 어찌하면 좋을지 벌써 걱정스러워요. 저 아이는 보먼네 막내딸로 마음씨가 가장 착해요. 다른 샤를로타들은 내가 공상을 하면 바보같다고 생각하는 것을 숨기려 하지 않았지만 샤를로타 4세만은 마음속으로는 어떻게 생각하든 얼굴에 나타내지 않아요. 나는 남이 내 일을 어떻게 생각하든 태도에 드러내지 않으면 조금도 상관없거든요."

다이애너가 안타까운 눈길로 저녁놀을 바라보며 말했다.

Chang.Kye

"어두워지기 전에 킴블 씨네에 가야 해서 이제 그만 가봐야겠어요…… 정말 즐거웠어요."

미스 라벤더는 부탁하듯이 간절한 눈빛으로 말했다.

"또 와줄 거죠?"

키가 큰 앤이 몸집 작은 미스 라벤더를 포옹했다.

"오고말고요. 이런 곳에 숨어 있는 당신을 찾아낸 걸요. 귀찮아할 만큼 오겠어요. 정말이에요. 이제 그만 진짜로 가봐야겠어요. 폴 어빙은 아니지만 '가슴이 찢어지는 듯한 심정으로' 작별하는 거예요. 폴은 우리집에서 돌아갈 때마다 그렇게 말해요."

미스 라벤더는 좀 달라진 목소리로 되물었다.

"폴 어빙이라고요? 그게 누구죠? 애번리에 그런 이름을 가진 사람은 없었던 것 같은데요."

앤은 자기의 경솔함에 화가 났다. 미스 라벤더의 옛날 로맨스를 잊고 그만 폴의 이름을 입 밖에 냈으니까.

앤은 뭐라고 말하면 좋을지 생각하며 천천히 설명했다.

"내가 가르치는 어린 학생이에요. 지난해 보스턴에서 왔는데, 할머니가 계시는 바닷가 길의 어빙 댁에 살고 있죠."

미스 라벤더는 자기와 같은 이름의 라벤더 무더기 앞에 앉아 얼굴을 보이지 않은 채 물었다.

"스티븐 어빙의 아들인가요?"

"네, 그래요."

"두 분에게 라벤더 꽃다발을 하나씩 드리겠어요."

미스 라벤더는 앤의 대답이 들리지 않은 듯 명랑한 목소리로 말했다.

"향기가 아주 좋죠? 어머니가 무척 좋아했어요. 이곳에 심은 것도 어머니였죠. 물론 아버지도 퍽 좋아했어요. 그래서 내 이름을 라벤더라고 지었대요.

아버지가 어머니를 처음 만난 것은 어머니의 오빠와 함께 이스트 그래프턴의 어머니 집을 방문했을 때였어요. 아버지는 첫눈에 어머니가 마음에 들었대요. 그날 밤 객실 침대 시트에서 라벤더 향기가 풍겨 아버지는 한잠도 못 자고 어머니 생각만 했다더군요. 그 다음부터 라벤더 향기를 아주 좋아하게 되었고…… 내 이름도 그렇게 지었지요.

잊지 말고 또 놀러와줘요. 샤를로타 4세와 나는 두 사람을 기다리고 있겠어요."

미스 라벤더는 전나무 밑의 대문을 열어 주었다.

미스 라벤더는 갑자기 나이를 먹은 듯 피곤해진 모습이었다. 얼굴에서 지금까지 밝게 빛나던 빛이 사라졌고 헤어질 때 싱그럽고 부드러운 미소를 보내주었지만 길모퉁이에서 두 사람이 돌아보았을 때 미스 라벤더는 뜰 한가운데 있는 은빛 포플러 밑의 돌 벤치에 앉아 한 손으로 머리를 짚고 있었다.

다이애너가 가만히 말했다.

"쓸쓸해 보여. 가끔 오도록 하자."

앤이 말했다.

"미스 라벤더의 부모님은 딸에게 아주 잘 어울리는 이름을 지어주었어. 일리저버스니 넬리니 뮤리얼 같은 어울리지 않는 이름을 지었다 해도 역시 라벤더라고 부르지 않을 수 없었을 거야. 예스럽고 우아한, 비단옷을 연상케 하는 이름이야. 그것에 비하면 내 이름에서는 버터 바른 빵이나 잡동사니, 잡일 같은 냄새가 나."

"나는 그렇게 여기지 않아. 앤이라는 이름에서는 정말로 위엄 있는 여왕 같은 느낌이 풍겨. 비록 네 이름이 케런허퍼치라고 해도 나는 역시 그 이름을 좋아했을 거야.

지신의 이름을 멋있게 하는 것도, 추하게 하는 것도 모두 그 사람한테 달린 게 아닐까. 나는 지금은 조지나 거티라는 이름을 듣기만 해도 싫지만, 그 아이들을 알기 전에는 꽤 좋은 이름이라고 생각했었어."

앤은 진심으로 감격했다.

"정말 근사한 생각이야, 다이애너. 자기 이름을 아름답게 만드는 생활을 해야 한다는 거지? 비록 그 이름이 처음에는 아름답지 않았다 해도 그 이름을 들었을 때 사람들 마음에 어떤 즐거운 느낌이 떠오르도록 말이야. 정말 고마워, 다이애너."

차를 마시며

다음날 아침 식사 때 머릴러가 말했다.

"그래, 그 돌집에서 라벤더 루이스에게 차대접을 받았단 말이지? 지금은 어떤지 모르겠구나. 15년 전 어느 일요일 그래프턴 교회에서 그 사람을 본 것이 마지막이었지. 많이 달라졌을 거야."

"얘, 데이비, 손에 닿지 않는 것을 먹고 싶을 때에는 집어 달라고 해야지. 그렇게 식탁 위로 기어 올라가면 못써. 폴 어빙이 우리집에서 음식을 먹을 때 그런 짓 하는 걸 한 번이라도 본 적 있니?"

데이비는 불평을 늘어놓았다.

"그야 폴은 나보다 팔이 길잖아. 폴의 팔은 11년이나 자랐고 나는 겨우 7년이야. 게다가 나는 분명히 집어 달라고 했어. 아줌마와 누나가 정신없이 이야기하느라 못 들었지.

폴은 여기서 간식을 먹었지 한 번도 아침식사는 하지 않았어. 간식을 먹을 때는 아침식사 때보다 훨씬 얌전하게 있을 수 있어. 배가 절반도 고프지 않으니까. 밤부터 아침 사이는 굉장히 길잖아. 앤 누나, 이 숟가락은 지난해보다 커지지 않았지만 나는 많이 자랐단 말이야."

앤은 데이비에게 설탕 두 숟가락을 주고 달랜 다음 이야기를 계속했다.

"나는 미스 라벤더의 옛날 모습을 알지 못하지만 그리 달라지지 않았으리라 여겨요. 머리카락은 눈처럼 희어도 얼굴은 뽀얀 아가씨 같았어요. 게다가 깊은 갈색눈이 얼마나 다정하고 부드러운지, 아주 예쁜 다갈색에 금색이 약간 섞여서 빛나고 있었죠…… 목소리를 들으니 하얀 비단이 스치는 소리와 시냇물이 잔잔히 흐르는 소리 그리고 요정의 방울소리를 모두 합친 것 같은 느낌이었어요."

"그 사람이 젊었을 때는 손꼽히는 미인이었어. 그리 친한 사이가 아니었지만 그녀에게 호의를 갖고 있었지. 그 무렵에도 어떤 사람들은 그녀를 아주 색다르다고 말했단다.

저런, 데이비, 두 번 다시 그런 짓을 하면 프랑스 사람처럼 다른 사람들이 모두 식사를 끝낸 다음에 너 혼자 먹게 하겠어."

쌍둥이가 눈앞에 있으면, 두 사람의 얘기는 데이비에게 잔소리를 하느라 자주 중단되었다.

데이비는 접시에 남은 설탕이 숟가락으로 잘 떠지지 않자 손쉬운 방법으로 두 손으로 접시를 들어 혀로 핥고 있었다.

앤이 자못 끔찍스러운 표정으로 데이비를 보자 조그만 죄인은 얼굴을 붉히며 부끄러움과 뻔뻔스러움이 반씩 섞인 태도로 말했다.

"이렇게 하면 안 흘리잖아."

앤이 말했다.

"사람들은 여느 사람과 같지 않으면 별나다고 해요. 미스 라벤더도 확실히 특이하기는 하지만 어디가 어떻게 다른지는 잘 모르겠어요. 아마 언제까지나 나이를 먹지 않는 소녀 같은 타입이라서 그런 걸까?"

"나이가 비슷한 사람들이 늙어가면 자기도 같이 먹는 게 좋아. 그렇지 않으면 어디를 가나 어울릴 수 없으니까. 라벤더 루이스만 해도 세상에서 버림받고 그런 외진 곳에 틀어박혀 잊혀지고 있잖니. 그 돌

Chang.kye

집은 이 섬에서 오래된 것 가운데 하나야. 루이스 노인이 영국에서 건너왔을 때 지었으니 80년은 되었지.

데이비, 도러의 팔을 찌르지 마라. 아니야, 다 봤어. 시치미떼도 소용없어. 어째서 오늘 아침에는 이렇게 버릇없이 굴지?"

"틀림없이 오늘 아침 침대에서 나쁜 운들이 악어 떼처럼 입을 벌리는 쪽으로 내려왔나봐. 밀티 볼터가 말했는데 그러면 하루 종일 되는 일이 없대. 침대가 벽에 붙어 있으면 어느 편이 좋은 쪽이야? 가르쳐줘."

데이비의 질문을 무시하고 머릴러는 이야기를 계속했다.

"그런데, 스티븐 어빙과 라벤더 루이스는 어쩌다가 그렇게 되었는지 모르겠어. 25년 전에 확실히 약혼까지 했었는데 갑자기 틀어졌으니 뭔가 대단한 일이 있었겠지. 그 뒤 스티븐은 미국으로 가버리고 다시는 돌아오지 않았어."

"어쩌면 그리 중요한 일이 아니었는지도 몰라요. 인생에는 큰 일보다 하찮은 일이 오히려 갈등의 원인이 되는 경우가 더 많은 것 아닐까요?"

앤은 인생에 대한 통찰력을 보여주었는데, 그것이 반드시 경험의 양에 비례하는 것은 아니었다.

"머릴러, 내가 미스 라벤더의 집에 오가는 것을 린드 아주머니에게 말하지 마세요. 아주머니는 틀림없이 꼬치꼬치 물어볼 텐데, 어쩐지 나는 말하고 싶지 않아요…… 미스 라벤더도 자기 이야기가 퍼지는 것을 바라지 않을 거예요."

"레이철은 분명 이것저것 물어보겠지. 하지만 전처럼 남의 일에 참견할 틈이 없단다. 지금은 토머스를 간호하느라 집에서 꼼짝도 못하고 있으니까.

무척 낙심하고 있어. 토머스가 이제 가망이 없다고 여기는 것 같아. 만일 토머스가 어떻게 된다면 레이철도 퍽 쓸쓸할 테니까. 아이들은 모두 서부에서 살고 있지. 일라이저만은 읍내에 살고 있지만, 사위와 그리 마음이 맞지 않는 것 같아."

머릴러의 말투로 미루어 린드 부인이 일라이저를 그리 좋게 여기는 듯싶지 않았지만, 당사자인 일라이저 부부는 아주 원만했다.

"레이철의 말로는 토머스의 의지가 너무 빈약하대. 살려는 의지만 강하다면 좀더 빨리 나을 수 있다는 거지. 하지만 뼈대도 없는데 똑바로 앉아 있으라는 것은 무리야. 토머스 린드는 지금까지 한번도 스스로 뭔가 해보겠다는 생각을 한 적이 없는 사람이거든. 결혼할 때까지는 어머니에게 눌려 살았고 그 뒤로는 아내 레이철에게 기를 못펴고 살았으니, 이번에 레이철의 허락도 없이 병에 걸린 일이 이상할 정도라니까.

아, 이런 말 하는 게 아니야. 레이철은 둘도 없이 좋은 아내인걸. 레이철이 없었다면 토머스는 제구실을 못했을 거야. 그것만은 분명히 말할 수 있어. 선천적으로 남이 시키는 대로 하도록 태어났으니까 차라리 레이철처럼 영리하고 부지런한 사람을 만난 것이 다행이지. 토머스는 레이철이 하는 일에 시시콜콜 간섭하지 않았어. 그래서 모든 일에 자기 스스로 결단을 내릴 필요도 없었지.

데이비, 그렇게 뱀장어처럼 몸을 흐물흐물 움직이는 게 아니야."

"심심해. 이젠 배도 부르고 아줌마와 앤 누나가 먹는 것을 지켜보는 일도 재미없어."

"그럼, 도러와 둘이서 밖에 나가 닭모이를 주렴. 또 수탉꼬리에서 흰 깃털을 뽑으면 안 돼."

데이비는 볼멘 얼굴이 되었다.

"나는 깃털로 인디언 머리장식을 만들고 싶어. 밀티 볼터는 멋진 것을 가지고 있단 말이야. 엄마가 흰 칠면조를 잡을 때 주었대. 나도 조금만 가지면 안 돼? 그 수탉은 깃털을 그렇게 많이 달고 있지 않아도 되잖아."

앤이 말했다.

"너에게 다락방에 있는 헌 깃털 총채를 줄게. 나중에 그것을 초록, 노랑, 빨강으로 알록달록 물들여주지."

그러자 데이비는 의기양양하게 어깨를 펴고 얼굴을 빛내며 얌전한 도러의 뒤를 따라 나갔다.

머릴러가 말했다.

"너는 저 아이의 응석을 너무 받아주는 것 같구나."

지난 6년 동안 머릴러의 교육관은 눈부시게 진보되었지만 그래도 아직 아이들이 원한다고 뭐든지 들어주는 것은 좋지 않다는 생각을 버리지 못하고 있었다.

"데이비네 반 남자아이들은 모두 인디언 머리장식을 가지고 있어요. 그래서 데이비도 가지고 싶어하는 거예요. 나는 그 기분을 잘 알 수 있어요. 다른 여자아이들이 모두 부푼 소매가 달린 옷을 입고 있을 때 얼마나 입고 싶었는지 그때의 기분은 지금도 잊을 수가 없어요.

데이비는 결코 응석받이가 아니에요. 정말 하루하루 나아지고 있어요. 1년 전 우리집에 왔을 때와는 많이 다르잖아요."

"학교에 나가기 시작한 다음부터 확실히 말썽을 덜 부리는 것 같아. 다른 아이들과 어울려 놀게 되니 장난이 좀 덜한 거지. 그건 그렇고, 리처드 키스로부터 도무지 소식이 없으니 이상하잖니? 5월에 편지가 왔을 뿐이니까."

앤은 한숨을 쉬며 식탁을 치우기 시작했다.

"나는 편지가 올까봐 겁나요. 편지가 온다 해도 쌍둥이를 데려가겠다고 씌어 있을까봐 겉봉을 뜯을 용기가 없을 거예요."

한 달 뒤 편지가 왔다. 리처드 키스가 아니라 그 친구로부터 온 것으로, 리처드 키스는 2주일 전 폐병으로 세상을 떠났다는 소식이었다. 편지를 보낸 사람은 고인의 유언 집행인으로, 키스의 유언에 따라

2천 달러를 데이비 키스 및 도러 키스가 성년이 되거나 결혼할 때까지 미스 머릴러 커스버트에게 맡기며 그동안 이자는 두 아이의 양육비로 써주기 바란다고 씌어 있었다.

"키스 씨가 돌아가신 것은 안됐지만 쌍둥이들이 우리와 함께 살게 되어 정말 기뻐요."

앤이 진지하게 말했다. 머릴러는 역시 현실적이었다.

"돈을 남겨주어 한시름 놓았구나. 나도 저 아이들을 데리고 있고 싶었지만 무엇으로 키우나 걱정스러웠거든. 특히 자랄수록 말이야. 농장을 빌려주고 받는 돈으로는 이 집을 유지하는 데도 빠듯하고 네 돈은 한푼도 쌍둥이를 위해 써서는 안 된다고 생각하니까.

지금도 너는 저 아이들에게 지나칠 만큼 잘해주고 있어. 지난번 도러에게 사준 새 모자만 하더라도 고양이에게 꼬리 두 개가 필요하지 않듯이 굳이 없어도 되는 거였잖니. 아무튼 이제 마음 놓았다. 이것으로 저 아이들에 대한 문제가 일단락되었고 저축도 하게 생겼으니."

데이비와 도러는 자기들이 '언제까지나' 그린게이블즈에서 살게 되었다는 말을 듣고 몹시 기뻐했다. 그것에 비하면 한 번도 만난 적이 없는 삼촌의 죽음은 아무것도 아니었다. 그러나 도러에게는 한 가지 걱정이 있었다. 도러는 앤에게 물었다.

"리처드 삼촌은 무덤에 묻히셨어?"

"물론이지, 도러."

도러는 더욱 작고 떨리는 목소리로 물었다.

"하지만…… 하지만…… 미러벨 코튼의 삼촌 같지는 않겠지? 흙속에서 나와 집안을 걸어다니는 일은 없겠지, 앤 언니?"

서로를 부르는 영혼

12월 어느 금요일 오후.

"오늘 저녁 '메아리집'에 가볼까 해요."

머릴러가 걱정스럽게 말했다.

"눈이 내릴 것 같은데……"

"그 전에 도착할 테고, 오늘 밤은 거기서 묵고 싶어요. 다이애너는 손님이 있어서 못 가는데, 미스 라벤더는 틀림없이 우릴 기다릴 거예요. 벌써 2주일 동안이나 안 갔거든요."

미스 라벤더를 처음으로 본 10월 이후 앤은 이따금 '메아리집'을 찾아갔다. 다이애너와 함께 마차를 타고 큰길을 돌아서 가기도 하고 숲을 지나 산새들과 걸어가기도 했다.

다이애너가 가지 못할 때에는 앤 혼자 갔으며, 앤과 미스 라벤더 사이에는 따뜻한 우정이 자연스레 맺어지고 있었다. 그것은 언제까지나 젊음을 간직하고 있는 부인과 경험은 모자라지만 그것을 메울 만한 상상력과 통찰력을 지닌 처녀 사이에서만 솟아날 수 있는 순수한 우정이었다.

앤은 마침내 진정으로 '서로를 부르는 영혼'을 찾아낸 셈이고, 한편 미스 라벤더는 앤과 다이애너가 세상과 담을 쌓고 꿈속에서 사는 외로운 은거 생활에 바깥세상의 기쁨과 활기를 가져다 준다고 생각했다. 그것은 세상에서 잊혀진 미스 라벤더가 오랫동안 맛보지 못한 것이었다. 앤과 다이애너가 이 작은 돌집에 청춘과 현실세계의 숨결을 불어넣은 것이다.

샤를로타 4세도 숭배하는 여주인을 위해 앤과 다이애너를 언제나 기꺼이 맞이했는데, 그것은 그녀의 입이 갈수록 커지는 함박웃음을 짓는 모습에서도 알 수 있었다. 그해 가을은 마치 끝나는 것이 싫은 듯 11월에 다시 10월이 되돌아왔나 할 정도였고 12월에 들어서도 여름 같은 햇살이 쏟아지고 아지랑이가 피어오르기도 했다. 그 아름다운 가을, 작은 돌집에서는 이제까지 없었던 유쾌한 웃음소리가 이따금 들려오곤 했다.

그러나 이날은 갑자기 겨울이라는 걸 깨닫게라도 하려는 듯 하늘엔 바람도 없이 잔뜩 찌푸린 채 눈이 내릴 것을 예고하는 정적이 감돌고 있었다.

하지만 앤은 그런 날씨는 아랑곳도 하지 않고 울창한 자작나무숲 속을 크나큰 기쁨을 느끼며 외롭다는 생각도 없이 혼자 용감하게 걸어갔다. 상상 속에서 명랑한 길동무들과 즐겁게 이야기 나누며 오솔길을 걸어갔기 때문이다.

안타깝지만 현실세계에서는 상대방이 반드시 이쪽이 생각한 반응을 보이지 않을 때가 많지만 상상 속 세계에서는 마음에 드는 요정과 하고 싶은 말만 주고받으므로 대화는 훨씬 재치 있고 매혹적이었다. 이 눈에 보이지 않는 친구들과 함께 숲을 지나 전나무 오솔길에 이르렀을 때 커다란 솜털 같은 눈이 펑펑 내리기 시작했다.

첫 모퉁이를 접어드니 미스 라벤더가 큰 가지가 사방으로 뻗어 있는 전나무 밑에 오도카니 서 있는 모습이 보였다. 폭신하고 따뜻해보이는 빨간 코트를 입고 은빛 비단 숄을 두르고 있었다.

앤이 즐거운 목소리로 말했다.
"어머나, 전나무숲 요정 여왕 같아요."
"오늘 밤에는 꼭 와주리라 생각했어요, 앤."
미스 라벤더는 반갑게 앤을 맞이했다.
"정말 기뻐요. 샤를로타 4세의 어머니가 병이 나서 그 아이는 오늘 밤 돌아오지 못하거든요. 만일 앤이 와주지 않았다면 혼자 얼마나 쓸쓸할까…… 상상이나 메아리 친구만으로는 마음을 달랠 수 없으니까요. 어머나, 앤, 어쩌면 이토록 아름답죠?"
미스 라벤더는 갑자기 감탄의 소리를 지르며 걸어오느라 두 뺨이 장밋빛으로 물든 키 크고 날씬한 아가씨를 올려다보았다.
"어쩌면 이토록 고울까. 17살이라는 나이는 참으로 행복하겠죠. 부러워요."
미스 라벤더가 진심어린 말로 찬사를 보냈다.
앤은 미소지었다.
"미스 라벤더도 마음은 아직 17살이잖아요."
미스 라벤더는 한숨을 지었다.
"아니에요, 나는 할머니예요…… 아이, 중년이라고 해야 할까? 사실은 그게 더 잔인한 거지만. 때로는 그렇지 않은 척하며 잊어버리기도 하지만 어쩔 수 없이 나이를 느낄 때가 있어요. 게다가 나는 보통 여자들처럼 자기가 늙어가는 것을 체념할 수가 없거든요. 처음으로 흰 머리칼을 발견했을 때는 안간힘을 쓰며 부정하고 싶었는데, 지금도 그때와 같은 심정이에요.
앤, 그렇게 이해한다는 듯한 표정을 짓지 않아도 돼요. 17살이라는 나이로는 이 기분을 알지 못할 테니까요. 앤이 와준 이상 나도 이제부터 17살의 기분으로 돌아가겠어요. 앤은 언제나 젊음이라는 선물을 가져다주니까요.
오늘 밤 우리 신나게 지내요. 우선 가벼운 식사를 하고…… 뭘 먹으면 좋을까? 무엇이든 앤이 좋아하는 것을 먹기로 해요. 맛있고 소화가 잘되는 것을 생각해 봐요."

그날 밤 작은 돌집에서는 떠들썩한 소리가 흘러나왔다. 맛있는 음식과 달콤한 캔디를 만들어 잔치를 벌이고 놀이를 하며 즐겁게 웃는 소리가 들려왔는데, 미스 라벤더와 앤은 45살이나 된 독신녀와 단정한 학교선생이라는 옷은 멀리 날려 보내버리고 마음껏 자유롭게 즐겼다.

마침내 웃다 지쳐버린 두 사람은 응접실 벽난로 앞 카펫에 앉았다. 방안에는 벽난로 불빛이 희미하게 비치고 있었고 뚜껑을 열어 맨틀피스 위에 얹어 놓은 장미꽃 포푸리에서는 은은한 향기가 물씬 풍겨왔다. 강한 바람이 집 둘레에 소리내며 휘몰아쳤고 무수한 눈보라의 요정들이 집안으로 들여보내달라고 두드리듯 눈이 사락사락 창문에 부딪쳤다.

미스 라벤더는 캔디를 오도독 깨물며 말했다.

"정말 와줘서 고마워요, 앤. 그렇지 않았으면 우울한 기분에 빠졌을 거예요. ……아주 깊은 우울…… 죽음에 가까운 우울 말이에요. 꿈도 상상도 낮이나 해가 비치는 동안은 좋지만 밤이 되고, 비바람이 불면 소용없어요. 그런 때는 진짜가 아니면 안 돼요.

앤은 이 기분을 모를 거예요…… 17살 때는 꿈만으로 충분하니까요. 게다가 꿈이 실현될 장밋빛 미래가 기다리고 있잖아요. 나도 17살 때는 설마 내가 45살에 이런 백발의 노처녀가 되어 꿈으로 지새는 생활을 하리라고는 생각지 못했어요, 앤."

앤은 미스 라벤더의 우수에 찬 갈색눈을 보며 미소지었다.

"미스 라벤더는 노처녀가 아니에요. 노처녀란 그렇게 태어나는 거예요…… 나중에 되는 것이 아니에요."

미스 라벤더가 비꼬듯 말했다.

"노처녀로 태어나는 사람 또는 노력해서 노처녀의 자격을 따는 사람, 억지로 노처녀가 되는 사람이 있죠."

앤은 웃었다.

"그렇다면 미스 라벤더는 노력해서 자격을 딴 셈이에요. 이렇게 잘 헤쳐 나왔잖아요? 노처녀가 모두 미스 라벤더 같다면 틀림없이 독신 생활이 크게 유행할 거예요."

미스 라벤더는 생각에 잠기며 말했다.

"나는 무엇이든지 최선을 다하지 않으면 직성이 풀리지 않아요. 이왕 노처녀가 될 바에는 멋진 싱글이 되어야겠다고 마음먹었지요. 세상 사람들은 나를 이상한 사람이라고 말하는데, 그것은 내가 일류 독신 생활을 하고 있기 때문이에요. 나는 전통적인 형식을 따르지 않거든요.

앤, 스티븐 어빙과 내 일을 들은 적 있어요?"

앤은 솔직하게 말했다.

"네, 전에 약혼한 적이 있다고 들었어요."

"그래요…… 25년 전이었어요…… 옛날 일이죠. 우리는 새해가 되면 결혼식을 하기로 되어 있었고, 나는 웨딩드레스까지 만들었어요. 물론 그것을 알고 있었던 것은 어머니와 스티븐뿐이었지만요.

아주 어릴 때부터 약혼하고 있었다고 할 수 있어요. 스티븐이 아직 어릴 때 늘 자기 어머니와 함께 우리집에 놀러왔었거든요. 두 번째 왔을 때—그는 9살이고 나는 6살이었죠—이 뜰에서 그는 이런 말을 했어요. 어른이 되면 나와 결혼하기로 마음먹었다고요.

그때 나는 고맙다고 대답했던 것을 지금도 기억하고 있어요. 스티븐이 돌아간 다음 어머니에게 진지한 표정으로 이젠 안심했어요, 노처녀가 될 걱정은 없어졌으니까, 라고 말해서 어머니가 얼마나 웃었는지 몰라요."

앤이 숨 돌릴 틈도 없이 물었다.

"그런데 무슨 잘못된 일이라도 생겼나요?"

"아주 하찮고 흔해 빠진 일로 말다툼했어요. 너무도 작은 일이어서 앤은 믿을 수 없을 거예요. 어디서 말다툼이 시작되었는지 기억조차 할 수 없어요. 어느 쪽이 잘못이었는지도 모르겠어요. 아무튼 시작한 것은 스티븐이지만 그건 내가 바보 같은 짓을 해서 화나게 했기 때문이었어요.

스티븐에게는 경쟁자가 한두 사람 있었어요. 나는 허영심이 강하고 장난기가 있어서 스티븐을 좀 애태우고 싶었죠. 그는 예민하고 신경질적이었거든요. 마침내 우리는 그날 서로 몹시 성난 채 헤어져버렸어요. 나는 다시 화해하리라 생각했고 스티븐이 그렇게 금방 돌아오지만 않았더라면 그렇게 되었을 거예요. 그래요, 앤. 이런 말은 쑥스럽지만……."

미스 라벤더는 살인하기를 좋아한다는 나쁜 성격을 털어놓기라도 하는 듯이 목소리를 낮추었다.

"나는 토라지면 금방 말을 안 하는 성미였거든요. 어머나, 웃지 말아요. 정말이에요. 정말 기분이 풀리지 않고 있는데 스티븐이 돌아왔어요. 나는 스티븐의 말에 귀기울이지 않고 용서하려 하지도 않았어요. 그것으로 스티븐은 영원히 가버렸죠. 그는 자존심 강한 사람이어서 다시는 돌아오지 않았어요. 스티븐이 돌아오지 않아서 나는 더욱더 화가 나고 말았죠.

부디 돌아와 달라고 말했더라면 일이 잘되었을지도 모르지만 나는 그렇게까지 비굴해질 수가 없었어요. 나도 스티븐 못지않게 자존심이 강했으니까요…… 자존심과 토라짐이 합쳐져서 좋은 일이 있을 리 없지요.

나는 스티븐이 아닌 다른 사람을 좋아할 수 없었고 그럴 마음도 없었어요. 스티븐과 결혼하지 않는다면 평생 독신으로 사는 편이 차라리 낫다고 생각했죠. 물론 지금에 와서는 모든 일이 꿈만 같아요.

어머나, 그렇게 안됐다는 얼굴을 하지 말아요, 앤. 아직 17살이니까 그렇게 동정하는 얼굴을 할 수 있는 거겠지요. 하지만 지나치게 마음 쓸 건 없어요. 사랑은 깨졌지만 지금은 이렇게 추억하며 행복하게 살고 있으니까요.

결국 스티븐이 돌아오지 않는다는 것을 알았을 때 나는 정말 가슴이 찢어지는 것 같았어요. 하지만 앤, 현실 속에서 가슴이 찢어지는 듯한 고통은 소설처럼 그렇게 무서운 것은 아니에요. 마치 사랑니가 쑤시는 듯한 아픔이죠…… 그리 낭만적인 비유가 아니라고 여기겠죠?

통증이 이어질 때는 이따금 잠을 이룰 수 없는 적도 있지만 그 사이사이에는 마치 아무 일도 없었던 듯이 인생이며 꿈이며 메아리며 캔디 등을 태연히 즐길 수 있죠.

어머나, 실망했나보군요. 5분 전만 해도 내가 슬픈 추억을 가슴에 안고 겉으로는 미소 짓고 있는 장한 사람인 것처럼 보였는데 겨우 그 정도야? 하면서. 이것이 인생의 잔인한 점이기도 하고…… 좋은 점이기도 해요, 앤. 사람을 언제까지나 비참하게 내버려두지는 않지요. 즐겁게 살아갈 수 있도록 힘을 북돋아주고…… 마침내 성공하고 말아요. 이쪽에서 아무리 불행하고 우울한 기분에 젖어 있으려 해도 소용없어요.

이 캔디는 참 맛있잖아요? 이미 너무 많이 먹은 것 같지만 그런 건 무시하고, 우리 더 먹어요."

미스 라벤더는 잠시 입을 다물고 있다가 불쑥 말을 이었다.

"앤이 처음 우리집에 왔던 날 스티븐의 아들 이야기를 듣고 가슴이 철렁했었어요. 그 뒤 한 번도 그 아이에 대해 물어보지 않았지만, 무슨 얘기든 듣고 싶었어요. 어떤 아이죠?"

"그토록 사랑스럽고 다정한 아이는 없을 거예요, 미스 라벤더…… 게다가 우리처럼 많은 상상을 하고 정말인 것처럼 생각하죠."

미스 라벤더는 혼잣말처럼 나직이 중얼거렸다.

"만나보고 싶어요, 앤. 그 아이는 나와 여기서 살고 있는 '꿈속의 어린 사내아이'와 비슷할까요…… 나의 '꿈속의 어린 사내아이'."

"폴을 만나고 싶다면 언제 한번 데려오겠어요."

"꼭 만나보고 싶어요…… 너무 빨리 데려오지는 말아요. 마음의 준비를 해야 하니까요. 스티븐을 꼭 닮았다면…… 아니면 조금도 닮지 않았다면…… 어느 쪽이든 기쁨보다 고통을 느낄 거예요. 한 달쯤 뒤에 데려와줘요."

한 달 뒤 앤은 폴과 함께 숲에서 돌집 쪽으로 걸어가다가 오솔길에서 미스 라벤더를 만났다.

그들이 올 줄 몰랐기에 놀란 미스 라벤더는 새파란 얼굴로 나직이 말했다.

"이 아이가 스티븐의 아들이군요."

미스 라벤더는 폴의 손을 살며시 잡고 멋진 털가죽외투와 모자를 쓴 아름다운 소년을 지그시 바라보았다.

"이 아이는…… 이 아이는, 아버지와 똑같아요."

폴은 긴장하지 않고 자연스럽게 대답했다.

"모두 나를 보면 아버지와 똑같다고 말해요."

숨을 죽이고 지켜보던 앤은 미스 라벤더와 폴이 서로 마음에 들어 하는 듯한 태도여서 마음이 놓였다. 어색하거나 딱딱한 분위기가 되지 않을까 걱정할 필요가 없을 것 같았다.

미스 라벤더는 꿈과 낭만에 사는 인물인데도 불구하고 한편으로는 분별심이 있어서 처음에 좀 감정을 드러냈을 뿐 그 뒤부터는 여느 사람을 대할 때와 같이 명랑하고 자연스럽게 폴을 대했다.

오후에는 다함께 즐겁게 지냈고 저녁 식사로 기름진 음식을 많이 먹었는데, 폴의 할머니가 알았다면 아마 폴의 위장이 탈 날 거라며 비명을 질렀을 것이다.

"또 놀러오너라."

미스 라벤더는 폴과 작별의 악수를 나누었다.
폴은 진지한 표정으로 말했다.
"저한테 뽀뽀해도 괜찮아요."
미스 라벤더는 허리 굽혀 입맞춤을 한 뒤 작은 목소리로 물었다.
"내가 입맞추고 싶어하는 것을 어떻게 알았지?"
"우리 엄마가 내게 뽀뽀하고 싶어할 때와 똑같은 눈으로 아줌마가 나를 바라보았으니까요. 나는 누가 뽀뽀해 주는 것을 그리 좋아하지 않아요. 남자아이들이란 그렇거든요. 아줌마도 알죠?

하지만 아줌마라면 괜찮다고 생각했어요. 물론 또 오겠어요. 아줌마를 나의 특별한 친구로 삼고 싶어요. 아줌마가 싫지 않으시면."
"시…… 싫다니. 그럴 리가 있겠니?"
그렇게 말한 뒤 미스 라벤더는 등을 돌리고 얼른 집 안으로 들어가버렸다. 그러나 곧 그녀는 창문으로 두 사람에게 밝게 미소를 보내며 손을 흔들어 주었다.
폴은 자작나무숲을 걸어가며 말했다.
"나는 저 아줌마가 좋아요. 나를 바라볼 때의 눈도 좋고 그 돌집과 샤를로타 4세도 다 좋아요. 할머니도 메리 조 대신 샤를로타 4세 같은 하녀를 두면 좋을 텐데요. 샤를로타 4세라면 내가 상상한 것을 이야기해도 절대로 머리가 이상하다고 생각하지 않을 거예요.

저녁 식사 정말 맛있었어요. 그렇죠, 선생님? 할머니는 남자아이가 먹을 것에 대해 생각하면 못쓴다고 하지만 무척 배고플 때는 참을 수가 없어요. 그 아줌마는 아이들이 싫다고 하면 아침으로 죽을 먹이지 않고 좋아하는 초콜릿을 만들어줄 것 같아요. 하지만……"
그러나 폴은 현명한 아이였다.
"물론 아이를 위해 그리 좋은 일은 아닐지 모르지만, 그래도 이따금씩은 괜찮겠죠. 선생님, 그렇죠?"

Chang.kye

예언자 에이브 아저씨

5월 어느 날, 샬럿타운 데일리 엔터프라이즈 신문에서 '애번리 소식'이라는 기사를 보고 마을 사람들 사이에 가벼운 술렁임이 일었다. 필자는 '관찰자'로 되어 있었다.

이 기사를 쓴 사람은 찰리 슬론임에 틀림없다고들 말했다. 찰리 슬론은 전에도 이런 글을 쓴 적이 있는데다, 또 한 가지 이유는 그 기사 속에 길버트 블라이스를 비웃는 뜻이 담겨 있었기 때문이었다.

애번리의 젊은이들은 길버트 블라이스와 찰리 슬론이 어느 잿빛 눈동자의 상상력이 풍부한 아가씨를 두고 경쟁 관계에 있다고 수군대고 있었다.

떠도는 소문이 맞는 일이 그리 없듯, 사실 그 기사는 길버트가 쓴 것이었다. 앤의 부추김과 함께 도움도 받아 몇 편 썼는데 그 가운데 하나에는 자신도 맹목적인 인물로 등장시켰다. 그 가운데 이 장(章)과 관련된 것은 다음의 두 기사뿐이다.

소문에 따르면 데이지가 피기 전에 우리 마을에서 결혼식이 있을 것이라고 한다. 새로 온 존경스러운 신사와 우리의 가장 경애하는 어떤 부인이 화촉을 밝히는 것이다.

우리의 유명한 날씨 예언자 에이브 아저씨의 예언에 따르면 5월 23일 저녁 정각 7시부터 천둥 번개를 동반한 거센 폭풍이 몰아칠 것이라 한다. 그 폭풍우는 프린스 에드워드 섬 전역에 걸칠 가능성이 있다 하니, 23일 저녁에 외출하실 분은 우산과 비옷을 준비할 것.

길버트가 앤에게 말했다.

"정말로 에이브 아저씨는 봄부터 폭풍우가 일어난다고 예언했어. 그런데 해리슨 씨가 이저벨러 앤드루스를 만나러 간다는 게 사실일까."

앤은 웃었다.

"그렇지 않을 거야. 해리슨 씨는 다만 하먼 앤드루스 씨와 장기를 두러 갈 따름이야. 하지만 린드 아주머니는 이저벨러 앤드루스가 올봄에 왠지 기세가 당당한 것으로 보아 결혼할 것 같다고 했어."

가엾은 에이브 아저씨는 이 기사를 읽고 '관찰자'가 자기를 놀리는 듯이 느껴져 풀이 죽고 말았다. 그리고 폭풍우가 일어나는 날짜까지 정확하게 말한 기억은 없다고 항의했으나 아무도 그 말을 믿으려하지 않았다.

애번리에서는 평화스러운 나날이 유유히 흘러갔다. 개선회에서 '식목일'을 정하여 나무심기를 실행에 옮겼다. 개선회원 한 사람이 다섯 그루의 관상용 나무를 심었는데, 지금은 회원이 40명이나 되어 모두 합하여 2백 그루의 묘목을 심은 셈이었다.

황토밭에는 메귀리가 파릇파릇하게 자라기 시작했고 집집마다 사과나무는 꽃이 핀 가지를 크게 벌려 집을 감싸고 있었고, '눈의 여왕'도 흐드러진 꽃으로 단장하며, 신랑을 기다리는 새색시로 변신해 있었다.
앤은 밤새도록 창문을 열어놓은 채 바람을 타고 들어오는 벚꽃 향기를 맡으며 잠을 잤다. 앤은 그것을 시적이라며 좋아했지만 머릴러는 매우 위험한 일이라고 생각했다.
어느 날 밤 앤과 머릴러는 문가의 돌층계에 앉아 요란스러운 개구리 합창을 듣고 있었다.
"감사제는 봄에 하는 것이 더 좋을 거예요. 그 편이 모든 게 시들고 잠자는 11월보다 훨씬 나아요. 11월에는 노력하지 않으면 감사하는 걸 깜박 잊어버릴 것 같아요. 하지만 5월에는 저절로 감사하는 마음이 들지 않고는 못배기잖아요. 모든 것이 싱싱하게 살아 있으니까요. 그것만으로도 충분해요.
선악과를 따먹기 전 에덴동산에 살던 이브도 지금의 나 같은 생각 아니었을까요? 저 저지에 자라고 있는 저 풀, 초록색일까? 아니면 금색일까? 꽃이 가득 피었고, 바람은 바람대로 기분이 이상해질 만큼 들떠 있어요, 어느 쪽으로 불어야 할지 모를 만큼. 정말 아름다운 날이죠? 천국이 바로 이렇지 않을까요?"
앤의 이야기에 당황한 머릴러는 혹시 쌍둥이들이 듣고 있지 않나 하고 주위를 둘러보았다. 그때 쌍둥이들이 집모퉁이에서 나타났다.
"굉장히 좋은 냄새가 나는 밤이야."
데이비는 즐거운 듯 코를 킁킁거리며 더러운 손으로 괭이를 휘둘렀다. 데이비는 지금까지 자기 밭에서 일하고 있었다. 데이비가 너무 흙장난을 좋아하여 머릴러는 그럴 바엔 차라리 유익한 일을 시키려는 생각으로, 올봄에 쌍둥이들에게 뜰 한구석을 나눠주고는 밭을 일구어보라고 한 것이다.
두 아이는 자기들의 성격에 따라 열심히 밭을 가꾸었다. 도러는 정성스럽게 씨를 뿌리고 잡풀을 뽑고 물을 주어 이미 야채니 한해살이 풀들이 줄지어 싹이 돋아나고 있었다. 데이비는 열심히 일하기는 하는데 영 계획성이 없었다. 즉, 파헤치고 갈고 물을 주고 옮겨심기도 하며 지나치게 열심히 손질하여 싹이 돋아날 틈이 없었던 것이다.

"네 밭은 어떠니, 데이비?"

앤이 묻자 데이비는 한숨을 쉬었다.

"잘 자라지 않아. 어째서 좀더 빨리 자라지 않는지 모르겠어. 밀티 볼터가 말했는데 달 없는 밤에 심었기 때문이래. 씨를 뿌리거나 돼지를 잡거나 머리를 깎는 중요한 일을 해서는 안될 때가 있으니까, 달님한테 잘 물어보고 해야 한대. 그게 정말이야, 앤 누나? 가르쳐줘."

머릴러가 놀리듯 말했다.

"너처럼 하루가 멀다하고 잡아 뽑아 뿌리가 자랐는지 보아서야 어디 되겠니. 그렇지 않으면 좀더 잘 자랄 게다."

"나는 여섯 개밖에 안 뽑았어. 뿌리에 지렁이가 있는지 알고 싶었어. 밀티가 달 때문이 아니라면 지렁이 때문이라고 했거든.

한 마리밖에 없었어. 굉장히 크고 뭉클뭉클하고 둥글게 몸을 말고 있었어. 돌 위에 놓고 다른 돌로 짓이겨줬지. 아주 신났어. 더 있었으면 훨씬 재미있었을 텐데. 도러도 나와 같은 날에 심었는데 잘 자라는 것을 보면 달 때문만은 아닌가봐."

데이비는 곰곰이 생각해 봤다는 듯이 말했다.

"머릴러, 저 사과나무를 보세요. 마치 사람 같아요. 기다란 팔을 뻗어 다소곳이 핑크빛 옷자락을 붙잡은 듯한 모습으로 우리가 칭찬해 주기를 기다리고 있어요."

"저 옐로 더치스 종 나무는 늘 열매를 듬뿍 맺어주지. 올해도 잔뜩 달릴 걸. 고마운 일이야…… 파이를 만들 수 있으니까."

머릴러가 흡족해하며 말했다.

그러나 머릴러도 앤도, 다른 어느 누구도 그해에는 옐로 더치스 종 사과로 파이를 만들 수 없는 운명에 놓여 있었다.

5월 23일이 왔다…… 때아닌 무더위로, 앤과 학생들은 교실에서 땀을 뻘뻘 흘리며 수학이며 문법과 씨름하느라 다른 사람들보다 더위를 더 느끼고 있었다. 오전 중에는 내내 후텁지근한 바람이 불었으며 오후가 되자 바람이 딱 멎더니 답답하고 무거운 공기가 감돌았다.

3시 30분쯤 멀리서 천둥소리가 들려와 앤은 비가 쏟아지기 전에 아이들이 집으로 돌아갈 수 있도록 서둘러 공부를 끝냈다. 모두들 운동장으로 나가자 해가 밝게 빛나는데도 어두컴컴한 그림자가 온누리를 뒤덮으려 하는 기색을 앤은 느꼈다.

애니터 벨이 불안한 듯 앤의 손에 매달렸다.

"선생님, 저 무서운 구름을 보세요!"

앤은 저도 모르게 놀라서 소리를 질렀다. 서북쪽에서 앤이 이제까지 한 번도 본 적 없는 거대한 구름 덩어리가 굉장히 빠른 속도로 퍼지고 있었다. 뭉게뭉게 피어오른 시커먼 구름 덩어리는 말려 올라간 것 같은 가장자리만이 기분 나쁠 만큼 흰색이었으며 그런 구름이 맑은 하늘을 검게 뒤덮은 그 모습은 말로 표현할 수 없는 공포를 느끼게 했다. 이따금 검은 구름 속에서 번갯불이 일고 천둥이 그 뒤를 이어서 울렸다. 구름은 몹시 낮게 드리워져 나무로 뒤덮인 언덕 꼭대기에 금세 닿을 것 같았다.

하먼 앤드루스 씨가 짐마차를 덜커덩거리며 말을 전속력으로 몰고 언덕을 올라왔다. 그는 학교 앞에서 말을 세우고 외쳤다.

"아무래도 에이브 아저씨가 태어나서 처음으로 맞춘 모양이오. 시간은 조금 이른 것 같지만 말이오. 저런 구름을 본 적 있소?

자, 애들아, 나와 같은 곳으로 가는 아이들은 모두 이 마차에 타라. 집이 먼 아이는 모두 우체국으로 달려가 소나기가 멎을 때까지 기다려."

앤은 데이비와 도러의 손을 붙잡고 두 아이의 작은 다리가 달릴 수 있는 데까지 뛰어 언덕을 내려갔다.

그린게이블즈에 닿았을 때 문 앞에서 머릴러와 만났다. 머릴러는

오리와 닭을 오두막에 막 몰아넣고 오는 참이었다. 모두들 부엌으로 뛰어들어 갔을 때 마치 거인이 힘껏 입김을 불어 끈 것처럼 일대에서 빛이 사라졌다. 두꺼운 구름이 해를 가려 온 세상이 갑자기 캄캄해진 것이다. 갑자기 눈이 아찔해지는 번갯불이 일더니 하늘이 두 쪽이라도 날 듯이 엄청난 천둥소리가 들린 동시에 세찬 우박이 쏟아져서 바깥 세계를 흰색으로 덮어버렸다.

미친 듯한 폭풍 속에서 찢겨진 나뭇가지가 집의 창문에 철썩 부딪쳐 '쨍그랑' 유리 깨지는 소리가 났다. 3분 뒤에는 북쪽과 서쪽 유리가 한 장도 남김 없이 모두 깨져 바닥이 쏟아지는 우박으로 온통 뒤덮였다. 가장 작은 우박조차도 달걀만큼이나 컸다.

폭풍은 한 시간쯤 휘몰아쳤고 그 기세는 누구도 평생 잊지 못할 만큼 무서웠다. 머릴러마저도 무서움 때문에 태어나 처음으로 이성을 잃고 부엌 한구석에 놓인 흔들의자 옆에 꿇어 앉아 귀청이 터질 듯한 천둥소리를 들으며 흐느껴 울고 있었다. 앤은 종잇장처럼 하얗게 질렸지만 그래도 소파를 창가에서 당겨와 양팔에 쌍둥이를 끌어안고 앉아 있었다.

데이비는 유리가 깨지는 소리를 듣고 큰 소리로 외쳤다.

"앤 누나, 앤 누나, 심판의 날이 온 거야? 누나, 누나, 나는 일부러 나쁜 짓한 것은 아니야."

데이비는 앤의 무릎에 얼굴을 파묻고 오들오들 떨 뿐 그 뒤부터는 아무 소리도 내지 않았다. 도러는 좀 핼쑥한 얼굴이었지만 침착하게 앤의 손을 꼭 쥔 채 꼼짝하지 않고 앉아 있었다. 설사 지진이 일어나도 도러는 절대로 당황하지 않을 것 같았다.

마침내 처음 일기 시작할 때와 마찬가지로 폭풍우가 갑자기 그쳤다. 우박이 멎고 천둥도 우당탕 소리를 내며 동쪽으로 사라졌으며 태양이 얼굴을 내밀고 찬란한 빛을 세상을 향해 비추기 시작했다.

햇빛 속에 드러난 세상은 한 시간도 채 못되는 사이에 이토록 달라질 수 있을까 눈을 의심하지 않을 수 없을 만큼 변해 있었다.

무릎을 꿇고 있던 머릴러는 아직도 몸을 덜덜 떨며 가까스로 일어나 의자에 쓰러지듯 앉았다. 얼굴이 핼쑥하여 10년이나 더 늙어 보였다.

"모두 무사하니?"

머릴러가 태연한 척 말하자, 데이비는 곧 기운을 되찾아 힘차게 대답했다.

"아무렇지도 않았어. 하나도 무섭지 않았어…… 처음에는 조금 놀랐지만. 너무 갑작스러웠으니까. 나는 월요일에 테디 슬론과 결투하기로 약속되어 있는데 아까는 그만둬야겠다고 생각했지. 하지만 역시 해야겠어. 도러는 무서웠니?"

도러는 새침한 목소리로 대답했다.

"응, 좀 무서웠어. 하지만 나는 앤 언니의 손을 꼭 붙잡고 조용히 기도를 드렸어."

"나도 기도 생각이 났으면 좋았을 텐데. 하지만……"

데이비는 의기양양하게 덧붙였다.

"나는 기도드리지 않았는데도 너와 마찬가지로 아무 일 없잖니."

앤은 어릴 때 다이애너에게 큰 실수를 저질렀던 그 효과 백 퍼센트의 포도주를 한 잔 가득 따라 머릴러에게 갖다 주었다. 그리고 나서 그들은 모두 문 앞에 나가 무슨 일이 있었냐는 듯 다른 세상으로 뒤바뀌어버린 바깥을 내다보았다.

눈에 보이는 세상은 온통 무릎까지 잠길 정도의 우박으로 새하얗게 뒤덮이고 추녀 밑이며 층계에 쌓인 우박은 작은 산 같았다.

3, 4일 뒤 우박이 녹은 다음 비로소 참담한 피해를 눈으로 확인할 수 있었다. 밭이며 뜰의 푸른 식물은 전멸당했고 사과나무의 꽃은 다 시라졌을 뿐만 아니라, 큰 가지 작은 가지 할 것 없이 모조리 꺾어져 버렸다. 개선회원들이 심은 2백 그루의 나무들도 대부분 뿌리째

뽑히거나 갈기갈기 찢겨져 있었다.
앤이 멍하니 말했다.
"이게 한 시간 전의 그 세상일까? 겨우 한 시간 동안에 이처럼 황폐해질 수가 있을까? 도저히 믿어지지 않아."
머릴러가 말했다.
"이런 일은 프린스 에드워드 섬이 생긴 이래 처음이야. 내가 어렸을 때 심한 폭풍이 분 적 있었지만 이번에 비하면 아무것도 아니야. 아마 굉장한 피해를 입었을 거야."
앤은 걱정스럽게 말했다.
"아이들이 모두 무사히 집에 갔을까요? 도중에 폭풍우를 만나지 않았어야 하는데요."
나중에 안 바로는 집이 먼 아이들은 앤드루스 씨의 현명한 충고 덕분에 무사히 우체국으로 몸을 피할 수 있었다.
머릴러가 말했다.
"어머나, 존 헨리 카터가 오는구나."
존 헨리는 겁먹은 얼굴로 이를 드러내고 웃으며 우박을 헤치며 왔다.
"이럴 수가 있습니까, 아주머니. 해리슨 씨가 모두 무사한지 보고 오라고 했어요."
"덕분에 목숨은 지장없고 건물도 무사해. 그 집은 괜찮은가?"
지친 머릴러가 굳은 얼굴로 물었다.
"그리 무사하지 않습니다…… 벼락이 떨어졌죠. 굴뚝을 통해 똑바로 한가운데로 떨어져 진저의 새장을 때리고 바닥에 구멍을 뚫으며 지하실로 들어갔답니다."
앤이 물었다.
"진저가 다쳤나요?"
"네, 굉장히 심하게 다쳐서 그만 죽어버렸어요."

잠시 뒤 앤이 해리슨 씨를 위로하러 가보니, 해리슨 씨는 테이블 앞에 앉아 죽은 진저의 싸늘히 식은 몸을 떨리는 손으로 어루만지고 있었다.

해리슨 씨는 슬프게 말했다.

"가엾은 이놈은 이제 앤의 흉을 볼 수 없게 되었소."

앤은 진저를 위해 우는 일이 있으리라고는 상상도 못했는데 눈에서 눈물이 흘러나왔다.

"나한테는 이놈밖에 없었는데. 아니야, 이렇게 슬퍼하다니, 못난 늙은이들이나 하는 짓이지. 이제 울지 않겠소. 내가 말을 마치면 안됐다느니 하는 말로 위로할 생각인 걸 알아요. 하지만 그런 말은 하지 말아요. 그런 말을 들으면 나는 어린애처럼 울음을 터뜨릴 거요.

그러나 저러나 정말 엄청난 폭풍이었소. 이제는 아무도 에이브 아저씨를 비웃지 못하겠죠. 지금까지 예언했던 폭풍우가 쌓여 한꺼번에 몰려온 모양이오. 어떻게 날짜까지 정확하게 알아맞췄을까? 이 꼴을 좀 봐요. 어서 판자를 찾아다가 이 바닥의 구멍을 막아야겠소."

다음날도 애번리 사람들은 모두 아무 일도 하지 않고 서로 위로하러 다니며 피해를 알아볼 뿐이었다. 길은 우박 때문에 마차가 지나갈 수 없어서 걷거나 말을 타고 다녀야만 했다.

그날 밤늦게, 온 섬 전체에 나쁜 소식들이 알려졌다. 집들은 벼락을 맞았으며 죽거나 다친 사람도 많았다. 전신 전화는 모조리 혼란상태에 빠졌고 목장에 나가 있던 가축은 모두 죽었다.

그날 아침 일찍 에이브 아저씨는 우박을 밟으며 대장간으로 일하러 나가 하루 종일 그곳에서 지냈다. 이번만큼은 에이브 아저씨도 의기양양하여 그 승리감을 실컷 즐길 수 있었다. 폭풍우가 일어난 것을 기뻐했다면 에이브 아저씨를 오해한 것이 되지만 어차피 일어났으므로 자기의 예언이—그 날짜까지 맞은 것이 아저씨는 기뻤다. 에이브 아저씨는 자신이 날짜까지는 말하지 않았다고 분개했던 일은 까맣게 잊고 있었다. 시각이 조금 틀린 것은 대수로운 일이 아니었다.

저녁때 길버트 블라이스가 그린게이블즈로 가 보니 머릴러와 앤이 깨진 유리창에 에나멜 입힌 천을 열심히 붙이고 있었다.

머릴러가 투덜거렸다.

"언제쯤 유리를 살 수 있을지 모르겠어. 오늘 오후 배리 씨가 카모디에 갔었는데, 돈을 산더미처럼 내도 유리 한 조각 살 수 없다더구나. 로슨 상점에도 블레어 상점에도 10시쯤에는 벌써 카모디 사람들이 모두 사 가서 한 장도 없었대. 화이트 샌즈는 어땠니? 길버트?"

길버트가 대답했다.

"굉장했어요. 아이들과 함께 학교에 갇혀 있었는데, 아이들이 무서워서 거의 다 발작을 일으키는 게 아닌가 걱정했을 정도예요. 사실 세 아이가 기절했고 여자아이 두 명이 히스테리를 일으켜 울면서 마구 소리를 질렀는데, 토미 블뤼엣은 처음부터 끝까지 비명을 질러대서 정신없었죠."

데이비는 자랑했다.

"난 꼭 한 번 소리질렀을 뿐이야. 내 밭이 엉망이 되었지. 물론 도러의 밭도 당하고 말았어."

조금은 슬픈 듯이 말한 뒤, 마지막에 덧붙인 말은 세상에는 그래도 위안 되는 것이 있다는 투였다.

앤이 방에서 뛰어내려왔다.

"아, 길버트, 레비 볼터 씨의 그 낡은 집에 벼락이 떨어져 타버렸다는 소식 들었어? 이 재난에 기뻐하는 것은 나쁘지만, 볼터 씨는 개선회가 마술을 부려 일부러 그 폭풍우를 불러일으켰다고 말한대."

길버트가 웃으며 말했다.

"한 가지 사실만은 확실해. '관찰자'의 펜이 에이브 아저씨의 일기예보 예언자로서의 명성을 올려준 일이지. '에이브 아저씨의 폭풍우'는 이 지방 역사에 길이길이 남는 사건이 될 것 같아.

우리가 고른 날짜와 딱 들어맞다니, 정말 놀라운 우연이야. 마치 내가 정말로 마술을 부린 것 같아서 기분이 약간 섬뜩해. 이왕 이렇게 되었으니 그 낡은 집이 없어진 일이나마 기뻐해야겠지. 애써 심어 놓은 묘목이 전멸했어. 열 그루도 남지 않았을 거야."

앤은 철학자 같은 말을 했다.

"상관없어. 내년 봄에 또 심지, 뭐. 그래서 이 세상은 놀라운 것 아니겠니?…… 봄은 또다시 오니까."

조용한 거리의 소문

에이브 아저씨의 폭풍우가 있은 지 2주일쯤 지난 어느 날 아침, 앤은 상처 입은 수선화 두 송이를 들고 뒤뜰로 갔다.

"이것 좀 보세요, 머릴러."

앤은 시들어 버린 꽃을 무뚝뚝한 머릴러의 코앞에 내밀었다.

초록색 깅엄 수건을 머리에 두른 머릴러는 털 뽑은 닭을 손에 들고 집 안으로 들어가는 참이었다.

"겨우 이것만이 폭풍우 속에서 살아남았는데, 역시 온전하지 못해요. 몹시 가슴 아파요. 매슈의 무덤에 바칠 것이 조금이라도 있었으면 했거든요. 아저씨는 흰 수선화를 아주 좋아했으니까요."

머릴러가 솔직하게 말했다.

"나도 애석하구나. 하지만 더 큰 피해가 많았으니 꽃 따위로 슬퍼할 때가 아니지. 곡식도 과일도 모두 엉망이 되어버렸으니 말이다."

"메귀리는 벌써 다시 씨를 뿌렸고, 올여름에 날씨만 좋으면 좀 늦어지기는 하겠지만 수확에는 지장 없을 거라고 해리슨 씨가 말했어요. 내가 심은 한해살이풀들도 모두 싹이 났죠.

아, 하지만 수선화만은 도저히 안 되겠어요. 헤스터 그레이의 무덤에도 갖다 바칠 수 없게 되었어요. 어젯밤 헤스터의 정원에 가보니 한 그루도 남아 있지 않았어요. 헤스터도 그 꽃을 몹시 그리워할 텐데요."

"그런 말은 이제 안하는 게 좋겠다, 앤. 헤스터 그레이가 죽은 지 30년이나 지났잖니. 헤스터의 영혼은 천국에 가 있을 게다."

머릴러가 단호하게 말했다.

"네, 하지만 천국에 있어도 이 세상에 남기고 간 자기의 사랑스런 정원을 지금도 잊지 못하고 있을 거예요. 나 같으면 천국에 아무리 오래 있다 해도 지상을 내려다보며 누군가가 내 무덤에 꽃을 바쳐주지 않을까 지켜볼 것 같아요. 헤스터 그레이 같은 정원이 있었다면 천국에 간 지 30년이 훨씬 더 지났다 해도 잊을 수 없을 거예요."

"어쨌든 쌍둥이들에게만은 그런 말 하지 마라."

머릴러는 나지막한 목소리로 충고를 남기고 닭을 부엌으로 가지고 갔다.

앤은 수선화를 머리에 꽂고 오솔길로 나가는 대문에서 일을 시작하기 전에 잠시 6월 아침해를 듬뿍 받으며 서 있었다. 세상은 또다시 아름다운 모습으로 돌아왔다. 어머니인 대자연은 폭풍의 흔적을 지우려고 온 힘을 다하고 있었다. 완전히 옛 모습을 찾기에는 아직도 여러 달이 걸릴 테지만 그래도 이미 놀라운 성과를 올리고 있었다.

앤은 버드나무 가지에서 지저귀고 있는 울새에게 말을 걸었다.

"이런 날은 하루 종일 아무 일도 하지 않고 게으름 피울 수 있으면 얼마나 좋을까? 하지만 나는 학교선생이고 집에서는 쌍둥이를 키워야 하는 처지니 게으름 부릴 수가 없단다, 작은 울새야. 너는 참 아름다운 목소리를 가지고 있구나. 내 마음을 그대로 노래해 주고 있어. 나는 도저히 그렇게 하지 못해. 어머나, 누가 오나봐."

열차로 도착한 짐을 우체국에 운반하는 짐마차가 덜컹거리며 오솔길을 달려왔다. 앞자리에는 고삐를 잡은 브라이트 리버 역장의 아들과 낯선 부인이 앉고 뒷자리에는 커다란 트렁크가 하나 실려 있었다.
부인은 마차가 대문 앞에서 미처 멎기도 전에 가볍게 뛰어내렸다. 자그맣고 예쁜 부인으로 나이는 40살보다 50살 쪽에 가깝게 보였으며, 장밋빛 빰에 흑진주처럼 반짝이는 눈과 윤기 흐르는 검은 머리에 꽃이며 깃털로 화려하게 장식한 모자를 쓰고 있었다. 마차를 타고 먼지많은 길을 8마일이나 왔을 텐데, 금방 그림 속에서 나온 듯 단정하고 깨끗한 차림새였다.
부인은 또렷하게 물었다.
"제임스 A. 해리슨 씨 댁이 여기인가요?"
"아뇨, 해리슨 씨 댁은 저쪽이에요."
앤은 어리둥절했다.
작은 부인은 활발하게 말을 이었다.
"어쩐지 제임스 A.가 사는 집치고는 너무 깨끗하다고 여겼어요. 내가 알던 무렵과 완전히 변했다면 몰라도. 제임스 A.가 이 마을의 여자분과 결혼한다는 것이 정말인가요?"
"설마, 그럴 리가요."
앤이 당황하여 얼굴을 붉혔으므로 낯선 부인은 마치 해리슨 씨가 결혼한다는 상대가 바로 이 아가씨가 아닌가 의심하는 듯한 눈길로 앤을 쳐다보았다.
"하지만 나는 섬 신문에서 보았어요. 친구가 그 기사에 표시를 해서 보내주었지요. 친구들이란 언제나 그런 일에 관심을 보여주는 법이니까요. 제임스 A.의 이름이 '새로 온 마을사람'란에 실려 있었어요."
앤은 깜짝 놀라 숨이 멎을 것 같았다.
"아, 그 기사는 그저 농담으로 쓴 거예요. 해리슨 씨는 아무하고도 결혼할 생각이 없어요. 그것만은 확실해요."
"그렇다면 다행이에요."
장밋빛 빰을 한 부인은 다시 마차에 오르며 말했다.

"실은 그는 이미 결혼했고 내가 바로 그의 아내예요. 아, 놀라는 것도 무리가 아니에요. 그는 틀림없이 독신자라고 말하며 이 사람 저 사람의 마음을 애태우고는 모른척 했을 테니까요. 어디 두고보자, 제임스 A.……"

부인은 밭 저쪽 길다란 하얀 집을 향해 힘차게 고개를 끄덕여 보였다.

"내가 왔으니 이제 좋은 시절은 지났어요. 하기야 당신이 뭔가 좋지 않은 일을 꾸미고 있는 줄 몰랐다면 이렇게 오지도 않았겠지만요."

부인은 이번에는 앤 쪽을 보며 말했다.

"그 앵무새는 지금도 욕설만 하고 있겠죠?"

"그 앵무새는—저—죽은 것—같아요."

가엾게도 앤은 심호흡을 하며 겨우 대답했다.

너무나도 놀라 자기의 이름을 기억하고 있는지 어떤지조차 모를 지경이었다.

부인은 기뻐하며 외쳤다.

"죽었다고요? 그렇다면 이제 만사형통이군요. 그 새만 없으면 제임스 A. 같은 남자쯤 문제도 없으니까."

이 수수께끼 같은 말만 남겨놓고 부인은 사라졌다. 앤이 부엌으로 달려 가니 머릴러가 문 앞에 서 있었다.

"앤, 방금 그 사람 누구니?"

"머릴러, 지금 나 정신이 멀쩡한 사람 같아 보여요?"

앤은 겉으로는 진지했지만 눈은 장난꾸러기 아이처럼 빛나고 있었다.

"아니, 하기는 넌 늘 그런 편이다만."

머릴러는 별로 비꼬는 듯한 기색도 없이 덤덤하게 말했다.

"머릴러, 내가 지금 정신이 이상하거나 꿈꾸고 있는 것이 아니라면 그 사람은 내 상상 속에서 만들어진 인물이 아니에요. 그러니까 진짜라구요. 어쨌든 난 저런 모자는 도저히 만들 수 없는 걸요. 그 사람, 해리슨 씨의 부인이래요, 머릴러."

머릴러가 깜짝 놀랄 차례였다.

"해리슨 씨 부인이라고? 앤 셜리, 그렇다면 어째서 그 사람은 독신인 척했을까?"

앤은 해리슨 씨를 변호하려 애쓰며 말했다.

"잘 생각해 보면 해리슨 씨 입으로 그렇게 말한 적은 없는 것 같아요. 결혼하지 않았다는 말은 안했어요. 사람들이 제멋대로 그렇게 생각했을 뿐이에요. 아, 머릴러, 린드 아주머니가 이 소식을 들으면 뭐라고 할까요?"

뭐라고 할지는 그날 저녁 린드 부인이 왔기 때문에 금방 알 수 있었다. 린드 부인은 놀라지 않았다! 이렇게 되리라 짐작하고 있었으며, 틀림없이 해리슨 씨에게는 어떤 사연이 있을 것으로 생각했었다고 말했다.

"자기 아내를 내버려두다니! 미국에서는 그런 일이 신문에 실릴지도 모르지만 설마 이 캐나다의 애번리에서 그런 일이 있을 줄은 몰랐어."

린드 부인은 분개하며 말했다.

"하지만 해리슨 씨가 아내를 내버려두었는지 어떤지 아직 모르잖아요."

앤이 항의했다.

흑백이 가려질 때까지는 친구 해리슨 씨의 결백을 믿고 싶었다.

"그렇다면, 금방 알 수 있어. 내가 당장 가보고 올 테니까."

사전에는 분명 '섬세한 배려'라는 말이 실려 있지만 린드 부인에게는 그런 말이 존재하지 않았다.

"이 일은 아직 모르는 걸로 하겠어. 해리슨 씨가 오늘 카모디에서 토머스의 약을 사다주기로 되어 있으니 좋은 핑계가 될 거야. 돌아오

는 길에 모두 이야기해줄 테니 기다려."

앤이라면 무서워서 발을 들여놓을 수 없을 것 같은 장소를 향해 린드 부인은 곧장 쳐들어갔다.

앤에게는 도저히 그럴 용기가 없었으나 누구나 흔히 가지고 있는 호기심은 있었기 때문에 오히려 린드 부인이 대신 알아오겠다고 하여 기뻤으며, 머릴러와 둘이서 빨리 그녀가 돌아오기를 기다렸다. 그러나 아무리 기다려도 린드 부인은 그날 밤 그린게이블즈에 나타나지 않았다.

밤 9시쯤, 볼터 씨네에서 돌아온 데이비가 그 까닭을 말했다.

"나는 길에서 린드 아줌마와 낯선 아줌마를 만났어. 둘이서 열심히 이야기하고 있었는데 아무튼 굉장했어. 린드 아줌마가 미안하지만 오늘 밤에는 늦어서 갈 수 없다고 전해 달라고 했어.

앤 누나, 배가 몹시 고파. 밀티네에서 4시에 간식을 먹었지만 밀티네 엄마는 너무 깍쟁이야. 우리에게 설탕절임도 케익도 주지 않았는걸…… 빵도 조금밖에 안 줬어."

앤이 엄하게 타일렀다.

"데이비, 남의 집에 갔다와서 그 집 음식에 대해 이러니저러니 하면 못써. 나쁜 버릇이야."

데이비는 기분 좋게 약속했다.

"응, 좋아. 속으로 생각할게. 먹을 것 좀 줘, 앤 누나."

앤은 머릴러를 보았다.

머릴러는 앤의 뒤를 따라 식료품실로 들어와 조심스레 문을 닫으며 말했다.

"빵에다 잼을 발라줘라, 앤. 레비 볼터네 간식이 어떤지는 나도 알고 있어."

데이비는 잼 바른 빵을 받아들고 한숨을 쉬었다.

"이 세상에는 따분한 일만 일어나. 밀티네 고양이가 3주일 동안이나 날마다 경기를 일으킨다고 해서 보러 갔었어. 그런데 고양이 녀석은 경기는커녕 팔팔하게 잘만 놀더라. 밀티와 둘이서 낮부터 옆에 앉아 기다렸는데. 하지만 괜찮아. 언젠가는 꼭 볼 수 있을 테니까. 오래전부터 일으키던 경기가 갑자기 나을 리 없잖아. 이 잼 바른 빵 참 맛있어."

데이비는 좋아하는 자두 설탕절임을 보자 곧바로 힘이 났다.

데이비에게 자두 설탕절임으로 해결되지 않는 슬픔이란 없었다.

일요일은 비가 주룩주룩 내려 아무도 밖에 나갈 수 없었지만 월요일에는 누구나 해리슨 씨네 사건을 알고 있었다.

학교도 이 소식으로 온통 들끓었으며 데이비가 이런저런 소문을 주워듣고 돌아왔다.

"해리슨 아저씨에게 아줌마가 생겼대. 아니, 생긴 것 하고는 좀 다른가? 해리슨 아저씨는 한번 결혼했지만 오랫동안 그만뒀다고 밀티가 말했어. 난 결혼은 한번 하면 내내 계속해야 되는 줄만 알았거든. 그런데 밀티는 상대가 싫어지면 그만 두는 방법이 있대. 부인을 집에 두고 나와버리는 것도 한 방법인데 해리슨 아저씨가 그렇게 했다고 했어. 밀티는 아저씨가 아줌마를 두고 나온 건 물건을 그것도 단단한 물건을 막 집어던져서라고 했고, 아티 슬론은 아줌마가 아저씨에게 담배 피우지 말라고 잔소리했기 때문이라고 했어. 그리고, 네드 클레이는 아줌마가 아저씨를 사사건건 야단만 쳤기 때문이라고 했어. 나 같으면 그런 일로 부인을 두고 나오진 않을 거야. 당당하게 말해줘야지. '데이비 부인, 나 하고 싶은 대로 하게 내버려 두시오. 난 남자니까.' 그러면 부인도 얌전해질 거야.

애니터 클레이는 아저씨가 현관에서 구두에 묻은 흙을 털지 않고 들어갔기 때문에 아줌마가 가버렸다면서 나쁘지는 않대. 아저씨네에 가서 어떤 아줌마인지 보고 올게."

데이비는 얼마 뒤 좀 실망한 표정으로 돌아왔다.

"아줌마는 없어…… 린드 아줌마와 함께 응접실 벽지를 사러 카모디에 갔대. 아저씨가 할 이야기가 있다고 앤 누나더러 좀 와 달래. 그리고 말이지, 바닥이 번쩍번쩍 빛나고 오늘은 설교듣는 날도 아닌데 아저씨는 수염을 깨끗이 깎았어."

앤이 가 보니 해리슨 씨네 부엌은 싹 달라져 있었다. 데이비의 말대로 바닥은 얼룩 하나 없이 깨끗하게 청소되었고 가구도 반들반들했으며, 스토브는 얼굴이 비칠 정도였다. 벽은 흰색으로 칠해지고 투명한 창문 유리는 햇빛에 반짝였다.

테이블 앞에 앉은 해리슨 씨는 바로 지난 금요일까지도 찢어진 작업복을 입고 있었는데 지금은 그 옷이 꿰매지고 손질까지 되어 있었다. 해리슨 씨는 수염을 깨끗이 깎고 얼마 안 되는 머리카락도 단정하게 빗고 있었다.

해리슨 씨는 장례식 때보다 더 낮은 목소리로 말했다.

"어서 앉구료, 앤. 에밀리는 레이철 린드 부인과 카모디에 가고 없소. 레이철 린드 부인과 벌써 오랜 친구 같은 사이가 되어 버렸소. 정말 여자란 알 수 없다니까. 엄청 친해졌소. 아, 앤, 나의 안락한 시대는 저 멀리 지나가 버렸소. 이제 모든 게 끝장이오. 이젠 죽을 때까지 몸을 단정히 하고 청결하게 하라는 성화를 받아야 할 처지가 되어버렸소."

해리슨 씨는 어떻게든 슬픈 목소리를 내려고 했으나 눈에 떠오르는 기쁜 빛을 감추지 못했다.

"부인이 돌아오셔서 무척 좋은 거죠? 감춰봐야 소용없어요. 얼굴에 나타나 있는 걸요."

앤이 놀리듯이 해리슨 씨를 손가락으로 가리키며 말하자, 해리슨 씨는 어깨의 힘을 빼고 멋쩍은 듯 씽긋 웃었다.

"그야…… 그…… 그것도 괜찮다는 생각을 하긴 해요. 에밀리가 와서 난처할 것은 없소. 정말이지 이런 마을에서 살려면 누군가 보살펴

주는 사람이 없으면 견딜 수 없지요. 이웃집에 장기를 두러 가면 그 집 누이동생과 결혼할 것이라는 소문이 나고 신문에까지 실리니……"

앤이 따끔하게 말했다.

"만일 독신인 척하지 않았다면 아무도 아저씨가 이저벨러 앤드루스를 만나러 간다는 말을 하지 않았을 거예요."

"나는 일부러 그런 척하지는 않았소. 누가 물었다면 나는 분명히 아내가 있다고 떳떳하게 대답했을 테니까요. 모두 제멋대로 그렇게 짐작했을 따름이오. 그렇다고 내 쪽에서 먼저 얘기할 일도 아니고. 나도 무척 괴로웠어요. 내 아내가 나를 버리고 간 일을 레이철 린드 부인이 알았다면 아주 좋아했을 거요, 그렇잖아요?"

"하지만 아저씨가 부인을 두고 나왔다고 말하는 사람도 있는걸요."

"아내 쪽이 먼저였소. 아내가 먼저 그랬지요. 앤한테는 모든 걸 얘기해 주겠소. 더 이상 나를…… 그리고 에밀리 또한 나쁘게 보면 난처하니까요.

우선 베란다로 나갑시다. 이곳에 있으면 모든 게 끔찍하게 정돈되어 있어서 향수병에 걸릴 것 같소. 차차 익숙해지겠지만 말이오. 그나마 뜰을 보고 있으면 마음이 좀 편해질 것 같소. 에밀리도 아직 뜰까지는 손대지 못했으니까요."

두 사람이 베란다로 나가 자리잡자 해리슨 씨는 신세타령을 하기 시작했다.

"이곳에 오기 전 뉴브런즈윅의 스코츠퍼드에서 살았소. 누이동생이 집안일을 도맡아 내 뒤치다꺼리를 해주었는데 나로서는 더할 나위 없는 가족이었지요. 동생은 정돈된 걸 좋아했지만 지나칠 정도는 아니었고 내가 뭘 하든 내버려두었어요. 에밀리의 말로는 버릇을 잘못 들인 거라나. 그런데 3년 전에 동생이 죽어버렸소. 죽기 전에 하도 나를 걱정하기에 그만 결혼하겠다고 약속하고 말았소. 동생은 에밀리 스콧이 좋겠다고 했어요. 에밀리는 돈이 좀 있고 살림도 잘한다는 평판이라면서.

어쩔 수 없이 그러겠다고 했지만 설마 그처럼 영리하고 예쁜 여자가 나 같은 사람의 아내가 되어 주리라고는 꿈에도 생각지 못했는데, 뜻밖에도 에밀리가 승낙했소. 그렇게 놀란 적은 아마 평생에 없을 거요. 나는 정말 행복한 사람이라고 생각했었소.

결혼식을 하고 곧이어 2주일쯤의 신혼여행에서 돌아와 집에 닿은 것이 밤 10시쯤이었는데, 잘 들어봐요, 앤. 30분도 채 못 되어 그녀는 집안 청소를 시작하는 거였소.

내가 살던 집이니 오죽했겠느냐고 생각하는 것 알고 있어요. 속마음이 마치 인쇄한 것처럼 얼굴에 금방 떠오른다니까. 그런데 사실은 그렇게 더럽지 않았어요. 혼자 살 때 엉망이었던 것은 인정하지만 식을 올리기 전에 칠을 다시 하고 손질도 했고 이미 사람을 시켜서 청소도 해놓았으니까요.

에밀리는 새로 지은 대리석 궁전에 들어갔다 해도 그 자리에서 헌 옷으로 갈아입고 청소하지 않고는 배기지 못하는 여자요.

아무튼 돌아온 날 밤 1시까지 청소를 하더니 다음날 아침 4시부터 일어나 또 시작하는 거였소. 그리고 그 뒤에도 줄곧……내가 아는 한 그녀의 손은 쉰 적이 없었으니까. 쉴새없이 닦고, 쓸고, 터는 거요. 일요일만 빼고. 그것도 월요일이 되기를 좀이 쑤시도록 기다렸소. 그것이 에밀리의 낙이니까. 나에 대해서만 간섭하지 않는다면 체념할 생각이었지.

그런데 날 내버려두지 않더군요. 나를 개조하겠다고 결심을 한 건 좋지만 그런 걸 좋아할 나이가 아니라는 생각은 조금도 없었으니까. 현관에서는 실내화로 갈아 신어라, 담배는 헛간에 가서 피워라, 그런 말투는 나쁘다는 둥 말이오.

그녀는 젊었을 때 학교선생이었는데 그 버릇이 아직 남아 있었던 거요. 내가 나이프로 음식을 찍어 먹는 것도 싫어했소. 이런 식으로 줄곧 잘못만 들춰내어 잔소리를 해대니 나로서도 옹고집을 부리게 되어 말다툼이 그칠 날이 없었소. 하라는 대로 순순히 하면 될 것을 괜히 더 하기 싫었으니까. 그 사람에게 잔소리를 들을수록 짜증이 나고 화만 날 뿐이었지. 하루는 내가 그 사람을 붙잡고 내가 청혼했을 때는 내 말투 갖고 왜 이러니저러니 하지 않았느냐고 말했소. 그래서는 안 되었는데. 여자는 남자가 때리는 건 용서해도 그렇다면 뭐하러 나한테 시집 왔느냐는 말은 절대로 용서하지 않는다오. 뭐, 그렇게 서로 으르릉대면서 날이면 날마다 싸움이었고, 즐거움이라곤 하나도 없는 지옥 같은 생활이었지.

그래도 진저만 없었다면 그러다가 서로 익숙해졌을지도 모르는데, 마침내 그 새가 원인이 되어 우리는 헤어지고 말았소. 에밀리는 앵무새를 매우 싫어했고 특히 진저의 말씨가 거칠다고 질색이었지만 나로서는 선원이었던 형님이 남겨준 것이어서 귀여워했지. 우리가 어렸을 때 나는 형님을 무척 좋아했소. 그래서 눈을 감을 때 앵무새를 유품으로 나에게 보내주고 간 거였소. 아무리 심한 말이라 해도 새한테 너무 그럴 것까지야 없지 않겠소? 사람이 그런다면 또 모르지만 상대는 기껏해야 앵무샌데. 들은 소리를 그저 뜻도 모르고 따라 할 뿐 아니오? 우리가 중국말을 모르듯이 말이오. 그런데 에밀리는 그렇게 생각하지 않았소. 여자는 논리적이지 못하니까. 어떻게 해서든 진저의 말버릇을 고쳐 주려 했지만 잘 안 되었지. 내 말투를 끝내 고쳐 주지 못했던 것처럼. 에밀리가 애쓰면 애쓸수록 나와 마찬가지로 진저도 더욱더 말을 듣지 않게 되었소.

그래서 나날이 사태가 악화되어 가다가 마침내 마지막이 오고 말았소. 하루는 에밀리가 우리 교구 목사님 부부와 다른 곳의 목사님 부부를 초대했지요. 나는 앵무새를 그 목소리가 들리지 않는 곳에 옮겨놓겠다고 에밀리에게 약속했는데, 에밀리가 칼라가 어떠니, 그런 말씨는 나쁘니 하며 너무 잔소리를 해서 깜박 잊어버리고 식당에 앉았소. 에밀리는 3미터짜리 장대로도 새장을 만지려 하지 않았기 때문에 내가 옮겨놓기로 했는데. 나 역시 내 집에서 목사님이 욕설을 듣는 건 원치 않았으니까.

그런데 우리 교구 목사님이 식사 전 기도를 드리기 시작하는 순간 식당 창문 밖 베란다에 있던 진저가 뜰 안으로 들어오던 칠면조를 발견하고 기도 소리도 들리지 않을 만큼 큰소리로 욕을 퍼부어서 나는 진저를 재빨리 헛간으로 데려갔소.

앤, 웃고 싶으면 웃어요. 난 괜찮으니까. 나도 지금에 와서 생각하면 웃지 않을 수 없지만, 그때만큼은 에밀리 못지 않을 만큼 부끄러웠소. 식사도 하는 둥 마는 둥이었지. 에밀리의 표정으로 보아 진저와 나를 상대로 한바탕 소동을 피울 게 뻔했거든.

손님들이 돌아간 뒤 나는 소들이 있는 목장에 나가 생각했소. 에밀리에게 미안하다고 말이오. 더욱이 목사님들이 내가 앵무새에게 그런 말씨를 가르쳐 주었다고 여기면 어쩌나 걱정스럽기도 했소.

결국 가엾긴 해도 진저를 없애야겠다고 마음먹고 에밀리에게 그 이야기를 하러 집으로 돌아갔소. 그런데 에밀리는 온데간데없고 소설에서처럼 테이블 위에 편지만 한 통 놓여 있었소.

그 편지에는 자기나 진저 둘 중 하나를 택하라, 자기는 집으로 돌아간다, 내가 그 앵무새를 없애지 않는 한 자기는 돌아오지 않겠다고 씌어 있었소. 나는 화가 머리끝까지 치밀었소. 최후의 심판날까지 그렇게 하고 싶으면 해라, 나는 에밀리의 짐을 모조리 꾸려서 돌려보냈지요. 그러자 크게 소문이 퍼졌소. 스코츠퍼드라는 곳은 애번리 못지 않게 말많은 고장이오. 다들 에밀리에게 몹시 동정했으므로 나는 짜증이 나기도 하고 기분이 상하기도 해서 마음 편히 살 수 없었소.

이 섬은 어릴 때 와본 일이 있는데 좋은 곳이라는 기억이 남아 있었소. 에밀리는 오래전부터 바다로 굴러 떨어지지 않나 어두워지면 무서워서 오들오들 떨며 걸어야 하는 곳에서는 살 수 없다고 했지.

그래서 일부러 이리로 온 거요. 이야기는 이게 전부요.
그 뒤 에밀리로부터 전혀 소식이 없었는데, 토요일 뒷밭에서 돌아오니 그녀가 바닥을 열심히 닦고 있었소. 게다가 그녀가 가버린 뒤로는 한 번도 먹어 본 적이 없는 맛있는 저녁식사까지 마련해 두었더군요.
에밀리가 먼저 식사부터 하자고 해서 다 먹고 난 뒤 둘이서 진지하게 이야기를 나누었소. 그녀도 이제 남자를 대하는 방법이 조금은 나아진 듯했고 결국 여기 있기로 했소…… 진저도 없어졌고, 이 섬도 생각했던 것보다는 크다나.
아, 린드 부인과 에밀리가 돌아왔나보군요. 아니, 가지 말아요, 앤. 에밀리와 친하게 지내줘요. 그녀는 토요일에 앤을 보고 무척 마음에 들더라며 그 예쁜 빨강머리 아가씨는 누구냐고 물었소."
해리슨 부인은 상냥하게 앤을 맞이하며 부디 차를 마시라고 권했다.
"제임스 A.로부터 여러 가지 다 들었는데, 케익도 만들어주고 무척 친절히 대해주었다고요. 나도 되도록 빨리 이웃들과 가까워지려고 해요. 린드 부인은 참 좋은 분이에요. 매우 친절해요."
6월 저녁놀 지는 밭에는 반딧불이 별처럼 반짝이고 있었다.
해리슨 부인이 앤을 바래다주었다.
"아마 제임스 A.가 우리 이야기를 했겠죠?"
"네."
"그렇다면 내가 또 말할 필요는 없겠군요. 그는 공명정대한 사람이라 그대로 이야기했을 테니까요. 그 사람만 잘못한 게 아니라는 것을 나는 이제 겨우 알게 되었어요. 우리집에 돌아가자마자 너무 경솔한 짓을 했다고 후회하기 시작했지만 숙이고 들어가기 싫어서 그대로 있었어요. 지금 생각하면 남자에게 지나치게 기대를 걸었나봐요. 그 사람의 말씨에 그토록 신경 쓴 건 바보짓이었어요. 착실하게 일하고 부엌에 들어와 1주일에 설탕을 얼마나 쓰는지 살펴보는 사람만 아니면 말씨가 좀 거친들 어떻겠어요?

이제부터는 제임스 A.와 행복하게 살 수 있을 것 같아요. 그 '관찰자'가 누구인지 모르지만 감사를 드리고 싶어요. 정말로 그 사람 덕분이니까요."

해리슨 부인은 설마 자기가 그 '관찰자'에게 직접 감사하다는 마음을 전하고 있는 줄은 꿈에도 생각지 못했다. 앤은 그 장난 같은 '소식'이 엄청난 결과를 가져왔다는 사실에 놀라지 않을 수 없었다. 그 기사로 말미암아 한 남편과 아내가 화해했고 예언자에게는 명성을 가져다 주었으니 말이다.

그린게이블즈 부엌에는 린드 부인이 와서 머릴러에게 자초지종을 설명해주다가 앤을 보고 물었다.

"해리슨 부인을 어떻게 생각하니, 앤?"

"참 좋은 분인 것 같아요."

"맞았어. 지금 머릴러에게도 그 말을 하고 있었는데, 해리슨 씨가 좀 다르다 하더라도 그 부인을 위해 너그러이 봐줘야겠어. 그리고 그 부인이 어서 빨리 잘 적응하도록 도와드려야지. 이제 가봐야겠다. 토머스가 눈이 빠지게 기다릴 테니까. 일라이저가 온 다음부터 좀 편해졌고 지난 2, 3일 동안은 토머스의 건강도 꽤 나아졌지만 그래도 혼자 오래 두고 싶지는 않아요. 길버트가 화이트 샌즈 학교를 그만둔다던데, 올가을에 대학에 갈 모양이지?"

린드 부인은 앤의 표정을 살피려 했으나 앤은 소파에서 꾸벅꾸벅 졸고 있는 데이비를 안아 올리려고 몸을 굽히고 있었으므로 얼굴이 보이지 않았다.

앤이 아가씨다운 갸름한 얼굴을 데이비의 금발에 댄 채 층계를 올라갔다. 데이비는 졸면서도 앤의 목을 껴안고 뽀뽀했다.

"누나가 굉장히 좋아. 오늘 밀티 볼터가 석판에다 글을 써서 제니 슬론에게 보여주었어.

장미꽃은 빨갛고
제비꽃은 파랗다
설탕은 달콤하고
당신도 달콤하다

나는 누나도 그렇다고 생각해."

길모퉁이

토머스 린드는 살아 있었을 때와 마찬가지로 조용히 이 세상을 떠났다.

린드 부인은 다정하고 참을성 있게 지칠 줄 모르고 정성스레 간호해 주었다. 남편이 건강할 때에는 이따금 답답해 하기도 하고 화를 터뜨리기도 하며 심하게 대한 일도 있었지만, 앓아눕게 되자 밤잠도 안 자고 더없이 그의 손과 발이 되어 부지런히 돌보아주었으며 불평 한마디 하지 않았다.

어느 어둑어둑한 저녁 무렵, 린드 부인이 남편 옆에 앉아 마디 굵은 손으로 환자의 야위고 늙은 손을 힘주어 잡고 있을 때 딱 한 번 토머스는 진심으로 말했다.

"당신은 좋은 아내였소, 레이철. 정말 좋은 아내였소. 당신을 좀더 편안히 살게 해주지 못해서 미안하오. 아이들이 당신을 돌보아줄 거요. 모두 당신을 닮아 똑똑하고 부지런하니까. 좋은 엄마였고…… 좋은 아내였소."

그리고 토머스는 그대로 잠들었다.

다음날 아침 먼동이 저지대의 전나무 끝에 살며시 걸렸을 무렵 머릴러는 조용히 동쪽 방으로 올라가 앤을 깨웠다.
"앤, 토머스 린드 씨가 돌아가셨어. 지금 그 집에서 일하는 아이가 와서 알려주었단다. 나는 곧 레이철에게 갈 거야."
토머스 린드의 장례식 다음날, 머릴러는 묘하게 마음이 가라앉지 않아 어수선한 모습으로 집안을 서성거리고 있었다. 그리고 이따금 앤을 바라보며 무슨 말을 하려다가는 고개를 돌리며 입을 다물어버렸다.
차를 마신 뒤 머릴러는 린드 부인 집을 다녀왔다. 그리고는 동쪽방으로 올라왔다. 앤은 아이들 연습문제를 고쳐주고 있었다.
"오늘 밤 린드 아주머니는 좀 어떠세요?"
"꽤 진정이 된 것 같아."
머릴러는 앤의 침대에 걸터앉았다.
이것은 머릴러가 생각하는 게 있어서 마음이 딴 데 가 있다는 증거였다. 여느 때라면 단정하게 정리해 놓은 침대에 걸터앉는 일은 있을 수 없는 일이었다.
"몹시 쓸쓸해 보였어. 일라이저는 아들이 아프다고 오늘 일찍이 가버렸거든."
"이 연습문제를 다 보고 잠깐 가서 아주머니와 말하고 오겠어요. 오늘 밤에는 라틴어 작문을 공부할 예정이었지만 나중으로 미뤄도 상관없어요."
머릴러가 불쑥 말했다.
"길버트는 올가을 대학에 들어갈 모양이더구나. 앤, 너도 가고 싶지 않니?"
앤은 깜짝 놀라 얼굴을 들었다.
"물론 가고 싶어요, 머릴러. 하지만 불가능해요."
"난 가능할 것 같은데. 나는 늘 너를 대학에 보내야겠다고 생각하고 있었지. 나 때문에 단념했다고 생각하면 마음이 편치 않거든."

"머릴러, 나는 집에 남기로 한 걸 조금도 후회하지 않아요. 난 정말 행복해요. 지난 2년 동안 얼마나 즐거웠는지 몰라요."

"그야 네가 만족스러워하는 것은 나도 알아. 하지만 내 말은 그게 아니야. 너는 공부를 계속해야 해. 저축을 해두었으니 레드먼드 대학에서 1년은 공부할 수 있고, 가축을 팔아 돈이 들어오면 그 다음 1년도 공부할 수 있어. 더욱이 장학금 같은 것도 받을 수 있잖겠니."

"네. 하지만 갈 수 없어요, 머릴러. 물론 머릴러의 눈이 전보다 나아졌지만, 저렇게 손이 많이 가는 쌍둥이들을 머릴러한테만 맡기고 갈 순 없어요."

"나 혼자 돌보지 않아도 될 것 같아. 그 점을 너와 의논하고 싶어. 오늘 밤 레이철과 한참 이야기하고 왔단다.

레이철에게는 여러 가지 걱정거리가 있어. 그리 이렇다하게 모아놓은 돈도 없거니와 8년 전 막내아들을 서부로 보낼 때 집을 저당잡혀 돈을 마련해 주었었지. 그 뒤 생활은 이자를 치르는 것이 고작이었던 모양이야. 그러다가 토머스가 앓아눕게 되어 이것저것 돈이 많이 들었나봐.

결국 농장과 집을 팔아야만 하는데 모두 갚고 나면 그리 남는 것이 없대. 그렇게 되면 일라이저와 함께 살아야 하는데 애번리를 떠나야 한다고 생각하니 가슴이 찢어질 것 같다더구나. 그만한 나이가 되면 친구고 생활이고 새롭게 시작한다는 게 그리 쉬운 일이 아니거든.

그래서 앤, 이야기를 들으면서 문득 떠오른 생각인데, 여기 와서 나와 함께 살지 않겠느냐고 레이철에게 말해보면 어떨까? 먼저 너와 의논해야겠다 싶어서 레이철에게는 아무 말 하지 않았어. 만일 레이철이 와 있게 된다면 너는 대학에 갈 수 있지 않겠니. 어떻게 생각하니?"

"어쩐지…… 너무 꿈만 같아서…… 어떻게 해야 좋을지 모르겠어요.

하지만 린드 아주머니를 여기에 부르는 것은 머릴러가 결정해야죠.

머릴러, 저…… 정말…… 그렇게 하고 싶은 생각이 있어요? 린드 아주머니는 친절하고 좋은 분이지만…… 하지만…… 하지만……"

"하지만 그녀에게는 그녀의 결점이 있단 말이지? 그야 물론이지. 그러나 레이철이 이 애번리를 떠나는 걸 보느니 차라리 더 큰 결점이 있다 해도 눈 감고 참아주는 편이 훨씬 나을 거야. 레이철은 오직 하나뿐인 나의 친구여서 가버리면 몹시 쓸쓸해서 못 견딜 테지. 45년 동안 이웃으로 사귀어오면서 한 번도 싸운 적이 없어.

아니, 하마터면 싸울 뻔했던 일이 있었지. 왜 레이철이 너더러 보기 흉한 빨강머리 계집애라고 해서 네가 아주머니에게 대든 적이 있었잖니, 앤. 기억하지?"

앤은 처량하게 말했다.

"네, 기억하고 말고요. 그런 일을 어떻게 잊을 수 있겠어요? 그때만큼은 그 아주머니가 얼마나 미웠는지 몰라요."

"더욱이 네가 '용서'를 비는 태도는 정말 희한했었지! 너는 그 무렵 아주 다루기 힘든 아이였어. 나는 어찌할 바를 몰라했지. 매슈 오라버니는 네 기분을 잘 알아주는 듯했지만……"

"매슈 아저씨는 무엇이든지 이해해주었어요."

앤은 매슈 아저씨 이야기만 나오면 언제나 목소리가 누그러졌다.

"아무튼 나는 레이철과 충돌하지 않고 그럭저럭 해나갈 수 있으리라고 생각해. 한집에서 여자들이 충돌을 일으키는 원인은 부엌을 같이 쓰기 때문에 상대의 생활에 너무 간섭하는 데 있는 것 같아. 그러니 레이철의 침실은 북쪽 방으로 하고 손님용 침실을 부엌으로 쓰게 하면 어떨까 싶어.

우리집에는 손님용 침실이 그다지 필요없으니 그곳에 레이철은 자기 살림도구를 놓아두면 편하게 자기가 하고 싶은 대로 할 수 있겠지. 생활비는 이이들이 대줄 테고 나는 다만 레이철에게 방만 빌려주면 될 테니 말이야. 앤, 나는 그렇게 하고 싶구나."

앤은 곧 말했다.

"그럼, 린드 아주머니에게 말해 보세요. 나도 그 아주머니가 떠나시면 슬플 거예요."

"만일 레이철이 오겠다면 너는 대학에 갈 수 있어. 레이철이 있으면 나도 쓸쓸하지 않고 쌍둥이들도 돌봐줄 테니까. 네가 대학에 가지 못할 이유는 하나도 없지."

그날 밤 앤은 자기 방 창가에 앉아서 오랫동안 생각에 잠겼다. 기쁨과 슬픔이 엇갈려 가슴이 벅찼다.

마침내 길모퉁이에 다다랐다. 모퉁이를 돌아서면 대학이라는 무지개 같은 꿈과 희망이 있다. 그러나 동시에 모퉁이를 돌아서는 순간부터 지난 2년 동안의 즐거움이었던 모든 사소한 의무와 관심을 모두 놓고 떠나야만 한다. 앤은 그 모든 일을 열정을 기울여 기쁨으로 끌어올렸던 것이다.

공부 잘하는 아이도 못하는 아이도 저마다 더없이 귀여운데, 안타깝지만 학교도 그만두어야 한다. 폴만 보더라도 이렇게까지 해서 떠나야 할 만큼 레드먼드 대학이 그렇게 중요한가 하는 기분이 들었다.

앤은 달을 보고 얘기했다.

"지난 2년 동안 작은 뿌리를 튼튼하게 내리기 위해 노력해왔어. 내가 가버리면 아이들이 몹시 상처입겠지만 그래도 가는 게 좋겠어. 머릴러 말대로 못 갈 이유는 아무것도 없으니까. 그럼, 이제부터 묻어두었던 옛날의 야망을 모두 꺼내 쌓인 먼지를 털어야겠지."

앤은 다음날 사표를 냈고, 린드 부인은 머릴러와 마음을 열고 이야기 나눈 끝에 머릴러의 제안을 기꺼이 받아들였다. 그러나 린드 부인의 농장은 가을이 되어야만 팔 수 있었고, 여러 가지 준비할 것이 많이 있으므로 여름 동안은 자기 집에 있기로 했다.

린드 부인은 혼잣말을 하며 한숨을 쉬었다.

"그린게이블즈처럼 세상과 동떨어진 집에서 살게 되리라고는 생각도 못했어. 하지만 그린게이블즈도 옛날과 달리 앤의 친구들이 많이 드나들고 더욱이 그 쌍둥이들 때문에 떠들썩해졌어. 어쨌든 우물 속이라도 좋으니 애번리에서 살고 싶어."

이 일은 곧 온 마을에 퍼져 지금까지 좋은 얘깃거리가 됐던 해리슨 씨네 소문에 대해서는 뒷전으로 밀려났다. 짐짓 아는 척하는 사람들은 머릴러가 린드 부인과 함께 살기로 결정하다니 경솔한 짓을 했다고 고개를 저었으며 모두들 그 두 사람이 한집에서 살 수 있을까 걱정했다. 저마다 나름대로 고집이 있는 두 사람이니만큼 이러니저러니 사람들은 갖가지 부정적인 예측을 했으나 본인들은 전혀 마음 쓰지 않았고 서로의 의무와 권리를 명확히 정하여 거기에 따라 생활하기로 결심했다.

린드 부인은 딱 잘라 말했다.

"서로의 일에 참견하지 말기로 해요. 쌍둥이를 돌보는 일이라면 할 수 있는 데까지 기꺼이 돕겠어요. 하지만 데이비의 질문 공세만은 받아들일 수 없어요. 나는 백과사전도 아니고 변호사도 아니니까요. 그 점에 있어서는 앤이 가버리는 것이 참 유감이에요."

머릴러 또한 웃지도 않고 단호히 말했다.

"앤의 대답이 또한 데이비 못지않게 기발하지요. 어쨌든 앤이 가버리면 쌍둥이들은 틀림없이 슬퍼할 거예요. 그렇다고 데이비의 호기심을 만족시켜 주기 위해 앤의 장래를 가로막을 수는 없어요. 그 애의 질문에 대답할 수 없을 때에는, 아이들이란 보는 건 괜찮지만 자꾸 물어선 안 된다고 말해 줍시다. 나는 그런 식으로 자랐는데 요즘의 새로운 방법과 비교해도 그리 뒤지지 않는다고 생각해요."

린드 부인이 웃으면서 말했다.

"어쨌든 앤의 방법은 데이비에게 매우 효과가 있었어요. 아이의 성격이 확 달라졌으니까요."

머릴러도 린드 부인의 말에 동의했다.

"그 애는 특별히 나쁜 아이가 아니에요. 쌍둥이들을 이토록 사랑하게 될 줄은 꿈에도 생각지 못했지요. 아무튼 데이비는 우리를 놀라게 해 주려 하지만…… 도러는 정말 착한 아이예요. 좀…… 뭐라고 할까…… 좀……"

레이철이 말을 이어받았다.

"어딘지 모자란 데가 있다고 말하고 싶죠? 어느 쪽을 들추나 똑같은 말만 적혀 있는 책처럼 말이에요. 도러는 얌전하고 믿을 만한 사람이 되겠지만 세상을 놀라게 하는 일은 절대로 하지 않을 거예요. 그런 사람이 주변에 있는 건 나쁘지 않지만 다른 사람에 비하면 재미는 없죠."

앤이 그만둔다는 말을 듣고 진심으로 기뻐한 사람은 길버트 하나뿐이었다. 앤의 제자들은 크나큰 재난이라도 당한 듯이 시끌벅적 들끓었는데, 애니터 벨은 집에 돌아가 히스테리 발작을 일으켰으며, 앤서니 파이는 괜히 시비를 걸어 두 번이나 싸움질을 함으로써 주체할 수 없이 속상한 마음을 풀었다. 바바러 쇼는 하룻밤을 꼬박 울면서 지새웠고, 폴 어빙은 반항적으로 할머니에게 대들며 1주일 동안 죽을 먹지 않겠다고 선언했다.

"할머니, 나는 죽을 먹을 수 없어요. 지금은 아무것도 먹고 싶지 않아요. 목구멍에 커다란 덩어리가 걸려 있는 것 같은걸요. 오늘 학교에서 돌아올 때 제이크 도널이 보고 있지 않았다면 틀림없이 울고 말았을 거예요. 밤에 침대 속에서 실컷 울기로 했는데 내일 아침 일어나서 눈이 퉁퉁 부어 있는 건 아니겠죠? 엉엉 울면 조금은 속이 시원할 거예요. 하지만 죽은 도저히 못먹겠어요. 지금은 이 슬픔과 필사적으로 싸워야 하므로 죽하고 씨름할 힘이 없단 말이에요.

할머니, 그 예쁜 선생님이 가버리면 나는 어떡하죠? 제인 앤드루스 선생님이 우리 학교에 대신 오신다고 밀티 볼터가 말했어요. 앤드루스 선생님도 무척 좋은 분이지만 셜리 선생님처럼 이해심이 깊지는 못할 것 같아요."

다이애너도 비관적이었다. 어느 날 밤 벚나무가지 사이로 달빛이 흘러드는 꿈같이 아련한 동쪽 방에서 두 사람은 이야기를 나누고 있었다. 앤은 창가에 가까이 놓인 흔들의자에 앉고 다이애너는 침대 위에 책상다리를 하고 앉았다.

다이애너는 한탄했다.

"올겨울은 무척 쓸쓸할 거야. 너도 길버트도 없고…… 앨런 목사님 내외분도 가실 테니까. 앨런 목사님은 샬럿타운에서 초청을 받았거든. 물론 승낙하겠지. 한심해. 겨우내 교회에서는 목사님 없이 목사 후보자의 설교를 차례로 들어야 할 테니…… 그 가운데 절반은 변변치 못할 거야."

"이스트 그래프턴 백스터 씨는 오지 않았으면 좋겠어. 이곳 목사가 되고 싶어하지만 그 사람 설교는 너무 음울해. 벨 씨는 너무 구식이라고 백스터 씨를 비평했고, 린드 아주머니는 백스터 목사님에게는 위장병 말고는 별다른 결점이 없다고 했지. 다만 백스터 부인의 음식 솜씨가 나쁘다는 거야. 3주 가운데 2주는 빵만 먹어야 하니 종교에 대한 생각도 이상해질거래.

앨런 목사님 부인은 이 고장을 떠나는 것이 무척 괴로운가봐. 새색시로 이곳에 왔을 때부터 모두들 진심으로 잘해주었기에 평생 함께 할 친구들과 헤어지는 기분이래. 게다가 아기의 무덤도 여기 있잖니? 그 무덤을 두고는 도저히 떠날 수 없을 것 같대.

겨우 3개월, 엄마가 옆에 없으면 틀림없이 외로워할 거라고 했지. 물론 남편한테는 그런 말 한마디도 하지 않았지만 거의 매일 밤 목사관 뒤쪽 너도밤나무숲을 지나 무덤에 가서 자장가를 불러준대. 어젯밤 매슈의 무덤에 들장미를 바치러 갈 때 부인이 모두 말해주었어. 나는 애번리에 있을 때는 반드시 아기의 무덤에 꽃을 갖다 놓겠다고 약속했지. 그리고 내가 없으면 틀림없이……"

“내가 할 거라고 말했겠지? 그렇고말고. 그리고 너 대신 매슈 아저씨의 무덤에도 갖다 드릴게, 앤.”

“고마워, 다이애너. 사실은 그렇게 해달라고 부탁하려던 참이었어. 그리고 헤스터 그레이 무덤도 부탁해도 될까? 나는 헤스터에 대해 너무 많이 상상해서 마치 살아 있는 사람 같은 느낌이 들어. 헤스터가 그 정원 서늘하고 조용한 한구석에 돌아와 있는 듯한 기분이야.

봄날 저녁, 바로 낮과 밤의 경계선인 마법의 시간에 헤스터 그레이가 놀라지 않도록 살며시 발소리를 죽여 너도밤나무 언덕을 넘어가면 그 정원에는 옛날 그대로 하얀 수선화며 들장미가 만발하고 담쟁이덩굴이 얽혀 있는 작은 집이 보이지 않을까 여겨져. 자그만 헤스터 그레이는 다정한 눈으로 검은 머리를 바람에 나부끼며 손가락 끝으로 백합을 어루만지기도 하고 장미꽃한테 비밀을 속삭이기도 해. 나는 조용히 다가가 손을 내밀며 말하지.

‘헤스터 그레이, 나의 친구가 되어 주지 않겠어요? 나도 장미꽃을 무척이나 좋아한답니다.’

그리고 우리 두 사람은 낡은 벤치에 앉아 잠깐 동안 이야기나누거나 몽상에 잠기며 말없이 그냥 있기도 해. 이윽고 달이 떠올라 주위를 둘러보니…… 헤스터 그레이도 담쟁이덩굴이 얽힌 작은 집도 장미꽃도 사라지고…… 오직 황폐한 낡은 정원에 하얀 수선화가 별처럼 풀숲 속에 피어 있고 벚나무를 스쳐지나가는 바람이 슬픈 노래를 부르고 있을 뿐이야. 나는 그것이 정말 있었던 일인지 아니면 나의 공상에 지나지 않는지 분간할 수 없게 돼버려.”

다이애너는 몸을 뒤로 물려 침대 머리판자에 등을 꼭 붙였다. 저녁 어둠 속에서 이런 으스스한 이야기를 할 때에는 자기 등 뒤에 아무것도 없음을 확인할 필요가 있다.

“너와 길버트가 없으면 개선회가 잘될 것 같지 않아.”

다이애너가 실망스럽다는 듯이 말했다.

changkyo

앤은 곧 꿈나라에서 현실세계로 돌아와 씩씩하게 대답했다.

"그럴 염려는 없어. 기초가 튼튼히 잡혔고 이젠 어른들도 진지하게 협력해 주고 있으니까. 지난 여름, 사람들이 자기 집의 잔디며 오솔길을 어떻게 했는지 생각해봐. 그리고 레드먼드에 가서 참고될 만한 일을 귀담아 들어두었다가 올겨울에 써 보낼게.

너무 비관하지 마, 다이애너. 내가 이렇게 즐거워하는 것도 지금뿐이니 그동안만은 이 기쁨을 깨뜨리지 말아줘. 얼마 뒤 진짜로 갈 때에는 도저히 웃을 기분이 아닐 테니까."

"너로서는 좋은 일 아니겠니? 대학에 가서…… 즐겁게 지내고…… 새로운 멋진 친구도 생길 테니까……"

"새로운 친구가 생기는 건 좋은 일이라고 생각해. 새 친구가 생기면 인생에 대한 매력이 더해질 테니까. 하지만 아무리 새로운 친구가 생긴다 해도 나에게는 옛 친구가 더 소중해…… 특히 검은 눈동자의…… 보조개가 파인 친구 말이야. 그게 누군지 아니, 다이애너?"

다이애너는 한숨을 쉬었다.

"하지만 레드먼드에는 머리 좋은 친구들이 많을 거야. 그런데 나는 사투리가 나도 모르게 불쑥 튀어나오는 시골뜨기에 지나지 않거든. 그렇게 바보는 아닌데 말이야.

어쨌든 지난 2년 동안 너무너무 행복했어. 네가 레드먼드에 가는 것을 기뻐하는 사람을 나는 알아. 앤, 네게 물어보고 싶은 것이 있어…… 진지한 이야기야. 절대로 화내지 말고 대답해줘. 너 길버트를 좋아하지 않니?"

앤은 침착하고 단호하게 대답했다. 진심으로 그렇게 생각했기 때문이다.

"친구로서는 무척 좋아하고 있어. 하지만 네가 말하는 뜻으로는 전혀 아니야."

다이애너는 한숨을 쉬었다. 앤이 다른 대답을 해주기 원했기 때문이다.

"결혼을 안 할 생각은 아니겠지? 앤?"

"아니야—언젠가—바로 이 사람이다 하는 사람이 나타났을 때."

앤은 미소 지으며 꿈꾸듯 달을 올려다보았다.

"하지만 바로 이 사람이라는 걸 어떻게 알지?"

"물론 알 수 있어…… 어떻게든 알 수 있어. 너는 내 이상형이 어떤 사람인지 알고 있지, 다이애너?"

"하지만 이상형은 이따금 바뀌니까."

"아니, 결코 바뀌지 않아. 나는 내 이상에 맞지 않는 사람을 사랑할 수는 없어."

"만일 그런 사람을 만나지 못한다면?"

앤은 당차게 말했다.

"그럼, 노처녀인 채로 죽겠어. 결코 괴로운 죽음은 아닐 거야."

"죽는 건 힘들지 않아. 내가 싫어하는 것은 노처녀로 살아가는 거야. 미스 라벤더 같은 노처녀라면 괜찮지만 나는 그렇지 못할 거야. 내가 45살쯤 되면 엄청 뚱뚱할 테니까. 날씬한 노처녀라면 낭만적일 수도 있지만 뒤룩뒤룩하니 살찐 노처녀는 비참해.

아참, 3주일 전 넬슨 애트킨스가 루비 길리스에게 결혼 신청을 했대. 루비가 모두 말해 주었어. 루비는 넬슨하고 결혼하면 어른들하고 함께 살아야 하니까 승낙하지 않으려 했는데 너무나도 아름답고 낭만적인 말로 청혼해서 그만 정신차리지 못했대.

하지만 1주일만 생각해볼 여유를 달라고 했대. 그리고 이틀 뒤 넬슨네에서 넬슨 어머니가 연 바느질모임에 갔는데, 그 집 응접실 테이블에 '예의대사전'이라는 책이 있어 그 속의 '구혼과 결혼'이라는 난을 펴보니 넬슨이 결혼신청했을 때 한 말이 토씨 하나 틀리지 않고 그대로 실려 있어 기가 막혀 말이 나오지 않더래.

집에 돌아가자마자 곧 얼음장 같은 거절의 편지를 보냈대. 그러자 넬슨이 강에 몸을 던질까봐 아버지와 이머니가 번갈아 넬슨을 감시하고 있다지만 루비는 그런 걱정은 할 필요가 없다고 했어. '구혼과 결혼'란에 실연 당한 사람이 어떻게 하는지 씌어 있었는데 강에 뛰어들어 자살하는 대목은 없었다는 거야. 그리고 윌버 블레어도 자기를 애타게 사랑하고 있지만 거들떠 보지 않는다고 했어."

앤은 짜증스러운 표정을 지었다.

"나는 이런 말은 하기 싫지만…… 배신하는 것 같아서…… 지금은 루비를 그리 좋아하지 않아. 이곳 학교와 퀸즈아카데미를 함께 다닐 때는 좋아했지만…… 좋아했다 해도 너나 제인만큼은 아니었어. 하지만 카모디에 간 뒤 지난 1년 동안 루비는 아주 달라진 것 같아."

"뭐랄까……"

"맞아. 루비한테서도 길리스네 딸들의 기질이 드러나기 시작했대. 루비가 나쁜 건 아닐지도 몰라. 길리스네 딸이 남자를 생각하기 시작하면 걸음걸이와 말투에서 대번에 나타난대. 입만 열면 남자얘기, 누가 무슨 말을 했고, 카모디의 남자들은 모두 자기한테 빠져 있다는 얘기뿐이야. 그런데 이상하게도 그 말이 맞거든."

다이애너는 얼마쯤 분한 표정을 지었다.

"어젯밤 블레어 씨 가게에서 루비를 만났는데 좋은 사람이 다시 생겼다고 속삭였어. 누군지 물어보지 않았지. 물어봐 주기를 바라는 눈치였지만. 걔는 언제나 그렇다니까. 너 생각나니? 초등학교 때 루비는 커서 결혼하기 전에 애인을 많이 만들어 실컷 즐겨야겠다고 말했던 일을? 그런데 제인은 아주 달라. 제인은 분별심과 기품이 있고 좋은 아이야."

"정말 제인 같은 아이는 드물어. 하지만……."

앤은 몸을 앞으로 내밀어 베개 위에 놓여 있는 다이애너의 아기처럼 포동포동한 손을 다정하게 어루만졌다.

"하지만 나의 소중한 다이애너 같은 사람은 어디에도 없어. 우리가 처음 만났던 날 저녁 기억하니? 너의 집 뜰에서 영원한 우정을 맹세했었지? 우리는 그 맹세대로 한 번도 싸우거나 사이가 벌어진 적이 없었어.

네가 나를 사랑한다고 말했을 때 그 가슴 설레던 기쁨을 지금도 잊을 수가 없어. 내 어린시절이 얼마나 쓸쓸하고 애정에 굶주렸는지 요즘에 와서 가슴 속 깊이 깨달았어. 나를 부모처럼 염려해주는 사람도 없었고 맡아주겠다는 사람도 없었으니까. 그 신비한 꿈의 나라에서 간절히 원하던 친구와 우정을 얻지 못했다면 얼마나 비참했을까?

하지만 그린게이블즈에 온 뒤로 모든 게 달라졌어. 그리고 너를 만났지. 우리 우정이 얼마나 고마웠는지 너는 모를 거야. 네가 늘 변함없이 따뜻한 마음으로 친구가 되어 준 것에 이 자리에서 다시 한번 고맙다는 말을 하고 싶어."

다이애너는 흐느껴 울었다.

"나는 언제까지나…… 언제까지나……… 변함없을 거야. …… 아무도…… 친구는……너만큼 좋아하지 않을 거야. 만일 결혼해서 딸을 낳으면 앤이라고 이름 지어 주겠어."

돌집의 오후

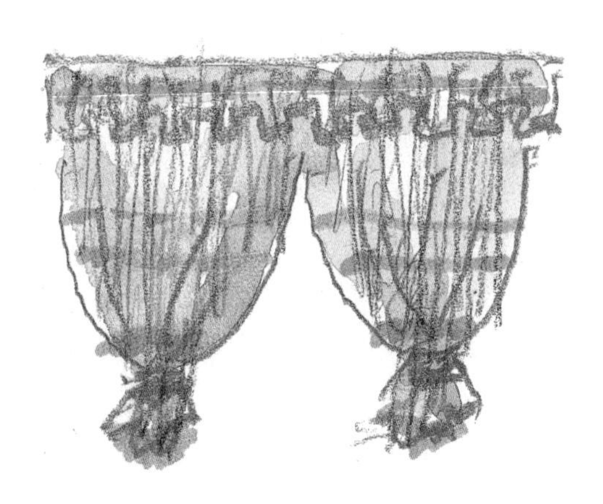

“앤 누나, 그렇게 좋은 옷을 입고 어디가? 그 옷 정말 ‘겁나게’ 어울려.”

데이비가 궁금해 했다.

앤은 매슈가 세상을 떠난 뒤 처음으로 화려한 빛깔의 옷을 입고 식사하러 내려왔다. 연초록색 모슬린은 앤을 꽃처럼 돋보이게 하고 반짝이는 붉은 머리를 더욱 아름답게 했다.

“데이비, 그런 말 하면 못쓴다고 몇 번이나 이야기했니. 나는 ‘메아리집’에 가는 거야.”

“나도 갈래.”

데이비가 졸랐다.

“마차를 타면 데려가겠는데 오늘은 걸어가야 해. 너처럼 8살밖에 안 된 아이에게는 너무 멀어. 더욱이 폴과 함께 가는데 너는 폴을 싫어하잖니?”

데이비는 맹렬히 푸딩을 공격하기 시작했다.

“아니, 나는 전보다 폴이 좋아졌어. 나도 지금은 착한 아이니까 폴이 착하든 말든 상관하지 않게 되었어. 발 크기도 착한 아이가 되는 것도 조금만 더 열심히 하면 충분히 폴을 따라잡을 수 있을 것 같아. 폴은 우리 2학년 아이들에게 아주 잘해주고 다른 큰 남자아이들이 짓궂게 굴지 못하도록 보호해줘. 여러 게임도 가르쳐주고."

앤이 물었다.

"어제 점심 시간에 폴이 왜 물에 빠졌니? 운동장에서 만났을 때 온몸에서 물이 뚝뚝 떨어져 얼른 마른 옷으로 갈아입으라고 집에 보내는 바람에 그 까닭을 물어보지 못했어."

"아, 그거? 어쩌다 그렇게 된 거야. 머리를 물에 넣은 건 이유가 있었지만 그 뒤에 빠진 건 우연이었어. 어제 모두 샘터로 갔는데 프릴리 로저슨이 무슨 일로 폴한테 화가 나서…… 프릴리는 깔끔하긴 해도 아주 못됐어. 그래서 싫어. 폴은 매일 밤 할머니에게 머리에 클립을 말아달라고 한다고 말했어. 거기까지는 폴도 상관 안 했을 텐데 그레이시 앤드루스가 웃어서 폴의 얼굴이 새빨개졌어. 그레이시는 폴의 여자친구거든. 폴은 그레이시를 아주 좋아해서 꽃을 갖다 주고 바닷가 길까지 책을 들어주기도 해.

폴이 홍당무처럼 빨개져서 '그런 게 아니야, 본디 곱슬머리야' 하고 말했지. 그리고 그 증거를 보여주기 위해 둑에 엎드려 머리를 물 속으로 넣었는데, 아, 아니야, 우리가 마시는 샘물 말고……"

데이비는 머릴러가 놀라는 표정을 보고 당황해서 말을 더듬었다.

"그 밑에 있는 작은 샘. 그 둑이 겁나게 미끄러워서 그대로 떨어져 버렸어. 아주 볼 만했어. 아, 미안미안, 앤 누나. 나도 모르게 그만 또 나와버렸어. 엄청났어. 풍덩! 풍덩! 진흙투성이가 된 폴이 올라왔는데 물이 뚝뚝 떨어지고 얼마나 우스웠는지 몰라. 여자아이들이 막 웃었지만 그레이시는 웃지 않았어.

그레이시는 상냥하지만 코가 들창코야. 난 나중에 커서 들창코 신부는 얻지 않을 테야. 앤 누나처럼 예쁜 코가 좋아."

머릴러가 엄하게 주의를 주었다.

"얼굴에 온통 꿀범벅을 하고 푸딩을 먹는 아이에게 신부가 올 게 뭐냐."

"하지만 얼굴을 씻고 나서 신부가 되어 달라고 말할 테니까 상관없어."

데이비는 머릴러에게 말대답을 한 뒤 보란 듯이 손등으로 얼굴을 문질렀다.

"그리고 귀도 깨끗이 씻을 거야. 오늘 아침까지 잊지 않고 있었단 말이야, 아줌마. 이젠 전처럼 잊어버리지 않아. 하지만……"

거기에서 데이비는 한숨을 내쉬었다.

"좋아, 데려가주지 않는다면 해리슨 아줌마한테 갈래. 그 아줌마는 참 좋은 사람이야. 우리 남자아이들을 위해 부엌에 비스킷 항아리를 놓아두고 있고, 건포도 케이크를 만든 뒤에 냄비에 붙어 있는 것을 긁어서 주거든. 냄비에 건포도가 잔뜩 붙어 있으니까. 해리슨 아저씨는 전에도 좋은 분이었지만 신부를 다시 얻고 나서부터는 더욱 좋은 사람이 됐어. 결혼하면 더 착한 사람이 되나봐. 그런데 어째서 아줌마는 시집 안 가지?"

머릴러는 혼자 사는 것을 조금도 슬퍼하지 않았으므로 데이비의 질문에 그리 언짢아하지 않았다. 그녀는 앤에게 또 시작이라는 듯이 눈짓하며 아무도 데려가는 사람이 없기 때문이라고 시원하게 대답했다.

"하지만 아줌마, 신부로 데려가 달라고 아무에게도 부탁하지 않아서 그런 것 아닐까?"

도러가 참다 못해 끼어들었다.

"어머나, 데이비, 그것은 남자 쪽에서 부탁하는 법이야."

데이비는 불평했다.

"어째서 뭐든지 남자가 먼저 해야 하는지 모르겠어. 뭐든지 그렇거든. 푸딩 더 먹어도 돼, 아줌마?"

"더 이상 먹으면 배탈난다."

머릴러는 말은 그렇게 하면서 푸딩을 더 주었다.

"푸딩만 먹고 살았으면 좋겠어. 어째서 안 되지, 아줌마? 가르쳐줘."

"금방 질리니까."

의문이 많은 데이비는 조금도 굽히지 않았다.

"질리는지 어떤지 시험해 보고 싶어. 하지만 푸딩을 전혀 먹지 않는 것보다는 손님을 초대했을 때와 물고기를 먹는 금요일만이라도 먹는 편이 좋아. 밀티 볼터네는 푸딩을 전혀 만들지 않는대. 밀티가 말하는데, 손님이 오면 밀티네 엄마는 치즈를 작게 잘라서……한 조각씩 준 뒤 인심이라도 쓰듯이 하나 더 준대."

머릴러가 나무랐다.

"밀티 볼터가 자기 어머니에 대해 그렇게 이야기하더라도 너는 그런 말 하면 못써."

"아뿔사!"

데이비의 이 말은 해리슨 씨를 흉내내는 것으로 요즘 한창 쓰고 있었다.

"밀티는 자기 엄마를 칭찬한 거야. ……모두들 그 아줌마는 돌을 씹으면서라도 살아갈 수 있을 거라고 말한대. 얼마나 자랑한다고."

"저 몹쓸 암탉들이 또 팬지 꽃밭을 망치고 있을지 모르겠군."

갑자기 머릴러가 일어나며 말했다.

그러나 암탉들은 팬지 꽃밭에 얼씬도 하지 않았고 머릴러는 꽃밭 같은 것은 거들떠보지도 않았다. 그 대신 지하실로 내려가는 계단 위에 앉아 실컷 웃었다.

그날 오후 앤과 폴이 돌집에 닿았을 때, 미스 라벤더와 샤를로타 4세는 뜰에서 풀을 뽑고 쓸고 다듬으며 열심히 일하고 있었다.

앤의 모습을 보고 자기가 아주 좋아하는 주름장식과 레이스로 온통 몸을 감싼 미스 라벤더는 가지 자르는 가위를 내던지고 달려와 반갑게 맞이했다. 샤를로타 4세도 기쁜 듯 방글방글 웃었다.
"잘 왔어요, 앤. 오늘쯤 오지 않을까 기대하고 있었어요. 앤은 오후의 아가씨니까 오후가 앤을 데려다 주었을 거야. 같은 세계에 있는 것은 늘 함께 오는 법이거든. 그걸 알면 고생을 하지 않아도 될 일이 얼마나 많은데 그걸 모르는 사람이 많아요. 섞일 수 없는 물과 기름을 한데 넣으려고 소중한 열정을 헛되이 써 버리지요. 어머나, 폴…… 어쩌면 이토록 자랐을까! 지난번 왔을 때보다 머리 절반은 더 컸구나."
폴은 키가 자라는 사실이 아주 자랑스러운 듯했다.
"그래요. 밤에 잠든 사이에 쑥쑥 큰다고 린드 아줌마가 말했지요. 할머니는 아침마다 죽을 먹은 효력이 이제야 나타난 거라고 하는데, 그럴지도 몰라요……"
폴은 한숨을 깊이 쉬었다.
"누구나 크지 않을 수 없을 만큼 나는 많이 먹는 걸요. 이렇게 자꾸 자라기 시작했으니 나도 아빠만큼 클 작정이에요. 아빠는 6피트나 되거든요. 아줌마도 아시죠?"
그 말대로 미스 라벤더는 알고 있었다.
미스 라벤더의 장미색 뺨이 더욱더 붉어졌다. 한 손으로 폴의 손을 또 한 손으로 앤의 손을 잡고 말없이 집 쪽으로 걸어갔다.
"오늘은 메아리가 들릴까요, 아줌마?"
처음에 왔던 날은 바람이 심하여 듣지 못했으므로 폴이 못내 실망했었다.
미스 라벤더는 깊은 생각에서 깨어난 듯한 목소리로 말했다.
"그래, 오늘은 날씨가 좋으니까. 우선 뭘 좀 먹도록 하자. 너도밤나무 숲 속을 줄곧 걸어왔으니 둘 다 몹시 배고플 거야. 게다가 샤를로타 4세와 나는 언제 어느 때든 먹을 수 있는 편리한 위장을 가지고 있단다. 그러니 먼저 부엌부터 쳐들어가자. 맛있는 음식이 많이 있단

ChangikYe

다. 오늘은 어쩐지 손님이 올 것 같아서 샤를로타 4세와 둘이서 미리 푸짐하게 준비해 놓았지."

폴은 생각에 잠기며 말했다.

"아줌마는 부엌에 언제나 맛있는 것을 잔뜩 채워두시는군요. 우리 할머니도 그렇지만, 그래도 간식은 좋지 않다고 하시는데 남의 집에서 먹어도 좋을까요."

미스 라벤더는 재미있어 하며 폴의 갈색 곱슬머리 너머로 앤에게 눈짓했다.

"그렇게 많이 걸어왔으니 할머니도 너그러이 이해하실 거야. 평소와는 다르니까. 간식이 몸에 나쁘다는 것은 나도 알아. 하지만 '메아리 집'에서는 늘 간식을 먹어.

나와 샤를로타 4세는 그런 점을 완전히 무시하고 특별히 소화 안 되는 것만 밤낮으로 먹어도 언제나 새파란 월계수처럼 이렇게 건강해. 우리는 늘 마음을 새로이 바꿔야겠다고 생각하지. 우리처럼 먹으면 안 된다는 기사를 보았을 땐 잊지 않도록 그걸 오려서 부엌의 벽에 붙여놓기도 했지만 그래도 소용없었어. 나도 모르게 어느새 먹어서는 안 된다는 걸 먹고 있는 거야. 그래도 지금까지 안 죽고 잘 지내온 걸.

하긴 샤를로타 4세는 자기 전에 도넛이며 고기만두며 과일 케이크를 먹었을 때에는 나쁜 꿈을 꾼다고 하더구나."

"할머니는 내가 자기 전에 우유와 버터 빵 한 조각을 줘요. 일요일 밤에는 잼도 발라주지만. 나는 언제나 일요일 밤이 되면 기뻐요. 다른 이유도 있지만요.

난 일요일이 무척 길게 느껴지는데 할머니는 너무 짧대요. 아빠가 어렸을 때에는 한 번도 일요일에 지루해한 적이 없었다는 거예요. 나는 '바위사람들'과 이야기할 수 있다면 그리 지루하지 않겠지만 일요일은 그러면 안 된다고 할머니가 말했어요.

그 대신 많은 것을 떠올려 보지만 내가 생각하는 건 모두 하느님과 관계없는 것뿐인 것 같아요. 할머니는 일요일에는 종교적인 것 외에 다른 생각을 해서는 안 된다고 하셨어요. 하지만 앤 선생님은 정말로 아름다운 건 모두 하느님과 관계가 있다, 그것이 어떤 것이든, 어떤 요일이든 상관없다고 하셨어요. 하지만 할머니는 설교나 주일학교에서 가르치는 것만이 종교적이라고 여기는 것 같아서 어느 쪽이 옳은지 모르겠어요. 마음속으로는……"

폴은 진지하게 한 손을 가슴에 대고 푸른 눈으로 미스 라벤더의 정다운 얼굴을 올려다보았다.

"선생님 말씀이 옳은 것 같지만 할머니는 할머니 나름대로 아빠를 그처럼 훌륭하게 키우셨고 선생님은 아직 한 번도 아이를 키운 일이 없고, 지금 쌍둥이를 키우고 있기는 해도 아직 어떻게 자랄는지 알 수 없으니까 나는 할머니 생각대로 하는 것이 더 낫지 않을까 하고 여길 때도 있어요."

앤은 진심으로 찬성했다.

"나도 그렇게 생각해. 할머니와 나는 표현법은 분명히 다르지만 둘이서 잘 얘기해보면 마침내 같은 말을 하고 있다는 걸 알 수 있을 거야. 할머니는 당신의 경험에 의해 그런 생각을 하시는 거니까 너는 그대로 따르면 될 테지. 나는 쌍둥이들이 아직 어떻게 될는지 모르니까 내가 말하는 방법이 꼭 옳다고 할 수 없어."

간식을 먹은 뒤 폴은 메아리가 돌아오는지 시험해 보고 놀라는 한편 기뻐했다. 앤과 미스 라벤더는 포플러 밑 돌 벤치에 앉아 이야기를 나누고 있었다.

미스 라벤더는 슬픈 표정으로 말했다.

"그럼, 가을에는 떠나는군요? 앤을 위해 기뻐해야 하겠지만…… 너무 이기적일지 몰라도 나는 슬퍼요. 앤이 없으면 쓸쓸해서 견딜 수 없을 거예요.

아, 나는 이따금 친구를 사귄다는 것은 헛된 일이라고 여겨요. 얼마 뒤에는 자기의 인생에서 빠져나가 알게 되기 전보다 더 큰 구멍이 뻥 뚫리고 마음이 텅 비게 될 뿐이니까요."

"미스 라벤더답지 않은 말을 하시는군요. 미스 일라이저 앤드루스라면 몰라도. 하지만 미스 라벤더, 마음이 텅 비어버리는 것처럼 비참한 건 없을 거예요…… 게다가 나는 미스 라벤더 인생에서 사라지지 않아요. 편지도 할 거고 방학 때면 꼭 오겠어요. 어머나, 얼굴빛이 좀 나빠요. 피곤한가봐요."

"야호…… 야호…… 야호!"

폴이 아까부터 지치지도 않고 둑에서 온갖 소리를 지르고 있었다. 아무리 시끄러운 고함소리도 강 건너의 연금술사인 요정 손에 걸리면 금방울과 은방울을 흔드는 소리로 바뀌어 돌아왔다.

미스 라벤더는 초조한 듯이 그 아름다운 손을 움직였다.

"나는 그저 모든 것이 싫어졌을 뿐이에요…… 메아리조차도. 내 생활에 저 메아리 말고는 아무것도 없었어요…… 잃어버린 희망과 꿈과 기쁨의 메아리. 아름답긴 해도 나를 비웃는 것 같아요.

아, 앤, 손님 앞에서 이런 말을 하다니 내가 어떻게 된 모양이에요. 나이 먹었다는 것이 초조해진 거겠지요. 이러다가 60살쯤에는 몹시 까다롭고 다루기 힘든 노파가 되겠어요. 파란 환약이라도 조금 먹으면 나을 거예요."

점심식사 뒤부터 모습이 보이지 않던 샤를로타 4세가 돌아와 존 킴블 씨네 목장 동북쪽 한구석에 딸기가 새빨갛게 열려 있으니 함께 따러 가자고 앤에게 말했다.

미스 라벤더가 큰 소리로 말했다.

"우리 딸기를 먹으며 차를 마셔요! 역시 나는 생각보다 늙지 않았나봐요. 환약 같은 것은 한 알도 먹을 필요가 없어요. 둘이 딸기를 따와서 이 포플러 아래에서 향긋한 차를 마시도록 해요. 집에서 만든 크림을 준비해 두겠어요."

앤과 샤를로타 4세는 킴블 씨네 목장으로 달려갔다.

킴블 씨네 목장은 마을에서 멀리 떨어진 곳에 새파랗게 펼쳐져 있었는데, 공기는 벨벳처럼 부드럽고 제비꽃처럼 향기로웠으며 호박(琥珀)처럼 황금빛으로 물들어 있었다.

"어머나, 어쩌면 이토록 향기롭고 그윽할까! 마치 꽃내음에 취해버릴 것 같은 기분이야."

"네, 나도 그런 기분이랍니다, 아가씨."

샤를로타 4세가 맞장구를 쳤다. 만약 앤이 대자연 속에 있는 펠리컨 같은 기분이라고 했어도 그녀는 역시 같은 대답을 했으리라.

샤를로타 4세는 앤이 '메아리집'에서 돌아가면 부엌 위의 작은 자기 방으로 올라가 거울 앞에서 열심히 앤의 말투며 표정이며 몸짓을 그대로 흉내냈다. 자기 마음이 흡족해질 만큼 되지는 않았으나 무엇이든 연습만 하면 자기도 언젠가는 그 고상한 턱을 살짝 치켜드는 각도, 별처럼 반짝이는 눈의 표정, 바람에 나부끼는 나뭇잎처럼 걸어가는 요령을 몸에 익힐 수 있으리라 생각했다.

앤 아가씨를 보고 있을 때는 문제 없을 것 같은데 혼자 해보면 어째서 이토록 어려울까?

샤를로타 4세는 앤을 동경하고 숭배했다. 앤을 특별히 더 아름답게 여겼기 때문은 아니었다. 샤를로타 4세로서는 붉은 뺨과 윤기 흐르는 검은 머리의 다이애너가 은은한 달빛을 머금은 듯한 잿빛 눈과 좀 핼쑥한 낯빛의 앤보다 아름다워 보였다.

그러나 샤를로타 4세는 진심으로 말했다.

"나는 예쁘지 않아도 좋으니 아가씨 같은 모습이 되고 싶어요."

앤은 웃으며 자기에게 바쳐진 찬사의 달콤한 부분만 받아들이고 나머지는 잊어버렸다.

앤은 자기를 칭찬하는 것인지 흉보는 것인지 알 수 없는 이런 찬사에 익숙해져 있었다. 앤의 얼굴에 대한 사람들의 의견은 가지각색이었으며, 아름답다는 말을 들은 사람은 앤을 만나보고 실망했고 앤이 예쁘지 않다는 말을 들은 사람은 실제로 만나보고 그런 말을 하는 사람의 눈이 어떻게 된 게 아닌가 생각했다.

거울을 들여다보면 핼쑥한 얼굴에 코에는 일곱 개의 주근깨가 비칠 뿐이었다. 다만 장밋빛 불길이 타오르듯 감정이 움직임에 따라 끊임없이 변화하는 표정이며 꿈과 웃음이 번갈아 떠오르는 커다란 눈의 아름다움 같은 것은 거울 속에 나타나지 않았기에 앤 스스로는 자신을 결코 미인으로 생각지 않았다.

다른 사람이 보아도 앤은 미인의 정의에는 도저히 해당되지 않았으나, 일종의 갈피를 잡을 수 없는 매력과 눈에 띄는 용모를 하고 있어, 사람들은 그 처녀답고 부드러운 모습을 바라보고 있노라면 앤 안에 숨은 비범한 힘을 강하게 느끼고 기분 좋은 만족감에 젖었다.

친한 사람들은 앤의 가장 강한 매력은 그 주위에 감도는 희망의 영기(靈氣)—앤 안에 깃들여 있는, 미래를 향해 뻗어나가는 힘이라는 것을 무의식 중에 느꼈다. 앤은 다음에 일어날 일에 대한 부푼 기대감에 둘러싸여 사뿐히 걷고 있는 듯이 보였다.

인정 많은 샤를로타 4세는 딸기를 따며 여주인에 대한 걱정을 앤에게 털어놓았다.

“미스 라벤더는 건강이 좋지 않아요, 아가씨. 어디가 어떻게 나쁘다고 말하지는 않지만 어쨌든 얼마 전부터 내내 좋지 않은 게 틀림없어요. 지난번 아가씨와 폴 도련님이 다녀간 뒤부터 그래요. 아마 그날 밤 감기가 들었나봐요, 아가씨. 두 분이 돌아간 뒤 마님은 숄만 두르고 뜰에 나가 어두워진 뒤에도 계속 서성거렸거든요. 눈이 많이 쌓여 있었으니 감기들 수밖에요. 그때부터 많이 피곤해 하고 쓸쓸해 보였어요. 모든 것이 귀찮은 듯하고 케이크를 만들어 손님놀이도 하지 않고 아무것도 안 해요. 다만 아가씨가 왔을 때만 잠깐 기운이 나죠. 무엇보다도 싫은 일은 말이에요, 아가씨……."

샤를로타 4세는 특별히 중대한 증상을 털어놓으려고 목소리를 낮추었다.

"내가 물건을 깨뜨려도 요즘은 조금도 화내지 않는 점이에요. 어제만 하더라도 내가 책장 위에 놓인 초록색과 노란색 항아리를 실수로 깨뜨렸거든요. 그건 마님 할머니가 영국에서 가져온 것으로, 무척 소중하게 여기는 거예요. 나는 아주 조심스럽게 닦고 있었는데 그만 손에서 미끄러져 산산조각이 나고 말았어요.

나는 죄송하기도 하고 두렵기도 해서 어쩔 줄 몰라 했지요. 마님에게 심한 꾸중을 들을 것 같아서요. 하지만 차라리 꾸중 듣는 편이 나았을 거예요. 마님은 방안에서 나와 보지도 않고 이렇게 말했을 뿐이에요.

'괜찮아, 샤를로타. 깨어진 것들을 주워서 내다버리고 오너라.'

그리 대단한 물건도 아니라는 듯이 말이에요. 아, 틀림없이 몸도 마음도 아픈 거예요. 그런데 나 말고는 아무도 보살펴 드릴 사람이 없으니 걱정스러워 견딜 수가 없어요."

샤를로타의 눈에 눈물이 가득했다.

앤은 이빠진 핑크빛 찻잔을 들고 있는, 햇볕에 그을린 그녀의 작은 손을 다정하게 어루만졌다.

"미스 라벤더에게는 변화가 필요한 것 같아. 너무 오랫동안 이곳에 혼자 계셨기 때문이야. 어디 여행이라도 다녀오라고 권하면 어떨까?"

샤를로타는 커다란 리본이 달려 있는 머리를 흔들었다.

"그건 안 될 거예요, 아가씨. 마님은 남의 집에 가는 것을 몹시 싫어하거든요. 찾아가는 친척집이 셋쯤 있는데, 그저 예의상 가는 거라고 하니까요. 지난 번 친척집에 갔다가 돌아와서는 다시는 가지 않겠다고 했어요.

'샤를로타, 역시 혼자 사는 게 편하다고 생각하면서 돌아왔어. 이젠 내 집에서 한 발자국도 나가고 싶지 않아. 친척들이 모두 나를 늙은이 취급하는 게 아주 지겨워 죽겠어'하고 말하세요. 그러니 여행을 권해봐야 소용없을 거예요."

앤은 마지막 딸기를 따서 핑크색 컵에 넣으며 단호하게 말했다.

"우리가 어떻게든 해드려야겠어. 방학이 시작되면 내가 1주일 동안 여기 와서 머물러 있을게. 우리 셋이서 날마다 소풍을 가고 여러 가지 재미있는 놀이도 하자. 그렇게 하면 틀림없이 아주머니가 기운을 되찾을 거야."

"그게 좋겠어요, 아가씨."

샤를로타 4세는 아주 기뻐했다. 미스 라벤더뿐만 아니라 자신을 위해서도 기뻐한 것이다. 꼬박 1주일 동안 함께 지내며 앤을 열심히 연구하면 반드시 앤과 비슷한 동작과 몸짓을 익힐 수 있으리라.

두 사람이 '메아리집'으로 돌아가자 미스 라벤더와 폴은 뜰에 식탁을 내놓고 차 마실 준비를 하고 있었다. 다들 딸기 크림을 맛있게 먹었다. 머리 위 하늘에는 솜털 같은 흰 구름이 가득 떠다니고 길다란 그림자를 드리운 나무들이 바스락거리며 서로 속삭이고 있었다.

차를 마신 다음 앤은 샤를로타를 도와 부엌에서 설거지를 하고 미스 라벤더는 돌 벤치에 앉아 폴에게서 '바위사람들' 이야기를 듣고 있었다. 미스 라벤더는 잠자코 열심히 듣고 있는 것 같았는데, 마지막 쌍둥이 선원 이야기를 하다가 별안간 폴은 미스 라벤더가 몸을 내민 채 귀담아 듣고 있지 않음을 알아차렸다.

폴은 진지한 표정으로 물었다.

"아줌마, 어째서 그런 눈으로 나를 보세요?"

"어떤 눈 말이냐, 폴?"

"마치 나를 보며 다른 누군가를 생각하고 있는 듯한 얼굴이에요."

폴은 이따금 이렇게 이상하리만큼 정확한 통찰력을 보이므로 비밀을 간직하고 있을 때 폴이 옆에 있으면 난처했다.

"정말 너를 보고 있으니까 오랜 옛날에 알고 지냈던 사람이 생각나는구나."

미스 라벤더는 꿈꾸는 듯한 눈매를 지었다.

"아줌마가 젊었을 때요?"

"그래, 젊었을 때지. 내가 무척 늙어보이지, 폴?"

폴은 무슨 아리송한 이야기라도 하는 듯이 말했다.

"그것을 나는 모르겠어요. 머리를 보면 할머니 같고…… 왜냐하면 백발의 젊은이는 본 적이 없으니까요. 하지만 아줌마의 눈은 미소 지으면 예쁜 앤 선생님만큼이나 젊어 보여요. 저, 아줌마……"

폴의 목소리와 얼굴은 재판관처럼 엄숙해졌다.

"아줌마 같은 분은 좋은 엄마가 될 거라고 생각해요. 아줌마는 꼭 우리 엄마 같은 눈매를 하고 있으니까요. 아줌마에게 아들이 없어서 안됐어요."

"내게는 꿈속에 작은 남자아이가 있단다, 폴."

"정말? 몇 살인데요?"

"너만할 거야. 내가 그 아이를 꿈속에서 낳은 건 네가 태어나기 훨씬 전이었으니까, 더 나이를 먹었겠지만 나는 언제까지나 그 아이를 11살이나 12살쯤으로 해둔단다. 그렇지 않으면 그 아이는 언젠가 어른이 돼서 멀리 가버릴 테니까."

폴은 고개를 끄덕였다.

"나는 알아요. 그것이 '꿈속 사람들'의 좋은 점이죠…… 우리가 바라는 나이로 해둘 수 있으니까요. '꿈속 사람들'을 가지고 있는 사람은 이 세상에서 아줌마와 나의 예쁜 선생님과 나, 세 사람뿐이에요. 우리가 서로 아는 사람이라는 것이 무척 신기하고 멋있게 여겨지지 않아요? 그런 사람들은 반드시 서로 찾아내는가 봐요.

할머니에게는 '꿈속 사람들'이 없고 메리 조는 나를 이딘가 이상한 아이로 생각해요. 하지만 그건 참으로 멋진 일이죠, 안 그래요? 아줌마? 아줌마의 꿈속 남자아이를 내게 모두 말해주세요."

"그 아이는 파란 눈에 곱슬머리란다. 아침마다 조용히 들어와 키스해서 나를 깨워주지. 그리고 하루 종일 이 뜰에서 나와 함께 여러 가지 신나는 놀이를 해. 달음박질을 하고 메아리와 이야기를 하고 또 옛날이야기도 해주지. 그러다가 황혼이 다가오면……"

폴이 재빨리 말을 가로막았다.

"나는 알아요. 그 아이는 아줌마 옆에 와서…… 이렇게 앉겠죠…… 12살이나 되었으니 너무 커서 아줌마 무릎에 앉을 수는 없으니까요…… 그리고 아줌마 어깨에…… 이렇게 머리를 기대면…… 아줌마는 그 아이를 꼭 껴안고 뺨을 그 아이의 머리에 얹어요…… 네, 그렇게요. 아, 아줌마는 알고 있군요."

돌집에서 나온 앤은 폴과 함께 있는 미스 라벤더의 얼굴을 보았을 때 어쩐지 다가가서 방해해서는 안 될 듯 느껴졌다.

"폴, 어두워지기 전에 어서 돌아가자. 미스 라벤더, 며칠 안으로 다시 와서 1주일 동안 '메아리집'에서 묵고 가겠어요."

"1주일 동안 있을 생각이라면 나는 2주일 동안 보내지 않을 거예요."

미스 라벤더가 겁을 주듯 웃으며 말했다.

마술성을 찾아온 왕자

학교의 마지막 날이 지나갔다.

앤의 학생들은 모두 학기시험에 좋은 성적으로 통과했으며, 앤에게 송별사와 함께 기념으로 책상을 선물했다.

참석한 여자아이들과 부인들은 눈물을 흘렸으며, 남자아이들 중에서도—고집스레 울지 않았다고 버티었지만—운 아이가 있다는 것을 나중에 알았다.

하면 앤드루스 부인과 피터 슬론 부인과 윌리엄 벨 부인은 함께 이야기를 나누며 돌아갔다.

"그토록 아이들이 따르는데 앤 선생이 그만둬서 너무 섭섭해요."

슬론 부인은 말하면서 한숨 지었다. 그녀는 무슨 말이나 한숨을 쉬는 사람으로 농담까지 한숨으로 마무리 지을 정도였다. 슬론 부인은 한숨을 푹 내쉰 뒤 깜빡 잊었다는 듯 덧붙였다.

"물론 내년에 오는 선생도 좋은 사람이라는 것은 알지만요."

제인의 어머니 앤드루스 부인이 엄격하게 말했다.

"물론 제인은 자신의 임무를 틀림없이 다하지요. 그 애라면 학생들에게 옛날이야기를 들려주거나 숲속을 헤매며 시간을 낭비하지는 않을 거예요. 게다가 그 아이의 이름이 장학관의 우수교사 명부에 실려 있지요. 그 애가 그만두는 바람에 뉴브리지 사람들이 굉장히 난처해하고 있어요."

벨 부인이 말했다.

"앤이 대학에 가게 되어 참 잘됐다고 생각해요. 늘 가고 싶어했는데 앤을 위해서도 참 좋은 일이죠."

"글쎄, 어떨는지는 모르지요. 나는 앤이 더 이상 공부할 필요가 없다고 생각하거든요."

앤드루스 부인은 이날 누구의 말에도 찬성하고 싶지 않은 기분이었다.

"길버트 블라이스가 대학을 졸업한 다음에도 지금처럼 앤에게 열올린다면 마침내 앤은 길버트와 결혼하게 될 텐데, 그렇다면 라틴어며 그리스어가 무슨 소용 있겠어요? 대학에서 남편조정법이라도 가르친다면 또 모르지만요."

앤드루스 부인은 남편 다루는 법을 아직도 모른다고 애번리의 참새들이 속닥거리고 있을 정도였으니, 앤드루스 집안은 그리 행복하고 모범적인 가정이라고 할 수 없었다.

"앨런 목사님도 샬럿타운에 초청을 받아 곧 우리 교회를 그만둔다더군요."

벨 부인은 되도록 남아주기를 바라는 기색이었다. 슬론 부인도 동감이었다.

벨 부인이 말을 이었다.

"아마 9월에 떠나나봐요. 우리 마을로서는 큰 손실이죠. 하긴 나는 앨런 부인이 목사의 아내로서는 너무 화려한 옷차림을 하고 있다고 여기지만요. 그러나 완전한 사람이란 있을 수 없겠죠. 오늘 해리슨 씨가 아주 단정하게 입고 온 것 보셨죠? 정말 그렇게 유별난 사람은 드물 거예요. 일요일마다 꼬박 교회에 나오고, 목사님의 월급을 위해 기부도 하니 말이에요."

앤드루스 부인은 말했다.

"참 폴 어빙이 많이 컸어요. 처음 이 마을에 왔을 때는 나이보다 훨씬 어려 보였었는데요. 오늘은 몰라보게 달라졌더군요. 역시 아버지를 닮았어요."

"영리한 아이죠."

벨 부인이 말하는데 앤드루스 부인이 낮은 목소리로 가로막았다.

"영리하긴 해도…… 기묘한 이야기를 자꾸만 한대요. 지난주에 그레이시가 폴의 말을 들었는데, 바닷가에 사는 사람들 이야기였다더군요. 도무지 밑도 끝도 없이 만들어낸 이야기를 장황하게 들려준대요. 나는 그레이시에게 그런 말은 한마디도 믿지 말라고 했는데, 폴도 그레이시에게 그렇게 전했다고 해요. 자기도 믿지 않는 일을 어째서 그레이시에게 말하는지 모르겠어요."

슬론 부인이 말했다.

"앤의 말로는 폴이 천재래요."

앤드루스 부인이 말했다.

"그럴지도 모르죠. 미국 사람들은 정체를 알 수 없는 무리들이니까요."

별난 사람을 흔히 '천재'니 '기인'이니 하는데 앤드루스 부인이 말하는 '천재'도 그런 의미에 지나지 않았다. 그러므로 아마 폴네 집 하녀 메리 조와 마찬가지로 좀 머리가 돈 사람이라는 뜻으로 생각하고 있었는지도 모른다.

앤은 교실에 혼자 앉아, 2년 전 처음 왔던 날과 마찬가지로 턱을 괸 채 눈에 가득 고인 눈물을 억지로 참으면서 '빛나는 호수'를 바라보고 있었다. 방금 학생들과 가슴이 찢어질 것 같은 작별을 한 뒤라 잠시 동안은 대학에 대한 동경마저 잃어버릴 정도였다. 목에 아직 애니터 벨이 매달려 있는 듯이 느껴졌으며 그 어린애 같은 목소리가 귓

전에서 떠나지 않았다.

"나는 어떤 선생님도 셜리 선생님만큼 좋아하지 않겠어요. 절대로요."

2년 동안 앤은 열심히 헌신적으로 일해 왔다. 실수도 많았고 아이들한테서 배운 것도 많았다. 보람도 있었다. 학생들에게 여러 가지를 가르쳤지만 오히려 학생들로부터 배우는 일이 더 많았다…… 온유함, 자제심, 꾸밈없는 지혜, 순수한 마음 등.

아이들의 마음에 커다란 야심을 불러일으킬 정도는 아니었을지 모르지만 의도적인 가르침에 의해서라기보다 오히려 앤 자신의 다정한 인품을 통해 앞으로도 올바른 생활을 하고 진실과 예의바름과 친절을 지키며 거짓과 천박하고 속된 일을 가까이해서는 안 된다는 것을 가르친 것이다.

학생들은 자신들이 그러한 것을 배운 일을 미처 깨닫지 못할지도 모르지만 아프가니스탄의 수도 이름이며 장미전쟁의 연대를 잊은 뒤에도 그 가르침만은 잊지 않고 실천하리라.

앤은 책상을 열쇠로 잠그며 중얼거렸다.

"내 인생의 장(章)이 또 하나 닫혀지고 말았어."

슬픈 가운데에서도 '닫혀진 하나의 장'이라는 낭만적인 말에 얼마쯤 위안을 받았다.

방학이 시작되자마자 앤은 '메아리집'에 가서 함께 유쾌한 2주일을 보냈다.

앤은 미스 라벤더를 시내로 꾀어내어 새로운 드레스를 만들 오건디 옷감을 사도록 했다. 이어서 재단을 하고 옷을 만드는 일로 한바탕 법석을 떨었다. 샤를로타 4세는 가봉을 하기도 하고 자투리를 쓸어내기도 했다.

미스 라벤더는 무엇을 해도 재미가 없다고 푸념했지만 아름다운 옷을 짓는 사이에 눈의 광채가 되돌아와 있었다.

"나는 참으로 경박하고 어리석은 사람인가 봐요. 새옷이 생겼다고 해서…… 그것이 내가 가장 좋아하는 물망초빛 오건디기로서니…… 이토록 기뻐하다니, 부끄러워요. 아무 걱정없이 살며 해외 선교 활동에 더 많은 헌금을 한다 해도 이렇게 기분이 좋지는 않을 거예요."

'메아리집'에 온 지 1주일쯤 지나 앤은 그린게이블즈로 돌아갔다.

쌍둥이의 양말 깁는 일과 그동안 쌓인 데이비의 질문에 대한 대답, 그 밖에 할일이 좀 남아 있었기 때문이다.

그날 저녁 앤은 바닷가길을 따라 폴네 집으로 갔다. 거실의 낮은 창가를 지나갈 때 폴이 누군가의 무릎에 앉아 있는 것이 언뜻 보였다.

다음 순간 폴이 거실에서 뛰어나와 흥분한 목소리로 외쳤다.

"아, 선생님, 무슨 일이 있는지 아세요? 엄청 기쁜 일이에요. 아빠가 오셨어요. 아빠가 오셨다니까요. 자, 어서 들어오세요. 이분이 우리 선생님이에요."

스티븐 어빙은 미소 지으며 앞으로 나와 앤을 맞이했다. 그는 키 크고 잘생긴 중년사나이였으며 회색 머리, 우수를 띠고 있는 깊고 푸른 눈, 굳세 보이는 쓸쓸한 얼굴로 턱과 이마가 특히 아름다웠다.

로맨스의 주인공으로 꼭 어울리는 사람이라고 앤은 가슴이 떨릴 만큼 만족감을 느꼈다. 로맨스의 주인공을 만나보니 대머리거나 새우등이거나 하여 남성미가 없다면 얼마나 실망을 하겠는가.

미스 라벤더의 로맨스 상대가 주인공답지 않게 보였다면 얼마나 배신감을 느꼈을까.

"그럼, 바로 폴이 늘 말하던 예쁜 선생님입니까? 아들이 얘기하던 그대로군요."

어빙 씨는 앤과 악수를 나누었다.

"폴의 편지에 늘 선생님 이야기가 씌어 있어 전부터 아는 사이처럼 느껴지는군요, 셜리 선생님. 여러 가지로 잘 보살펴주셔서 정말 고맙습니다. 지금 폴한테는 당신 같은 분이 꼭 필요합니다. 제 어머니는 훌륭한 분이지만 스코틀랜드 식의 딱딱하고 실질적인 면만 생각하셔서 이 아이 같은 기질은 이해하지 못하시죠. 어머니가 가지고 있지 않은 면을 선생님이 채워 도와주셨어요.

우리끼리니까 하는 이야기인데, 지난 2년 동안 폴이 받은 교육은 엄마 없는 아이라고는 여겨지지 않을 만큼 이상적인 것이었습니다."

누구나 칭찬 받고 기쁘지 않은 사람은 없다. 어빙 씨로부터 이런 말을 듣고 앤의 얼굴은 별안간 활짝 핀 장미꽃처럼 붉어졌으며, 이것을 보고 일에 지친 어빙 씨는 빨강머리와 호수처럼 깊은 눈동자의 이 시골 섬마을 여선생처럼 아름다운 아가씨는 본 적이 없다고 생각했다.

폴은 행복한 듯이 두 사람 사이에 앉아 눈을 반짝이며 말했다.

"나는 아빠가 오시리라고는 꿈에도 생각지 못했어요. 할머니도 몰랐어요. 정말 깜짝 놀랐어요. 여느 때라면 놀라는 것을 싫어할 텐데. 기다리는 즐거움이 없어지니까요. 하지만 이번만큼은 상관없어요. 아빠는 내가 잠든 뒤 한밤중에 도착하셨어요. 할머니와 메리 조의 놀라움이 이미 가라앉은 뒤 아빠는 할머니와 함께 2층으로 올라와 나를 깨우지 않고 들여다보려 했죠. 그런데 내가 갑자기 눈을 뜨고 아빠에게 달려들었어요."

"그리고 아기곰처럼 아빠에게 매달렸지."

어빙 씨는 싱글벙글 웃으며 폴의 어깨를 끌어안았다.

"나로서는 아무래도 내 아들이라는 생각이 들지 않았어요. 이처럼 훌쩍 크고 햇볕에 그을려 아주 건강해 보였으니까요."

"아빠가 돌아와서 할머니와 나 가운데 누구를 더 좋아하는지 모르겠어요. 할머니는 하루 종일 부엌에서 아빠가 좋아하는 음식을 만들고 있거든요. 그것만큼은 메리 조에게 맡겨둘 수 없다면서요.

그것이 할머니의 사랑하는 방식이고, 나는 그저 이렇게 앉아 아빠와 이야기하는 게 가장 좋아요. 하지만 잠깐 나갔다 오겠어요. 소를 우리에 몰아넣어야 해요. 내가 날마다 해야 하는 일이거든요."

'일과'를 마치기 위해 폴이 뛰어나간 뒤 어빙 씨는 앤과 여러 가지 얘기를 했다. 그러나 앤은 어빙 씨가 건성으로 이야기하고 있으며 어떤 다른 생각을 하고 있음을 느꼈다.

이윽고 그것이 겉으로 드러났다.

"폴이 지난번 보낸 편지에 따르면 그 애는 선생님과 함께 그…… 그래프턴의 나의 옛 친구…… 미스 루이스를 방문했다고 하는데, 미스 루이스와 친합니까?"

머리끝에서 발끝까지 뻗치는 걷잡을 수 없는 전율을 조금도 드러내지 않으며 앤은 겸손하게 말했다.

"네, 그분은 아주 절친한 친구예요."

로맨스가 드디어 길모퉁이까지 와서 이쪽을 살피고 있음을 앤은 곧바로 느끼고 있었다.

어빙 씨는 일어나 창가로 가서 바람이 일기 시작하여 파도가 높아진 금빛으로 반짝이는 바다를 조용히 바라보았다.

작고 어두운 방안은 잠시 쥐 죽은 듯 고요했다. 이윽고 어빙 씨는 돌아서서 사려깊은 앤의 얼굴을 내려다보았다. 어빙 씨의 얼굴에는 부드러운 미소가 떠올라 있었고 장난기 비슷한 그림자도 얼핏 보였다.

"어느 정도까지 아십니까?"

"모두 다 알고 있어요."

곧바로 대답하고 나서 앤은 당황하여 설명했다.

"미스 루이스와 나는 아주 가까운 사이예요. 물론 그분은 이처럼 소중한 사랑 이야기를 아무에게나 말하는 분이 아니에요. 우리는 '서로를 부르는 영혼'을 가진 사람들이거든요."

"그런 것 같군요. 그래서 한 가지 부탁이 있습니다. 만일 미스 라벤더만 좋다면 한번 만나러 가고 싶은데 물어봐 주겠습니까?"

네, 물어보고 말고요! 이것이야말로 로맨스다! 시와 소설과 꿈의 매력을 고스란히 갖추고 있는 진정한 로맨스다. 6월에 피어났어야 했던 것이 조금 늦어 10월에 꽃 피는 장미와 같은 것이다. 늦기는 했어도 장미는 장미, 꽃술에 한 가닥 금빛을 띤 채 아름답고 달콤한 향기로 가득하다.

다음날 아침 즐거운 사명을 띠고 앤은 총총걸음으로 너도밤나무 숲을 지나 그래프턴으로 갔다. 미스 라벤더는 뜰에 있었다.

앤은 무서울 만큼 흥분하여 손이 얼음처럼 차갑고 목소리는 떨리고 있었다.

"미스 라벤더, 아주 중대한 이야기가 있어요. 무슨 일인지 짐작하겠어요?"

앤은 설마 미스 라벤더가 알아맞추리라고는 생각지 않았다. 그러나 미스 라벤더의 얼굴이 별안간 파리해지더니, 화려한 색채와 광채로 빛나던 여느 때와 달리 차분한 목소리로 말했다.

"스티븐 어빙이 돌아온 거군요."

"어머나, 어떻게 알았죠? 누구에게서 들었나요?"

앤은 실망했다. 얼마나 놀랄까 기대하고 왔는데 어긋났기 때문이다.

"누구한테서 들은 게 아니에요. 앤의 말투로 보아 그러리라고 짐작했어요."

"미스 라벤더를 만나러 오고 싶다는데 승낙하시겠죠?"

미스 라벤더는 안절부절못하기 시작했다.

"물론이죠. 이제 와서 안 될 이유는 없으니까요. 그저 옛 친구로서 찾아오는 걸요."

앤은 그렇게 생각하지 않았지만 어쨌든 서둘러 집 안으로 들어가 미스 라벤더의 책상 앞에 앉아 마구 뛰는 가슴을 겨우 누르며 스티븐 어빙 씨에게 편지를 쓰면서 중얼댔다.

Chang.Kye

"소설 같은 이야기 속에 살 수 있다는 것은 멋진 일이야. 틀림없이 잘될 거야. 모든 게 다…… 폴에게는 바라던 대로 어머니가 생기고 모두들 행복해질 거야. 하지만 그렇게 되면 어빙 씨는 미스 라벤더를 이곳에서 데려가 버릴 텐데…… 그러면 이 작은 돌집은 어떻게 될까…… 그러니까 여기에도 좋은 면과 나쁜 면, 양면이 있는 거야. 무슨 일이든 다 그렇지만."

중요한 편지를 다 쓰자 앤은 직접 그 편지를 그래프턴 우체국까지 가져가 우체부가 오기를 기다렸다가 편지를 애번리 우체국에 배달해 달라고 부탁했다.

앤은 걱정되어 다짐을 받았다.

"아주 중요한 편지예요."

우체부는 무뚝뚝한 노인으로 어느 모로 보나 사랑의 심부름꾼으로 어울리지 않았다. 부탁한 것을 기억이나 할지 그것조차 의심스러웠다. 하지만 우체부가 틀림없이 잘하겠다고 말했기에 그대로 돌아오는 수밖에 없었다.

그날 오후, 샤를로타 4세는 돌집 안에 뭔가 예사롭지 않은 공기가 감돌며 자기만이 그 속에서 제외되어 있음을 느꼈다. 미스 라벤더는 마음이 딴 데 있는 듯 뜰을 서성거렸고, 앤도 뭔가에 홀린 듯이 2층으로 올라갔다 내려왔다 하며 잠시도 가만히 있지 않았다. 샤를로타 4세는 더이상 참았다가는 무슨 일이 터질지 몰라 초조해질 만큼 꾹 참고 있었다. 하지만 앤이 세 번째로 볼일도 없이 꿈꾸는 것 같은 눈을 하고 부엌에 들어오자 마침내 참지 못하고 앤 앞에 우뚝 서서 파란 리본을 뒤로 홱 젖히며 말했다.

"부탁이에요, 아가씨, 마님과 두 분이 뭔가 비밀이 있죠? 이런 말은 주제넘은 일이지만, 우리 세 사람은 얼마나 친하게 지내왔어요? 나에게만 가르쳐 주지 않다니 너무해요."

"아, 샤를로타, 만일 이것이 내 일이라면 모두 말했을 거야…… 하지만 이건 미스 라벤더의 비밀이야. 좋아, 이것만은 가르쳐 줄 테니 결과가 나쁘더라도 누구에게도 말해서는 안 돼.

사실은, 오늘 밤 꿈속의 왕자님이 오셔. 오래 전에 오신 일이 있었지만 하찮은 일 때문에 도로 가버려 먼 곳을 헤매다니다가 마술에 걸린 성으로 돌아오는 '마술의 길' 비밀을 잊어버렸단다. 성에서는 아직 마음이 변하지 않은 공주님이 왕자님을 생각하며 울고 지냈어.

그런데 마침내 왕자님은 성으로 가는 길을 생각해냈고 공주님은 여전히 그 성에서 왕자님을 기다리고 있었어. 왜냐하면 소중한 왕자님 말고는 아무도 공주님을 성에서 데리고 나갈 수 없으니까."

"아가씨, 그런 시적인 표현 말고 제발 좀 알아듣기 쉽게 말해주지 않겠어요?"

샤를로타는 어리둥절해서 말했다. 앤이 살짝 웃었다.

"다시 말해서 마님의 옛 친구 분이 오늘 밤 오실 거야."

"즉 마님의 옛 애인이라는 말인가요?"

상상력을 가지고 있지 않은 샤를로타 4세가 꼬치꼬치 물었다.

"그렇다고 할 수 있지……쉽게 말하면. 그분은 폴의 아버지……스티븐 어빙 씨. 일이 어떻게 될는지 모르지만 어쨌든 희망을 버리지 말고 기다려보자, 샤를로타."

"그분이 마님과 결혼하면 좋겠어요."

샤를로타가 딱 부러지게 말했다.

"이 세상에는 본디 독신녀로 살게끔 태어난 사람도 있는데, 내가 바로 그런 사람 가운데 하나가 아닌가 생각해요. 왜냐하면 남자가 하는 말이면 모두 복종해야 한다는 건 참을 수 없거든요.

하지만 마님은 그렇지 않아요. 몹시 걱정하고 있었어요. 내가 커서 보스턴에 가버리면 대체 마님은 어떡하나 하고요.

우리집에는 이제 여자아이도 없고, 만일 모르는 아이가 들어와서 마님의 '손님놀이'를 보고 비웃거나 물건들을 제자리에 놓지 않거나 샤를로타 5세라고 부르는 것을 싫어한다면 어떡하죠? 나처럼 그릇을 깨뜨리지 않는 아이가 올지도 모르지만 아무도 나만큼 마님을 좋아하는 사람은 없을 테니까요."

말을 마치자 샤를로타는 코를 훌쩍거리며 아궁이 앞으로 뛰어갔다.

그날 밤, '메아리집'에서 세 사람은 저녁식탁에 마주앉았으나 음식은 한 숟가락도 넘어가지 않았다.

식사가 끝나자 미스 라벤더는 자기 방에 가서 새로 지은 물망초빛 오건디 옷으로 갈아입고 앤에게 머리를 빗겨 달라고 했다. 두 사람 모두 몹시 흥분하고 있었지만 그래도 미스 라벤더는 도도하게 무관심한 척했다.

미스 라벤더는 근심스러운 표정으로 커튼을 손에 잡고 살펴보며 사뭇 중대한 일인 듯이 말했다.

"내일은 잊지 말고 커튼 뜯어진 데를 꿰매야지…… 이 커튼은 값에 비해 질기지 못한 것 같아요. 저런, 샤를로타가 또 층계 난간을 닦지 않았군. 단단히 일러야겠어요."

앤이 현관 층계에 앉아 있는데, 스티븐 어빙이 오솔길에서 뜰로 들어왔다.

"이곳은 시간이 멈추어버린 것 같군요."

어빙 씨는 기쁜 듯이 주위를 둘러보았다.

"이 집도 뜰도 25년 전에 왔을 때와 조금도 달라지지 않았어요. 나까지 젊어지는 듯한 기분이군요."

"마법의 성에서는 시간이 가지 않는답니다."

앤이 진지하게 말했다.

"왕자님이 오셔야 비로소 모든 것이 살아 움직이기 시작하니까요."

어빙 씨는 조금 슬픈 미소를 지으며, 젊음과 희망에 빛나는 얼굴을 들어 응시하고 있는 앤을 보았다.

"때로는 왕자가 너무 늦게 오는 수도 있죠."

어빙 씨는 앤이 지금 한 이야기를 쉬운 말로 다시 해 달라고는 하지 않았다. 그 또한 '서로를 부르는 영혼'을 가진 한 사람으로서 앤이 말하는 바를 '알았던' 것이다.

"어머나, 그렇지 않아요. 그 왕자님이 진짜 왕자님이고 진짜 공주님의 성으로 온 거라면요."

앤은 빨강머리를 단호하게 가로저으며 응접실문을 열어 어빙 씨를 들여보낸 다음 다시 굳게 닫았다.

돌아보니 샤를로타 4세가 홀에서 눈짓 손짓을 하며 웃고 있었다.

"아, 아가씨, 부엌 창문으로 내다보았는데…… 정말 멋진 분이에요……나이도 우리 마님과 잘 어울리겠어요. 저, 아가씨, 문 뒤에 서서 조금만 엿들으면 안 될까요?"

앤이 단호하게 말했다.

"그런 짓 하면 못써, 샤를로타. 유혹에 넘어가지 않도록 저쪽으로 가자."

"나는 아무 일도 손에 잡히지 않아요. 그렇다고 그저 서성거리며 기다리고 있는 것도 못 견디겠어요."

샤를로타는 한숨을 쉬었다.

"만일 청혼하지 않으면 어떡하죠, 아가씨? 남자들이란 알 수 없으니까요. 나의 큰언니인 샤를로타 1세는 옛날 어떤 남자와 약혼한 사이처럼 지내고 있었는데 그 남자는 결혼할 생각이 없었다는 거예요. 언니는 그 다음부터 절대로 남자를 믿지 않는다고 말했어요. 이런 일도 있어요. 어떤 남자가 자기는 어떤 아가씨를 사랑하여 결혼하려고 했는데 어느 날 갑자기 자기가 정말로 사랑한 것은 그녀의 동생이었다는 거예요. 남자가 자기 마음을 스스로도 모른다면 가엾은 여자는 무엇을 믿고 살아가야 하나요?"

"부엌에 가서 은숟가락이나 닦자. 그리 머리 쓰지 않고도 할 수 있는 일이니까. 나도 오늘밤엔 아무 생각도 못하겠어. 손을 움직이고 있으면 그나마 시간도 빨리 갈 거야."

한 시간이 금세 지나갔다.

앤이 마지막 숟가락을 닦고 내려놓았을 때 현관문 닫히는 소리가 났다. 두 사람은 순간 서로를 위로하듯이 눈을 마주보았다.

"아, 이렇게 빨리 돌아가시는 것을 보니 틀린 모양이에요."

두 사람은 창가로 달려갔다. 어빙 씨는 돌아가기는커녕 미스 라벤더와 천천히 뜰 한가운데 있는 작은 돌 벤치 쪽으로 걸어가고 있었다.

샤를로타 4세는 기뻐하며 속삭였다.

"어머나, 아가씨, 저분이 마님의 허리에 팔을 둘렀어요. 아마 틀림없이 청혼했을 거예요."

앤은 샤를로타 4세의 뚱뚱한 허리를 붙잡고 두 사람 모두 숨이 찰 때까지 부엌에서 빙빙 돌며 신나게 춤을 추었다.

"아, 샤를로타. 나는 예언자도 아니고 예언자의 딸도 아니지만, 지금 이 자리에서 당당히 예언할 테니 잘 들어둬. 단풍잎이 빨갛게 물들기 전에 이 오래된 돌집에서 결혼식이 올려질 것이니라. 더 쉬운 말로 해주길 바라니? 샤를로타?"

"아니요, 그 말은 알아들을 수 있어요. 결혼식은 결혼식이니까요. 어머나, 아가씨, 울고 있잖아요! 왜 울죠?"

앤은 눈을 깜빡거리며 말했다.

"모든 것이 너무 아름다워서…… 소설 같고…… 낭만적이고…… 슬퍼서……이처럼 멋진 일은 또 없겠지만…… 어쩐지 슬픈 데가 있어."

샤를로타 4세는 말했다.

"그야 누구라도 결혼에는 위험이 따르게 마련이죠. 하지만 이 세상에는 남편보다 더 애먹이는 것이 얼마든지 있어요."

시와 산문

앤은 다음 한달 동안 온 애번리를 들끓게 한 흥분의 소용돌이 속에서 보냈다. 레드먼드 대학 입학을 위한 자신의 사소한 준비는 뒤로 제쳐두고 미스 라벤더의 결혼 준비에 몰두했기 때문이다.

여러 의논과 계획이 진행되고 재봉사가 오는 등 돌집은 갑자기 떠들썩해졌다. 샤를로타 4세는 기쁨과 걱정으로 마음을 졸이면서 바쁘게 종종걸음을 쳤다. 앤과 다이애너는 거의 '메아리집'에서 살다시피 했다. 앤은 미스 라벤더의 여행옷을 감색이 아니라 갈색으로 하는 게 낫지 않았을까, 회색 비단옷은 너무 꼭 맞게 한 게 아닌가 이런저런 고민을 하느라 밤을 꼬박 샌 날도 있었다.

이번 미스 라벤더의 일로 주위 사람들은 자기 일처럼 무척 기뻐했다.

폴은 아버지로부터 그 이야기를 듣고 그린게이블즈로 곧바로 달려와 뽐내듯 앤에게 알렸다.

"아빠가 멋진 새엄마를 맞아주리라는 것을 나는 오래전부터 믿고 있었어요. 믿음직한 아빠를 가졌다는 것은 좋은 일이에요, 선생님. 나는 그 아줌마가 몹시 마음에 들어요.

할머니도 아주 기뻐하고 있어요. 두 번째는 미국여자가 아니어서 그나마 마음 놓았다, 첫 번째는 다행히 아무 탈 없었지만 두 번째에도 그러리라는 보장은 없다시면서요.

린드 아줌마도 이 결혼에 대찬성이래요. 그 사람도 결혼하게 되었으니 그런 독특한 생각을 하지 않고 다른 사람들처럼 평범하게 살아가겠지 하면서요. 나는 아줌마가 그런 색다른 생활을 그만두지 않았으면 좋겠어요. 그것이 훨씬 더 좋거든요. 그래서 아줌마가 다른 사람들처럼 되지 않았으면 해요. 그런 사람들은 남아돌아갈 만큼 얼마든지 있으니까요. 그렇죠, 선생님?"

또 하나 어쩔 줄 모르도록 기뻐한 사람은 샤를로타 4세였다.

"아, 아가씨. 모든 일이 다 잘되었어요. 어빙 씨와 마님이 여행에서 돌아오면 나도 함께 보스턴으로 가서 살게 되었거든요…… 언니들은 16살에야 보스턴으로 갔는데 나는 15살에 가게 되었어요.

어빙 씨는 참으로 멋있는 분이에요. 그야말로 마님이 걸어다닌 땅에다 절을 할 정도고, 이따금 마님을 바라보는 눈길을 보노라면 내 마음까지 포근해지는 걸요. 말로는 뭐라 표현할 수가 없어요, 아가씨.

두 분이 그처럼 사랑하고 있으니 정말 고마운 일이에요. 무엇보다도 그것이 가장 중요한 일이니까요. 사람에 따라서는 그렇지 않아도 그럭저럭 잘 살아가는 사람도 있지만요.

나의 고모님 가운데 세 번 시집간 사람이 있었는데요. 처음에는 좋아서 갔지만 나중 두 번은 형편을 생각해서 갔어요. 장례식 때만 빼놓고는 세 번 다 그냥저냥 행복하게 살았죠. 하지만 고모님으로서는 모험을 한 셈이었죠."

그날 밤 앤은 머릴러에게 말했다.

"이처럼 낭만적인 일은 또 없어요. 만일 내가 그날 킴블 씨네에 가다가 길을 잘못 들지 않았더라면 미스 라벤더를 몰랐을 거고 폴을 그 집에 데려가지도 않았을 거예요…… 만약 폴이 미스 라벤더 이야기를 쓴 편지를 아버지한테 보내지 않았더라면 어빙 씨는 그대로 샌프란시스코로 떠나버렸을 거예요. 어빙 씨가 말했는데, 그 편지를 받는 순간 샌프란시스코에 대리인을 보내고 자기는 이곳에 와야겠다고 마음먹었대요. 미스 라벤더의 소식을 15년 동안이나 모르고 있었는데, 누군가로부터 미스 라벤더가 결혼한다는 이야기를 듣고 부인이 된 줄 짐작하고 그 다음부터는 아무에게도 미스 라벤더에 대해 물어보지 않았대요.

그런데 지금은 모든 일이 물 흐르듯 잘되었으니 순조롭게 참으로 신기해요. 거기에 내가 한 몫을 한 셈이에요. 린드 아주머니 말대로 아마 모든 일은 미리부터 정해져 있어서 언젠가는 그렇게 되었을지도 모르지만, 그렇다 해도 운명의 심부름꾼 역할을 했다고 생각하면 정말 기뻐요. 참으로 달콤한 일이에요."

머릴러는 퉁명스럽게 말했다.

"나는 뭐가 그토록 낭만적인지 도무지 모르겠구나."

대학에 갈 준비를 해야 하는데 앤이 사흘 가운데 이틀은 '메아리 집'에 가서 미스 라벤더를 도와주는 것이 머릴러는 못마땅했다.

"처음에 어리석은 두 젊은이가 말다툼하여 틀어졌다, 그래서 스티븐 어빙은 미국으로 갔고 얼마 뒤 그곳에서 결혼하여 매우 행복한 생활을 했다, 그러다가 아내가 죽고 적당한 기간이 지난 다음 첫여자가 자기와 결혼해 줄는지 어떤지 알아보기 위해 돌아왔다, 한편 여자 쪽은 자기 마음에 드는 혼처가 없어 혼자 살고 있었으므로 두 사람은 만나보고 결혼하기로 했다—이것이 뭐 그리 낭만적이라는 거냐? "

앤은 머리 위에 찬물을 뒤집어 쓴 것처럼 어이가 없었다.

"아, 조금도 낭만적이 아니에요. 그런 식으로 무뚝뚝하게 말해 버리면 아무것도 아니지만 시적 감흥을 통해 보면 아주 달라져요…… 시적으로 보는 편이……"

다시금 기운을 되찾자 앤의 눈은 반짝였고 빰은 붉어졌다.
"훨씬 멋지다고 생각해요."

늙은 머릴러는 또 비꼬아주고 싶었지만 몹시 즐거워하는 앤의 얼굴을 보고 그만두기로 했다. 마침내 앤처럼 상상력이 풍부하여 남들과는 다른 생각을 할 수 있는 사람이 더 행복하다는 것을 깨달은 것일까. 그런 재능은 누가 부여하거나 빼앗을 수 있는 것이 아니다. 인생을 이상적으로 본다고 할까, 혹은 숨겨졌던 것을 드러낸다고 할까? 어쨌든 모든 것들을 찬란한 신의 빛에 감싸여 있는 새로운 선물로 바라보는 것이다. 머릴러나 샤를로타 4세 같이 사물을 평범한 눈으로밖에 볼 수 없는 사람에게는 절대로 그렇게 보이지 않는 법이다.

잠시 잠자코 앉아 있다가 머릴러가 대뜸 물었다.

"결혼식은 언제냐?"

"8월 마지막 수요일이에요. 정원의 인동덩굴 밑에서 식을 올려요. 25년 전 어빙 씨가 청혼했던 자리래요. 머릴러, 이것만큼은 '산문적으로' 말해도 낭만적이죠? 식에 참석할 사람은 어빙 씨 어머니와 폴, 길버트와 다이애너, 나와 미스 라벤더의 사촌들뿐이에요.

그 뒤 두 분은 6시 기차로 태평양 연안으로 떠나요. 가을에 여행에서 돌아오면 폴과 샤를로타 4세도 보스턴으로 함께 가서 살게 된대요.

'메아리집'은 그대로 두고―물론 소며 닭은 팔아버리고 창문을 판자로 막아야죠―해마다 여름이면 그곳에서 지낼 거래요. 나는 너무나 기뻐요. 올겨울 레드먼드에서 저 그리운 돌집을 생각할 때 가구가 전혀 없고 아무도 없는 장면이 떠오른다거나―또는 다른 사람들이 살고 있는 장면이 떠오른다면 견딜 수 없이 괴로울 테니까요. 이제는 어서 여름이 와서 지금 그대로의 모습으로 또다시 화목한 웃음소리가 울려 퍼지기를 기다리면 되니까요."

이 세상에는 돌집에서의 중년연인들 로맨스뿐만 아니라 다른 사랑들도 많이 있다. 어느 날 저녁, 앤은 '언덕의 과수원'으로 가려고 숲속 지름길을 지나 배리 씨네 뜰 앞에 이르렀다. 문득 큰 버드나무 아래에 다이애너와 프레드 라이트가 서 있는 것을 눈치챘다.

다이애너는 얼굴을 빨갛게 물들이고 눈을 내리뜬 채 버드나무에 기대 서 있었다. 그 한 손을 프레드가 잡고 다이애너에게 몸을 굽힌 채 나직하고 열띤 목소리로 뭔가 더듬거리며 이야기하고 있었다.

그 매혹적인 순간, 온 세상에는 그 두 사람만이 존재하고 있었다. 그들은 앤이 온 것을 알아차리지 못했다.

앤은 한눈에 그 자리의 분위기를 알아차리고 몸을 돌려 소리나지 않도록 가문비나무숲을 지나 쏜살같이 자기 방으로 돌아갔다. 그리고 숨을 헐떡이며 창가에 앉아 마음을 가라앉히려 했다.

"다이애너와 프레드가 서로 사랑할 줄이야…… 절망적이야. 벌써 어른이 다 되어버렸어."

앤의 가슴은 두근거렸다.

요즘 다이애너가 얼마 전까지 마음에 그리던 바이런 같은 주인공을 만나기를 꿈꾸고 있었는데, 어쩐지 이상하여 앤도 의심스럽게 생각하기는 했지만, 백문이 불여일견, 막상 오늘 실제로 자기 눈으로 확인하자 앤은 기절이라도 할 만큼 놀라웠다.

얼마쯤 가라앉자 묘하게 쓸쓸한 기분이 들었다…… 마치 다이애너만이 먼저 새로운 세계로 들어가 앤 혼자 밖에 남겨둔 채 문을 닫아버린 듯한 느낌이었다.

'여러 일이 너무 빠르게 바뀌니까 무서울 정도야. 이제부터 다이애너와 나 사이에는 얼마쯤 틈이 생기지 않을까. 앞으로는 내 비밀을 다이애너에게 모두 털어놓을 수 없게 됐어…… 프레드에게 말할지 모르니까. 대체 다이애너는 프레드의 어디가 마음에 들었을까? 그야 프레드는 좋은 사람이고 명랑하지만—그래도 프레드는 시시한 남자에 지나지 않잖아.'

어떤 사람이 어떤 사람의 어디를 좋다고 생각하는지…… 그것은 언제까지나 풀 수 없는 수수께끼다. 하지만 그러하기에 오히려 행복한 건지도 모른다. 만약 모든 사람들이 똑같은 생각을 한다면 그거야말로 큰일이다. 늙은 인디언들의 말버릇처럼 '누구나 내 아내를 넘보게' 될 테니까. 앤의 눈에는 보이지 않아도 다이애너에게는 틀림없이 프레드 라이트의 좋은 점이 보였으리라.

다음날 저녁, 좀 우수에 잠긴 듯한 다이애너가 수줍어하며 그린게이블즈를 찾아와 땅거미지는 동쪽 방에서 모든 것을 이야기했다. 두 사람은 울기도 하고 웃기도 했다.

"나는 아주 행복해. 하지만 내가 약혼했다고 생각하면 이상한 기분이 들어."

"약혼이란 어떤 느낌이 드는 거니?"

앤은 흥미진진했고, 다이애너는 의기양양한 듯이 대답했다. 약혼한 사람은 하지 않은 사람에게 흔히 자기만 아는 듯한 우월감을 드러내기 마련인데 다이애너도 예외가 아니었다.

"글쎄, 그것은 약혼한 상대자에 따라 다르겠지. 프레드와 약혼했으니 이처럼 행복하겠지만…… 다른 사람이었다면 싫었을 것 같아."

앤은 웃었다.

"그렇다면 우리 같은 사람들은 비관해야겠구나. 프레드는 한 사람뿐이니까."

다이애너는 난처해 하며 말했다.

"어머나, 앤, 너는 이해하지 못하는구나. 그런 뜻으로 말한 게 아니야. 뭐라 하면 좋을지 모르지만, 뭐, 이제 곧 네 차례가 되면 너도 알게 될 거야."

"아니야, 다이애너. 이미 알고 있어. 내 차례가 되지 않고는 모른다면 무엇 때문에 상상력이 필요하겠니?"

"너는 내 들러리가 되어줘야 해…… 내가 결혼식을 할 때는 네가

어디에 있든…… 꼭 와줘야 해. 약속해 줘."
그러자 앤이 거창한 말로 약속했다.
"이 세상 끝에 있다 해도 바람처럼 달려오겠어."
다이애너가 얼굴을 붉혔다.
"물론 아직 먼 뒷날의 일이야. 적어도 3년은 걸릴 걸. 아직 나는 18살이잖니? 어머니는 21살 전에는 결혼시키지 않겠다고 했거든. 게다가 프레드의 아버지가 에이브러햄 플레처 농장을 프레드에게 사주려 하는데, 3분의2 값을 갚은 뒤에 프레드의 명의로 바꿔주겠다고 한대.
그래도 결혼 준비를 하려면 3년으로도 모자랄 정도야. 나는 아직 자수며, 레이스 뜨기며 아무것도 못하거든. 냅킨은 내일부터 곧 시작해야겠어. 마이러 길리스가 시집갈 때에는 냅킨을 37장이나 가져갔대. 나도 그만큼은 가져가고 싶어."
"하긴 그래. 냅킨 36장으로야 어디 살림이 잘 되겠니."
앤은 진지한 표정이었으나 눈은 놀리듯이 웃고 있었다.
다이애너는 살짝 기분 상한 듯이 입을 삐쭉 내밀어 말했다.
"네가 나를 비웃을 줄은 몰랐어, 앤."
앤은 곧 미안해 하며 말했다.
"다이애너, 널 비웃은 게 아니야. 그저 조금 놀렸을 뿐이지. 너야말로 이 세상에서 가장 사랑스러운 아내가 될 거야. 더구나 지금부터 행복한 꿈의 집을 계획한다는 것은 멋진 일이지."
앤은 '꿈의 집'이라는 말이 입에서 나온 순간 그 말이 마음에 들어 곧 자기의 '꿈의 집'을 계획하기 시작했다.
물론 그곳에는 가무잡잡한 피부에 자존심 강하고 우수에 찬 얼굴을 한 이상적인 남편이 살고 있어야 한다. 그런데 이상하게도 길버트 블라이스가 그 언저리에서 서성거리며 앤을 도와 액자를 걸기도 하고, 뜰을 꾸미기도 하였다. 그 밖에 가장으로서 권위적인 남편이라면 품위를 손상시킨다며 절대로 손대지 않을 거라 생각했던 자질구레한 일도 열심히 도와주고 있었다.

앤은 공상 속의 에스파냐 성에서 길버트의 모습을 털어버리려 했으나 그 자리에서 꼼짝도 하지 않았고 앤도 너무 바빠 길버트를 그대로 두고 공중누각을 계속 쌓아 다이애너가 다시 말을 잇기 전에 멋진 '꿈의 집'을 얼른 완성시켰으며 가구까지 갖추었다.

"앤, 내가 결혼하겠다고 늘 말하던 키 크고 날씬한 사람과 프레드가 너무 동떨어져 우습게 생각하겠지. 하지만 나는 프레드가 키가 크지 않고 날씬하지 않은 게 좋다는 생각이 들어…… 그렇다면 프레드가 아닐 테니까.

물론 알고 있어. 우리는 엄청 뚱뚱한 한 쌍이 되겠지. 하지만 모건 슬론 씨네처럼 한쪽은 키가 작고 뚱뚱한데 한쪽은 키다리에 여윈 것보다는 낫지 않을까? 린드 아주머니는 두 사람이 함께 있는 걸 보면 뚱뚱이와 홀쭉이 생각이 난대."

그날 밤 앤은 거울 앞에서 머리를 빗으며 중얼거렸다.

"어쨌든 다이애너가 행복하고 만족스러워 하니 잘됐어. 하지만 내 차례가 왔을 때에는—정말로 올까?—좀 더 가슴이 뛸 만큼 멋있었으면 해.

다이애너도 전에는 그렇게 생각했었지. 결코 평범한 약혼은 하지 않겠다, 자기를 얻기 위해 상대방은 보통사람은 할 수 없는 멋진 일을 해야 한다고 몇 번이나 말했었는데 생각이 달라졌나봐.

어쩌면 나도 그렇게 될는지 몰라. 아니야, 나는 그렇게 되지 않겠어…… 결코. 어쨌든 친한 친구의 약혼이란 사람 마음을 몹시 당황하게 만드는 것 같아."

'메아리집' 결혼식

이윽고 8월 마지막 주가 되었다.

이 주에 미스 라벤더는 결혼식을 하고, 2주일 뒤에는 앤과 길버트가 레드먼드 대학으로 떠나며, 그 뒤 1주일 안에 린드 부인이 그린게이블즈로 옮겨 오게 되어 있다.

그린게이블즈의 손님용 침실은 이미 린드 부인이 언제 옮겨 와도 좋도록 준비되어 있었다.

린드 부인은 불필요한 가재도구는 모두 경매에 붙여 팔아버렸고, 지금은 역시 이사 가는 앨런 부부의 짐꾸리기를 돕는 일에 정신을 쏟고 있었다.

앨런 목사는 이번 일요일에 작별설교를 하게 되어 있었다. 마을의 생활이 지금까지와는 다르게 차츰 변해 간다고 생각하니, 앤은 흥분되고 행복하면서도 쓸쓸함을 조금 느꼈다.

해리슨 씨는 세상물정을 잘 아는 사람 같은 투로 말했다.

"변화란 즐거운 것은 아니더라도 중요한 것이오. 2년 동안이나 똑같은 나날이 이어졌으니 그만하면 충분하오. 더 이상 지속되면 그늘진 곳에도 습한 이끼가 끼죠."

해리슨 씨는 베란다에서 담배를 뻐끔뻐끔 피우고 있었다. 해리슨 부인이 희생정신을 발휘하여 열려 있는 창가에서라면 담배를 피워도 좋다고 했고, 해리슨 씨는 양보해준 부인의 마음에 보답하여 날씨가 좋을 때만 밖에서 피우기로 했다. 이렇게 두 사람은 서로 사이좋게 지내고 있었다.

앤은 해리슨 부인에게 노랑 다알리아를 얻으러 와 있었다. 드디어 결혼식이 내일로 다가왔으므로 미스 라벤더와 샤를로타 4세를 도와 마지막 준비를 하기 위해 다이애너와 그날 밤 '메아리집'에 가게 된 것이다.

노랑 다알리아는 미스 라벤더의 고풍스러운 뜰에 어울리지 않을 뿐더러 미스 라벤더 자신이 좋아하지 않으므로 심지 않았다. 하지만 무슨 꽃이든 그해 여름에는 에이브 아저씨의 폭풍으로 애번리 부근에서는 구경하기가 힘들었다.

앤과 다이애너는 늘 도넛을 담아두는 낡은 크림빛 돌항아리에 노랑 다알리아를 가득 꽂아 층계 옆 어두컴컴한 구석에 놓으면 거실의 빨간 벽지가 배경이 되어 한층 돋보일 것이라고 생각했다.

"앞으로 2주일만 있으면 앤은 대학에 가겠군요. 앤이 없으면 우리는—에밀리도 나도—쓸쓸할 거요. 앤 대신 린드 부인이 그 집에 살게 되었으니, 기가 막힌 대용품이오."

해리슨 씨의 잔뜩 비꼬는 말투를 글로는 도저히 표현할 수가 없다. 자기 아내와 린드 부인이 매우 친한 사이가 된 새로운 체제 아래에서도 해리슨 씨와 린드 부인 사이는 기껏해야 무장중립의 영역을 벗어나지 못했다.

"네, 그래요. 머리로는 기쁘지만…… 마음은 슬프기도 해요."

"앤은 레드먼드에서도 역시 모든 우등상과 명예를 모조리 휩쓸 게 틀림없소."

"그 가운데 한두 가지는 차지하도록 애쓰겠지만, 2년 전만큼 그런 일에 열중하고 싶지는 않아요. 대학에서는 살아가는 데 필요한 지식과 그것을 가장 잘 활용할 수 있는 길을 배우고 싶어요. 주변 사람들과 나 자신을 이해하고 힘이 되려면 어떻게 해야 하는지, 그것을 공부하고 싶어요."

해리슨 씨는 고개를 끄덕였다.

"맞았소. 그 때문에 대학이 있는 거요. 탁상공론과 허영으로 머리속이 가득찬 학사를 덮어놓고 만들어내는 것이 대학의 임무가 아니니까요. 앤 말이 맞아요. 그렇다면 대학에 간다 해도 그리 나쁠 게 없을 듯 싶군요."

차를 마신 다음 다이애너와 앤은 자기들 집과 이웃집 뜰에서 얻어온 꽃을 한아름 안고 마차를 타고 '메아리집'으로 갔다.

돌집은 흥분의 도가니였으며 그 속을 샤를로타 4세가 기운차게 이리저리 뛰어다녀 집안에 온통 그녀의 파란 리본이 펄럭이고 있는 것 같았다. 파란 리본은 나바라왕국*1의 투구처럼 여기저기서 펄럭였다.

"아, 와 주셔서 고마워요. 해야 할 일이 산더미처럼 쌓였거든요…… 케이크에 바른 크림이 아직 덜 굳었고……은나이프와 포크도 아직 닦지 못했고…… 트렁크에 옷도 넣어야 하고……닭고기 샐러드에 쓸 수탉이 아직도 닭장 앞에서 뛰어다니며 꼬꼬댁거리고 있는 형편이에요, 셜리 아가씨.

게다가 마님에게는 아무 것도 마음놓고 맡길 수 없어요. 바로 조금 전에 어빙 씨가 오셔서 마님더러 숲속으로 산책하러 가자고 해서 정말 다행이었어요. 결혼은 하셔도 상관없지만 요리며 청소까지 같이 하셨다가는 모두 엉망이 될 거 같아요."

앤과 다이애너도 열심히 일하여 시계가 10시를 칠 무렵에는, 샤를로타 4세도 더 이상 할일이 없었기에, 머리를 길게 땋아 늘어뜨리고

*1 9~14세기에 프랑스 남서부와 에스파냐 북부에서 번성한 나라.

는 지친 몸을 침대에 뉘었다.

"하지만 나는 잠이 올 것 같지 않아요, 아가씨. 식을 올릴 때까지 무슨 일이 일어나지나 않을까 해서요. 크림의 거품이 일지 않는다거나…… 어빙 씨가 졸도하여 오지 못한다거나……"

"설마 어빙 씨가 여느 때 졸도하는 버릇이 있는 건 아니겠지?"

다이애너의 입가에 재미있다는 듯이 미소를 지어 보조개가 움푹 파였다. 다이애너에게는 샤를로타 4세가 예쁘지는 않지만 언제 보아도 매우 '즐거운' 존재였다.

샤를로타 4세는 무서운 목소리로 말했다.

"그것은 버릇이 아니에요. 갑자기 일어나는 법이죠. 아가씨들도 마찬가지라구요. 졸도는 누구에게 덮쳐올지 몰라요. 연습이라는 것도 없답니다. 나의 삼촌 가운데 한 분이 식사하다가 졸도한 일이 있는데, 어빙 씨가 그 삼촌하고 참 비슷하거든요.

하지만 모든 일이 물 흐르듯 잘 되겠죠. 이 세상의 모든 일은 오직 희망을 버리지 않고 최악의 경우를 각오하며 나머지는 하느님의 뜻에 따라야 할 뿐이에요."

다이애너가 말했다.

"나는 단 한 가지 내일 날씨가 나쁘면 어떡하나 하는 게 걱정이야. 에이브 아저씨가 이번 주 중간쯤에 비가 온다고 예언했어. 지난번 큰 폭풍이 있은 뒤부터 에이브 아저씨의 말을 믿어야 할 것 같거든."

에이브 아저씨가 그 폭풍우와 얼마나 관계 있었는지 다이애너보다 자세히 아는 앤은 이런 말을 듣고도 조금도 걱정하지 않고 깊이 잠잘 수 있었는데, 다음날 아침 터무니없이 이른 시각에 샤를로타 4세가 열쇠구멍으로 깨우는, 금방이라도 울음을 터뜨릴 것 같은 목소리에 눈을 떴다.

"아기씨, 이렇게 일찍 깨워 죄송합니다만 아직 할 일이 많아요—그리고 아가씨, 비가 올 것 같은데—아가씨가 직접 확인해 보시고 괜찮을 거라고 말씀해 주세요."

앤은 창가로 달려가면서 샤를로타 4세가 앤을 침대에서 끌어내기 위해 거짓말한 것이기를 바랐다. 그런데 유감스럽게도 도저히 화창한 날씨라고는 할 수 없었다. 하늘이 흐리고 여느 때라면 찬란한 아침햇살이 쏟아질 뜰이 바람도 없이 음산했으며 전나무숲 위에는 금방이라도 비가 쏟아질 것 같은 험악한 구름이 시커멓게 덮여 있었다.

다이애너도 일어나서 탄식했다.

"이렇게 기막힌 일이 또 어디 있니."

앤은 단호하게 말했다.

"희망을 버리지 말아야 해. 비만 내리지 않는다면 오히려 이렇게 서늘한 진줏빛 같은 날이 햇빛이 쨍쨍 내리쬐는 날보다 더 좋아."

"하지만 비가 오면?"

슬그머니 방으로 들어온 샤를로타 4세의 모습은 볼 만했다. 머리카락을 여러 갈래로 땋아 말아올려 끝에 흰 실을 묶었는데, 마치 고슴도치처럼 사방팔방으로 비어져 나와 있었다.

"마지막까지 오지 않고 최대한 버티다가 막상 식을 올릴 때쯤 억수같이 쏟아지겠죠. 그렇게 되면 모두들 흠뻑 젖을 거고…… 집안은 온통 흙투성이가 되고…… 인동덩굴 밑에서 식을 올릴 수 없게 돼요.

아가씨, 뭐니뭐니해도 신부에게 한 줄기의 햇빛도 비치지 않는다는 건 불행한 일이에요. 나는 어쩐지 너무 일이 잘 되어 나가 오히려 불안한 생각마저 들었다니까요."

샤를로타 4세는 미스 일라이저 앤드루스 못지않을 만큼 비관하고 있었다.

비는 내리지 않았으나 꼭 일부러 그러는 것처럼 금방이라도 쏟아질 듯한 먹구름 아래 오전이 지나가고 정오까지 각 방의 장식이 끝났으며 식탁 준비도 완벽하게 끝났다. 2층에서는 신부가 신랑을 맞이할 옷차림으로 앉아 있었다.

앤은 그 모습을 바라보며 감탄했다.

"정말 아름다워요."

그러자 다이애너도 맞장구쳤다.

"멋있어요."

"모든 준비를 끝마쳤습니다, 아가씨. 아직까지는 그리 나쁜 일도 일어나지 않았고요"

샤를로타 4세는 자기 딴에는 위로의 말을 남기고 자기 방으로 가서 옷을 갈아입기 시작했다. 길게 땋아 늘어뜨렸던 가랑머리를 풀어 곱슬곱슬해진 머리카락을 빗어내린 다음 두 가닥으로 땋아 늘어뜨리고 파란 새 나비 리본을 두 개가 아니라 네 개나 달았다. 위에 묶은 리본 두 개는 마치 라파엘의 그림에 나오는 날개 달린 천사처럼 쫙 펼친 날개가 샤를로타의 목 뒤에서 나온 듯한 느낌이었다.

샤를로타는 그런 자신의 모습이 아름답다고 여기며 풀을 너무 많이 먹여 저 혼자서도 서 있을 것처럼 빳빳한 드레스로 갈아 입고 거울 앞에 서서 아주 흡족한 듯이 바라보았다.

하지만 그 만족감도 방안에 있는 동안뿐이었다. 복도로 나가 손님용 침실 문틈으로, 부드럽고 새하얀 옷을 입고 물결치는 빨강머리에 별 같은 꽃을 꽂은 키 큰 앤의 모습을 보았을 때 가엾은 샤를로타 4세는 낙심하고 말았다.

"아, 나는 도저히 아가씨처럼 보일 수 없을 거야. 그렇게 태어난 걸 뭐…… 아무리 연습해도 저런 자연스런 몸가짐은 흉내낼 수 없어."

1시까지 앨런 목사 내외를 비롯하여 손님들이 모두 도착했다. 그래프턴의 목사가 휴가를 떠나고 없어 앨런 목사가 대신 식을 맡게 되었다.

식이라고는 하지만 형식적인 치레는 하나도 없었다. 미스 라벤더는 층계를 내려와 신랑을 맞이했다. 신랑에게 손을 잡혔을 때 올려다보는 커다란 갈색 눈의 표정을 언뜻 본 샤를로타 4세는 이제까지 느끼지 못했던 묘한 기분에 사로잡혔다.

모두들 앨런 목사가 기다리고 있는 인동덩굴 아래로 나갔다. 손님들은 저마다 적당한 자리에 섰고 앤과 다이애너는 샤를로타 4세를 사이에 두고 돌 벤치 옆에 섰다. 샤를로타 4세는 떨리는 차가운 손으로 두 사람의 손을 필사적으로 붙잡고 있었다.

앨런 목사가 파란 책을 펴고 식이 시작되었다. 마침 미스 라벤더와 스티븐 어빙이 부부의 맹세를 하고 있을 때 그것을 축복하듯이 아주 아름답고 상징적인 일이 일어났다. 갑자기 태양이 잿빛 구름 사이에서 나타나 행복한 신부에게 찬란한 빛을 비춰주었던 것이다. 별안간 뜰은 숨결이 돌아온 듯 춤추는 그림자와 흔들리는 햇빛으로 싱그럽게 살아났다.

'어쩌면 이토록 좋은 징조가 있을까!'

앤은 달려가 신부에게 키스했다. 그리고 세 아가씨는 손님들이 신혼부부를 에워싸고 웃으며 이야기하는 동안 피로연 준비를 하기 위해 재빨리 집안으로 들어갔다.

"아, 살았어요. 식이 무사히 끝났으니 이제 무슨 일이 일어나도 상관없어요, 아가씨. 쌀자루는 부엌에 놓았고 헌 신은 문 뒤에 감춰 두었고, 휘핑 크림은 지하실 층계에 놓았어요."

샤를로타 4세는 안도의 한숨을 내쉬었다.

2시 30분에 어빙 부부는 떠났고, 모두들 브라이트 리버역까지 전송했다.

미스 라벤더가 아닌 어빙 부인이 자기의 오랜 집에서 한 발자국 내디뎠을 때 길버트와 아가씨들은 쌀을 뿌렸고 샤를로타 4세는 헌 신을 던졌는데 그만 너무 겨냥을 잘 했는지 앨런 목사의 머리에 맞고 말았다.

무엇보다도 멋진 작별 선물을 한 것은 폴이었다. 폴은 식당의 벽난로 선반에 놓인, 식사 시간을 알리는 커다란 놋쇠종을 힘차게 흔들면서 현관으로 달려나왔다. 폴은 다만 요란스러운 소리를 내고 싶었을 따름인데, 그 소리가 사라짐과 동시에 강 건너 언덕이며 숲이며 사방에서 맑은 '요정의 결혼식 종'이 은은하게 울려 퍼졌다.

그 소리는 조금씩 멀리멀리 사라져 마치 미스 라벤더가 사랑하던 메아리가 축하와 작별의 인사말을 하고 있는 듯이 울렸다.

이 아름다운 종소리의 축복을 받으며 미스 라벤더는 꿈과 공상의 옛 생활에서 좀더 알차고 바쁜 현실 생활을 향해 떠나갔다.

두 시간 뒤 앤과 샤를로타 4세는 또다시 오솔길로 들어섰다. 길버트는 웨스트 그래프턴으로 심부름 갔고, 다이애너는 약속이 있어 집에 돌아가야만 했다. 앤과 샤를로타 4세는 뒤처리를 하기 위해 다시 작은 돌집으로 돌아온 것이다. 뜰에는 늦은 오후의 황금빛 햇빛이 가득 찼으며 나비는 나풀나풀 춤추고 꿀벌은 윙윙 소리내었다.

그러나 이미 이 작은 집에는 잔치 뒤에 뒤따르는, 무어라 말할 수 없이 휑하니 비어 쓸쓸한 분위기가 감돌고 있었다.

"어쩌면 이토록 허전해지고 말았을까요."

샤를로타 4세는 다시 코를 훌쩍거렸다. 역에서 돌아오며 내내 울고 있었다.

"다 끝나고 나면 결혼식도 장례식과 그리 다를 바 없이 외롭군요, 아가씨."

그 뒤 저녁 때까지 바쁜 시간이 이어졌다.

앤은 서둘러 여러 가지 장식물을 뜯고 설거지를 했으며, 남은 음식을 샤를로타 4세의 동생들에게 갖다주라고 바구니에 담는 등 쉬지 않고 열심히 일했다.

샤를로타 4세가 선물을 가지고 집으로 돌아간 뒤 앤은 쥐죽은 듯 고요해진 방마다 향연이 끝난 뒤의 홀을 걷는 듯한 기분으로 걸어다니며 뒷문을 닫았다. 그리고 출입문에 자물쇠를 채운 뒤 포플러 밑에 앉아 몹시 지치기는 했지만 그래도 끝없는 공상에 잠기며 길버트를 기다렸다.

"무슨 생각을 하고 있지, 앤?"

길버트는 길에 마차를 세워놓고 오솔길에서 걸어왔다. 앤은 꿈꾸듯 대답했다.

"미스 라벤더와 어빙 씨를 생각하고 있었어. 이렇게 모든 일이 잘 끝난 것이 꿈만 같아……오랜 세월 동안 하찮은 오해 때문에 떨어져 있었지만 마침내 결혼하게 되었으니 이처럼 아름다운 일이 또 있을까."

길버트는 앤의 얼굴을 똑바로 내려다보며 말했다.

"그래, 정말 멋진 일이야. 하지만 앤, 오해도 이별도 없이, 함께 지낸 추억만 안은 채 평생을 함께 보낼 수 있다면, 그게 더 아름다운 일이 아닐까?"

한순간 앤의 가슴은 높이 뛰었고 조용히 내려다보는 길버트의 눈길에 견딜 수 없는 감정을 처음으로 느끼며 눈을 내리뜨지 않을 수 없었다. 창백한 두 뺨이 장밋빛으로 물들었다. 마치 마음속에 깊이 가려져 있던 엷은 비단 베일이 벗겨지며 뜻하지 않았던 감정과 현실을 드러낸 듯한 기분이었다.

마침내 로맨스란 멋진 기사가 나팔소리도 요란하게 자기 인생에 등장하는 게 아니라, 옛 친구가 어느덧 자기 옆으로 조용히 걸어와 앉듯이 말없이 다가오는 것인지도 모른다. 얼핏 보기에는 산문적이기만 했던 것이 우연한 기회에 그 페이지에 한 줄기 빛이 비쳐든 순간, 시와 음악으로 바뀌는 것과 같은 것이리라.

아마…… 어쩌면…… 사랑이란 황금꽃술을 단 장미가 초록색 잎사귀 사이에서 피어오르듯 아름다운 우정으로부터 저절로 꽃 피는 것인지도 모른다.

이윽고 베일은 다시 드리워졌지만, 땅거미진 오솔길을 걸어가는 앤은 전날 저녁 떠들썩하게 마차로 달려온 앤이 아니었다. 눈에 보이지

않는 손가락 끝으로 처녀시절의 장은 넘겨졌으며, 어엿한 한 여성으로서의 장이 신비스러운 매력과 수수께끼를 안고 고통과 기쁨을 싣고서 앤 앞에 펼쳐졌다.

길버트는 현명하게도 더 이상 아무 말하지 않았다. 그러나 눈에 선한, 볼을 붉게 물들이던 아까의 앤의 모습에서 이제부터 4년 동안의 앞날을 뚜렷이 읽을 수 있었다.

4년 동안의 진지하고도 불타는 학구열…… 그리고 그 결과로서 유익한 지식을 쌓아올리고 사랑하는 사람을 차지하는 것이다.

두 사람 뒤에는 작은 돌집이 생각에 잠긴 듯 어둑어둑한 뜰에 서 있었다.

그것은 쓸쓸해 보였으나 버림받았다는 처량함은 아니었다. 꿈과 웃음과 인생의 기쁨은 아직 끝난 게 아니며, 작은 돌집에는 미래의 화창한 여름이 약속되어 있다. 조금만 참고 기다리면 된다.

강 건너 저쪽에서는 보랏빛 노을에 싸인 메아리가 자신들이 등장할 무대가 펼쳐질 때를 잠잠히 기다리고 있다.

Lucy Maud Montgomery
ANNE OF GREEN GABLES
《ANNE》의 에피소드

루시 모드 몽고메리 삶을 찾아서

프린스 에드워드 섬

빨강머리 앤 셜리가 '이 세상에서 가장 아름다운' 프린스 에드워드 섬에 처음 온 때는 꽃들이 활짝 핀 봄날이었다. 애번리는 상상을 뛰어넘는 멋진 풍경으로 그녀를 맞아준다. 앤은 봄 여름 가을 겨울 그때그때 옷을 바꾸어 입는 자연의 아름다움을 한껏 황홀해하며 감탄한다. 꽃이 만발하는 봄, 찬란한 금빛 햇살에 눈부신 여름, 울긋불긋 수 놓은 듯한 가을, 겨울의 환상적인 은빛 세계, 손 닿으면 그대로 묻어날 듯한 짙푸른 쪽빛 바다—앤의 풍부한 표현력으로서도 이루 다 말할 수 없는 몽환적 아름다움이었다.

루시 모드 몽고메리는 그것을 한 편의 시로 읊고 있다.

저녁놀에 타오르는 서쪽 하늘은
엷은 저물녘 빛으로 고이 싸이고
고즈넉한 신비스러움을 띤
잔잔한 은빛 바다 위에
이윽고 별들의 꽃이
눈부시게 다투어 핀다.
바닷가를 따라
끝없이 이어지는 고요한 모래언덕
짭조름한 바닷바람을 시원스레 받으며

바닷가 언덕의 풀이며 양귀비는
인기척 끊어진 고즈넉함 속에서
살며시 서로 어깨를 기댄다.
바람 부는 언덕 위에는
키 큰 포플러 일곱 그루가
까맣게 잊혀졌던 그 옛날의
그리운 말들을 속삭이고 있다.
쓸쓸한 들판에 사는 데이지는
저마다 외로움을 견디어 내며
북쪽 숲속의 나라 신비한
의식(儀式)을 묵묵히 행하고 있다.
초록빛 주민들이 가르쳐 준
아득한 그 옛날의 순한 말들을.

그윽하고 향기로운 꽃내음처럼
어둠이 나를 부르고 있다.
억새가 우거진 목장의 연못으로,
사려깊은 고목나무숲으로 가자고.
시원한 정자(亭子)의
향기가 물씬 풍기는 침대로,
엄숙한 전나무
빽빽이 우거진 골짜기로 오라고.
달콤한 그들의 속삭임에 마음 끌리어
나는 살그머니 등을 돌린다.
눈앞에 펼쳐지는
해질녘 불그레한 바닷가 그 매력.

잔물결 다정하게
씻어주는 잔교에는
닻 내린 배 그림자
꿈처럼 넘실넘실 흔들리네.
파도를 타고 앞바다로 나가는
검은 망령과도 같은 돛단배 한 척
파도는 출렁이며 높다래져
파란 달까지 닿으려
거친 손을 높이 쳐든다.
아! 어둠과 빛 사이에서
금방이라도 사라질 듯한 배 그림자여
오늘 밤은 너에게 내 마음속
희망을 고스란히 맡기리라.

《빨강머리 앤》에서 프린스 에드워드 섬이 지닌 마법 같은 아름다움은 애번리라는 작은 마을에서 구체화되고 있는데, 이 애번리라는 지명은 이 작품에서 퍽 중요한 의미를 지닌다.

이 이름은 영어 같은 울림을 준다. '에이번 강'의 '바람 아래쪽(lee)' '초원(lea)'이라는 뜻으로 들린다. 일리저버스 워터스턴은 '에이번 강'에서는 셰익스피어가 태어난 고향이 연상된다고 말한다.(《킨들링 스피릿》). 그런데 에이번 강은 캐나다에도 있다. 노바스코샤 한복판을 흐르는 아름다운 강이다. 이곳은 애번리와 잇닿은 주이며 앤이 태어난 고향이기도 하다.

그러나 사실 몽고메리의 '애번리(Avonlea)'는 '애벌런(avalon)'의 애너그램(철자바꾸기)이라고 해도 좋다. '애벌런'이란 켈트 지명으로 '사과 고장'을 뜻한다. '사과 고장'임에 틀림없는 '애번리'는 '애벌런'—치명적인 상처도 고칠 수 있는 켈트 신화의 골짜기이다. 애번리가 봄에 일제히

작품 속의 애번리 마을길 앤은 매슈의 마차를 타고 처음으로 애번리 마을로 들어갔다. 이야기는 여기서부터 시작된다.

꽃을 피우는 6월의 광경은 테니슨의 시처럼 축복 받은 아름다움에 넘쳐 있다. 앤이 처음 본 프린스 에드워드 섬은 '지상에서 가장 꽃이 많이 피는 장소'이며 테니슨의 시 그대로 '수풀이 우거지고 과수원의 잔디도 아름다워, 짙은 초록빛 골짜기며 분지를 여름바다가 둘러싼' 평평한 땅이다.

맬러리 및 테니슨의 '아서왕 이야기'에 보면 전투에서 상처를 입은 아서가 세 여왕에 의해 작은 배로 실려간다. 테니슨의 《아서의 결별(424~33행)》에서 베디비에르 경에게 하는 마지막 이야기에서 아서는 지금부터 가려는 장소에 대해 다음과 같이 말하고 있다.

애번리 섬의 골짜기/우박도 비도 눈도 내리지 않아/바람도 요란하게 부는 일 없어라/수풀이 우거지고 과수원의 잔디도 아름다워/짙은 초록빛 골짜기며 평평한 분지를 여름바다가 둘러싼다/거기서 나는 이 상처를 치유하리라.

애번리, 또는 프린스 에드워드 섬은 우박과 눈과 비가 많이 오고 바람도 심한 곳이다. 하지만 몽고메리는 이런 현상을 모두 좋아했으며, 그녀의 작품에 나오는 고장에는 반드시 이런 것들이 묘사되어 있다.

앤과 그녀를 낳은 어머니 몽고메리는 그리 색다를 것 없는 프린스 에드워드 섬에 켈트적인 환상적 꿈 속의 색채를 더했던 것이다.

그린게이블즈 빨강머리 앤

"내 옆에는 늘 노트가 있었다. 이야기의 줄거리, 사건, 인물, 풍경묘사에 대한 생각이 떠오르는 대로 바로 적어두기 위해서였다. 1905년 봄, 나는 주일학교 신문에 실을 짧은 이야기를 위해 뭔가 이야깃거리가 없을까 하고 노트를 뒤적여 보았다. 그때 10년 전 적어 두었던 빛바랜 메모가 눈에 띄었다.

'초로(初老)의 부부가 남자아이를 기르고 싶어하는데 착오가 생겨 여자아이가 오게 되었다.'

바로 이거다 라고 생각했다. 나는 전체적인 구상을 엮어가며 여러 가지 사건을 만들고 따뜻한 애정으로 내 주인공을 키워나갔다. 무슨 까닭인지 주인공은 내게 매우 생생한 존재로 느껴졌다. 그녀에게 완전히 사로잡힌 나는 짧은 단편으로 쓰기에는 아까운 생각마저 들었다. '이 여자아이에 대해 장편소설로 써 보면 어떨까. 구상과 인물은 모두 잡혔으니까' 하는 속삭임이 희미하게 들려왔다."

1907년 8월 16일 일기

루시 모드 몽고메리는 1874년 11월 30일 캐나다 동해안 프린스 에드워드 섬 클리프턴(지금의 뉴런던)에서 태어났다. 아버지 휴 존 몽고메리는 어머니 클레러 울너 맥닐과 재혼했으며 몽고메리 위로 전처소생 4남매가 있었다. 몸이 약했던 어머니는 그녀를 낳은 지 얼마 되지 않아 결핵으로 세상을 떠나고 말았다. 어머니에 대해 그녀가 기억하고 있는 것이라고는 불과 스물세 살이라는 젊은 나이에 세상을 떠난 어머니가 관 속에 누워 있던 모습뿐이었다. 아버지는 그 무렵 개척 붐을 타고 캐나다 서부로 이주했으므로 그녀는 외가 쪽 맥닐 집안에 맡겨져 유년시절을 보내게 된다.

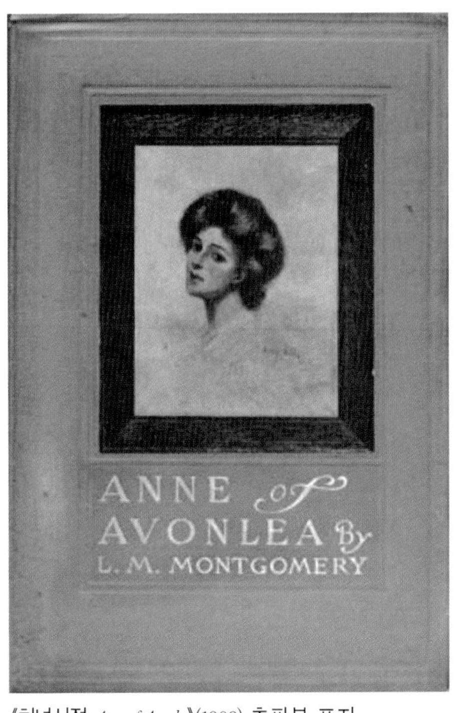

《처녀시절 *Anne of Avonlea*》(1909) 초판본 표지

그녀 또한 앤과 마찬가지로 부모의 사랑을 받지 못하고 자라났다. 맥닐 집안은 금욕을 중요하게 여기는 장로파의 가르침을 엄격하게 지켰다. 고지식하고 급한 성격의 외할아버지 앨릭잰더, 감수성이라곤 없는 외할머니 루시와의 생활을 모드는 '커갈수록 정서면에서 궁핍한 어린 시절이었다'*1고 회상한다.

"해를 거듭함에 따라 내가 얼마나 메마른 어린시절을 보냈는지 알

*1 Rubio, M.& Waterston, E.(1985). The Selected Journals of L.M. Montgomery, Volume 1. Toronto : Oxford U.P., p. 300

게 되었다. 나를 키워 준 이는 두 노인이었는데 아무도 나를 잘 이해해 주지 못했다. 두 분은 나이가 너무 많았으며 고지식했다. 그들의 생각에는 모순이 있었다. 아이든 열다섯 살 소녀든 간에 그들은 나를 자신들과 같은 성숙한 존재로 여기면서도 또한 갓난아기처럼 미숙한 존재로 보았다. 그들이 바라지 않거나 기뻐하지 않는 일은 아이 쪽에서도 원해서는 안 되고 기뻐해서도 안 된다는 것이었다. 마치 갓난아기처럼 아이들에게는 독자적인 인격이나 권리 따위가 없다는 식이었다.

외할아버지는 엄격하고 뽐내기를 좋아하는 성미가 급한 사람이었다. 나는 언제나 외할아버지가 무서웠다.

그래도 외할머니는 나에게 어머니처럼 친절하게 대해 주었다. 나를 잘 보살펴 주고 식사며 옷에도 늘 마음을 써 주었다. 내가 조금이라도 반항적인 행동을 보이면 더욱 살뜰한 보살핌으로 감싸 주었다.

그러나 나와 성격이 너무 다른 외할머니는 함께 있으면 결코 유쾌해질 수가 없었다. 나는 충동적이고 감성이 예민한데 비해 할머니는 차갑고 소극적이며 감수성의 폭도 좁았다."(일기)

모드는 자연 가운데서 상상의 날개를 펼쳐 공상하는 것으로 외로움을 달랬다. 좋아하는 나무에 이름을 붙이거나 친구들과 이야기 클럽을 만들어 비극을 창작하기도 하는 그녀의 경험은 훗날 《빨강머리 앤》에 고스란히 반영된다.

이따금 그녀는 답답한 일상 속에서 나름의 즐거움을 찾았다. 파크코너에 사는 사촌들의 집—은빛 숲의 저택에 가서 함께 지내며 가정의 따뜻함을 느꼈다. 사촌의 농장에 있던 연못은 《그린게이블즈 빨강머리 앤》에 나오는 '빛나는 호수'의 모델이 되었다.

모드는 어린 시절부터 책 읽는 것을 좋아했고 일찍부터 시를 썼다. 외할아버지 앨릭잰더 맥닐은 엄격한 사람이었지만 이야기를 잘 하는

▲그린게이블즈 우체국 지역 주민들이 모여 자연히 이야기꽃을 피우는 곳. 모드는 어른들이 나누는 대화를 들으며 상상력을 키워 왔다.

▼ 우체국 내부 여기서 편지를 부치면 그린게이블즈 스템프가 찍힌다.

재주가 있었고 시심을 지니고 있었다. 또한 외할아버지의 누이동생 메리 로슨은 기억력이 뛰어난 이야기꾼으로 모드는 이 고모할머니로부터 듣는 추억담을 무척 좋아했다. 아마도 그녀의 문학적 재능은 맥닐 집안의 내력인 듯하다.

"기질적인 면에서는 몽고메리 집안의 정열적인 피, 이성적인 면에서는 맥닐 집안의 청교도적인 양심을 물려받았다"고 일기에 쓰고 있다.

외할아버지 맥닐 농장은 부엌에 우체국을 겸하고 있었다. 그러다보니 지역 주민들이 들러 자연스레 서로의 이야기를 주고받는 장소가 되었다. 모드는 그곳에서 어른들의 대화를 들으며 은연중에 작가로서의 희망을 키운 듯하다.

1931년 10월, 〈글로브 앤드 메일〉지에 실린 서평에서 '지은이는 프린스 에드워드 섬의 노인들로부터 에피소드를 듣는 데 많은 시간을 소비했을 것'이라고 한 글은 그녀를 화나게 했다. 두 가지는 들은 얘기를 토대로 한 것이 사실이었지만 자신의 작품은 순수한 창작이라며 분개한 것이다.

모드의 이러한 상상의 원천에는 그녀가 태어나고 자란 섬에 대대로 전해오는 이야기와 그곳에서 들은 모든 소문 등 어린 시절부터 줄곧 들어왔던 이야기가 하나하나 쌓여 있었던 것이다.

아버지 먼티, 가깝고도 친숙한

스무 살에 원룸스쿨의 교사가 되어 자립하기 시작할 무렵에도 모드는 여전히 작가의 꿈을 품고 집필을 이어 가고 있었다. 핼리팩스 댈하우지 대학에서 영문학 특별코스를 밟고 신문사에서 교정 겸 잡용직으로 잠시 일한 경험은 나중에 집필에 영향을 미친다.

그 무렵에는 단편과 시가 미국 잡지에 게재되어 원고료도 들어오고 있었다. 그러나 작가로서의 길은 험난했다.

"펜으로 수입을 얻기 시작했다. 그렇지만 마음속은 갈등뿐……. 거절과 낙담과 실패 가운데 무엇이 와도 좋다. 나는 지금까지 이 어둔 삼중고를 극복해 왔다. 앞으로도 그럴 생각…….

나의 혁명적 성향을 모두 이 일기 속에 담아두자. 만약 그렇게라도 하지 못한다면 나는 언젠가 산산조각나고 말 것이다."

몽고메리의 일기. 사랑, 그 빛과 그림자

아버지 휴 존 몽고메리는 스스로 '클리프턴 하우스'라고 이름 붙인 잡화상을 운영하고 있었다. 아버지는 세일즈며 운수업이며 여러 가지 일에 손을 댔지만 실패를 거듭했다. 그는 '황금시대(미국 남북전쟁 뒤 1865~1890의 벼락 경기 시대를 가리킴)'의 부산물처럼 운이 따르지 않는 사람이었다.

《은빛 숲의 패트》(1932)에서 여주인공 패트의 아버지 앨릭 가드너는 서부 이주를 계획한다. 하지만 어린 패트는 그 일에 두려움을 느낀다. 패트에게 은빛 숲을 떠나는 건 생각조차 할 수 없는 일이기 때문이다. 소설 속의 아버지는 다행히 떠나지 않게 되지만 실제로 모드의 아버지는 떠나버리고 만다. 1883년 아버지는 어린 모드를 외가인 맥닐 농장에 맡기고 서부 프린스 앨버트로 간다. 그렇다고 모드를 아주 버린 것은 아니었다. 1887년 재혼한 아버지는 모드를 자신의 곁으로 부른다. 1890년 모드는 아버지로부터 서부로 오라는 소식을 받고 몹시 기뻐하며 대륙횡단 철도에 몸을 싣는다.

그러나 현실은 그리 즐겁지만은 않았다. 그녀의 작품 《언덕 위 집의 제인》(1937)에서는 헤어졌던 아버지와 딸이 다시 만나 둘도 없는 사이가 된다. 하지만 모드의 경우 그런 행복한 만남을 겪지 못했다. 기쁨에 들떠 도착한 프린스 앨버트에 자리한 아버지의 새 집엔 계모와 배다른 여동생, 그리고 앞으로 태어날 아기가 있었다.

모드는 외사촌 펜지 맥닐에게 보낸 편지에서 불만을 토로하고 있다. 학교에 보내지 않고 아기를 돌보게 하는 건 정말 참을 수 없다고 쓰여 있는 것이다. 모드는 집안일 때문에 학교에 가지 못하느니 프린스 에드워드 섬의 허름한 고등학교라도 가는 게 낫다고 적고 있다.

1891년 여름, 마침내 모드는 그녀 자신의 바람에 따라 아버지를 떠나 프린스 에드워드 섬으로 다시 돌아온다.

훗날 모드는 만약 계모하고 사이가 좋았더라면 서부에서 계속 살았을 것이고 글도 계속해서 썼겠지만 아마 다른 경향의 작품을 썼을 것이며, 그녀의 인생은 전혀 달라졌을 것이라고 회상한다. 어쩌면 그녀가 서부에서 계속 살았다면 《빨강머리 앤》은 결코 태어나지 않았을 수도 있었다.

그즈음 프린스 앨버트는 눈부시게 발전하고 있었던 터라 토지 거래가 활발했다. 아버지 휴 존 몽고메리는 친구들 사이에서 '먼티'라 불렸다. 그는 무능한 떠돌이꾼과 재치있는 사람이라는 두 가지 면을 지니고 있었는데, 상원의원이었던 모드의 할아버지 영향으로 그 또한 정치에 뜻을 두었으나 실패한다.

아버지는 1900년 1월 세상을 떠난다. 비록 언제나 집에 없던 무능한 아버지였지만 그의 죽음은 모드에게 충격으로 다가온다.

"나에게는 나이드신 외할머니 말고는 이젠 아무도 없다. 아버지와 나는 서로에게 중요한 사람이었다. 다정하고 친절한 아버지였다. ……그렇듯 멀리 가버리고 오래 돌아오지 않았던 아버지였다. 그러나 우리 사이는 결코 멀어지지 않았다. 마음속으로는 늘 가깝고 친숙하게 느꼈다. ……아버지, '귀여운 모드'를 왜 혼자 남기고 가셨나요? 아버지답지 않아요."(일기)

아버지가 세상을 떠난 해 5월에 모드가 쓴 일기다. 그녀는 아버지와 함께 사는 꿈을 꾸었다. 그러나 아버지는 이제 세상에 없다. 그녀의 꿈은 물거품이 되어버린 것이다.

여기서 《빨강머리 앤》의 매슈를 떠올려 보자. 아버지와 매슈는 분명히 다른 인물이지만 모드는 아마도 매슈를 통해 아버지와의 가깝

프린스 앨버트에 있는 휴 존 몽고메리의 집 모드 16세 때 아버지의 부름으로 찾아갔으나, 실망하고 1년 뒤 프린스 에드워드 섬으로 다시 돌아온다.

고도 친숙한 감정을 표현했던 것 같다.

"매슈와 나는 마음이 잘 맞아서 말하지 않아도 서로 무엇을 생각하는지 알 수 있단다."

내 사랑 캐번디시

"캐번디시에서 보낸 세월이 없었더라면 《그린게이블즈 빨강머리 앤》은 빛을 보지 못했을지도 모른다."

모드는 자서전 《험난한 길 *The Alpine Path*》에서 이렇게 쓰고 있다. 젖먹이 때 어머니를 잃은 모드는 부모의 애정을 듬뿍 받지는 못했지만 캐번디시 맥닐 농장의 풍요로운 자연에 에워싸여 자유롭게 상상력을 키울 수가 있었다. 모드는 결혼할 때까지 반생(1876~1911)을 이 농장에서 보낸다.

모드는 이 농장의 사과나무, 자작나무, 포플러나무를 모두 좋아했다. 색색깔의 꽃들이 농장을 지나가는 바람에 나부끼고, 작은 새들의 맑은 노래 소리가 들려온다. 지금 그곳엔 모드가 외할머니와 살았던 집은 남아 있지 않지만 건물터는 원형 그대로 복원되어 있어 그때를 어렴풋이나마 떠올릴 수 있게 한다.

농장 안에는 작은 서점 간판이 달린 소박한 오두막이 있다. 그곳은 책방이라기보다 모드를 잘 알 수 있는 박물관 같은 곳이다. 모드의 조부모와 옛 농장의 사진, 탁상시계 같은 모드의 손길이 닿았던 소품들, 그녀의 웨딩드레스를 지었던 재봉틀 및 캐번디시 우체국에서 썼던 책상이 전시되어 있다.

1898년 외할아버지가 세상을 떠나자 모드는 홀로 남은 외할머니를 돌보기 위해 교사직을 그만두고 캐번디시로 돌아왔다. 그녀는 우체국 책상에 앉아서 우표를 붙이고 스탬프를 찍으며 외할머니를 도왔는데, 이때 출판사에 보낼 때마다 되돌아오는 《그린게이블즈 빨강머리 앤》의 원고를 받곤 했다고 한다.

무엇보다 모드는 농장 2층 자기 방에서 내다보이는 전망을 더없이 사랑했다. 자연의 아름다움을 얘기할 때 모드의 펜은 마치 춤이라도 추는 듯했다.

> "그리운 내 방 창가에서 이 글을 쓰고 있다. 이곳은 나에게 휴식과 꿈을 주는 진정한 작은 천국. 이곳의 창문은 경이와 아름다움의 세계 쪽으로 열려 있다. 바람이 자주 닭의장풀의 향기를 싣고 불어오고 있다. 포플러 잎이 바스락바스락 소리를 내고 새들은 즐거운 듯 낮게 날고 있다. 아래쪽에는 무성한 사과밭과 오래된 미국 낙엽송이 에워싸고 있고, 벚나무 가로수가 둑을 따라 죽 심어져 있다. 그 건너편에는 초록색의 비탈진 목초지가, 미나리아재비가 밤하늘의 깨알같은 별처럼 피어 있는 골짜기까지 펼쳐지고, 그 넓은 들판 앞쪽은 보랏빛으로 가장자리를 두른, 수목이 무성한 뒷동산으로 다시 이어진다. 저녁녘 신비로운 빛과 함께 낮의 장막이 내려

맥닐 농장에 있는 서점 간판이 달린 오두막 이곳에는 모드의 손길이 닿았던 재봉틀 등 소품과 옛 농장 사진이 전시되어 있다.

오고, 밤에는 별빛이 쏟아지며, 새벽에는 은빛으로 세례를 내리는 하늘이 있다."

몽고메리의 일기. 사랑, 그 빛과 그림자

일기를 읽은 모드의 후손들은 그 시대를 재현하는 작업에 착수하여 2년의 세월을 투자했다. 정글처럼 제멋대로 우거진 숲과 황무지를 정비하고, 꽃밭을 조성하고, 오래된 우물도 쳐내고, 모드가 지냈던 집터도 다듬었다. 참으로 손이 많이 가는 까다로운 과정 끝에 모드가 그토록 사랑했던 농장이 그때의 풍광과 정취를 담은 채 지금 되살아나 있다.

한편 캐번디시에서 《그린게이블즈 빨강머리 앤》을 집필했던 무렵의 모드는 갈수록 까다로워지기만 하는 늙은 외할머니를 돌보느라 여유없는 생활에 정신적인 갈등을 겪고 있었다. 외할머니는 모드의 친구들이 집에 놀러오는 것을 몹시 싫어했다. 잠자는 시간은 어김없이 밤 9시로 정해져 있었고 목욕을 싫어하는 외할머니는 심지어 모드가 목욕하는 것조차 좋아하지 않았다.

모드는 삼십대 미혼여성으로서의 고민과, 사람을 싫어하는 외할머니에게 순종하지 않으면 안 되는 불만을 일기에 호소했다. 감옥생활과 같은 이 생활이 몸에 배어 앞으로 다른 생활은 할 수 없는 게 아닌가 하는 불안이 점점 커져간다.

그래서 독자들은 모드가 우울한 나날 속에 《그린게이블즈 빨강머리 앤》을 집필한 것으로 생각할 수도 있을 것이다. 하지만 일기의 편집자인 메리 루비오 교수*2는 모드가 《빨강머리 앤》을 쓰던 무렵 앞으로 남편 될 이완 맥도널드 목사와 사귀고 있었다는 사실을 지적한다. 그리고 1905년에는 소중한 친구이자 사촌인 프레더리카 캠벨(애칭 프레더)이 비교적 가까운 곳으로 이사와서 우정을 깊이 나눈 시기이기도 했다. 이완과 프레더는 모드를 만나기 위해 농장을 드나들어 그들의 관계를 더욱 돈독히 다졌다.

모드가 살았던 집은 부엌 부분만이 남아 있다. 프린스 에드워드 섬의 한 역사가가 인수했다고 한다. 부엌이 관광객을 상대로 한 상업적인 찻집이 되지 않고 소중히 보존되고 있는 것을 누구보다도 기뻐할 사람은 모드 자신일 것이다. 그녀는 집에 대한 애착을 1929년 9월 28일 일기에 남겼다.

"지금 생각하면 캐번디시의 낡은 집이 없어져 버린 것이 오히려 다행으로 생각된다. 행여 찻집 같은 것으로 바뀐 건 생각만 해도 불쾌한 일이다. 그곳은 언제까지나 나만의 것이다. 허물어지고 없는 지금도 모든 방과 그 윤곽, 사진, 가구를 또렷이 떠올릴 수 있다"

---

*2 메리 헨리 루비오(Mary Henley Rubio). 온타리오 주 귀엘프 대학 영문학 교수. 일리저버스 워터스턴 박사와 함께 몽고메리의 일기를 편찬. 몽고메리에 관한 연구논문을 다수 발표하고 몽고메리 전기를 집필했다.

은빛 숲의 저택 파크코너에 있는 모드의 친할아버지 도널드 몽고메리의 집으로, 사촌 프레더가 살고 있는 집이다. 어린 시절 사촌들과 즐겁게 놀았던 추억이 고스란히 작품에 녹아들어 《빨강머리 앤》《은빛 숲의 패트》《패트 아가씨》 등에 투영되었다. 1911년, 모드는 결혼식을 이곳에서 했다.

은빛 숲의 저택

모드가 무척 좋아했던 푸른 하늘로 우뚝 솟은 커다란 맞배지붕의 저택은 그녀 할아버지의 집이다. 현재는 몽고메리 사적박물관(L.M. Montgomery Heritage Museum)으로서 일반에 공개되고 있다.

현관 오른쪽 응접실에 들어서면 빅토리아 시대의 가구와 소품이 그대로 남아 있다. 난로 옆에 있는 유리문이 달린 진열장에는 앤 시리즈에 등장하는 한 쌍의 도자기 개 인형 가운데 하나인 '매고그', 《스토리 걸》에 나오는 도자기 과일바구니, 그리고 유리로 만든 잉크병과 펜꽂이 등이 가지런히 진열되어 있다.

《첫사랑 *Anne of the Island*》(1915)에서 앤은 나이든 자매가 사는 '패티의 집'을 빌리기 위해 그 집을 찾아가는데 거기서 처음으로 도자기 인형 '고그'와 '매고그'를 발견한다.

"동그란 초록빛 점이 온몸 여기저기에 있고 코도 귀도 초록빛인 하얀 도자기 개 인형이 앉아 있었다. 그 개들은 당장 앤의 마음을 사로잡아 버렸다. 그들은 마치 패티의 집 쌍둥이 수호신인 듯 여겨졌다."

(《첫사랑》'패티의 집')

유감스럽게도 '고그'는 이미 오래 전에 깨져 버렸고 할아버지의 집에 남아 있는 것은 '매고그'뿐이다. 곁눈질하는 눈길이 무척 익살스럽다. 모드는 어린 시절, 아버지로부터 고그와 매고그가 한밤중이면 일어나 짖는다는 얘기를 들은 적이 있다. 이 이야기를 무서워하면서도 모드는 그 도자기 인형에 깊은 애착을 느꼈다. 나중에 영국으로 신혼여행 갔을 때 하얀 바탕에 초록빛 반점이 있는 개 인형을 찾아다녔지만 구하지 못하고 대신 하얀 바탕에 금색 반점이 점점이 있는 스패니얼 한 쌍과 푸들 한 쌍을 사왔다. 이 도자기 개 인형들은 리스크데일, 노발, 그리고 토론토로 이사 다니는 동안 내내 그녀의 가족과 함께 살면서 집안에 따뜻함을 더해 주었다.

응접실 한쪽 구석의 낡은 오르간 한켠에, 1850년대부터 제1차 세계대전 무렵까지 널리 유행했던 입체환등기(카드그림이나 사진을 입체적으로 보여 주는 환등기)가 풍경화 카드와 함께 놓여 있다. 입체환등기는 빅토리아 시대 중류가정에 오락용품으로 널리 보급되어 있었다. 성인이 된 뒤 사진촬영에 심취했던 모드는 어린 시절 이 환등기를 들여다보며 무척 즐거워했다.

1879년에 지었다는 이 집은 할아버지의 집이라 부르기에 어울리는 분위기를 가지고 있다. 낡았지만 오랜 세월을 흙 속에 뿌리내리고 있는 듯한 믿음직하고 의연한 집이다. 모드의 할아버지 도널드 몽고메리는 오랫동안 상원의원을 지내며 주위로부터 '빅 도널드'라는 애칭으로 사랑받았다고 한다. 모드에게도 늘 다정하고 자상한 할아버지였던 것 같다.

할아버지는 캐나다 초대 총리 존. A. 맥도널드와 친구 사이였다. 모드는 할아버지와 함께 1890년 8월, 섬을 찾아온 총리부부를 만난 적이 있다. 열다섯 살의 모드는 총리가 쾌활한 노인이며 잘 생기지는 않았지만 호감이 가는 얼굴이라고 일기에 쓰고 있다. 모드는 이 소녀 시절의 귀중한 경험을 《그린게이블즈 빨강머리 앤》에 반영한다.

머릴러는 앤에게 이렇게 말한다.

> "글쎄다, 그 사람은 잘 생겨서 총리가 된 것은 아니더라. 그 사람 코가 어찌나 우습던지!"
>
> 제1권 《만남》 '간호'

사실 10달러짜리 캐나다 지폐에 실려 있는 존. A. 맥도널드의 얼굴을 보면 의기양양하게 얼굴 한 가운데 버티고 있는 길고 커다란 코를 볼 수 있다.

부지 내에는 상원의원 '빅 도널드' 몽고메리(Senator "Big Donald" Montgomery)와 손녀딸 모드의 공적을 기린 기념비가 서 있다. 미국과 캐나다 각지에서 모인 몽고메리의 후손들이 1995년 6월에 이 비를 세웠다고 한다. 손녀딸이 유명작가가 될 줄은, 그리고 자신의 집에 기념비가 세워지고 관광객이 몰려올 줄, 도널드 몽고메리는 꿈도 꾸지 못했을 것이다.

모드의 할아버지 집 부근에는 '은빛 숲의 저택'이 있다. 이곳은 존 캠벨 이모부와 애니 이모(모드 어머니의 언니)가 살던 집이다. 지금도 모드의 친척이 살고 있어 그녀와 관련된 물건을 전시하며 일반인에게 집안을 공개하고 있다.

녹색으로 칠한 나무 레이스로 꾸며져 있는 맞배지붕이 세련돼 보인다. 하얀 벽면은 나무들로 에워싸여 마치 녹색 손바닥이 부드럽게 폭 감싸고 있는 것 같다. 앤의 '빛나는 호수'의 모델이 된 연못이 이름대로 반짝반짝 빛나고 있다.

모드는 소녀 시절 이곳 사촌들을 찾아가 즐겁게 떠들고 놀았다. '은빛 숲의 저택'은 맥닐 집안의 엄격한 청교도식 교육을 받고 있던 모드가 숨을 돌릴 수 있는 장소이기도 했다. 워털루 스토브(커다란 철제 난로) 가에서 발을 녹였던 부엌, 사촌들과 웃고 떠들던 2층 침실, 맛있는 것이 가득 들어 있던 식품저장실 등 방마다 모드의 추억이 깃들지 않은 곳이 없다.

1931년, 모드는 이 집에서 보낸 1892년 겨울을 떠올리고 있다.

"폭풍이 닥쳐올 것 같은 겨울 저녁, 동쪽 창문에서 밖을 바라보면 언덕의 세 그루 가문비나무가 눈에 들어왔다. 마치 키 큰 부인 셋이 서로 기대 서 있는 듯한 모습이었다."

모드는 이 집에서 지낸 날들을 만년에 몹시 그리워했다. 부드러운 양탄자 같은 초록색 잔디밭 저쪽으로 부드러운 능선의 언덕이 이어지고, 그 위에는 라벤더색 하늘이 끝없이 펼쳐져 있었다.

'은빛 숲의 저택' 내부에는 모드가 살았던 시대의 의상과 가구들이 그대로 놓여 있다. 거실에서 눈에 띄는 것은 《스토리 걸》에 등장하는 블루체스트(하늘색 정리장)다. 그것은 모드 아버지의 사촌 일라이저 몽고메리의 것으로 모드는 이 블루체스트에 얽힌 얘기를 어린 시절 수없이 들으며 자랐다. 그녀의 작품 속에서는 레이철 워드가 이 체스트의 소유자다. 결혼식 날 신랑이 끝내 나타나지 않아 깊은 상처를 받은 레이철은 신혼생활을 위해 준비한 물건들을 모두 이 블루체스트에 넣어둔 채 두 번 다시 열어보지 않는다. 《스토리 걸》의 마지막 장에 이르면 레이철의 유언에 따라 로맨스와 슬픔이 가득 담긴 이 블루체스트가 열리는 장면이 나온다. 그 모델이 된 블루체스트가 '은빛 숲의 저택'에 소중히 보존되어 있다.

앤의 공상 속의 친구 케이티가 살던 곳은 유리문이 달린 책장인데, 이것 또한 작자 자신의 체험을 토대로 하고 있다. 모드는 책장문의 왼쪽 타원형 유리에 비친 그림자를 케이티 모리스, 오른쪽에 비치는 그림자를 루시 그레이라 이름지었다. 그 책장은 캐번디시에 있는 맥닐의 집에서 '은빛 숲의 저택'으로 옮겨져 지금도 전시되고 있다.

결혼 뒤 모드는 온타리오주 리스크데일 마을로 옮긴 뒤에도 목사관의 방에 '은빛 숲의 저택'을 찍은 사진을 걸어놓았다.

모드는 "이런 내 집을 가질 수만 있다면 나는 진심으로 만족할 것이다"라고 일기에 적고 있다. 그녀는 늘 웃음소리가 끊이지 않는 가정적인 집을 꿈꾸었다.

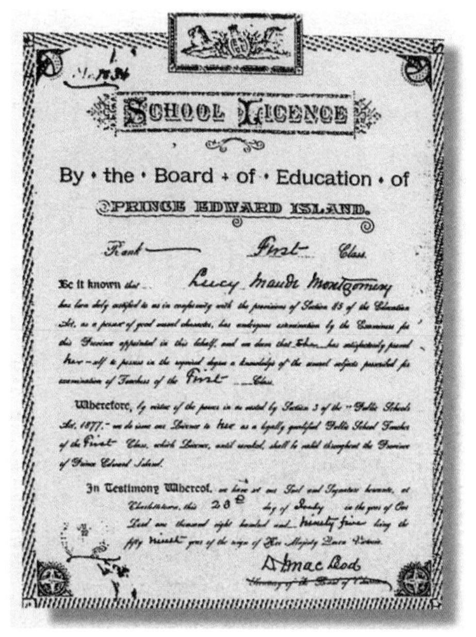
SCHOOL LICENCE
By the Board of Education of
PRINCE EDWARD ISLAND.
Rank First Class.
Be it known that Lucy Maude Montgomery
Wherefore,
In Testimony Whereof.

교사자격증
1894년, 프린스 오브 웨일즈 칼리지 졸업과 동시에 교사자격증을 취득한 모드는 첫 부임지인 비더퍼드로 간다.

모드의 이모부 존 캠벨의 집안은 본디 부유한 농가였지만 후계자가 없어서 농장 경영에 사뭇 곤란을 겪게 되었다. 사랑하는 토지를 지키고 싶은 마음에 모드는 사촌들에게 오랫동안 경영 자금을 보내주었다. 대공황이 일어났던 1930년대에도 송금을 중단하지 않은 것은 물론이고 사촌들의 학비까지 대주었다. 친족과의 강한 유대, 그리고 사랑하는 파크코너의 토지에 대한 애착이 있었기에 집에 집착하는 패트를 주인공으로 한 《은빛 숲의 패트》《패트 아가씨》 같은 작품이 탄생했을 것이다.

교사가 된 몽고메리

모드의 교육 환경은 앤 셜리의 경우와 매우 비슷하다.

그즈음엔 대개의 가정에서 남자아이든 여자아이든 열두 살이 되면 학교를 그만두게 하는 일이 많았다. 그 무렵 학교 교육에 관한 여러 가지 법률이 제정되었음에도 일반인들에게 자녀교육이 가정의 의무라는 생각을 갖게 하기란 힘든 일이었다.

그럼에도 불구하고 머릴러와 매슈는 기꺼이 앤을 학교에 보낸다. 《그린게이블즈 빨강머리 앤》에 나오는 스테이시 선생은 실제로 해티 고든이라는 교사가 모델이었다. 또 이야기 속에서 프리시 앤드루스에게 반해 있는 필립스 선생 또한 실제로 존 머스터드라는 교사가 그 모델이 되었다.

모드가 진학한 샬럿타운의 '프린스 오브 웨일즈 칼리지'는 《그린게이블즈 빨강머리 앤》에서 '퀸즈아카데미'라는 이름으로 등장한다. '여왕의 정원', 그것은 아마도 가정이야말로 '여왕' 즉 '여성'에게 어울리는 영역이라 여기고 있는 듯하다.

불과 열여섯 살에 애번리 초등학교 교사가 된 앤과 마찬가지로 모드도 교사로서 자립의 길을 걷는다. 19세기말 젊은 여성이 초등학교에서 아이들을 가르치는 것은 드문 일이 아니었고 남자보다 급료가 적었으므로 고용의 기회는 더 많았다.

1894년 7월부터 이듬해 6월까지 스무 살의 모드가 최초로 가르친 곳은 캐번디시에서 서쪽으로 약 100㎞ 떨어진 비더퍼드 초등학교였다. 날마다 꽃다발을 가지고 오는 학생도 있었다는 것으로 미루어 모드는 꽤 인기 있는 교사였던 모양이다. 그녀가 하숙한 곳은 학교에서 1㎞ 쯤 떨어진 감리교회의 널찍한 목사관이었다.

그곳 에스티 목사 부인은 친절했지만 좀 덜렁대는 면도 있었던지 《그린게이블즈 빨강머리 앤》에서 케익에 바닐라 대신 진통제를 넣어버린 사건은 바로 이 사람이 실제로 저지른 실수였다고 한다.

그 감리교 목사관은 지금도 변함없는 모습으로 서 있지만 사유지이므로 바깥에서만 바라볼 수 있다. 초등학교 건물은 남아 있지 않지

로어베디크 초등학교 1894년, 모드는 첫 부임지인 비더퍼드 초등학교에서 1년간을, 벨몬트 초등학교에서 6개월간을, 1897년에 이 학교에 부임하여 6개월간 근무한다.

만 초록 잔디로 가꿔진 건물터에는 모드가 거기서 가르쳤다는 것이 기록된 기념비가 세워져 있다.

모드는 이곳에서 학비를 모아 작가가 되겠다는 꿈을 안고 핼리팩스의 댈하우지 대학으로 공부하러 떠난다.

댈하우지에서 보낸 1년은 참으로 귀중한 경험이었다. 앤은 머릴러와 린드 부인의 협력, 그리고 미스 배리의 100달러 보조에 힘입어 대학 학위 취득이라는 꿈을 이룬다.

고등교육을 받으려는 모드는 앤과 마찬가지로 주위 사람들의 비판적 말을 참아내야만 했다. 사람들은 모드가 댈하우지에 가려는 계획을 전혀 이해하지 못한다. "전도사라도 되고 싶니?" 라고 비꼬는 여자들도 있었다. 심지어 외할아버지조차 "아무런 관심을 보여주지 않았다.(일기)"고 하는 걸 봐도 그즈음 사람들의 교육에 대한 사고방식을 충분히 짐작할 수 있다.

그래서 그녀의 꿈을 이루게끔 뒷받침해 준 외할머니의 격려는 더욱 각별하다. 《빨강머리 앤》에서는 머릴러의 입을 빌어 말하고 있다.

"여자는 그럴 필요가 있건 없건 스스로의 힘으로 살아갈 능력을 지니고 있어야 한다고 생각한다."(제1권 《만남》 '수험준비')

머릴러는 그녀의 말벗인 앤을 퀸즈아카데미로 기꺼이 떠나보내고 '가슴 아픈 마음의 고통'을 묵묵히 견디어 낸다.

몽고메리가 1906년 쓴 단편 《제인 래비니어》에서 이와 비슷한 상황이 나오는데, 여주인공이 뉴욕으로 여행을 떠나며 잊고 간 시계를 찾으러 돌아갔을 때 엄격하기만 했던 리베커 작은어머니가 홀로 남아 슬퍼하는 것을 보고 비로소 작은어머니의 애정을 느끼는 장면이다.

대학에서 공부한 뒤 프린스 에드워드 섬으로 돌아간 모드는 1896년 10월부터 약 1년 동안 캐번디시에서 서쪽으로 60㎞쯤 떨어진 말페크 만 연안의 벨몬트 초등학교에서 가르친다. 거기서 모드는 의욕도 없고 게으른 아이들을 지도하며 염증을 느낀다. 게다가 하루하루가 무척이나 바빠 모드에게 큰 부담이 되었다.

하지만 혹독한 겨울 날씨가 영하 20도로 떨어지는 날에도 뼛속까지 얼어붙는 추위를 견디며 털코트를 두르고 오그라드는 손가락으로 펜을 쉬지 않고 정진한 노력은 그녀의 단편소설과 시가 미국의 잡지사에 채택되는 기쁨으로 돌아온다.

모드는 '벨몬트는 정말 싫다'고 쓰고 있다. 그 한 학급학교는 오랫동안 비바람에 시달려 황폐해져 있는데 여러 장의 깨진 유리창이 마치 모드의 심정을 나타내고 있는 것 같다.

모드의 마지막 부임지는 로어베디크였다. 모드는 이 마을 초등학교에서 1897년 10월부터 반년쯤 근무한다. 그녀는 어린이들이 솔직하고 공부도 열심히 해서 진심으로 기뻤다.

모드가 가르친 세 학교 가운데 지금도 내부를 견학할 수 있는 것은 로어베디크의 원룸스쿨뿐이다. 1840년에 지어진 그 건물은 19세기

댈하우지 대학교 도서관
모드가 가장 좋아하는 곳 가운데 하나이다.

말에 지금 장소로 옮겨졌다. 1960년대까지 쓰인 뒤 한때 폐쇄되었지만 지역 유지가 복구하여 지금은 일반 사람들에게 공개되고 있다.

원룸스쿨은 마치 '개척시대의 오두막' 같은 분위기를 띤다. 실내에는 육중한 장작난로가 설치되어 있다. 정면에는 커다란 흑판이 있고, 그 위에 영국 국기와 빅토리아 여왕의 사진이 눈에 들어온다. 책상 위의 석판과 손때 묻은 교과서가 지금도 어린이들의 등교를 기다리고 있는 것 같다.

핼리팩스 시절

모드는 1895년부터 이듬해 4월까지 1년 동안 핼리팩스의 댈하우지 대학 영문과 특별과정을 수강한다. 비더퍼드 초등학교에서의 수입 175달러 가운데 저금한 100달러에 외할머니로부터 받은 80달러를 합쳐 가능해진 것이었다.

《그린게이블즈 빨강머리 앤》에서 앤은 레드먼드 대학에 들어가 4년 동안 공부해 학위를 얻는다. 이것은 모드가 댈하우지를 모델로 삼은 것으로 보인다. 모드는 비록 앤처럼 학위를 얻을 때까지 공부를 이어 갈 만큼의 재력은 없었지만 남녀공학인 댈하우지가 제법 맘에 들었다.

그녀가 1년 동안 프랑스어·라틴어·영어 등을 대학 수준으로 공부한 것은 그녀의 인생에서 귀중한 경험이었다. 교사로서의 시야를 넓혔을 뿐만 아니라 자신의 능력에 자신감을 갖고 다른 사람들과 지적 교류를 할 수 있었다.

모드의 대학 시절 경험은 《첫사랑》에서 프린스 에드워드 섬을 떠난 앤의 학교생활 속에 생생하게 그려진다. 이야기의 무대인 킹스포트는 핼리팩스, 앤이 다녔던 레드먼드 대학은 댈하우지 대학인 것으로 추정된다.

앤의 하숙방에서 내려다볼 수 있는 올드 세인트 존 묘지는 지금의 벌링턴 거리를 향하고 있는 올드 베링 그라운드가 그 모델이 되었다. 앤과 그녀의 친구 프리실러가 매료되었던 바로 그 묘지이다. 그곳의 묘비명은 오랜 세월에 마모되어 지금은 판독할 수 없는 것이 많다.

앤이 프리실러와 함께 묘지로 가는 장면이다.

> 두 사람은 정문으로 들어가 꼭대기에 영국을 상징하는 거대한 사자상을 올려놓은, 소박하지만 육중한 아치형 돌기념비를 지나갔다. 기분 좋은 스릴을 느끼고 앤은 사자를 바라보며 흥얼거렸다.
>
> '잉커먼 언저리 검은딸기덤불조차 시뻘겋게 물들도다. 이리하여 이 거칠고 조용한 언덕 언저리도 뒷날까지 이야깃거리가 되리라.'
>
> 《첫사랑》 '4월의 숙녀'

눈앞의 사자상을 올려다보면 아치 윗부분에 '잉커먼(Inkerman, 흑해 북쪽 해안의 항구)'이 라고 새겨진 것이 보인다. 이 아치는 크림 전쟁(1853~56)에서 목숨을 잃은 노바스코샤의 두 영웅을 기념하여 1860년에 세워진 것이다.

모드는 1901년부터 이듬해까지 신문사 〈데일리 에코〉에서 교정 겸 잡용직으로 일할 기회를 얻는다. 작가 수업 중이던 모드는 일하는 틈틈이 소설을 쓰고 일기도 계속 썼다.

〈핼리팩스 데일리 에코〉 신문사
1901년 모드는 이곳에서 일하면서 칼럼을 쓰는 등 문학수업을 게을리하지 않았다.

〈데일리 에코〉사가 있던 빌딩은 지금도 변함없는 모습으로 프린스 거리에 서 있다. 모드는 신시아라는 필명으로 〈데일리 에코〉지에 '어라운드 더 테이블'이라는 제목의 칼럼을 1주일에 한 편씩 썼다.

그 가운데는 자신의 교직생활에서 느낀 교사의 고충을 얘기하는 글도 있었다. 일반인들이 생각하는 만큼 여교사가 편한 직업만은 아니라는 것을 가공의 등장인물의 입을 빌어 구체적으로 호소하고 있다. 이해심 없는 학부형을 상대하면서 다양한 연령층의 어린이들을 한 교실에서 가르치는 것은 쉽지 않은 일이었다. 또한 남자에 비해 형편없이 낮은 급료를 받아 '작년에는 65센트' 저금하는 것이 고작이었다고 말하고 있기도 하다.

모드는 핼리팩스 생활을 통해 작가로서 홀로 설 수 있다는 확신을 굳혀 갔다. 대학 시절, 영문학 교수로부터 문학적 재능을 인정받았고 〈핼리팩스 이브닝 메일〉지에 투고하여 상금을 타기도 했다. 또 미국의 〈골든 데이즈〉지와 〈유스 컴패니언〉지에 채택되는 등 문필로 자립할 가능성을 보이는 가운데 남자직원들이 피우는 담배연기와 주위의 소음에도 아랑곳하지 않고, 신문사 책상에서 단편소설과 시를 창작하고 투고를 계속했다. 《그린게이블즈 빨강머리 앤》이 성공을 거두기까지는 이러한 노력의 축적이 있었던 것이다.

모드는 《그린게이블즈 빨강머리 앤》에 앞서 '주일학교 도서관용 책'인 교훈적 소설을 썼다. 그 책들은 주로 어린 시절 읽은 동화책을 모델로 씌어진 것이었다. 앤 또한 그러한 책을 읽는 장면이 나온다.

그 시절에 쓴 이야기 가운데 《황금빛 캐럴》이 있다. 여주인공 캐럴 골든은 어머니가 죽자 빅토리아 왕조식 가정의 의무로서 아버지와 형제들을 위해 기숙학교를 나와 자신을 희생한다. 캐럴 골든은 처음엔 그 운명에 반항하지만 마침내 순순히 따르게 된다. 갈등과 시련 끝에 자신을 극복하고 인생을 '황금빛 캐럴'로 만들겠다고 결심하는 내용이다.

그러나 모드는 출판 기회를 얻지 못한 이 원고를 태워 버리고는 '주일학교 여주인공은 두 번 다시 만들지 않겠다'고 다짐한다. 모드는 이를 다음과 같이 회고한다.

> '그 책이 출판되었다면 그보다 더한 불운은 없었으리라…… 나는 그 수준 이상으로 올라갈 수 없었을 테니까.'
>
> (일기)

《빨강머리 앤》의 성공 뒤엔 몇 가지 납득할 만한 이유가 있었다. 그즈음 대개의 문학작품은 낙관주의와 도덕주의를 테마로 했다. 그러나 《빨강머리 앤》 속에는 인생의 어두운 그림자가 그대로 드러나 있다. 《빨강머리 앤》은 인습에 순응하는 캐럴을 불태운 재 속에서 탄생한 것이다. 앤은 결코 꼭두각시가 아니며 주일학교식 상투적 사고방식을 되풀이하지도 않는다.

착오로 애번리 그린게이블즈에 오게 된 앤 셜리, 그녀는 고아 소녀로 소외되고 환영받지 못한 존재였다. 하지만 그녀는 겨울을 이겨내고 맞이하는 봄처럼, 모든 이들에게 생명력을 불어넣는 꼭 필요한 존재가 되는 것이다.

약혼과 《그린게이블즈 빨강머리 앤》의 탄생

로어베디크에서의 교사 시절, 그녀는 사촌지간이었던 에드윈 심슨이라는 약혼 상대가 있었음에도 불구하고 하숙하던 농가의 아들 허먼 리어드와 열정적인 사랑에 빠졌다. 그러나 그 사랑은 결혼으로 이어지지 못했다. 모드는 허먼에게 강하게 끌렸지만 그는 결혼 상대가 아니라고 결론내린다.

> '정열적이고 강렬한 사랑이었다. 하지만 자존심, 그리고 이성도 똑같이 강했다. 나는 모든 점에서 나보다 훨씬 못한 자와 긴 인생을 걸고 결혼할 수는 없었다.'
>
> —몽고메리의 일기. 사랑, 그 빛과 그림자

하나 둘 주위 친구들이 결혼으로 그녀에게서 멀어져감에 따라 모드는 점점 고독감에 빠졌다. 심슨과의 약혼과 파혼, 허먼과의 열렬한 사랑과 이별을 겪고 30대가 된 그녀의 결혼관은 매우 현실적이었다. 작가를 지망하는 동시에 여성으로서 결혼생활에 대한 실제적 희망을 품고 있었던 것이다. 인생의 동반자와 아이를 갖고 싶다는 소망대로 그녀는 1906년 장로파 목사 이완〔유인(Ewen)이 본명이나 모드는 이완(Ewan)이라 부르기를 좋아했다〕 맥도널드와 약혼한다.

학력 높은 목사라는 신뢰받는 직업을 가진 그에게 특별한 연애 감정은 없었으나, 그를 존경하고 있었으므로 바람직한 결혼 상대라 여겼다.

'만약 나와 어울리는 남성이 청혼한다면 기꺼이 결혼할 것이다. 가정과 친구와의 교류를 갖고 싶고 솔직하게 말하면 무엇보다 아이를 갖고 싶다. 아무런 생명도 남기지 않고 이 세상을 떠난다는 것은 무서운 일이다. 더구나 자식 없는 노후는 생각만 해도 괴로운 일이다.'*3

나날이 완고해지는 외할머니와의 답답한 일상에 빛을 던져준 것은 사랑하는 사촌 프레더와, 우편물을 찾으러 우체국을 들르는 이완이었다.

《그린게이블즈 빨강머리 앤》은 이완과 교제하던 중에 쓴 것으로 알려져 있는데, 사실 집필기간에 대해서는 모드 자신도 애매하게 쓰고 있다.

'그때 '스탠리에서 캐번디시로 막 이사온' 이완 맥도널드가 찾아와 쓰다가 중단한 것을 뚜렷이 기억한다.'

'그때까지는 이완과 별 사이가 아니었으며 1905년 봄 캐번디시에 살게 되면서부터 정다워졌다.'

(일기)

---

*3 Rubio, M. & Waterston, E.(1985). The Selected Journals of L.M. Montgomery, Volume 1. Toronto : Oxford U.P., p. 322

▲이완 맥도널드(1870~1943)
1906년 모드와 약혼, 1911년 결혼하여 평생을 함께하였다.

▲모드의 결혼 예복 패션
수놓은 실크 드레스는 1911년 모드의 결혼 무렵 유행하던 패션으로, 최고의 디자이너를 통해 지어 입은 것.

그녀의 자서전 《험난한 길》에는 1904년 봄 《그린게이블즈 빨강머리 앤》을 집필하기 시작해 1905년 마무리했다고 씌어 있다. 그리고 1907년 일기에는 1905년 5월에 쓰기 시작해 '1906년 1월 어느 날' 마무리되었다고 쓰고 있다. 또 1914년 일기에는 그 첫머리를 '10년 전 6월 향기로운 저녁'에 썼다고 적고 있다.

한편 친구 웨버에게 보낸 1907년 5월 2일자 편지에는 '작년 가을부터 겨울까지' 집필한 것으로 되어 있다.

아무튼 약혼자 이완 맥도널드가 집필에 적잖은 영향을 끼친 것만은 부인할 수 없는 사실인 듯하다. 《그린게이블즈 빨강머리 앤》을 쓰기 시작한 6월 저녁의 이미지는 이완이 모드의 인생에 나타난(1906년 약혼) 일과 깊이 관련된 게 분명하다. 작품 안에서 앤은 앨런 목사의 부인을 숭배하는데, 그것은 앞으로 목사의 아내가 되려는 모드 자신의 이상이 담겨 있는 것으로 보인다. 《그린게이블즈 빨강머리 앤》을 쓰기 시작한 무렵, 모드는 젊은 목사 맥도널드를 알게 되었다. 그리고 1906년 여름, 그들은 이완이 글래스고로 공부하러 떠나기 직전 약혼한다.

1914년 일기에 인상 깊은 한 구절이 있다.

'《그린게이블즈 빨강머리 앤》의 첫머리를 쓰기 시작한 그 저녁의 일을 잘 기억하고 있다. 10년 전 6월, 촉촉하고 달콤한 향기가 풍기는 저녁이었다.

나는 부엌 식탁 끝에 앉아 서쪽 창가 소파 위에 발을 얹고 있었다. 나는 무릎 위 페이퍼홀더를 이날의 마지막 햇빛에 비춰 보려고 했다. 이 소설이 그토록 오랫동안 꿈꿔 온 명성을 가져다 주리라고는 한순간도 생각지 못했다. 이름에 부끄럽지 않을 명문장을 써야겠다는 생각도 전혀 없었다.

린드 부인에 대해 다 썼을 때 이완이 들어왔다. 이완은 저녁 내내 잡담을 해와 그날 밤은 더 이상 《그린게이블즈 빨강머리 앤》을 써나가지 못했다.'

모드는 《그린게이블즈 빨강머리 앤》의 집필과 이완을 긴밀하게 결부시키고 있다. 이완과 약혼을 하고 나서야 앞으로 한푼 없는 노처녀가 될지도 모른다는 불안에서 벗어난 그녀는 보다 안정된 마음으로 《그린게이블즈 빨강머리 앤》을 쓸 수 있지 않았을까 한다.

고아 소녀가 가져다 준 성공

《그린게이블즈 빨강머리 앤》은 출판되기까지 결코 순탄한 길을 걸었던 것은 아니었다.

모드는 봅즈메릴사, 맥밀란사 그리고 다른 두 출판사로 보냈으나 그때마다 되돌아왔다. 실망한 모드는 그것을 다락방 모자 상자 속에 넣어두었다.

몇 해 뒤 모드가 파티에 가기 위해 드레스에 달 리본을 찾으려고 다락방으로 갔을 때, 우연히 모자 상자 속 원고가 눈에 띄었다. 그녀는 그 원고를 다시 읽기 시작했고 자신도 모르게 이야기 속으로 빠져들었다. 그 일부를 잡지용 단편소설로 쓸 작정이었던 처음 의도와 달리 1906년부터 이듬해까지 다시 손질해 보스턴의 L.C.페이지사에 보냈다.

이렇듯 우여곡절 끝에 세상의 빛을 본, 빨강머리 고아 소녀를 주인공으로 한 책은 대성공이었다. 초판이 나온 뒤 처음 5년 동안 32판을 거듭했고 그 뒤 절판되는 일 없이 오늘날까지 꾸준히 나오고 있다.

이 이야기는 세계 어느 곳에서나 꾸준한 베스트셀러로서 전세계 각국 언어로 옮겨졌다. 1980·90년대에는 TV에서 '애번리' 시리즈로 방영되기까지 했다. 앤은 일약 스타가 되어 세계인들의 사랑스런 친구가 되었다.

《그린게이블즈 빨강머리 앤》이 세상에 나옴으로써 작가를 지향한 모드의 오랜 꿈이 단번에 이루어졌다. 요즘은 자립할 수 있는 여성이라면 결혼을 생각하지 않는 경우도 있고 사랑하지 않는 상대와의 결혼을 파기하는 경우도 흔하다. 하지만 모드의 시대에는 결혼하지 않을 수 없었다. 섬에 친척이 있긴 했지만 여자는 조상 대대의 토지와 집을 물려받을 수 없었다. 그리고 그 무렵 좁은 지역사회에서 노처녀의 독신생활은 구설수에 오르기 십상이었다. 인기작가 모드에 대한 지역 사람들의 시기심도 상당했다고 한다.

모드 자신도 끊임없이 이어지는 《빨강머리 앤》의 인기에 놀라지 않을 수 없었다. 실제로 《빨강머리 앤》을 집필하던 시기는 그녀에게 그리 행복하지 못했던 시절이었다. 그랬기에 작품 속에서 맘껏 행복을 표현할 수 있었던 자신에게 놀라움을 느꼈다.

'"이 책은 행복과 낙관주의를 뿜어내고 있다." 이것은 어느 서평에 씌어 있는 말이다. 이 작품을 쓸 때 깃들었던 걱정과 우울 그리고 괴로움으로 얼룩진 정신상태를 생각하면 참으로 신비로운 느낌이 든다. 고맙게도 내 인생의 그림자가 작품에는 영향을 미치지 않은 듯하다. 나는 다른 이들의 인생을 어둡게 하고 싶지 않았다. 나는 낙관주의를 전하는 사람, 태양처럼 밝게 비춰주는 사람이 되고 싶다.'

(일기)

'아동작가나 여류작가는 언제나 명랑하고 교훈적인 이야기를 써야 한다는 말을 들을 때면 늘 초조해진다'고, 1901년 8월 일기에 그녀는 편집자에 대하여 불만 어린 감정을 털어놓는다.

'나는 아이들을 위한 이야기를 많이 쓰고 또 즐겨 쓰고 있다. 언제나 교훈을 넣어야 한다는 의무가 없다면 좋으련만, 교훈이 없으면 팔리지 않겠지. 내가 쓰고 싶고 그리고 읽고 싶은 아이들의 책은 멋지고 화려한 이야기이다. '예술을 위한 예술' 아니, 오히려 '즐거움을 위한 즐거움' 같은 작품이지, 한 숟가락 가득한 잼에 감춰진 맛처럼 교훈이 어딘가에 몰래 숨어 있는 것은 아니다. 젊은 사람들에게 작품을 제공하는 편집자들은 너무나 진지한 나머지 그런 일은 당치도 않다고 여겨 아무래도 교훈이 들어가게 된다.'

(일기)

모드는 번민하면서 《빨강머리 앤》의 두 번째 작품에 착수했지만 대중의 인기를 얻을지는 몰라도 문학작품으로서의 질은 떨어진다고 스스로도 인정하고 있다.

탈고한 지 몇 달이 지난 1908년 9월에는 "만약 남은 인생이 《빨강머리 앤》이라는 폭주하는 마차에 끌려갈 운명이라면 앤을 '창조한'

것을 통렬하게 후회할 것"[*4]이라고 친구에게 편지를 쓰는데, 그 말대로 모드의 인생은 앤의 존재와 싫든 좋든 일생을 함께 하게 된다. 편지 속에서 그녀는 출판사가 앞으로도 앤의 속편을 쓰라고 요구할 것을 생각하면 '넌더리가 난다'고까지 쓰고 있다.

1907년 8월 《빨강머리 앤》을 출판하기 전 편지에서 "빨강머리 앤은 지금까지의 어느 작품보다 즐겁게 썼으며 '기꺼이 하는 일'(labor of love, 성서 헤브라이인의 편지 6장 10절에서)이었다"고 말했던 그녀가 불과 1년 뒤에는 앤을 쓴 데 대해 후회의 감정을 내비치고 있는 것이다.

고생 끝에 완성된 앤 시리즈의 두 번째 작품 《처녀시절 *Anne of Avonlea*》은 애번리에서 교사로 근무하는 앤의 생활을 그린 것으로 이듬해 가을에 출판되었다.

출판사의 압력 탓인지 1908년 겨울 건강이 나빠진 모드는 두통과 수면부족에 시달린다. 걱정이 된 이완이 한 달쯤이라도 쓰는 것을 멈추라고 충고하지만, 글을 쓰는 동안만은 모든 걸 잊고 행복할 수 있다며 모드는 펜을 놓지 않는다. 모드에게 있어 '글쓰기'란 마음을 치유하는 수단이었다. 그리하여 그 누구도 미래의 남편 이완조차도, 그녀에게서 펜을 빼앗을 수는 없었다. 모드의 창작열은 앤 시리즈 외에도 《과수원의 세레나데 *Kilmeny of the Orchard*》와 《스토리 걸 *The Story Girl*》 같은 소설을 탄생시키며 한 발 한 발 작가로서의 기반을 쌓아갔다.

심리상의 기이한 경험, 결혼

1911년에 외할머니가 세상을 떠나자, 캐번디시의 집은 외삼촌에게 상속되어 모드는 살던 집을 잃게 된다. 외할아버지 앨릭잰더는 외할머니에게 '살아 있는 동안'이라는 조건으로 농장과 집을 남겼을 뿐이

---

*4 Eggleston, W.(1960). The Green Gables Letters. Toronto : Press. p. 74

었다. 모드에게는 어떤 유산도 남기지 않았다.

몽고메리는 외할아버지의 상속에 대하여 '바보스러운 유언'이라고 일기에 적고 있지만 그녀의 아버지가 딸을 학교에 보내지 않고 집에서 갓난아기를 돌보게 한 일이나 할아버지의 유언은 그 무렵으로서는 자연스런 일이었다.

1905년 11월 일기를 보면 자신이 돌아갈 집이 없어지는 게 아닐까 걱정하는 내용이 나온다. 외할머니가 돌아가신 뒤 '샬럿타운으로 옮겨' 값싼 하숙을 찾아 생활을 위해 '싸구려 소설을 마구 쓰는' 자신의 모습은 상상만 해도 끔찍한 일이었다. 그녀는 이러한 운명을 피하는 방법은 결혼뿐이라고 생각했다.

그해 7월, 그녀는 이완 맥도널드와 결혼하여 섬을 떠나게 된다. 이완은 이미 5년 동안 모드와의 결혼을 기다리고 있었다. 앞에서도 이야기한 것처럼 모드가 이완 맥도널드를 결혼 상대자로 선택한 것은 매우 현실적인 판단이었다. 그는 목사가 될 사람이었으므로 그와의 결혼은 사회적 체면과 더불어 생활의 안정을 얻게 될 퍽 분별 있는 선택이었다.

그러나 이완은 《그린게이블즈 빨강머리 앤》의 길버트 블라이스와는 거리가 있었다. 그에 대한 모드의 첫인상은, 댈하우지 대학에서 학위를 받았다는데 전혀 교양이 없게 느껴진다는 것이었다. 게다가 장로파 교회에 회의를 품고 있는 자신이 목사의 아내가 되어 타인의 모범을 강요받으며 엄격한 규율을 지키는 생활에 적응할 수 있을까 염려도 되었다.

그녀는 현실적인 판단에 의해 이완을 선택했으며, 그 결과 결혼생활은 그리 행복하지 못했다. 가장 큰 이유는 이완의 심한 우울증 때문이었으며, 그녀는 결혼 전에 그 사실을 몰랐던 것이다. 이완은 여러 해 동안 자신은 저주받은 인간이라는 생각에 빠져 괴로워하며 지낸다. 1919년 뒤 결혼생활은 악몽과도 같았다.

오랫동안 정들었던, 세상의 어느 곳보다 사랑했던 자신의 방을 떠나는 날이 왔다. 그녀에게 결혼은 캐번디시를 영원히 떠나는 것을 의미했다. 산책을 즐겼던 '연인의 오솔길'과 어머니가 잠들어 있는 언덕 위의 묘지, 집을 에워싼 나무들, 반짝이는 연못, 친구들의 집, 그 모든 것에 스민 추억을 아쉬워하며 바닷가 마을에 작별을 고해야 했다.

스코틀랜드의 글래스고에서 이완과 모드
1911년 7월, 신혼 여행지로 스코틀랜드와 영국을 거쳐 돌아왔다.

결혼식은 파크코너에 살고 있는 사촌 프레더의 집 '은빛 숲의 저택'에서 거행되었다. 모드는 이완에게서 받은 자수정과 진주 목걸이를 걸고 하얀 웨딩드레스를 입은 모습이었다. 짧은 식이 끝난 뒤 주위에서 그녀를 '맥도널드 부인'이라고 부르며 인사를 건넸다. 태어나서 지금까지 써온 아버지의 성 몽고메리에서 맥도널드로 바뀌는 순간이었다. 그것은 낯설기만 했다. 그래서 모드는 평생 필명으로서 옛날 성 몽고메리를 쓴다.

모드는 피로연에서 프레더가 정성껏 차린 호화로운 잔치음식을 입에 댈 수도 없을 만큼 정신적으로 흔들리고 있었다. 절망적인 기분이 파도처럼 밀려왔다가 물러가는 그 심리 상태를 '기이한 경험'이라고 모드는 일기에 적고 있다.

작가와 목사 아내로서의 삶에 모순이 따르지는 않을까, 모드는 칼뱅파 목사의 아내된 입장과 자신이 쓰는 글의 대립을 어느 정도 예상하고 있었다. 모드의 작가 수입은 무시할 수 없는 것이었지만, 이완은 한 번도 그녀의 글을 읽지 않았던 것 같다.

신혼여행을 떠날 무렵 모드는 마음의 어두운 구름도 걷히고 평소와 같은 차분함을 되찾았다. 하지만 길버트와 행복하게 맺어지는 앤의 결혼과는 너무나도 대조적인 모드 인생의 두 번째 출발이었다.

리스크데일, 인생의 두 번째 출발

약 두 달 동안 영국과 스코틀랜드로 신혼여행을 다녀와서 1911년 9월에 이완은 온타리오 주 욱스브리지 근교 리스크데일에 부임했다. 두 사람은 1911년부터 1926년 2월까지 15년 동안 이 마을에서 생활한다.

"리스크데일은 겨우 10~12채의 집이 있을 뿐인 아주 작은 마을로 그야말로 순수한 시골이라 할 수 있는 풍경입니다. 정말 작고 귀여운 곳이에요."*5

마을은 너무나도 작았다. 모드는 마을풍경에 감탄하면서도 젊은이가 적고 노인뿐이어서 자신의 교양에 어울리는 것이 없다고 일기 속에서 아쉬워하기도 했다.

마을 이름은 말 그대로 리스크(Leask) 일가가 넓은 골짜기(dale)에 정착한 데서 유래되었다고 한다. 19세기초 미국 펜실베이니아 주에서 올라 온 퀘이커 교도들이 살기 시작하면서 마을이 형성되었다. 남쪽

---

*5 Rubio, M. & Waterston, E.(1992). The Selected Journals of L.M. Montgomery, Volume 3. Toronto : Oxford U.P., p. 222

리스크데일 목사관

의 높지막한 언덕 위에는 1820년에 지어진 퀘이커 교도들의 모임 장소였던 오두막이 지금도 잘 보존되어 있다.

그들은 그 무렵 '진흙탕 요크(Muddy York)'라고 불리던 토론토를 넘어, 전체 길이가 1900㎞에 이르는, 세계에서 가장 길다고 알려진 영스트리트를 더듬어, 북쪽으로 이동했다. 탁 트인 대지를 목표로 새로운 세상을 찾아온 것이다.

그 뒤 미국에서 이주해 온 프로테스탄트 일파인 메노파 교도들도 정착하기 시작했다.

1830년대에 들어서자 스코틀랜드계 장로파 신자들도 옮겨 와서, 1840년대에는 교회를 짓고 자신들의 공동체를 형성하기 시작했다. 그 무렵 일대의 인구는 약 800명이었다.

현재 욱스브리지 주변에는 리스크데일 외에 8개의 마을이 흩어져

▲도자기 인형 고그와 매고그 신혼여행 때 구입한 것. 작품에 빠놓지 않고 등장시키는 귀여운 개이다.

◀2층 거실
창문 옆에 오르간이 놓여 있다.

있다. TV시리즈 《애번리로 가는 길》의 촬영지가 된 코핀스코너와, 남편 이완의 교구이기도 했던 제피르를 비롯한 작은 마을들이 있다.

위·아래 : 모드의 리스크데일 시절(42세)
모드는 이곳에서 15년간 살았다.

토론토 시가지에서 북동쪽으로 1시간 반쯤 차를 달리면 리스크데일 가까운 마을 욱스브리지에 도착한다. 최근에는 주택지가 개발되어 인구 약 250만 명인 토론토 대도시권으로 통근하는 사람도 많다. 하지만 이 욱스브리지까지 가는 열차와 버스 편은 많지 않고 더구나 리스크데일까지는 버스 편이 전혀 없다. 지금도 리스크데일은 구석진 곳에 있는 조용한 마을이다.

새로 부임한 목사 부인이 《그린게이블

즈 빨강머리 앤》의 작가 L.M. 몽고메리라는 것을 안 마을 사람들은 목사 부부를 맞이하기 위해 성대한 환영회를 열었다. 억수같은 비가 쏟아지는데도 교회 강당은 마을 사람들로 발 디딜 틈이 없었다. 유명한 여류작가의 얼굴을 한 번이라도 보고 싶어한 사람들이 많았던 것이다. 서른여섯 살의 모드는 그 베일 밑에 유명작가, 목사부인, 그리고 어머니라는 세 얼굴을 가지게 된다.

신혼살림집이 된 리스크데일 목사관은 모드에게는 모든 것을 스스로 책임지고 관리할 수 있는 공간이었다. 그 무렵 일기를 보면 그녀는 자신의 행복은 절대적인 것이 아니라 어디까지나 상대적인 것이라며, "지난 13년 동안의 불행하고 걱정 많았던 할머니와의 생활에 비하면 지금 생활은 충분히 행복하다고 할 수 있다"*6 고 쓰고 목사관 각 방의 사진을 찍어 일기장에 붙여 놓고 있다.

할머니와 살던 10여 년 세월 동안 그녀는 할머니의 명령과 지시대로 집안 일을 하지 않으면 안 되었다. 단 한 조각이라도 케이크가 남아있으면 다음 케이크를 구워서는 안 된다든가, 방을 너무 자주 청소해서는 안 된다는 등 할머니의 잔소리는 그치지 않았었다.

하지만 이제 모드는 한 가정의 주부로서 자신의 능력을 마음껏 발휘할 수 있었다. 목사관의 방은 그녀의 취향대로 꾸며졌다. 응접실 벽지는 부드러운 연노랑색이었고, 서쪽으로 나 있는 좁고 길쭉한 창문에는 레이스 커튼 위에 녹색 면직물을 걸쳐 놓았다. 바닥에는 이끼색깔의 깔개, 가구는 토론토의 이튼 백화점에서 주문한 마호가니 가구로 갖추었다. 앤이 "가구는 마호가니야. 마호가니를 본 일은 없지만 무척 호화롭게 들리거든"(제1권 《만남》 '마음의 교육')이라며 동경하던 값비싼 마호가니 가구였다. 남편의 돈이 아니라 자신이 인세로 벌어들인 돈으로 구입한 것이었다. 응접실에는 신혼여행 중에 산 도자기

*6 Rubio. M. & Waterston, E.(1987). The Selected Journals of L.M. Montgomery, Volume 2. Toronto : Oxford U.P., p. 83

개인형 '고그'와 '매고그'가 자리를 잡았다.

이렇게 주부로서 집안은 뜻대로 가꾸었지만 남편과의 관계는 그리 원만하지 못했다. 본디 감정의 기복이 심하고 섬세한 모드는 이완의 말 한 마디에도 깊이 상처받는 일이 자주 있었다.

'미스 L.M. 몽고메리'라는 이름으로 배달되어 온 편지를 본 이완은 아내에게 말했다.

"앞으로도 이 이름으로 편지 받을 생각이라면 이 집에서 나가시오."

그 뒤 모드는 작가 몽고메리 앞으로 도착한 팬레터에 반드시 'L.M. 몽고메리 맥도널드'라고 남편의 성도 함께 사인하여 답장했다. 남편의 눈이 닿는 곳에서는 맥도널드 부인이 아니면 안 되었다.

그녀가 리스크데일에 오자마자 여기저기서 강연회와 사인회 의뢰가 쇄도했다. 그러나 귀중한 집필시간을 빼앗기고 싶지 않았던 모드는 남편의 교구 밖에서의 활동은 사양하고 싶다고 모두 정중하게 거절했다.

어머니가 되는 기쁨과 불안 속에서

모드의 장남 체스터 캐머런은 1912년 7월 7일 목사관 이층 침실에서 첫울음을 터뜨렸다. 첫 출산이라 걱정했던 것과 달리 의외의 순산에 모드는 무척 기뻤다. 출산할 때 간호사와 사촌 프레더가 목사관에 머물며 세심하게 보살펴 주었다. 교회 일로 바쁜 남편은 집에 없었지만, 둘도 없는 친구 프레더가 옆에 있어서 무엇보다 마음이 든든했다.

출산 앞뒤로 잠시 덮어두었던 일기를 다시 쓰기 시작한 모드는 "어머니가 되는 것은 천국이다" 또 "어머니가 되는 것은 신의 계시다"*7 이렇게 쓰고 있다. 목사의 아내가 된 영향인지 성서에 나오는 말이 일

*7 Rubio. M. & Waterston, E.(1987). The Selected Journals of L.M. Montgomery, Volume 2. Toronto : Oxford U.P., p. 99

기에 자주 등장한다. 하지만 남편 이완에 대해서는 그다지 언급하지 않았다.

자식에 대한 사랑이 깊어 감에 따라 모드는 "자식이 없는 결혼은 비극이다. 특히 내 경우에는"이라고도 적고 있다. 사랑하지 않는 남편과의 사이를 이어주는 끈으로서 자식이라는 존재가 얼마나 소중한지를 엿보게 한다.

결혼 뒤에도 모드는 작가로서의 경력을 쌓고자 하는 의욕을 가지고 있었다. 아니, 그녀의 경우는 오히려 결혼함으로써 자신이 가야 할 길을 더욱 분명하게 인식한 것으로 보인다.

결혼 직전 앤이 옛날 제자에게 "아니, 이미 내 한계를 잘 알고 있어. 나는 시를 쓸 수는 있어. 그리고 아이들이 읽어주고 편집자가 기꺼이 원고료로 수표를 보내줄 만큼의 애착을 가지고 공상적인 단편은 쓸 수 있어. 하지만 큰 작품은 쓰지 못해."(《웨딩드레스》 '아름다운 나라') 라고 말한 뒤 작가로서의 창작활동보다 주부로서의 가정생활에 몰두하는 것은 대조적이다.

모드는 앤과 다른 삶을 선택했다. 목사부인으로서의 일을 주어진 의무로 받아들이고 남편의 교구 안에서는 가능한 한 목사부인으로서의 역할에 충실했다. 주일학교에서 아이들에게 성서의 가르침을 전하는 것, 교구의 청년그룹에 대한 지도, 여러 전도회에 참가하여 교구민과 교류를 나누는 등, 바쁜 나날이 이어졌다. 그것은 자신의 도리이자 의무이므로 따르지 않으면 안 된다고 스스로에게 다짐했다. 그리고 1주일의 스케줄을 정한 뒤 하루에 몇 시간씩 틈을 내 집필에 할애했다.

1912년 3월에 단편집 《달이 가고 해가 가고 1 *Chronicles of Avonlea*》이 출판되었지만 모드로서는 막간을 이용한 작품이었다. 같은 해 4월말 일기를 보면 《스토리 걸》의 속편을 쓰기 시작한 것을 알 수 있다. 첫 출산을 앞두고 출산복을 짓고 요람용 바구니와 아기 베개를 준비하면서 어머니가 되는 기쁨과 불안을 동시에 느꼈다. 그리고 출산한 뒤에는 어린 체스터를 돌보면서도 쉬지 않고 집필을 이어 갔다.

1913년 5월에 탈고한 작품 《황금의 길 *The Golden Road*》은 서둘러 마무리지었으며, 중압감 속에서 한 작업이었다고 일기에 고백하고 있다. 그러나 9월에 책이 출판되었을 때 평론은 호의적이었다. 그 가운데에는 《그린게이블즈 빨강머리 앤》 이래 최고 걸작이라는 찬사도 있었다. 시간이 지나고 집필의 중압감에서 벗어나자 모드는 이 작품도 그리 나쁘지 않다는 생각을 하게 되었다. 《황금의 길》은 모드가 리스크데일 목사관에서 완성한 최초의 작품이다.

한 살이 된 체스터를 데리고 고향 프린스 에드워드 섬을 방문한 모드는 그동안 만나지 못한 옛 친구들을 만나고 여름 바닷바람을 깊이 들이마시며 섬의 자연을 오랜만에 만끽했다. 섬에서 한 달 남짓 지낸 뒤 리스크데일로 돌아갔을 때는 목사관과 그녀가 정성들여 가꾼 뜰, 잿빛 고양이 대피를 다시 만나고 무척 반가워한다. 이제 리스크데일이 그녀의 집이었다.

이 휴가 뒤 얼마 안 된 9월 1일에는 쓰고 싶지 않다고 생각하면서도 《빨강머리 앤》 시리즈의 세 번째 작품의 구상에 착수한다. 그것은 데뷔작 《그린게이블즈 빨강머리 앤》을 내면서부터 함께해 온 보스턴의 페이지사가, 독자들이 보낸 팬레터를 주마다 모드에게 보내주며 독자들이 또 다른 앤을 찾고 있으니 빨리 속편을 써 달라고 독촉했기 때문이었다. 마지못해 승낙한 그 무렵의 상황을 "마치 귀찮게 달라붙는 남자를 잠재우기 위해 그 사람하고 결혼해 버리는 것과 같다"*8고 모드는 표현했다.

본디 《그린게이블즈 빨강머리 앤》은 모드로서는 완결된 작품이었기 때문에 출판사의 의뢰에 따라 속편을 쓰는 것은 결코 쉬운 작업

*8 Rubio, M. & Waterston, E.(1987). The Selected Journals of L.M. Montgomery, Volume 2. Toronto : Oxford U.P., p. 133

이 아니었다. 앤이 이미 성장해 버렸기에 어린 시절처럼 아기자기한 재미가 없어졌으므로 모드는 성장한 앤과 길버트의 사랑 이야기를 중심으로 작품을 계속 이어 나갔다.

실제로 쓰기 시작한 것은 이듬해인 1914년 4월 18일이지만, 그 무렵 두 번째 아이를 임신 중이어서 건강이 좋지 않았다. 마침내 집필 중이던 8월 13일, 둘째 아들 휴를 사산하고 만다. 아기는 세례받을 수도 없었지만 모드는 늘 아기를 '작은 휴'라 불렀다. 탯줄이 아기의 목에 감긴 것이 원인이었다. 모드는 도저히 살아갈 수 없을 만큼 큰 충격을 받았다.

게다가 이완이 아버지가 위독하다는 소식을 듣고 프린스 에드워드 섬으로 급히 떠나게 되었다. 열흘 정도이긴 했지만 상심한 모드는 홀로 집에 남아 고독을 견뎌내야 했다. 건강이 좋지 않아 마음까지 약해진 그녀는 남편이 이제 자기한테 돌아오지 않을지도 모른다는 불안마저 느낀다. 목사관에는 각지에서 모드를 위로하는 편지들이 도착했지만, 아기는 신의 뜻에 의해 불려간 것이라는 편지를 읽으면 마음의 위안을 받기는커녕 오히려 가슴이 찢어지는 듯한 괴로움을 느꼈다.

리스크데일에서 남쪽에 있는 욱스브리지로 가는 길에 감리교회의 묘지가 있다. 부근에는 장로교회 묘지가 없었기에 갓난아기 휴는 그곳에 매장되었다. 모드는 마차를 타고 묘지 앞을 지나갈 때면, "엄마, 왜 나를 찾아오지 않는 거예요?"하는 휴의 목소리가 들려오는 것 같아 가슴 아프다고 말했다. 그 느릅나무 밑에서 휴는 지금도 고이 잠들어 있다.

진정한 친구 프레더

모드는 빨강머리 앤 시리즈의 세 번째 작품에 착수했다. 절망적인 고통 속에서 마흔 살을 눈앞에 두고 완성한 것은 모드의 사생활의 불행과는 거리가 먼 앤의 밝고 즐거운 학창시절을 그린 《첫사랑》이었다. 1915년 여름에 출판된 이 작품을 모드는 '앤을 좀더 알고 싶어하는 전세계 소녀들'에게 바친다고 소감을 털어놓았다.

모드의 큰아들 체스터(앞)와 동생 스튜어트(뒤)
모드는 리스크데일 시절 체스터가 태어난 1912년부터 2년간을 인생에서 가장 행복했던 때라고 회상한다.

이 안에서 앤이 친구들과 함께 사는 '패티의 집'에는 모드가 갖고 싶어 했던 따뜻한 난로가 있고 그 양옆에는 리스크데일 목사관의 응접실과 마찬가지로 한 쌍의 도자기 인형 '고그'와 '매고그'가 앉아 앤과 친구들을 지켜주고 있다. 우정을 키워가는 처녀들의 생활이 그려져 있는 작품의 배경에는 모드와 사촌 프레더의 해가 갈수록 깊어지는 우정이 깔려 있었다.

리스크데일에서 모드는 목사라는 남편의 직업상 모든 교구민과 골고루 교제하지 않으면 안 되었다. 작은 마을의 특성상 사람들은 목사관에서 무슨 일이 일어나는지 늘 관심을 기울였다. 하다못해 세탁물이 몇 장 널려 있는지, 어떤 사람들이 출입하는지, 아무리 하찮은 것이라도 금방 소문거리가 되었다. 목사부인으로서의 공적인 생활 속에서 자유로울 수 없었던 모드에게 허물없이 얘기할 수 있는 아홉 살 아래 프레더의 존재는 갈수록 중요한 자리를 차지한다.

프린스 에드워드 섬에서 젊은 나날을 함께 보낸 프레더는 그야말로 앤에게 있어서 다이애너의 존재와도 같은 의미의 '마음의 벗'이었다. 《웨딩드레스 *Anne's House of Dreams*》에서 '같은 부류'라는 뜻으로 짐 선장이 쓴 말인 '요셉을 아는 사람들'은 바로 프레더가 생각해낸 말이었다. 모드는 프레더와의 우정이 없었다면 살아갈 수 없을 것 같다고 1912년 12월 16일에 쓰고 있다.

일가친척이 아무도 없는 리스크데일에서 남편 이완마저 편안한 안식처가 되어주지 못하자 그녀가 프레더를 찾는 마음은 한층 더 강해진다. 프레더 또한 자신의 학비를 대준 모드를 친언니처럼 따랐다. 프레더는 토론토에서 500*km*쯤 떨어진 몬트리올의 맥도널드 대학에 근무하며 기차를 타고 리스크데일에 와서 자주 모드와 함께 휴가를 보내곤 했다.

《첫사랑》에는 고양이 소동에 대한 에피소드가 나온다. 앤과 친구 필이 고양이를 약으로 잠재우려고 시도하는 이야기는 모드와 프레더가 1912년 가을에 실제로 목사관에 출몰하는 인근의 고양이에게 힌트를 얻은 것이라고 한다.

소설 속에서 마음속 깊이 뿌리 박힌 앤과 다이애너의 우정은 오래 이어져 두 사람이 결혼한 뒤에도 멀어지지 않는다. 버지니어 울프가 '클로에는 올리비아를 좋아했다'라고 말하기 훨씬 전부터 여류 작가들은 여자들의 긴밀한 우정을 섬세하게 묘사해 왔다. 앤 셜리와 다이애너 배리의 관계는 서로를 보완해 주는 이상적인 벗의 한 전형이었다.

오랫동안 모드를 괴롭힌 둘째 아들의 사산 경험은 앤의 신혼 시절을 그린 빨강머리 앤 시리즈의 다섯 번째 작품 《웨딩드레스》에서 앤이 사산을 겪는 형태로 나타나 있다. 딸 조이를 잃은 앤은 "마치 내 일부분이 항구의 그 작은 묘지에 묻혀버린 것 같은 느낌이 들어요—너무 괴로워 살아가기가 무서워요."(《웨딩드레스》 '새벽 또는 황혼')라고 말하며 실의의 한숨을 쉬고 있다. 딸의 죽음은 그때까지의 앤의 인생에서 매슈의 죽음과 함께 가장 큰 비극이었다.

앤의 슬픔에는 모드가 실제로 겪고 느낀 생생한 감정이 고스란히 담겨 있다. 리스크데일의 목사관에서 생활한 지 10년째인 1921년 8월 11일, 큰아들 체스터가 태어난 1912년 여름을 모드는 이렇게 떠올린다.

"그 무렵은 참으로 행복했다. 프레더도 이 집에 있었고 작고 사랑스러운 토실토실한 아기가 태어났으며 남편은 건강했다. 체스터가 태어난 뒤부터 2년쯤이 지금까지의 내 인생에서 가장 행복한 때였다."*9

전쟁과 불행의 그림자

1914년 이후 모드의 생활에 어두운 그림자가 드리우기 시작한다. 둘째 아들 휴를 잃고 슬픔에 잠긴 침대 위에서 제1차 세계대전이 일어났다는 소식을 들었다. 그 뒤 4년 동안 모드는 전쟁의 정세에 마음을 졸이고 신문의 전시보도에 귀기울이며 잠들지 못하는 밤이 거듭되었다.

1915년에 막내아들 스튜어트가 태어난 기쁨도 잠시, 전쟁의 상황과 병행하듯이 1916년에는 모드의 개인적인 싸움도 시작되었다. 페이지사와의 불화가 법적인 분쟁으로까지 발전한 것이다.

모드는 페이지사와의 계약이 끝나기를 기다렸다가 토론토의 매클렐런드 앤드 스튜어트사와 계약을 맺고 이 출판사에서 《웨딩드레스》를 출판했다. 이에 불복한 페이지사는 인세 지불을 거부하고 나중에

*9 Rubio, M. & Waterston, E.(1992). The Selected Journals of L.M. Montgomery, Volume 3. Toronto : Oxford U.P., p. 15

는 모드의 승낙도 받지 않고 단편집 《달이 가고 해가 가고 2 *Further Chronicles of Avonlea*》를 출판하고 만다.

자금과 조직력을 갖춘 페이지사를 상대로 한 싸움은 거의 9년이나 끌었다. 캐나다 여성으로서 미국 출판사를 상대로 법정에서 싸워 승소한 것은 모드가 처음이었다.

전쟁의 와중에서 리스크데일 마을 젊은이들은 하나 둘씩 전쟁터로 불려나갔다. 교회에서 기도를 올릴 때는 여자들의 흐느낌소리가 들려왔다. 모드는 목사 부인으로서 개인적인 고민은 가슴속에 묻어두고 혹한의 겨울에도 마차를 타고 탄식하며 슬퍼하는 마을 사람들의 집을 일일이 방문하여 전쟁터에서 남편과 아들을 잃은 가족들을 위로했다.

집안일과 육아, 남편에 대한 내조, 교회업무, 그리고 집필로 더 이상 시간을 내기 어려운 가운데, 적십자 지방지부장으로서 교구 여성들의 선두에 서서 병사들에게 위문품을 보내기 위해 양말이나 장갑을 뜨개질하거나 바느질하는 데도 빈틈없이 정성을 쏟았다.

1916년 전시 중에 출판된 모드의 시집 《야경 *The Watchman*》은 전쟁터에서 목숨을 잃은 캐나다 병사들에게 바쳐졌다. 1917년 가을부터 이듬해 12월까지 집필한 《무지개골짜기 *Rainbow Valley*》(1919)는 리스크데일에서 징집되어 나간 뒤 돌아오지 않은 골드윈 랩, 몰리 시어와 로버트 브룩스에게 바쳐졌다. 특히 장로파였던 골드윈과 몰리는 이완과 모드에게는 가족처럼 가까운 사이였다. 20대의 젊은 나이에 전장의 이슬로 사라진 그들을 기리는 기념 명패가 지금도 리스크데일 장로파 교회에 진열되어 있다.

리스크데일 교회 부근 '연인의 오솔길'을 따라 서쪽으로 가면 널찍한 녹색 저지대가 펼쳐진다. 그곳에는 작은 강이 흐르고 있어 방목하는 소들이 한가롭게 거닐며 물을 마신다. 오늘날 그곳을 지역 주민들은 '무지개골짜기(Rainbow Valley)'라 부르고 있다.

이 골짜기에서는 해마다 봄이면 교회에서 주최하는 피크닉이 열렸다. 모드의 아들들은 봄이 되면 골짜기에 만발한 온타리오 주의 꽃 트릴리엄(연령초속)을 따서 어머니에게 선물하곤 했다.

《무지개골짜기 *Rainbow Valley*》(초판발행, 1919) 표지

1919년 겨울에는 전쟁터에서 귀환한 병사들이 가지고 들어온 독감이 맹위를 떨쳐 수많은 사망자를 냈다. 미국에서는 겨우 몇 주일 사이에 독감과 폐렴으로 4600명의 희생자가 나왔다. 몬트리올에 사는 프레더도 이 독감에 걸려 위독하다는 소식이 들려왔다. 모드는 프레더의 곁으로 달려가 잠자는 시간도 아껴가며 자신을 돌보지 않고 간호했다. 4년 전에도 티푸스에 걸려 빈사상태나 다름없던 프레더를 정성어린 간호로 살려낸 모드였다. 하지만 모드의 간절한 바람도 헛되이 프레더는 30대 중반의 젊은 나이에 세상을 떠나고 만다. 완전한 믿음을 가질 수 있었던 단 한 사람의 친구를 잃은 직후 모드는 눈물도 말라 버려 히스테릭하게 소리를 지르며 계속 웃었을 만큼 거의 착란상태에 가까웠다고 한다.

그해는 프레더의 죽음 말고도 전부터 두통을 호소했던 남편이 신경쇠약이라는 진단을 받아 모드의 불행을 가중시켰다. 남편의 병이 세상 사람들에게 알려져 직무를 수행할 수 없다는 판정이 내려지면 목사직에서 물러나야 했다. 남편의 정신적 불안정을 세상의 눈으로부터 숨기기 위해 모드는 살얼음판을 디디는 것처럼 매사에 조심스럽기만 했다.

그 무렵 리스크데일을 기억하는 노인들 가운데에는 맥도널드 목사가 정신병을 앓고 있었다는 것은 '비록 맥도널드 목사 부인의 일기에 그렇게 씌어 있다 해도 믿을 수 없는 일'이라고 말하는 사람도 있었다. 그만큼 모드는 철저하게 집안의 불행을 숨겼다.

빨강머리 앤 시리즈의 완결 《아들들 딸들》

모드는 프레더가 세상을 떠나 서로를 이해할 수 있는 이야기 상대가 없어지자 아무에게도 털어놓지 못하는 속마음을 모두 일기에 쓸 수밖에 없었다. 이 무렵부터 모드는 자신의 일기를 아들에게 남겨주기 위해 그 이전의 일기를 옮겨 쓰기 시작한다.

프레더를 잃은 지 한 달 반 뒤에 쓰기 시작한 모드의 열 번째 소설은 제1차 세계대전을 겪는 앤의 가족생활을 그린 것이다. 모드는 이 작품 《아들들 딸들 *Rilla of Ingleside*》(1921)로 빨강머리 앤 시리즈를 끝낼 생각을 굳혔다. 모드는 이 소설 속에서 평화로운 세상에 사는 순결의 상징 앤에게 제1차 세계대전이라는 가혹한 시련을 겪게 했다. 프레더가 살아 있었던 수년 전의 일기를 몇 번이나 다시 읽고 전쟁 속 순간들을 되돌아보며 써 내려갔다.

그즈음 일기에는 유럽 곳곳의 전쟁 상황이 낱낱이 기록되어 있었다. 그 내용은 작품에 생생하게 반영되었다. 앤의 가족을 지켜주는 가정부 '수전 베이커'는 그즈음 신문과 라디오에서 나오는 전시보도에 눈과 귀를 떼지 못했던 모드의 모습을 반영한 인물이다. 수전은 애국심이 깊은 사람으로 유럽의 전황에 깊은 관심을 가지고 신문기사를 샅샅이 훑어보고 신랄하게 적을 비판한다. 앤의 딸 '릴러'가 숭배하는 올리버 선생은 꿈을 통해 가까운 미래를 예언하는데, 이것 또한 모드 자신의 경험을 바탕으로 한 것이다.

전쟁이 끝난 뒤인 1920년대가 되자 캐나다 사회는 그때까지 영연방의 한 나라로서 영국으로 향하고 있던 시선을 자기 나라 안으로 돌리게 되었다. 모드는 그런 사회 풍조를 누구보다 재빠르게 꿰뚫어 보고 있었다. 《아들들 딸들》에서 그녀는 캐나다 국내 역사의 한 단면을 생생하게 그려 보이고 있다. 이 작품은 제1차 세계대전 무렵 캐나다 모습을 여성의 생활과 역할을 통해 그린 귀한 작품으로서 연구자들 사이에서 해마다 평가가 높아지고 있다.

제1차 세계대전이 캐나다 사회에 있어서 커다란 전기였던 것처럼 프레더의 죽음은 작가 모드에게 새로운 전환점이 되었다. 《아들들 딸들》은 가장 사랑하는 친구 프레더에게 바쳐졌다.

프레더 캠벨
모드의 사촌동생이자 가장 가까웠던 단 한 사람의 친구. 그녀의 갑작스러운 죽음으로 모드는 절규한다.

모드는 1920년 8월 23일에 조지 보이드 맥밀런 앞으로 보낸 편지에 "나는 앤에게 완전히 질려 버렸습니다. 무슨 일이 있어도 새로운 주인공을 만들어 내지 않으면 안 됩니다. 어떤 소녀에 대해서든 여섯 권이나 썼으면 충분하니까요."(몰리 길렌 저 《운명의 물레》)라고 고백하고 있다.

이튿날 일기에는 《아들들 딸들》이 앤 시리즈의 마지막 작품이 될 것이라고 선언하고 새로운 주인공 '에밀리'를 탄생시켰다고 쓰고 있다. 또 아동을 대상으로 하는 작가로 불리는 것에 대한 불안과 불만을 이야기하고 언젠가는 성인용 작품을 쓰고 싶다는 바람도 함께 적어 놓았다.

그 무렵 모드는 캐번디시에서 지낸 소녀 시절 일기를 옮겨 적는 작업을 하고 있었는데 일기를 다시 읽으며 과거를 돌이켜 겪는 것은 나중에 에밀리 시리즈를 창작하는 데 큰 도움이 되었다.

평범한 것에 의무를 부여하는 힘

신문 연재소설이 아닌 제대로 된 소설을 씀으로써 모드는 디킨스며 브론테 작가와 같은 반열에 오르게 된다. 오늘날 소설은 아동책과 어른책이 엄격히 구별되는 경향이 있지만, 19세기 말부터 20세기 초까지는 대개 가족들이 모인 장소에서 함께 읽혀졌다.

이제까지 모드의 작품은 아동문학, 여류작가, 캐나다 문학이라는 테두리 속에 있었다. 그러나 단순히 이 테두리 안에서만 모드를 파악하려 하는 것은 바람직하지 않다. 적어도 그녀는 이 좁은 테두리에서 벗어나 있기 때문이다.

그녀가 한 편의 장편소설을 완성해 단행본 소설을 펴내는 미국에 있는 한 출판사로 보냈을 때, 그녀는 캐나다 국경 너머 더 많은 독자를 기대하고 있었다. 다른 나라 독자들을 위해 캐나다 연안 여러 주를 선명하게 묘사하고 다른 문학작품을 폭넓게 인용한 것들에서 알 수 있는 바와 같이 그녀의 문학은 국민문학 수준을 분명히 넘어서고 있다.

그리고 다른 문학작품 인용은 '아이들책'에 대한 일반적 이미지와도 들어맞지 않는다. 그 풍부한 어휘 속에 묻혀 있는 문학작품 인용이나 이미지 같은 것들을 생각하면 모드가 어린 독자를 위해 '수준을 낮추어 썼다'고는 도저히 생각할 수 없다. 그런 뜻에서 주일학교 신문소설과도 그 맥을 달리한다.

《그린게이블즈 빨강머리 앤》이 드디어 출판되었을 때, 마크 트웨인이 읽고 영향력 있는 런던의 문학잡지 '스펙테이터'에 서평을 실은 것도 결코 놀랄 일이 아니다.

모드의 소설 속에서는 여주인공이 어떤 매력적인 권유를 받아 프린스 에드워드 섬을 떠날 기회를 얻게 되지만 마침내 그것을 거부해 버리는 경우가 많다. 일부에서는 그것을 그녀 자신이 결혼과 동시에 캐번디시를 떠나야만 했던 일을 후회하기 때문으로 여기기도 한다. 그러나 뒷날 작가로서 명성을 얻어 프린스 에드워드 섬 안에 있는 농장쯤은 충분히 살 수 있는 재력을 지니게 되었지만, 할아버지에게 물려받은 것이 아니면 자신의 집이 아니라는 듯 다시 섬으로 돌아가지 않는다.

약혼한 해에 쓴 《제인 래비니어》에서는 여주인공 제인이 뉴욕으로 떠나는 여행을 단념하고 리베커 숙모의 집에 머물기로 한다.

"당신에게는 특별한 재능이 있소. 그러니 그것과 사귀며 재능을 키울 의무가 있소."

이렇게 설득하는 남자에게 제인은 대답한다.

"저는 리베커 숙모와 사귀기로 했어요."

재능 있는 소녀와 나이 많고 무덤덤하며 엄격하기까지 한 여자는 모드의 소설에서 중요한 뼈대를 이룬다. 이것은 모드 자신과 외할머니 맥닐과의 관계가 모티브가 되고 있다.

리스크데일 자연에 익숙해진 모드는 캐번디시와는 다른 그 풍경에서도 많은 영감을 얻었다.

1926년 1월, 아는 사람을 문병하고 돌아오면서 어둠 속을 달리던 가운데 모드는 자동차 불빛에 떠오르는 새하얀 길과 우스꽝스러운 모습을 한 검은 나무들을 보고 상상의 날개를 편다.

"엄청나게 큰 사자가 앨릭 리스크의 밭을 떠돌고 있다. 수탉이 꼬리를 세우고 으스대며 조지 리스크 울타리 위를 꼿꼿이 걷고 있다. 콕스 집안 헛간 뒤에는 뿔과 꼬리가 있는 진짜 악마가 몸을 도사리고 있다."*10

모드가 앤과 에밀리에게 준 상상력, 평범하고 작은 것에 특별한 의미를 부여하는 힘은 그녀의 작품을 만들어 내는 데 있어 가장 큰 원동력으로 작용한다.

"이것은 긴 의자로 핑크빛, 푸른빛, 진홍빛, 황금빛의 화려한 비단 쿠션이 잔뜩 쌓여 있어. 내가 이 긴 의자에 우아하게 기대 앉으면 그 모습이 벽에 걸린 커다란 거울에 비칠 거야. 나는 키가 크고 의젓하며, 긴 하얀 레이스 가운을 입고 가슴에는 진주 십자가를 달았으며 진주 머리핀을 꽂고 있어."('마음의 교육')

이렇듯 다분히 현실과 거리가 있는 듯한 허영심에 빠지는 경향은 아버지 '몽고메리'에게로 거슬러 올라간다. 아버지는 프린스 앨버트의 소박한 작은 집을 '에그링턴 별장'이라고 불렀다. 이것을 사실로 받아들인 모드는 '우리 조상인 에그링턴 백작에 연유해' 부르는 거라고 외사촌 페이지 맥닐에게 설명한다.

어른이 되고 나서 모드는 이런 허세를 《그린게이블즈 빨강머리 앤》에 적용했다. 그러나 자기를 코딜리어 피츠제럴드로 생각하려 한 앤의 상상력에는 긍정적인 면이 있다. 그렇게 생각함으로써 앤은 초라한 현실을 버티어 나갈 힘을 얻었던 것이다.

다른 작가라면 이러한 상상을 하녀에게 하게 하여 그 '분수 모르는' 어리석음을 풍자하는 데 그칠 수도 있었겠지만, 모드는 이렇듯 자기 자신에게 힘을 북돋워 주는 상상의 긍정적인 면을 가르쳐 주었다. 어떤 의미에서 앤은 '여자 돈키호테'라고도 할 수 있다. 앤에게 허구

---

*10 Rubio, M. & Waterston, E.(1992). The Selected Journals of L.M. Montgomery, Volume 3. Toronto : Oxford U.P., p. 268

는 '상상의 여지'를 충분히 가져다 주었다. 그리고 이 표현에는 '상상' 이라는 말보다 '여지(여유)'라는 말이 크게 강조됨은 물론이다.

리스크데일을 떠나는 몽고메리

모드 일가는 1926년초에 합동교회 문제로 술렁이던 리스크데일을 떠난다. 교구 부인들의 슬픔은 이루 말할 수 없었다. 이웃 앨릭 리스크 부인은 모드를 잃는 것은 "리스크데일에서 일어난 최대 불행"이라고 말했다.

이삿짐을 꾸리며 목사관의 방마다 추억을 아쉬워하던 모드는 처음 부임해 오던 시절부터 리스크데일에서 있었던 생활을 하나하나 떠올린다. 스튜어트가 어렸을 때 응접실에서 글을 쓰고 있는 자신에게 문 밑 틈새로 키스를 보낸 뒤, 엄마의 키스가 되돌아오기를 기다린 일화는 절로 미소를 머금게 했다.

이 목사관 시절에 두 아들을 얻었고, 소설 속에서는 앤이 성장했으며 에밀리와 밸런시가 태어났다. 또한 가장 사랑하는 친구 프레더를 잃었고, 남편의 병에 노심초사하면서 아내로서 어머니로서 그리고 작가로서 힘을 쏟은 시기이기도 했다.

리스크데일을 떠나기 위해 짐을 꾸리며 떠나는 심정을 모드는 다음과 같이 표현한다.

"응접실을 이렇게 텅 비워버리고 나니 마음이 허전해. 이곳은 내가 가장 좋아하던 방이었는데. 리스크데일의 이 방은 캐번디시 시절 내 침실과 같았어. 전망 좋고 아름다운 내 방이었지. 《황금의 길》 다음 작품들은 모두 이 방에서 썼어. 편지를 읽고 공상을 즐기고 싶을 때면 어김없이 이 방에 찾아왔고, 고민과 불안한 마음에 흔들릴 때도 혼자 이 방을 찾았어. 얼마나 자주 이 방을 드나들며 거닐었던가. 강한 힘과 평온한 마음을 되찾기 위해 얼마나 이 방에서 무던히 애썼던가. 프레더와 난 이곳에 앉아 얘기를 나누었어. 이렇게도 그녀의 추억이 남아 있는 방을 비워버리고 나니 마치 프레더가 다시 한번 죽어 버린 것 같아."

자전적 작품 《에밀리》

1922년 2월 《귀여운 에밀리 *Emily of New Moon*》를 반년 만에 완성했을 때, "지금까지 내가 쓴 것 가운데 최고의 작품"이라고 기뻐하며 에밀리를 쓴 덕택에 "살아 있을 수 있었다. 마지막 문장 다음에 '끝'이라고 쓰는 것이 무척 싫었다"*11 고 할 만큼 모드는 그 이야기에 몰두해 있었다.

"나는 앞으로 일기를 쓸 생각이다. 내가 죽은 뒤에 출판될 수 있도록."(《귀여운 에밀리》 31장) 이것은 바로 열네 살 적 모드 자신의 목소리였다. 자신의 인생의 궤적을 죽기 바로 직전까지 계속 써 왔던 모드는 그 일기를 자신이 죽은 뒤 출판하도록 막내아들 스튜어트에게 물려주었다.

에밀리 3부작은 자전적인 작품으로 알려져 있다. 작가로서 '험난한 길'을 끝까지 올라간 모드는 자신의 체험을 에밀리를 통해 투영한다. 작자와 마찬가지로 어머니에 이어 아버지까지 잃은 여주인공 에밀리는 엄격한 이모 밑에서 자란다. 글 쓰는 것을 금지당하면서도 습작을 계속하여 마침내 자신이 쓴 소설이 채택되었다는 통지를 받는다.

에밀리는 문학을 지망하여 서서히 성공의 길을 걸어가는 작가로 설정되어 있다. 어린 에밀리는 사려깊고 고집센 소녀이다. 앤과 달리 조금도 귀엽거나 사랑스럽지 않다. 모드도 알고 있듯이 작가란 늘 이방인이다. 이 작가를 지향하는 에밀리를 창조하는 작업은 맥도널드 부인으로 꾸려가야 하는 일상으로부터 작가 몽고메리로 돌아가는 수단이기도 했다. 하지만, 무엇보다 프린스 에드워드 섬에서의 나날을

---

*11 Rubio, M. & Waterston, E.(1992). The Selected Journals of L.M. Montgomery, Volume 3. Toronto : Oxford U.P., p. 39

떠올리며 그 시절로 돌아간 듯한 기분을 불러일으키는 소중한 기쁨이었다.

에밀리를 지도한 카펜터 선생은 숨을 거두기 직전에 그녀로 하여금 한 가지 중요한 약속을 하게 한다.

"에밀리, 약속해 다오. 너는 너 자신을 기쁘게 하는 것 외에 다른 누군가를 기쁘게 하기 위한 글은 쓰지 않겠다고 약속해 다오."

(《에밀리가 추구하는 것》 3장)

《귀여운 에밀리》(1923) 초판본 표지
에밀리 시리즈로 《에밀리는 오른다》(1925) 《에밀리가 추구하는 것》(1927)이 있다.

《그린게이블즈 빨강머리 앤》으로 명성을 얻은 모드는 팬들과 출판사를 기쁘게 하기 위해 《빨강머리 앤》 시리즈를 계속 써왔다. 모드가 에밀리와 자신을 동일시하고 있었다면 그 뒤 에밀리를 쓰는 것은 아마 불가능했을 것이다. 다만 모드와 남편 이완의 관계를 생각하면 적어도 사랑하는 사람과 맺어질 수 있는 것만으로도 에밀리를 행복하다고 말해야 할지도 모른다.

1923년 1월의 일기에서 모드는 남편이 그 무엇에도 흥미를 보이지 않으며 아내인 자신과 아이들에게까지 아무런 관심이 없다고 탄식하고 있다. 다음 달 이완은 최악의 발작을 일으켰다. 그 모습에 회복의 가망이 없다고 판단한 모드는 이제부터는 동반자로서 남편에게 아무것도 기대하지 않겠다고 생각한다. 그리고 자녀 양육과 교육도 남편에게 기대하지 않겠다는 체념 섞인 결심을 하기에 이르렀다. 사춘기에 접어든 장남 체스터에게 아버지가 이야기해 줘야 할 문제에 대해 조언하는 것도 어머니 모드의 역할이었다.

아버지로서 자식에 대해 마땅히 가지는 의무에도 무관심한 이완을 보고 '앞으로 인생을 혼자서 헤쳐 나가지 않으면 안 된다'고 느낀 모드는 더욱 부담을 느끼는 한편 정신적으로 점점 깊은 고독에 빠진다.

모드는 '머리 속에서 소리가 들린다'던 이완이 잠들면 침실 옆 창가에 앉아 하루 종일 그를 간호했다. 찾아오는 교구민들에게 밝은 목소리로 얘기하며 차를 대접하고, 집안일과 육아를 해내고, 가정부에게 요리를 가르치고, 때로는 키우고 있는 말에게 먹이를 주며 마구간 청소까지 하지 않으면 안 되었다.

"젊고 낭만적인 독자들과 내 책을 출판한 출판사가 지금의 나를 보면 어떻게 생각할까? 내가 책상 앞에 꼼짝 않고 앉아서 《앤》이나 《에밀리》의 '창작'에만 몰두할 거라고 믿고 있겠지. 설거지와 청소쯤은 할 거라고 생각하겠지만 설마 마구간 청소까지 하고 있을 줄은 상상도 못할 거야!"*12

모드는 일기 속에서 이렇게 외친다.

프레더는 모드의 초인적인 노동에 '세 사람 몫의 일'을 하고 있다고 감탄했지만 모드의 마음을 알아주던 그 친구는 이미 세상을 떠난 지 오래였다.

남편의 기분에 좌우되면서 1922년 5월에 자료수집부터 시작한 《에밀리는 오른다 *Emily Climbs*》는 잠시 멈춰지기도 했지만 1924년 3월에 탈고하여 이듬해 여름에 출판되었다.

---

*12 Rubio, M. & Waterston, E.(1992). The Selected Journals of L.M. Montgomery, Volume 3. Toronto : Oxford U.P., p. 185

밸러의 여름 휴가

토론토에서 북쪽으로 200*km*쯤 올라가면 숲과 호수로 에워싸인 매우 아름다운 무스코카 지방이 나온다. 이 지방의 밸러는 모드가 가족과 함께 1922년에 여름휴가를 지낸 뒤, 나중에 집필한 성인용 낭만 소설 《푸른 성 *The Blue Castle*》(1926)의 무대가 된 곳이다.

19세기말 밸러 근교의 도시 브레이스브리지, 포트칼링, 그레이벤허스트도 피서지로서 미국인 관광객으로 붐비게 되었다. 흑인 운전기사를 거느린 부유한 가족들이 자동차를 타고 미국에서부터 북쪽으로 올라왔다.

작은 마을 밸러에는 1950년대까지 캐나다 태평양 철도(CPR)의 역이 있었다. 토론토에서 기차를 타고 오는 관광객도 많아, 주말의 밸러 역은 늘 혼잡했다. 저녁 6시 토론토 발 특급호는 밤 9시 15분 밸러에 도착한다. 주말을 가족과 함께 보내려고 북쪽으로 오는 아버지들이 많아 주말 열차는 '아버지 호(Daddy Train)'라는 애칭으로 불렸다고 한다. 열차 시간표는 하루 세 번 밸러 항구에 드나들던 기선에 맞춘 것이었다. 사람들은 밸러를 거점으로 기선을 타고 인근도시로 갈 수 있었다.

모드가 가족과 함께 1922년 여름에 자동차를 타고 방문했을 때도 이 자그마한 마을 밸러는 여름 피서객으로 흥청거렸다. 가족이 식사했던 건물은 모드의 추억을 간직한 밸러 박물관*[13]으로 1992년에 잭 허튼과 린다 허튼 부부에 의해 다시 태어난 이래, 여름철에 일반 관광객들에게 공개되고 있다.

1922년 7월 24일 무더운 한여름에 리스크데일에서 밸러까지 약 140*km* 길을 덜컹거리며 운전해 왔을 모드 가족의 모습을 떠올려 볼 수 있다. 남편 이완이 운전하는 자동차의 조수석에는 모드, 뒷좌석에는 두 아들이 앉았으리라. 그때는 물론 도로포장이 되어 있지 않았

---

*13 밸러 박물관 사이트 : http : //www.bala.net/museum/

밸러 박물관 1922년 여름, 모드 가족이 휴가차 머물렀던 곳으로, 모드를 추억하기 위해 박물관으로 꾸며졌다.

을 터이니, 그들은 흙먼지를 잔뜩 덮어 쓴 모습으로 밸러에 도착했을 것이다.

밸러에 머물던 중, 모드는 머스터드 목사의 통나무집을 방문한다. 머스터드 목사는 프린스 앨버트 시절(1890~91) 모드의 교사이자 그녀에게 최초로 청혼한 사람이기도 했다. 열여섯 살 모드는 그를 무척 싫어했다고 일기에 적었는데, 마치 숨바꼭질이라도 하듯 그 뒤 그녀의 인생에 머스터드의 자취가 언뜻언뜻 나타난다. 모드가 결혼하고 나서 리스크데일로 이사했을 무렵 그는 그리 멀지 않은 토론토 장로파 교회에 근무하고 있었다.

머스터드는 1920년 무렵, 《푸른 성》의 버니처럼 제1차 세계대전에서 돌아온 아들과 둘이서 이 구석진 곳에 자기 손으로 직접 오두막을 지었다.

통나무집 뜰에 서 있는 몇 그루 나무가 바람에 가지를 내맡긴 채 금빛 낙엽을 우수수 떨어뜨리고 있다. 물 위에 떨어져 원을 그리는

밸러 풍경
모드가 가족이 머물던 밸러의 여관 로즈론에서 강 쪽 풍경을 찍은 사진.

낙엽들, 마른 잎들이 저희끼리 부딪치는 소리가 마치 빗소리 같다. 새소리도 어디선가 들려온다.

뜰에 쌓인 낙엽을 밟으며 호숫가로 내려가면, 군데군데 벗겨진 하얀 자작나무 껍질 위를 빨간 무당벌레가 기어오르는 것을 볼 수 있다. 거대한 나무와 작디작은 생물, 자연의 다양한 모습에 경이로움을 느끼지 않을 수 없다. 모드는 작은 벌레를 보고 감동한 일이 있다. 자신 손에 앉은 아름다운 펠그린 모습에 펜을 든 손을 잠시 멈추었던 모드는, 이렇듯 작은 생명의 아름다움이 있는 세상에 조물주는 왜 추한 인간과 고통스러운 인생을 창조한 것일까 하고 일기 속에서 물음을 던지고 있다.

모드는 《그린게이블즈 빨강머리 앤》에서 미묘한 종교문제를 짧게 언급하고 있다. 앤은 모자에 장미와 미나리아재비로 만든 화환을 두르고 장로교회 주일학교에 모습을 나타낸다. 이로써 앤은 자신의 종교적 정체성을 드러냈다고 할 수 있다. 겉으로 보아 앤은 머릴러가 본 대로 '개종시키지 않으면 안 될 이교도 같은 존재'로 받아들여진다. 그리고 언뜻 머릴러의 그러한 시도가 성공한 것처럼 보인다.

그러나 앤은 애번리 장로교회에 결코 만족하지 않고 계속 자기 나름의 종교를 마음속에 실현하려 한다.

모드 자신도 목사의 눈으로는 '이단'이라고 부를 만한 사고방식을 지니고 있었다. 그녀는 예정설도 처녀 잉태도 믿지 않지만 봄 대청소의 필요성은 믿지 않을 수 없다고 비꼬면서도 목사부인이라는 역할에는 충실했다.

그러나 이런 종교적인 문제로 모드가 자신을 둘러싼 사회와 대결하려 했다면, 그래서 사람들을 안절부절 못하게 할 목적을 가졌다면 그녀가 취한 문학적인 입장은 매우 달라졌을 것이다. 그녀가 만약 '어른용' 소설을 써서 장로파나 칼뱅파 신앙을 지닌 주인공으로 하여금 그 믿음을 잃게 하거나 고치도록 하는 작품을 썼다면 작은 마을에서 충격받거나 사로잡힐 사람도 분명 있었을 것이지만, 그로 말미암아 제기되는 문제 자체는 많은 독자에게 이미 낡은 문제로 서서히 그들의 관심 밖으로 멀어지고 있었다.

모드는 종교에 대해 품은 의심을 친구 '이프레임 웨버' 앞으로 보낸 편지 등에서 뚜렷이 밝히고 있다. 그때의 표현이 모드 자신에게는 매우 대담한 것이었으나, 그녀는 단순히 빅토리아 시대 말기에 유행한 종교에 대한 의구심을 그대로 되풀이한 데 지나지 않는다. 이런 종교적인 문제는 유럽이나 미국 한 세대 전 작가들인 마크 트웨인, 스토부인 등이 이미 다루었던 것이다. 모드가 종교나 전통적이지 못한 신앙에 대한 수필을 썼다 해도 그리 새로운 말은 할 수 없었다. 그러나 소설에 나타난 종교에 대한 앤의 주관은 그 성격을 부각시키는 데 일조하고 있다.

무스코커 지방의 자연을 무대로 한 《푸른 성》

이 무스코커 지방에는 작은 섬이 둘 있다. 왼쪽에 떠 있는 작은 섬과 《푸른 성》에 나오는 버니 섬의 모델이 되었다고 추정되는, 바로 앞 조금 큰 섬 미라마치이다.

모드는 그 뜰 어딘가에 앉아서 한여름 오후 한때를 머스터드 목사와 보낸다. 그때 눈앞의 섬을 바라보며 조용히 《푸른 성》을 구상했는지도 모른다.

밸러에는 모드가 살았던 로즈론이 있었던 자리가 있다. 그녀가 머물렀던 건물은 1941년에 화재로 없어졌지만 부지 안에 같은 모양의 건물이 또 하나 남아 있다. 그 건물은 현재 '인 앳 로즈론(Inn at Roselawn)'*[14]이라는 이름으로 허튼 부부가 운영하고 있으며 여름 동안 머물 수 있다.

인 앳 로즈론이 있는, 문 리버를 향한 널찍한 잔디밭에는 모드가 좋아했던 거대한 소나무와 단풍나무들이 서 있다. 문 리버에 오렌지빛 저녁해가 가라앉을 때쯤이면 열차의 기적소리가 바람에 실려 들려오곤 한다. 《푸른 성》에서 밸런시가 구두끈이 철로에 걸려 목숨이 위태로워지는 장면을 생생하게 재현해낼 수 있다.

2주일의 짧은 여정이었지만 밸러의 자연을 충분히 만끽한 모드는 리스크데일로 돌아온 지 얼마 지나지 않아, 전부터 생각해 왔던 성인 소설을 쓰기 시작한다. 이번 무대는 앤과 에밀리가 활약하는 프린스 에드워드 섬이 아니었다. 1926년에 발표한 낭만적인 소설 《푸른 성》은 무스코커 지방의 자연을 배경으로 하고 있다. 모드가 쓴 장편소설 가운데에서 유일하게 프린스 에드워드 섬이 아닌 곳을 주무대로 한 작품이다.

모드는 1924년 11월 27일 일기에 '새로운 소설 《푸른 성》을 쓰고 있는데 무척 즐거운 작업이다. 에밀리 3권도 준비하고 있다.'*[15]고 쓰고

---

*14 Inn At Roselawn의 숙박정보 사이트 : http : //www.bala.net/roselawn/index.html

*15 Rubio, M. & Waterston, E.(1992). The Selected Journals of L.M. Montgomery, Volume 3.

있다. 그런 한편, 늘 무언가 정신적인 불안에 억압당하고 있는 것 같다고도 했다.

모드는 교구의 한 부인에게 "언제나 밝고 행복해 보여서 부인을 만나면 기운이 납니다"라는 말을 들은 것에 대해 '밝고 행복해 보이는 여성 가운데 대체 몇 명이나 해골이 득실거리는 서랍을 숨기고 있는 것일까?'*16라며 빈정대듯 일기 속에서 스스로 묻고 있다.

'해골이 득실거리는 서랍'이란 세상으로부터 숨기지 않으면 안 되는 고뇌를 상징하고 있는데, 여기서 해골의 이미지는 프랑스에 전해 내려오는 설화 '푸른 수염'을 모태로 하고 있다. 푸른 수염을 기른 추한 남자가 재산의 힘을 빌어 몇 번이나 결혼하고는 차례차례 아내를 죽인 뒤 사체를 비밀의 방에 매달아 두었다고 하는 잔혹한 이야기이다.

모드는 일기에서 자신이 사생활 면에서 그늘진 부분이 있음을 강조하고 있다. 이 '푸른 수염'의 이미지가 《푸른 성》에도 등장한다. 자신이 작가라는 것을 숨기는 남자 주인공 버니 스네이스는 자신이 집필하는 방을 '푸른 수염'의 '비밀의 방'에 비유한다. 물론 설화에서처럼 전처의 사체가 있는 것은 아니다.

그는 여주인공 밸런시에게 그늘 있는 수수께끼의 인물로 나타난다. 모드가 탄생시킨 남자주인공들 가운데 이 버니만큼 불가사의한 남성상은 달리 찾아볼 수 없다. 작가로서 복잡한 성격의 일부분이 버니에게 투영된 것으로 보인다.

또한 머스터드 목사가 버니의 성격에 영향을 미친 부분도 찾아볼 수 있다. 머스터드가 아들과 함께 나무를 베어 자신들의 손으로 황무지에 통나무집을 지은 것처럼, 버니도 무스코커의 무인도에 자신이 살 집을 직접 짓는다. 버니라는 인물 뒤에 남성다운 머스터드의

Toronto : Oxford U.P., p. 209

*16 Rubio, M. & Waterston, E.(1992). The Selected Journals of L.M. Montgomery, Volume 3. Toronto : Oxford U.P., p. 16

모습이 언뜻언뜻 겹쳐진다.

성인용 장편 《푸른 성》은 모드의 이야기꾼으로서 재능이 한껏 발휘되어 독자를 지루하지 않게 이끌어가고 있다. 주인공인 29살의 독신여성 밸런시는 그 나이가 될 때까지 연애 한 번 못하고 가장인 어머니에게 순종하며 지낸다. 도피 수단으로 상상 속에 만들어낸 자신의 《푸른 성》에서 지내는 밸런시는 어느 날 좋아하는 작가가 쓴 '두려움은 원죄다(Fear is the original sin)'라는 문장을 읽고 한 순간에 얼떨떨한 상태에서 눈을 뜬다. 그와 동시에 의사에게 죽음을 선고받은 그녀는 그때부터 과감하게 주체적으로 자유의지를 표현하며 마치 사람이 변한 것처럼 자신의 인생을 힘차게 개척하기 시작한다.

《푸른 성》(1926) 초판본 표지
1922년에 모드 가족이 여름휴가를 보낸 무스코커 지방 밸러를 무대로 한 낭만소설이다.

참을성 강하고 어머니를 잘 따르는 밸런시의 일상에서는 지난 날 모드가 외할머니와의 생활을 들여다보는 것 같은 인상을 받는다. 모드는 밸런시처럼 우리 같은 인생에서 자신을 해방할 수 있기를 마음속으로 갈망하고 있었는지도 모른다.

《푸른 성》 초판을 출판사에서 맡은 것은 1926년 8월로 15년 가까이 생활한 리스크데일에서 노발의 목사관으로 이사한 뒤였다.

1928년 여름, 모드는 다시 자동차를 타고 무스코커를 방문했다. 그녀는 나중에 그때 밸러를 지나간 것에 대해 다음과 같이 술회했다.

"기억하고 있던 그대로 아름다웠다. 6년 전 휴가에서는 즐거운 추억이 가득했다. 언젠가는 그 밸러로 돌아가고 싶지만 그럴 기회가 오지 않을 것 같다."*17

노발의 몽고메리

"노발은 온타리오 주에서 아름다운 곳 가운데 하나이다. 여름에는 얼마나 아름다울까?"*18

노발로 이사온 지 얼마 안 된 무렵 모드는 이렇게 쓰고 있다. 1926년 아직 추위가 가시지 않은 2월 모드의 가족은 정든 리스크데일을 떠나 노발로 이사한다. 그들은 교회 부지 안에 있는 목사관에서 살게 되었다.

이완이 근무하게 된 장로파 교회는 마을 중심가에 있었다. 19세기 말에 지어진 뾰족탑이 하늘 높이 솟아 있는 고딕양식의 당당한 건물이었다. 교회 뒤에 자리한 중후한 적갈색 벽돌로 지은 목사관은 리스크데일 목사관의 배나 될 듯한 크기였다. 리스크데일 목사관에는 마당에 깊은 우물이 있었지만 이곳에는 넓고 편리한 부엌에 펌프장이 갖춰져 있었다.

이 마을에는 1924년부터 이미 전기가 들어와 있었다. 램프에 익숙해 있던 모드는 새 보금자리에 갖춰진 전등을 보고 무척 편리하다며 기뻐했다. 리스크데일 목사관의 좁은 식당에 비해 노발의 식당이 무척 마음에 들었던 모양이다. "방 끝에 돌출된 커다란 창이 있는 식당은 무척 넓고 환하다. 베란다로 열려 있는 문을 통해 마을 뒤 언덕의

---

*17 Rubio, M. & Waterston, E.(1992). The Selected Journals of L.M. Montgomery, Volume 3. Toronto : Oxford U.P., p. 376

*18 Rubio, M. & Waterston, E.(1992). The Selected Journals of L. M. Montgomery, Volume 3. Toronto : Oxford U. P., p. 280

아름다운 소나무숲이 보인다."[*19]고 했다.

노발에서는 리스크데일 시절에는 꿈도 꿀 수 없었던 사교적인 즐거움도 맛보게 된다. 제분공장 주인인 배러클로 부인과의 만남은 모드에게 지적인 만족을 얻게 해 주었다. 부유한 배러클로 부부의 저택에 초대받아 식사를 함께 하고 차를 타고 짧은 여행에 동행하기도 했다.

1927년 모드는 팬이었던 영국 총리 스탠리 볼드윈의 편지를 받는다. 캐나다 공식 방문 때 꼭 만나고 싶다는 총리로부터 가든파티에 초대받은 모드는 그날을 위해 새로 산 멋진 모자를 쓰고 나갔다. 총리는 모드 앞으로 보낸 편지에서 '귀국하기 전에 그린게이블즈를 꼭 보고 싶다'고 했으며, 회견 때에도 그녀의 작품을 얼마나 즐겨 읽었는지 열심히 이야기했다. 그 자리에서는 영국 황태자도 알현할 수 있었다.

노발 시절의 모드 1930년 56세 때

큰아들 체스터는 지난 해 가을부터 토론토 북쪽 오로라에 있는 앤드루스 칼리지 기숙사에 들어가 있었고, 작은아들 스튜어트는 노발의 초등학교에 다니기 시작했다. 유명 작가를 어머니로 둔 아들은 사람 마음을 끄는 매력적인 웃음으로 당장 학교에서 인기를 차지했

---

*19 Rubio, M. & Waterston, E.(1992). The Selected Journals of L. M. Montgomery, Volume 3. Toronto : Oxford U. P., p. 284–5

다. 스튜어트는 목사관 뒤에 흐르는 크레디트 강에서 마을 아이들과 함께 수영을 즐겼다.

여기서도 모드는 목사부인으로서 헌신적으로 일했다. 남편과 함께 교구민의 가정을 방문하고, 젊은이들에게 성서의 가르침을 이야기했으며, 현지 연극단 지도자로 활약했다. 그 무렵 연극대본이 지금도 마을에 남아 있다.

목사부인으로서 모드는 젊은이들과 만나며 그들의 말과 행동을 살필 기회를 얻을 수 있었다. 작품 안에서 청소년들에게 이해심을 보인 모드였지만, 한편 약속을 지키지 않고 담배를 피운 큰아들 체스터에게 화를 내는 평범한 어머니이기도 했다.

바야흐로 청년이 되어 가던 큰아들이 학업을 소홀히 하고 이성문제를 일으켜 노발 목사관으로 이사한 뒤에도 모드의 근심은 끊이지 않았다. 1926년 6월 일기에서 체스터의 앞날이 걱정이라고 했고, 2년 뒤에는 무슨 일인지 내용은 쓰지 않은 채 체스터가 용서를 빌었다는 것과 대화를 나눔으로써 얼마쯤 마음이 누그러졌다고 씌어 있다.

1928년 연말에는 불면증을 호소하는 스튜어트가 아버지의 우울증을 물려받은 것이 아닌가 걱정한다.

1931년에 체스터가 대학에 진학하지 못하고 광산 아르바이트 자리도 잃게 되자 장남에 대한 걱정은 깊어지기만 한다.

여로의 끝 스윈지

"이곳은 토론토 신흥주택가 가운데에서 가장 아름다운 곳이다. 지난 몇 년 사이에 많은 건물들이 들어서고 있다. ……집들은 모두 나무로 에워싸이고 뜰도 있어서 더욱더 멋지다. 내가 사랑하는 집 둘레에는 나무가 없어서는 안 된다."*20

---

*20 Rubio, M. & Waterston, E.(1998). The Selected Journals of L.M. Montgomery, Volume 4. Toronto : Oxford U.P., p. 358

모드가 인생의 마지막 시기를 보낸 곳은 스윈지라는 토론토 서쪽에 있는 한적하고 조용한 마을이었다. 모드는 노발 시절(1926~35)에 자동차를 타고 토론토로 가며 스윈지를 지나갈 때마다 그 아름다운 자연에 이끌렸다. 그리고 노후에는 그곳에서 살고 싶다고 생각하곤 했다.

'여로의 끝' 토론토에서 처음 장만한 저택의 문 앞에서 모드
모드는 이곳에서 생을 마감하고, 고향 프린스 에드워드 섬 캐번디시 묘지에 묻혔다.

현재 스윈지는 토론토 시에 속해 있다. 언저리에 온타리오 호수로 흘러들어가는 험버 강이 흐르고 기슭에는 나무들이 우거져 있다. 가을에는 왜가리와 캐나다기러기가 강 가운데 있는 모래톱에서 날개를 쉬는 모습을 볼 수 있다. 동쪽으로 옮아가면 토론토 시민들의 휴식처인 넓은 공원 하이파크가 있고, 지금도 녹음이 짙은 곳으로 유명하다.

자연을 좋아하는 모드가 생활하기에 강과 호수가 가까이 있는 스윈지는 가장 좋은 입지조건이었다. 강을 좋아하는 것은 빨강머리 앤도 마찬가지다.

행복한 신혼을 보내고 있는 앤이 길버트에게 새로운 보금자리가 될 '포 윈즈'에 대해 묻는 장면에서 모드의 이상이 담겨 있는 것 같다.

"나는 나무가 없는 곳에서는 결코 살지 못해—내 안에 있는 무언가 무척 중요한 것이 죽어버리는 걸. 이제 가까이에 시냇물이 있는지 없는지 하는 건 물어볼 필요도 없어. 그러면 너무 욕심내는 게 되니까."

"그런데 시냇물도 있어. 게다가 뜰 한 구석을 가로질러 흐르고 있지."

"그렇다면 당신이 찾아낸 그 집이야말로 틀림없는 내 꿈의 집이야."

앤은 꿈결 같은 표정으로 만족스러운 한숨을 내쉬었다.

(《웨딩드레스》 '꿈의 집')

그녀는 스윈지 집에서 더 이상 이사하는 일은 없을 것이라고 생각하고, 집 이름을 '여로의 끝'이라고 지었다.

지금도 지하철 제인 역에서 걸어서 갈 수 있는 주택가에 '여로의 끝' 저택은 옛날 그대로의 모습을 간직하고 있다. 그 집에는 현재 모드와 관련 없는 사람들이 살고 있어서 일반 공개는 되지 않고 있다. 하지만 집에서 가까운 공원에 모드를 기리는 둥근 기념비가 세워져 있다.

모드는 도시의 장점을 지닌 토론토를 전부터 좋아하고 있었다. 리스크데일에서 살 때 일기에 이렇게 적고 있다.

"나는 토론토가 무척 좋다. 거기서 살고 싶다는 생각이 들 만큼. 시골이 아닌 곳에서는 절대 살 수 없다고 늘 생각했고, 또 그렇게 말해 왔지만 그 '시골'이란 사실은 '캐번디시'를 말하는 것이라 생각하게 되었다. 전세계 그 어느 곳보다 캐번디시에서 살고 싶다. 하지만 그것과는 별도로 지적인 교우가 가능하고, 양질의 음악과 연극, 예술을 감상할 수 있는 기회가 있으며, 그래서 진짜 사교를 즐길 수 있는 토론토 같은 곳에 사는 것도 좋을 것 같다."*21

1911년에 결혼한 뒤로 그때까지 교회 소유 목사관에서 살았던 모드에게 스윈지의 새 집은 첫 사유재산이었다. '여로의 끝' 저택을 구입했을 때 모드는 꿈이 실현되었다고 기뻐했지만 한편 경제적으로 허리끈을 졸라매지 않으면 안 되었다. 1934년 여름에 투자하고 있던 주식이 폭락하여 '1만 4천 달러가 840달러로 내려간'*22 적도 있어서, 3000달러의 계약금을 지불하고 1만 2천200달러나 되는 집을 구입하는 것은 벅찬 일이었다.

하지만 스윈지로 이사하면 직무를 떠나는 남편의 건강이 좋아지지 않을까, 또 아내와 별거하고 있던 체스터와 대학생인 스튜어트도 함께 살 수 있을 거라는 생각으로 모드는 새 생활에 다시금 희망을 품는다.

노발 시절 일기의 마지막 날짜는 1935년 4월 24일 수요일로 되어 있다.

"노발에서의 생활은 나에게는 정말 혹독했다. 지난날 모든 상처가 다시 파헤쳐지는 듯한 아픔을 가끔 느꼈다. 하지만 늘 그랬듯이 그것은 나에게 도움이 되었다. 글을 쓰는 것은 영혼에서 독을 없애는 것과 같다. 지금은 상처가 모두 아문 듯하다. 흉터는 언제까지나 그 자리에 남겠지만 옛날의 통증은 사라질 것이다. 무언가가 마침내 끝나는 것 같은 느낌이다. 책장은 마지막까지 넘겨졌고 그리고 책은 덮였다."*23

이날로부터 꼭 7년째 되는 날, 모드는 '여로의 끝' 저택에서 그 이름이 암시하듯 인생의 여행을 마친다.

---

*21 Rubio, M. & Waterston, E.(1987). The Selected Journals of L.M. Montgomery, Volume 2. Toronto : Oxford U.P., p. 137

*22 Rubio, M. & Waterston, E.(1998). The Selected Journals of L.M. Montgomery, Volume 4. Toronto : Oxford U.P., p. 277

*23 Rubio, M. & Waterston, E.(1998). The Selected Journals of L. M. Montgomery, Volume 4. Toronto : Oxford U.P., p. 378

돌아올 수 없는 섬으로의 귀향

모드가 잠든 캐번디시 공동묘지의 입구 아치에 크게 L.M. 몽고메리 영원히 잠든 땅(Resting Place of L. M. Montgomery)이라고 적혀 있어 처음 찾는 사람도 한눈에 알아볼 수 있다. 생전에 이 묘지에 묻히기를 원했던 모드는 1942년 4월 24일 토론토의 '여로의 끝' 저택에서 숨을 거두었다. 며칠 뒤 남편과 아들들이 지켜보는 가운데 돌아올 수 없는 사람이 되어 평생 사랑했던 프린스 에드워드 섬으로 귀향한다.

사진을 보면 높은 곳에 자리한 묘지에서 《그린게이블즈 빨강머리 앤》의 무대인 그린게이블즈를 내려다보고 찍은 것이 있다. 지금은 나무로 뒤덮여 시계(視界)가 차단되어 있지만, 모드가 이 묘지를 선택한 1923년 무렵에는 그녀가 사랑하는 연못과 바닷가 등 젊은 시절 생활공간을 한눈에 내려다 볼 수 있었다. 캐번디시 공동묘지에는 모드의 어머니 클레러, 외할아버지 앨릭잰더, 외할머니 루시의 묘도 있다. 그곳에 있는 잔디를 걸어보면 다음과 같은 앤의 대사가 떠오르지 않을까?

"우리는 모두 어떤 의미로 종이니까, 우리가 충실했다는 사실만 묘석에 새겨 준다면 그 이상 아무 것도 덧붙일 필요는 없어."(《첫사랑》 '4월의 숙녀')

지금은 꽃들로 에워싸여 조용히 서 있는 모드의 묘석, 그곳엔 다음과 같은 글이 새겨져 있을 뿐이다.

이완 맥도널드의 아내 루시 모드 몽고메리 맥도널드
LUCY MAUD MONTGOMERY MACDONALD
WIFE OF EWAN MACDONALD
1874–1942

가장 사랑하는 친구에게

선물 고마웠어요. 여전히 상태가 좋지 않아 회복은 기대할 수 없을 것 같군요. 당신과의 오랜 아름다운 우정을 신께 감사드립니다. 아마 좀 더 행복한 세계에 다시 태어났을 때 우리 우정을 새롭게 가꿀 수 있을 것입니다. 지난 1년은 끊임없는 타격의 연속이었습니다. 큰아들은 자신의 인생을 헛된 것으로 만들었고 며느리는 그의 곁을 떠났습니다. 남편의 상태는 저보다 더욱 나쁩니다. 20년 이상 남편의 발작에 대해 당신에게도 숨겨왔지만 마침내 나는 지고 말았습니다…… 징병제가 실시되면 둘째 아이를 빼앗기게 되겠지요. 살아갈 목적이 없어지게 되므로 기운을 차려야겠다는 희망도 포기했습니다.

신께서 당신을 축복하고 영원히 지켜주시기를. 당신의 우정과 편지만큼 소중한 것은 없습니다. 부디 지금의 내가 아닌 옛날의 나를 기억해 주세요.

진심을 보내며. 아마 이것이 마지막 편지가 되리라 생각합니다.

1941년 9월 15일
L.M. 맥도널드*[24]

*24 Bolger, F.W.P. & Epperly, E.(1992). My Dear Mr. M. Toronto : Oxford U.P., p. 204

김유경
숙명여자대학교 미술대학 서양화 전공(부전공 영문학) 졸업
창작미협전 「정월」 특선 목우회전 「주왕산」 입상
지은책 「조선 열두달 이야기」 옮긴책 「잉걸스·초원의 집」
「몽고메리·앤스북스」 10권

Lucy Maud Montgomery
ANNE OF GREEN GABLES

ANNE

2
처녀시절

루시 모드 몽고메리/김유경 옮김
1판 1쇄 발행/2002. 1. 1
2판 1쇄 발행/2004. 6. 1
3판 1쇄 발행/2014. 5. 5
3판 5쇄 발행/2022. 7. 1
발행인 고윤주
발행처 동서문화사
창업 1956. 12. 12. 등록 16-3799
서울 중구 마른내로 144(쌍림동)
☎ 546-0331~2 (FAX) 545-0331
www.dongsuhbook.com

*

*

사업자등록번호 211-87-75330
ISBN 978-89-497-0846-1 04840
ISBN 978-89-497-0844-7(전10권)

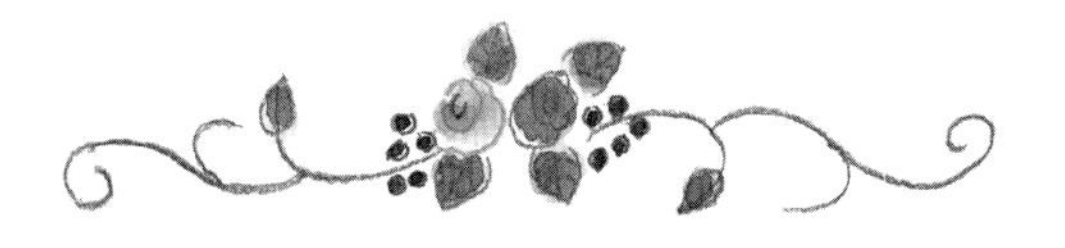